篁軒雜記

——紀果庵散文選

紀果庵　著

▲紀果庵40年代照片

▲紀果庵50年代照片

▲1964年全家福照（前排右一為紀庸先生，中間為外孫女，左一為紀庸先生的太太王潤芝女士，懷抱者為外孫；後排右一為女婿，右二為女兒，右三為兒媳婦，懷抱者為孫女，左一為兒子紀英楠先生）

▲蘇州十梓街葉家弄故居（中間的舊樓。攝於2007年）

▲蘇州上方山石湖（攝於2007年）

▲1954年5月校門前合影（後排左二為紀庸先生）

▲《中國的運河》手稿

疑即衛字 守頒象後世荷校之形 張古有此刑手

从二止正象擁衛 前行之狀，識以□待後證。

廿三年十月十三日

▲《兩都集》（1994年）封面

◀手跡 （1934年）

序

紀英楠

　　父親離世時只有五十六歲，去掉他大學畢業前的二十四年，再
扣除由於社會動盪或其他原因而無法工作的歲月，誠如黃惲先生所
說，在他的一生中，留給他做事的時間並不多，但他都做得很出色。
（參見附錄）據我的瞭解，他主要做了三方面的工作：教學和辦學、
歷史（主要是清史）研究、散文寫作，每件事他都很認真、很投入，
因此，也都取得了成果。在教學和辦學方面，無論是傳統的課程還是
他開的新課，都深受學生歡迎，他在1940至1945年間創辦的中學，是
當時南京最好的中學，培養了不少人才。在歷史研究方面，他治學嚴
謹，眼光敏銳，抗戰前他在宣化教書期間，就對當時的察哈爾和綏遠
（包括現在的張家口一帶和內蒙的一部分）的歷史和日本人的活動作
了調查研究，寫成的《察哈爾與綏遠》一書成為研究內蒙歷史的重要
資料，為內蒙史研究者引用；在蘇州工作期間，他依託蘇州當地的條
件，對明清之際蘇州一帶手工業和社會經濟的發展做了深入的研究，
並有重要發現。在散文寫作方面，他勤於筆耕，形成了自己的風格，
也在一定程度上，反映了當時的社會實際。

　　近年來，他創辦的中學，已作為抗戰時期南京師範大學附屬中
學的一部分列入校史；他的歷史研究論文也被選入蘇州大學的論文集
（雖然只是他的研究的極小一部分），他發現的〈奉各憲永禁機匠叫
歇碑〉也在歷史博物館的中國通史展覽中展出；但是，他為之付出了
很多心血、傾注了他的真實感情、反映了他的人生感受的散文，卻一
直沒有機會讓大家瞭解，這是我深感遺憾的事。據我的記憶，他沒有

什麼嗜好，工作稍有餘暇，他不是看書（包括買書），就是伏案寫作，他的文章就是他自己，就是他全部的真實。文章裡面有他對故鄉和童年的親切回憶，有對師友深情的懷念，有對人生的感悟，有對歷史的思考，有對社會的憤懣與抗爭，也有對青年、對家人的關切，所以我覺得這些文章是他生命的一部分，如果能和大家見面，除了文學價值外，從中可以瞭解到一個知識份子的心聲，也多少能折射出一些當時的社會情狀。因此能使父親的文字為人知曉和瞭解，一直是我和孩子們難以釋懷的心願。現在，感謝黃惲先生和蔡登山先生大力幫助，使這本選輯了他不同時期的散文的文集得以和大家見面，我們自然是非常欣慰的。我們覺得，這不僅是實現了我們的心願，更是為文學界做了一件有益的事。

1944年，父親準備結集出版《篁軒雜記》一書，序也已經刊發在《求是》雜誌上。無奈時局動盪，終未付印。黃惲先生建議此次仍用此書名，以慰父親未成的夙願，我們也覺得是再合適不過了。已無法得知他當年的選目了，唯願此書所選的篇目仍與父親的原序匹配。

去年看到了一本美國人Edward M. Gunn著的《被冷落的繆斯——中國淪陷區文學史》（原名Unwelcome Muse），在「傳統的復興：隨筆性散文」一章中，對文載道和紀果庵有專節論述，我覺得他說的有些道理，但不夠確切，一方面緣於研究者見仁見智，各有自己的觀點；另一方面也與這位未曾到過中國的作者對當時的社會背景與作家的瞭解深度有關。我不禁有這樣的感慨：中國的大片領土曾被人侵佔——因而有了所謂的淪陷區——長達八年之久，這是個客觀事實，淪陷區的文學有其特點，它在某些方面也反映出當時的政治與社會情態、說出了百姓疾苦，淪陷區的作者有他們的文采和思想，則淪陷區的文學是否也應作為中國近代文學史的一個章節或側面（儘管不是主流）而進行專門研究呢？是否也會有足資借鑒和引以為戒的東西呢？我對於文學是門外漢，不瞭解這方面的情況，只是覺得這是一個應給以更多注意的角落。

2008年10月

自序

　　雜文二十餘篇，輯為一集，因為都是在種著叢萱的窗下所寫，就命名為萱軒雜記罷。生硬的筆墨，陳腐的內容，又多屬於身邊私事，當此歲月，有什麼印行的必要！所以終於弄到一起者，無非也算可以代表一時期的生活紀錄而已。如今寫文章本是極難，——就是從前，亦未嘗不難。大約人間世不容許有誠實的話，誠實了非呆癡即瘋狂，古人雖然也贊成狂狷，但在當時就是十足碰釘子的。日光以下無新事，然於今終是更甚於古。那麼就只好揀自家不高明的事情來說，我屢次講過，自己是一個缺乏色澤平淡無奇的人，文章也是如此。沒有傳奇，沒有驚險，沒有波瀾，只是一味平常。不過亂世平常之事，往往亦成新奇，譬如生事之艱難，便遠非想像所及，如果詳細紀錄，豈非後世的好談資？由後之觀今，才想起今之視昔，我是反用古人成語的意思，夢粱錄，夢華錄，陶庵夢憶等，皆追念昔時繁華者也，一飲一啄，一草一木，一煙火，一遊艇，一菜館，一街道，皆是惆悵。這惆悵乃是硬而重的，讀書人輕輕滑過，作等閒觀，便可罵其文無裨世道，足敗傳統，未免稍稍冤枉，自然，諸賢的本意總會明白，但社會侮辱也頗不好受。我們有什麼資格可方古人，只是這樣一點意思，素所欽佩，又常想到今昔之殊異，雖是三十歲的人，卻竟像很遲暮的樣子，或罵作不認識現實，或罵作無用的清談，大約都是應該的。

　　這裡將文字分為四、五組，為了性質的關係，而且也使閱者容易得到一個系統，其寫作時間，實在是參差著的。陣列之中，回憶的占了大部分，旁人認為沒有出息者在此，自己容易起感慨者亦在此。如前所云，生涯單簡，除去家鄉，學校，幾本舊書，幾位常常想起的友人以外，更有什麼可說，而這些爛熟的題材乃如小學生作文，由爛

熟變為濫調矣。尤其關於書，時時想寫一點有趣味的話，可是這收藏非常寒傖，也只成為家有敝帚之意。每天起臥於幾架舊紙堆中，不免慢慢生出情感，生怕有金石錄後序之痛，一面願意快和那些躺在塵埃與鼠矢中的老友見面，一面又想如何使之留下一點紀錄，總算有這麼一個因緣，於是不免於嚼甘蔗渣，再三反覆，別人看起來毫無可愛，自己則讀一次有一次題外之悲哀。兩年以來因書價漲到不能相信的地步，買書的事，差不多已竟完全付之幻想，只聽說有許多「富潤身」的人物，把四部叢刊，四部備要，百衲本二十四史等大批的囤積起來，這好像土地一樣，該當喊出「讀者有其書」的口號來才對，但又如何辦得到呢？因之，雖然是寒傖，雖然是不值一說的小冊子，現在倒也像另有一番可以寶貴的意義了。

說理的文章每每使我感到詞不達意，而且要有一點新意思也難。前面所說不能說誠實的話是就整個的說，讀書不多，識力無有，是就單獨自己來說。易卜生云，多數的永遠是錯，少數的倒是對，中國也說千人之諾諾，不如一士之諤諤，實因這少數之一士，非常難於遇到。中國雖則有幾千年文化，可以低首服從的賢哲連我們不滿意的宋明理學者在內究有幾人，如果精確的算計，是會令人寒心的。我在這裡也把一種不成熟的見解隨便亂說，殊為狂放與罪過，然可以原諒者，此只是一瞬間的感想，而不是永恆的是非，說是說理之文，實亦可以身邊小事目之，值不得驚怪的注意者也。事理如何通曉？一者由於讀書，一者由於人生之體驗，在前者我們為生事奔馳，恐趕古人之專研精習不上；在後者我們卻有點幸運，能夠生在這樣一個歷史上稀有的時代裡。我想也許這經歷之價值更大於讀書，所以當我們在喜怒哀樂之際，均應當深深留一記憶，雖然不配作為教訓，就是自己作個紀念也是好的。我有一個照相簿，非常簡陋，然仍時常翻閱，甚至給朋友們手指口述的講裡面所包括的故事，並不自覺其討厭，由此視之，回憶之文，乃兒時照相，說理之文，乃今日攝影，兒時照相可供今日指點，今日攝影，不亦後此翻檢之資乎？

為了這種原因，這些醜陋的，不適當的冗長與短促的，太窄狹的個人範圍的幾十篇東西，仍然把它保留且出版起來了。

民國三十三年九月二十日記於篁軒

注：《篁軒雜記》已交北平藝文社印行不久可出版

（原載《求是》，1945年第一卷第八期）

編者按：1944年，紀庸先生準備結集出版《篁軒雜記》一書，可是由於時局變化，書沒能問世。六十多年過去了，紀庸先生的文章終於有機會重新推出，我們仍用《篁軒雜記》這個書名來完成他未成的鳳願。這篇刊發在1945年《求是》雜誌上的文章便是當年的《篁軒雜記》的自序。

篁軒雜記——紀果庵散文選

目　錄

清談古今

設身處地

筆墨生涯

憂鬱之家

　　一個頂喜歡曠達的人卻偏有著憂鬱的家。

　　根本是在都市的家，那就當然有一種憂鬱。且又是個不熱鬧也不甚蕭條的街和胡同，欲求官能的享樂是沒有的，看霓虹燈的妖異顏色得上一里開外，流線型汽車每天也數得過來的，聽夜戲有相當的彆扭，一到夜九點胡同口外賣雜貨的山西人鋪子和兼賣米麵的油鹽店就閉門了，月色以幽淒的調子投在打二更梆子人的身上，就是這麼的一種「繁華」；可又找不到陶然亭和先農壇那樣蕭然和幽邃，詩人們的墳墓呀，古昔名妓的塚碑呀，會說幾句風雅話賣茶的和尚，吊死過垂老妓女與失意人或途窮者的松楸等等。吹起野風的葦塘與麥田又與我還隔著二丈高一丈厚的城牆，這滄海一粟的家，在古老京城每個如我這樣渺小的人所應有的一個家。

　　也有一般富貴人所必有的朱門，閃亮的銅環已褪了色，在那上恐不曾有過什麼美麗女人與大人先生們……總之為人所仰慕或知曉的人們的手跡，我那視財如命的房東把門修飾這樣好不是為審美而是作為可以多租兩塊錢的理由之一，所以那被吸毒乞兒竊去的另一隻銅環就永遠沒有再補上的可能。每逢門一開必有咕隆一聲倒是頗有聲勢的，雖然那門閂已經斷了而用洋鐵皮和釘子接連起來。我的朋友大都對於這大門有幾句皮相的誇讚；迎著大門呢，有點綴得頗有世家之風的魚缸與夾竹桃，那是房東岳父的積蓄，他沒有兒子，這些遺產，將來都將被女婿繼承了。

　　以望衡對宇的勢派在大門內開著兩個白板扉式的屏門，東面是「東壁圖書」而西面是「西園翰墨」，我就作了「西園」的主人，東壁則是我們的房東與他岳父。

白板扉以破舊的門扇及閂樞整日關閉著我那頗羞澀的家產，三間北房裡一具失掉舊日華麗的破沙發與躺椅，那腿上曾在某一客廳地衣上滾轉的銅輪久已丟失，這兩件東西我僅花五塊錢從鼓樓東大街舊貨店買來，那老闆親切地說：「多便宜的東西，冬天坐著看書什麼的不挺暖和嗎？」我下意識的還有點「我也坐著了闊人坐的沙發了」那種驕傲，妻以賤值買來的紫色斜紋布包住那失去彈力的彈簧與露出破棉絮的墊子，如今這墊子也滿塗上我的髮垢了，而那躺椅的彈簧更常用不客氣的力量彈起一個陌生人的屁股！說起真的可以驕傲的怕要算我那以九元代價從德勝門小市上買來的冰箱了，龐大而有兩層的櫥門令人常發出「嚇，電器冰箱呀，講究啊！」的讚歎，你看我還不有一臉會心的微笑嗎？可這冰箱已有三年只當吃飯桌和茶几了，放冰的地方卻是棉衣棉被中的殘絮。這東西配上那賤值的害先天不足病的書桌真是不調和，這書桌有三隻抽斗，一具是我的，一具是孩子的，另一具則屬於妻的正上小學的妹妹。在早晨那殘破的綠色漆布上就堆著一層女人的髮垢，因鄰近的書架上面就是她們的妝奩台，塵土中堆著賤價的雪花膏，千代子頭油，二角一支的香水精，五角錢一盒的香粉，和破了邊的還有一點光芒的鏡子。這書架已追隨我整整二十年了，我讚揚它那忍耐力與忠實，起初我們在公寓裡以她為作飯的廚架，等漬滿了油污之後又恢復了她原來功用，沉重的辭典、大本的雜誌常壓得她一路歪斜，如今裡面又添了孩子的排色板，各式各樣吃完了藥的藥瓶子，針線匣，破鞋以及其他放在什麼地方也不合適的東西，但在外面加了一條鐵絲，懸上十年前當包袱皮用的紫色花布簾子，我從外面伸進手去掏出一瓶蓖麻油，又連帶拿出補襪子的木版，只須順手一扯那簾子，就把一切凌亂皆掩蔽了。——就是這樣心情的丈夫，如何能阻攔妻和別人在書桌上對鏡理妝，用紅色的骨針慢慢剔下那三十歲女人脫落的頭髮上的泥垢呢？

我那房子卻有好的陽光與空氣呢，因為是北房。且那窗和玻璃框等又塗以北京人特有的鮮紅與碧綠。南屋窗下那株槐樹可真是我們的愛寵，在夏日給我蔭翳而冬天卻不怎麼遮蔽陽光，只有那在暑中常

常垂下一條細絲的綠蟲子討厭，妻是畏懼一切小蟲的，——當然更畏蛇。孩子一見綠蟲必嚷：「媽，槐樹蟲子呀！」「你快把它餵雞，快，別讓我看見。」說這話的妻多半已由院子躲到屋裡去了。可我們這院子偏偏鬧蛇。蠕動的，長長的，有可怖黃與黑的花紋的東西在我們的「朱門」階下有它的巢穴，每到夏之悶熱的午後它就露出頭來呼吸了，若在家鄉則孩子們立即扯出它來結在腰間當作帶子亦不可知，可在北京都說這是「財神爺」萬動不得的，妻遂永不敢單獨出門。忽然廁所裡也發現一條了，正當妻一進廁所的窄小的甬道：「哎呀，可了不得呀！」一筋斗從裡邊跌出來，我明知是見了蛇可假裝沒提好鞋子，一邊急一邊說：「怎麼了，說話呀。」等我踉蹌地找到一條木棒跑進時，那東西早無蹤影了，於是我就安慰別人說：「不怕的，早晚我們可以打死它。」但從那時起，妻是永遠也不上廁所大便了，我雖去也必須以木棒之類作先鋒，敲著長了暗綠色黴苔的牆荷荷的叫著，且把一切牆上的孔洞統用破瓦片堵塞住，就那樣，我晚上也總避免去大便呢。蛇可真是纏繞了我們的家吧？去年夏天由家鄉來避難的幼弟因為淘氣與嫂子頗不相得，遂叫他和他三姐住在新糊了頂棚的南屋，三弟又偷偷出去買了爛蠶豆，回來就臥到自己床上吃，一面將身子在床上顛起來，小孩應有盡有的淘氣原來都可以在床上施展的，但不久就聽裡邊淒厲地喊：「三姐呀，來！三姐呀，來！」三姐也因為和他打架不和就不理他，等聽到聲音真不像人聲時才說：「不是有蛇呀，××，是有蛇不是？」「是呀，快來吧！」那當三姐的比弟弟有更小的膽子，到底不敢去，只好由街上央求進一位過路的飯館小夥計，他用盛飯的盒子給裝出去一條二尺多長又是黃黑可怕的東西，雖然已竟被壓死了，從此再沒人敢在南屋睡覺了，且為這個賞了那小夥計兩毛錢。

　　我們怎麼總碰上這麼些「蛇」呢？

　　夏日一遇急雨，院中立即充滿兩天內洩不完的積水，雨後泥上青苔曾滑了我一次大筋斗，那尺餘深的積潦更曾使我由大門進到院裡時跌在一塊頂門用的大石上而汨汨流血，有一星期不能下床。雖然月色

由槐葉上篩下漾在水中的影子也頗有意思，但我總不大高興。而去夏一夜雨後我們剛睡倒，房東那一邊就罵起來了，是房東母親與房東岳父互相詬詈的聲音。

「不要臉，你不走我走！」房東的母親。

「我走呀，我他媽的走呀，你說話差點事，有地方說去。」岳父，氣喘著。

「喂，小子，你不走，你敢拿刀宰了我！」母親，尖聲。

「宰你，宰你？你也得配？我不是衝你在這住，你，你配？」岳父。

越來越緊張就罵起祖宗來了，我們起來到那邊勸說，水中又很難走。到底把七十歲喘著的岳父勸過來。

「我……我念書人，跟他臭老婆打吵子真讓人笑話。……天下哪有跟慶（親）太太打架的？不是，她真氣急我了；我們姑娘給他，我又沒孩子，就圖姑爺能過日子，有出息；哪知道她這樣挫折我們孩子？……」

「您別著急，慢慢講，」我倒碗白開水一面勸解著。

「您不知道，這房子原是我的，兩個院子算一千塊錢賣給姑爺了，誰和誰，早晚還不是他們的？可是得許我們在這住一輩子，每月算兩塊錢房租。這不是近來房子漲了，姑爺又財上重了點，老想自己搬出去，租個大價，可我們又不搬，這老東西就攛掇兒子跟媳婦兒慪氣，今天晚上我們實在聽不過去了，是他姥姥先答的碴兒，後來我簡直憋不住了，才罵了兩句，唉，直讓您見笑，三更半夜的。……」

「您看開了吧，不必生氣，身體要緊。」我不著邊際的勸著。其實我們是非常同情於這頹然老翁的，說起房東，實在是我們胡同頂有名的吝嗇人，有著好幾處房產及每月百餘元收入的職業而常常因一兩個銅板與門口賣菜小販吵起來是家常便飯，今日因為房價暴漲，想擠出這老夫婦多租錢確是實情，我們這院子已竟由九塊錢的租價漲到十二塊半了，可還在不甘心地看著我們眼紅。

七十歲老翁喘息著又回那逼仄的廂房去了。

第二天我正在院子裡修剪那因為忘記打尖而只長葉不開花的大麗菊，突然房東母親推門進來了，有著一見生厭的紅鑲邊眼睛，面上一團殺氣。

「×先生，他爸爸說了，您這房得漲錢，十八塊一月。」

「你對×先生說吧，想藉此把我攆出去是妄想，漲錢也請他自己來一趟，您說的不算數。」我真生氣了。

這討厭的神話中女巫式的「老虔婆」走了之後，我們就開了半日會議，我是主戰派而妻卻主和：「可別衝突呀，上哪兒找房去？你又整年不在家，剩下我可跟他纏不了，多拿一塊兩塊的我們咬咬牙自己吃點苦吧。誰讓我們沒有產業。」

我沉默了，大麗花不剪了，任它把那被雨水打倒的枝葉浸在污泥裡，心頭漸漸孳生著憤怒之芽。

可是我終於惹不起房東，他固執地，似懇求而是強迫地，使房租由十二元增到十六元了。

以什麼力量負擔這有增無減的房租呢？我真愁煩了，朋友們總是勸著我：「忍受吧，你一搬出去他立刻可以租三十元呢。××，××，新近房子不都發生了問題？根本不是增租，而是房東要收回自用，骨子裡還不是另租新戶嗎？沒法子。」

於殘秋我以惆悵與憤懣的心情又涉著天津的汪洋大水到六百里外謀衣謀食來了，留下弱怯的妻，兒子，受著不饑不飽的宰割，留下寒傖的家產盡他們享受，可是當初我回去之時，房東到底移走了，那新房客是某銀行掙著三百元的行員，他以每月三十三元的優勢代價租了房東所住的四間房，只剩下七十歲的岳父和老妻度著一天三頓窩頭的日子。而我呢，則不知何時，連這樣一個憂鬱之家也怕有不起了。

我為這憂鬱之家而憂鬱！

1940年3月春寒之夕，讀佐藤春夫集感賦。

（原載《中國文藝》，1940年5月1日第二卷第三期）

小城之戀

如我這樣樸陋的鄉下人，小城市生活，實在比大都市好些。

而我卻偏不能長期的過那簡單的無邪的生涯，終於寄生於都市為一寒號蟲，真乃自己想不通的事。我家住在古老的北京十五年，雖是如此，我倒是飄流在外的機會多，只有夏天和冬天偶然回來一下，不去劇院，除買書外，不去市場，也不特別為尋覓風雅與清靜到陶然亭或西山，只是悠然的睡一個中覺，到胡同口買買燒餅油條和青菜，聽聽賣菱角的叫賣聲而入午夢，以至寒風中因擊柝人而想及遐遠等等，一切只是自然，單純，過著普通平民的安份日子罷了，故亦殊有小城市之思，若非大街上時有汽車往來，走路得小心一點，北京的某一角隅生活，固大可作城市山林觀也。

小城市我去過的住過的並不多，一個在塞外，比較最可愛，這文字要回想的主要也是他，一個在海濱，地理環境使這兒人情不像前者之淳厚木訥，一個則是不山不水的平原，可惜住得不久就離開，雖是生活很有趣，印象則不甚深刻了。

鄉間人似都有一種比較可靠的生活方法，不論貧和富。假定沒有戰爭，沒有驟然的毀滅，實在是無風的湖水一般平靜，你有田的人也不過比我作工的多那套出門的新衣，吃香煙可以吃「大嬰孩」而我只有「雞牌」與「人頂球」，如果我年紀大些，你還是要叫我一聲叔叔或伯伯，不會因為你有錢就會變成上海式的「過房爺」，更不會因為你有錢就一切都有道理。秋天及夏天，你照樣到田裡去，平日是主人這時也許暫充御車的車夫，送飯的大司務，白居易詩所謂「婦姑荷簞食，童稚攜壺漿」原不是誇大，而是寫實。到節令大家都有應有的享受和快樂，平日有嫌恨的也藉此杯酒言歡；若是到了「社戲」日子，

——北方叫做廟會，更是不拘有錢沒錢皆可有平等的機會去觀賞，去消閒，春天是我鄉社戲最多的時候，我老是願意和我們家裡的長工一起去而不高興和父親祖父一起去，因為他們一到鎮上就去忙著「正經事」，放小孩子在店裡不管，讓櫃檯上的小老闆盤問我在念什麼書，作什麼文；長工則一徑帶到戲臺底下，可以吃涼粉，可以買風乾了的鹹得要命的對蝦與海蟹，可以買有銀色的木槍、木刀與戲臺上唱戲人同樣的臉譜，回家後便戴上他且拿著刀模仿一番，又可以去看一枚銅元十張的「西洋景」，平常最歡喜的紙質影戲傀儡，以及在中學校的書商擔子上不容易看到的出版物，亦可於此時大買特買；我又訂閱著少年雜誌，一到社戲日上鎮，必可在「郵局代辦所」得到一冊新的，這也是為什麼期待社日到來的原因之一。新年是諸節日中最熱鬧者，我愛在除夕晚上同小朋友燃著燈籠去「辭歲」，一年到頭累苦的工人也叫他聲「大叔」甚至給他磕個頭，同他們玩著原始的賭博，有什麼過失都不會被呵責，又不必上學演最怕的數學，鄉下人因為欠債過不了年的竟少至於無有，偶然有人為此逃走了，過兩天回來，大家不過笑他一陣，有錢便給，沒錢再說，並沒什麼大不了。打官司的事十年中不見有一次，結果還是講和了事，沒米吃借幾斗亦很平常，健康，合理，不是鴉片式的刺激，不是爵士歌曲式的萎靡，這是我幼年曾度過的鄉村生活，如今這許多夢也只有十分沉入回思與幻想中才會浮出一點影像，不然，真是怎麼也難喚起了。而且鄉村今日，早已無復此種趣味，有的只是流亡與災祲，死滅與凌辱，即使是生在鄉村，想也不會再有什麼顧戀矣。

　　小城市之趣味與此差不多，而又有郵差來送信，送書，可以很不費力的買到牙膏與肥皂，可以看上海的出版物，可以看當天的報紙，比鄉村又多了些不可少的便利，然大都市的吵鬧與紛呶險詐卻沒有，豈不是異常可寶貴可戀愛的呢？

　　現在我講一些小城市的生活你聽：

　　早晨還沒醒，先有附近樹林裡的斑鳩在咕嚕咕嚕的叫著，有點輕微的厭煩可是主要仍是歡喜，於是閉眼靜聽，不是都市中載重汽車的騷音，而是遠些地方的殺豬聲又響了，也有駐軍早操的號聲和口令。有的城市是有定期的貿易日子，如逢五逢十，或二七四九等，到這一天早上，便添了人聲和騾馬的叫聲，我們不但不討厭，反而早些起來看那些賣白菜的鄉人吃大餅老豆腐，偶爾也問問價錢，總是很便宜，但他們已是笑我們出了大價錢，我們很高興於這一點慷慨。我所住的塞外城市早先曾是府治，可是質樸到早晨燒餅油條都沒有，比我那沒有城牆的家鄉農村尤為簡單。但是你如習慣的話，倒可以喝著蒙古人的乾酪與乳皮，那不是機製的牛油代用品，而是百分之百的純正乳脂呢。此外的城市，早點總有得賣，而某城的滷雞會賣到過一元錢七隻，我們一天吃一隻雞，每月不過六塊錢，好像在說夢話，但是我確曾過了六個月此種廉價生活。有的城市燒餅作得奇大，有的又在裡邊放了肉和蔥，全是大都市住民所想不到的。

　　似乎晚上的情味更好，塞外是冷的，人們都在土房裡燒起曬乾的牛馬糞和駝糞來了，始而味氣是刺鼻的臭，慢慢就變成一種嗜好，晚飯後非去走一遭看看小客店中的行腳人不可，煤油雖不貴，還是點著豆油或蓖麻油的燈盞，讓濃煙把本來暗暗的房子薰得更黑了，老人們遂在火炕上發出一聲聲的乾嗆。也有弄幾兩白酒自斟自飲的，一碟豆腐是了不起的酒菜。電氣與這古城尚無關係，大些的商號就點著汽燈，倒也很光耀。賣洋貨的布店總是進步的，能首先學著商埠的樣子把門面改為洋式，又裝上玻璃，不管是賀年片與皮球襪子等，亂七八糟，往門窗上一掛，作為自己的Window Show，有人笑他不懂事，實在也可以說是有趣的幼稚。我們在大城市裡是滄海一粟，而到這裡便不難成了人物之中心，英雄主義是不管什麼人都有一點的，尊重我們一定使我們有喜悅，譬如買東西，我們之地位與完全泥土氣味的鄉人便大不同，雖則我們在都市內正是鄉人一般。花錢未多，而老闆們會把最高最新的貨色拿給你看，似乎你是「行家」，且大商店較少，

你只要買過兩次襪子或日光皂，他已經認得你的面孔，曉得你恭喜之所在，下次再去，即直呼「×先生」。點一枝「白金龍」遞過來了。這比在都市裡看學徒鄙薄的面孔舒服得多，有的洋貨店帶著賣新書，雜誌，他們一點也不知道那些書和雜誌的內容是什麼，只是告訴你，你要看的「論語」又到了，「太白」又到了，我倒有些奇怪，為甚麼他們會賣這種書呢？還有郵政局，在大都市裡是頂蠻橫無禮貌的，而我們因為常去寄錢寄信寄稿子，彼此也會熟起來，他們一面拿最惡的面孔給鄉下人，一面就把最和善的面孔對我們，我們既不平又有些感激與自傲，有次一位局員竟和我談起稿費和文章來了，「您的稿費真不少呀，每個月都有幾次掛號信，您寫文章的筆名是什麼？我很想知道。」我怎麼說呢？只好「報以一笑」。後來，戰爭來了，我離開那古城，居然會在北京某郵局中會到他，他說，人都跑光了，他就被調到北京，許多人死在彈雨中，我所繫念的朋友，書籍，古屋，人情，因他的簡單報告而更增加若干惆悵，我不知何時才會再見那些古老而單純的東西。因為聽說那裡現今也有電燈了，有工廠了，有成千累萬的工人在作工了，我就不願再想下去。

　　沿海小城之暮，另有景象，這裡人情雖不盡美，「自然」卻不因之減色。說是沿海，實距海尚有百里許，而一條有名的大河則緊靠東門，我們是住在北門外，城小，所以距河也不過二、三百步，那廣大的沙灘與從海那一面逆航而來的風帆真是每個人的愛寵，差不多我們吃畢晚飯就到河邊看帆影去了，夏日夕照滿帆，從遠方的山頭拐過來，由一個小白點逐漸擴大，常常是三個五個以至十幾隻船先後駛行，經過我們眼前，舟子有些自滿似的，唱了起來，直往有火車疾馳的大鐵橋下走去，我們追在他們後面，河岸有各種顏色石子，大家紛紛拾取，回來放在磁碟裡，浸上清水，色澤格外美麗了，於是想像到南京雨花臺。為了比賽石子的美麗，有的不惜渡河到彼岸去，那兒沒有村莊，沒有人跡，只有可怕的荒曠與野風，土人說，甚至會有土匪的，但是不怕！我則歡喜拿普通的石子「打飄瓦」，看它在水面上

騰躍幾度，到最後沉下去的時候，多少寄與惋惜之意，這也可以用比賽方式，朋友T君人雖瘦弱，但永遠得勝利，他又能將石子遠拋至隔河，在晴空中畫條明顯的弧線，那是極美的一剎那。

　　秋天便有葡萄吃，多砂的塞外反而長得頂好，大約一角錢可以買三斤罷，紫的瑪瑙葡萄及長的馬眼葡萄隨你所好，於是我們到郊外看果園，又有在山壁上穴居的家庭沿路開著小茶館，山泉涓涓的流向城市去，赤足涉水非常有冷冽之趣，果園裡也有肥嫩的蕪菁，要幾隻鄉下人不會算錢，看園人每天過著真正道士生活，自己汲了山泉，洗洗青菜，把一方磚作了砧板，用當地特產的「蓧麥」搓成捲，放到鍋裡蒸熟，青菜也只放些鹽煮煮算數，自己在西風中大嚼起來，述說著自己好吃一口酒，為弟弟所不容，只好跑出來給人看園的故事，問他還要不要喝，只是簡單的告訴你「喝」就完了，孤獨，閒散，簡單，我們時刻在索想這生活而不得。

　　小城市的附郭多有山，山中有廟有僧道，可是遭遇與個性各有特色。塞外的廟白天沒有人，讓偶像與問吉凶的籤筒等待遊客，遊客大抵是終年不常見的，任塵土封了門庭，蕭寂得連蟋蟀也好似多餘。問山下作瓦盆為生的村民說是道士回來時間不一定，或許幾個月都不來，也有行李糧食等在內，門也不鎖的走去走來，東西還不曾失去過，你想想這是不是一個可愛的世界？濱海就不行，道士一見我們便招待到客堂去，一面敘述他怎麼招待吳孚威、胡景翼，一面又作著很狂放的批評，使我們頗吃一驚。

　　「吳佩孚，傻梆子！馮玉祥都動手了，他還不知道，我和他講，你不要馬虎呀，小心有人抄你後路，他不聽，你看怎麼樣。——我經過的看過的太多了，哈哈。」雖是如此，七、八個人臨走只要給一塊錢也就千恩萬謝的送出來了，一邊還指手畫腳告訴我們種種風景的故實。

　　這便算濱海之風與山中之風的差異吧？

　　遠方朋友來信，每接到新書報皆是野人空谷跫音之喜悅。雖不在都市，可亦頗心存魏闕，我其實並不以此為非，唯所關心者不是簡

任職以上的升沉，而是幾個朋友的日常狀態，N君詩集之出版與肺病之漸痊是喜事，L君女友之別有所戀則亦幾乎很大之悲事。他們也會告訴我稷園的芍藥消息，清華園的丁香如何，更時時供給我以「新聞網外的新聞」，某種集會或運動有什麼樣的背景，我雖在數百里外更得以旁觀者的資格認識廬山面目。有牢騷向朋友發洩也採通信方式，早已斷定朋友會有一番勸慰而頗期待著，還有因寫文章而通信的神交友人，信彷彿寫得尤多尤好，期盼亦更殷，上午工作完畢走回自己寢室，最希望桌上有北京或上海的來信放著，若再有成卷成包的書報則飯也不吃，先打開來看看再講。有時去定了書或雜誌，到日子未來，就於信差法定送信時間之前去傳達室等候，如果居然有，連登記收信簿也等不及的拿著就跑回來，沒有呢，要再三查看後才嗒然返回。在荒遠的地方看見自己的文字會在上海用鉛字印出來，那喜悅自不必提，簡直是可以勝過得獎券的頭獎一般了。

　　我在南京走路非常擔心，車夫是不懂讓路的，也不知招呼別人讓路，像北平的「打住」、「東去」等術語這兒都沒有，東面來了一位，北面來了一位，只有憑運氣才能斷定碰上或不碰上，小孩子老太太走在汽車飛馳的馬路上也不理會，有時看見極驚險的鏡頭，覺得英文的Narrow Escape一語確有妙境，以此亦常想及在中古式的小城中之漫步，三人一排五人一排通沒關係，你的前面也許有一群走得更遲緩的羊，看披著白色皮衣的老人在牧放著，牛車驢車皆有溫厚的態度，會向你謙遜的。城裡雖有馬路而無汽車，出城後則是蜿蜒在山谷中的駱駝足跡，火車好像只管都會與都會的事，經此古城並不理睬，固然，也有時帶給我們當天的報紙，新鮮的番茄，白菜，⋯⋯

　　日子太渺茫了，我的愛戀的小城市也遠到無邊的夢中去。

（原載《兩都集》，上海太平書局1944年4月初版）

筆墨生涯

013

兩都賦──南京與北京

雞籠山上雞鳴寺，紺宇凌空鳥路長；古堞尚傳齊武帝，風流空憶竟陵王；白門柳色殘秋雨，玄武湖波澹夕陽；下界銷沉陵谷異，楓林十廟晚蒼蒼。

──王漁洋：登雞鳴寺

冰簟胡床水上頭，起看纖月映淮流，三更入破誰家笛，子夜聞歌何處樓？澹澹星河耿斜照，娟娟風露始新秋；謝郎今日思千里，獨對金波詠四愁。

──王漁洋：題秦淮水榭

南風綠盡燕南草，一桁青山翠如掃，驪珠盡擘滄海門，王氣夜寒居庸道，魚龍萬里入都會，澒洞合沓何擾擾？黃金台邊布衣客，拊髀激歎肝膽裂，塵埃滿面人不識，骯髒偃蹇虹霓結，九原喚起燕太子，一樽快與澆明月……

──郝經：入燕行

都會盤盤控北陸，當年宮闕五雲飛，崢嶸寶氣沉箕尾，慘澹陰風助朔威；審勢有人觀督亢，封章無地論王畿，荒寒照破龍山月，依舊中原半落暉！

──王惲：燕城書事

一個是秦淮水碧，一個是居庸夜寒，這兩個性格不同而同具幾百年帝都歷史的古城，於今仍然作為中國政治上南北二個中心，舊都與新都，曾引起多少詩人的讚歎。中國歷史上的古都，隋唐以前是東西配列，非長安即洛陽，那種居中環拱的地勢，是足以雄馭四方的，宋以來，政治重點逐漸東徙，由洛而汴梁，當時以北地異族突起，幽薊十六州，北河三鎮，先後劃入契丹，政治地勢，已由東西變為南北。及汴京陷落，高宗遵海而南，自此至清，七百年間，只以南北二京，為帝王互爭消長之地，原來古代國家，是十分大陸性的，所以要居中馭外，近代國家，是海洋性的，故注意交通便捷，經濟繁昌。南京雖曾在隋唐以前，作為六代帝都，而為時之暫，恰似電光石火，如今只留下雞鳴古堞，陪伴著梁宋諸陵，供考古家和騷人憑弔，其餘建置，明代的已是不多，何況更早？所以我覺得以帝京而論，南京雖老而實新，北京似近而頗古，只要我們把街道民廛宮城帝闕一加比較，是不難立知的。

　　讓我們放棄考古的迂談，說幾句有感的閒話罷。我在北京住過十五年，而在南京只住了一年，自然對於兩方面都談不到深刻的認識，尤其是南京。但為了感情的關係，有時對於舊都起莫名的懷念，恰似遊子之憶家鄉。而南京呢，亦有許多新的接觸，特別是屬於生活的瑣瑣碎碎，因此執筆略加抒寫，假使兩方面朋友看了，也許認為是有趣的事吧。

　　比較說來，南京是太不幸運了，在近一百年中，不知遭逢多少次兵災戰禍；尤其是清末太平天國及次次戰役，損失幾至不可計算。洪楊亂後，直至國民政府建都，元氣迄未恢復，於是這有名的龍蟠虎踞古城，竟降為人口不逾二十萬的內地小都市，秦淮河水壅塞不流，明孝陵前秋風落木，七十里大的城廓，只落得如桃花扇所云「莫愁湖鬼夜哭，鳳凰台棲鴉鳥」，雖以曾國藩那樣魄力，也未能把它復興起來；民國十七年以前，又經過幾次軍閥戰亂，即非戰時，也削剝得人民血肉枯竭。十七年至二十六年十年間，可謂南京建設的猛進時期。

如今我們進挹江門直至新街口一帶所見的街道住宅，寬闊整潔，碧綠的梧桐，青翠的冬青，和山西路寧海路一帶德國式住宅竹籬外的薔薇，大有異國風趣，這些差不多都是那時建築起來的，而以前則是菜圃竹園，荒蕪三徑。只有城南一路窄狹污穢的小街，牛屎熏天，傖俗滿目，還保留著南京原有色澤。可惜這次事變，只剩下些燒毀的殘骸，在晚照中孤立著。尤其是自下關進城，首先看到交通部原址，那美侖美奐的彩色樑棟，與炸藥的黑煙同時入目增愁，不禁令人生「無常」之感。刻下南京人口約七十萬，尚未恢復事變前九十萬的紀錄，住民分配大約是：

山西路一帶　官廳及新住宅區

中山東路及太平路一帶　商業區（日商尤多）

南城一帶　商民輻輳區，因為這裡是道地「老南京」與其餘各地顯然有新舊之分。

南京是不調和的，新的極新，舊的則簡直是垃圾堆，似不容一刻存留，這正是建設進展過猛的表現。北京呢，自庚子亂後，幾乎五十年中未嘗遭過兵燹，且七百年來無日不在帝王的經營中，市廛整齊，配列勻稱，無刺目的新，亦無可厭的舊，是其特長，但是缺乏朝氣，則毋庸諱言，這正如京派的人與海派的人一樣，前者是典型化而持重，後者是喜變化而活潑，誠然是各有千秋。不過以居住的便利說則南京似絕不如北京，北京唯一特長，即無論何人均可得到適當的舒適，南京則天堂地獄之判，十分顯然。

雖是大陸性氣候，而防暑都有價廉而適用的設備，故亦不覺其風霜炎燠，這是住在北京的人都曉得的。北京住宅很少像南京山西路一帶那樣歐美化的設計，往往是四合瓦房，大門則髹紅漆，金黃色閃亮的銅環，使一個小康之家也增加幾分堂皇氣象，潔白的紙窗，扶疏的花木，老槐是庭園最普遍的點綴品，因為它有好的「清蔭」，若夏日則更有一窗碧紗（這紗是線織的，價甚廉而能阻蚊繩，南京就買不到，還有北京人糊窗的高麗紙，南京也難得），這時最宜於午眠一

覺，聽賣菱聲聽冰盞聲（賣冷飲小販所敲的銅碗），那種韻律都可以催眠的。冬天必有一窗暖和的陽光，而廉價的煤供我們滿室溫煦，於是你可以在晚上聽虎虎的大風，和賣花生賣蘿蔔小販的清脆音調，一面煮茗清談，或剝花生米吃，有一碗香茗助你寫寫文字，都是詩的境界，在南京很難覓到的。

北京沒有春天，一因為多風，二因為沒有溫和，非嚴寒即酷熱，所以許多花都不能好好開放。即如牡丹，本是北方名種，而此花開時，無日不沙塵滿目，號稱以牡丹著名的中山公園、崇效寺，實際上人們到那裡還是憑弔落英的機會居多。豐台從遼金以來，就是燕京的花事中心，那裡的匠人雖會在大雪中培養出帶花的王瓜，鮮碧的豌豆，嫩黃的春韭，使農學專家大吃一驚，但也奈不得風姨何。南京的住宅、零吃，以及其他舒適均不能與北京比，唯花木的繁茂易生，則遠非舊京可及。（雖然這裡天氣也會「十日雨絲風片裏，陽春煙景似殘秋」，但風雨頗可養花釀葉。）譬如一家用蘆席搭成的棚戶，院裡會有很名貴的薔薇，而老舊的瓦房前也常有絢麗的紫荊和潔白的繡球，在雞鳴寺考試院前馬路兩旁，我採過許多野生的山茶，那惑人的嫩紅比中央研究院的辛夷和丁香還有力。山西路一帶新式公館的年青娘姨，在早晨八、九點鐘提菜籃上市時，手裡常拈著一枝淡黃玫瑰或木香什麼的，令人豔羨她們的幸運。不過是，有這種花的人家，總是兩扇鐵門緊閉的，而在鐵門上面一隻小洞裡，可以看見軍帽下的獰目，不時向外打量，如果門開了，那一準有部Chevolet或Plymouth之類咻的一聲開出來，使你不由的讓開馬路，吃一鼻子灰。

南京除洋房以外，舊式房子真沒法問津，尤其像我這樣一個來自北方的人。他們老是把屋子裡糊起花報紙，頂棚及木板壁則用暗紅色，窗子很少有玻璃，只是那種黯淡的調子就夠你受了，加上馬桶的臭氣，「南京蟲」的臭氣，以及陰濕的霉氣，無怪住在裡邊的人終年要害濕氣。道地南京人可以在這種卑濕黑暗的客堂間打上一晝夜的麻將，可以在這裡度一生，那才是奇跡。當我一租到這樣一幢房子時，

沒辦法，第一步先將牆壁頂棚刷白，第二步將門窗釘好，換上兩塊玻璃，好容易恢復一點光明，但是罅漏的地板和黴濕氣依然沒法可想。南京住宅普通都院落很小，屋瓦是浮放在房脊上，一到梅雨時，豈只是「家家雨」，簡直可以說「屋屋雨」，假設不是「床頭屋漏無乾處」，則聽雨亦復大佳，無奈地上得放許多盆子罐子，不湊巧被褥也得收拾過。南京老鼠也是有名的寶貝，其形色比北京大而深，專門在信紙信封或藏在抽斗的文件上大小便，或是在窗楣簷角間作飯後散步，以及滾一顆胡桃在地板上玩耍，時間則在人已睡倒將入夢不願因些須小事而起床之時，其聰明誠不可及。或云，重慶之鼠更甚於此，其大如貓，能噬幼兒之鼻，然則我們還得贊一聲大慈大悲也。

全國研究學問最方便的地方怕沒有比得上北京的了，不但有設備完善的北平圖書館；那兒還有許多活的歷史。譬如我們喜歡晚清掌故的人，你可以找到勝朝的太傅太保，你可以和白頭宮女話開元舊事，你可以見到大阿哥，你可以聽七十歲左右的人講紅燈照，到偉大的故宮可看見荒涼淒慘的珍妃井，可以歌詠慨歎當年帝王起居的養心殿。每一條街或胡同都有它的美麗故事，六必居可以使你看看五百年前老奸臣的榜書，這好像在古老的京城都算不了什麼。掃街夫也許是某巨公的戈什哈，拉車的會有輔國公的後裔，開府一方的宗室弱息居然變了戲子，以「四郎探母」換她的吃喝，下臺軍閥的姨太太在偷偷摸摸與汽車夫度安閒的日子，而不會被起訴，這都是活的學問，活的歷史。此不過我所研究的一端，假設你喜歡音韻學，那好，這兒是國語的中心，你喜歡外國文學，這兒有住了一百年開外的外國人，有會唱中國戲的德國客；你喜歡音樂美術，那就更合適，從荊關吳陸以來的畫幅，真的假的立即排在眼前，只要你肯到琉璃廠走一走；而多少譚鑫培曾演戲的地方，現在仍然保留著那時的打鼓人與胡琴手。北京飯店有義大利的提琴名手在開演奏會，你也不妨去觀光。總之，這裡有羅掘不窮的寶藏，每個人都可得到他所需要的東西。去年，我想專門搜集甲午戰爭的史料，在南京走遍了書店，只有《劉忠誠遺書》

和《潤于集》之類，始終不到十種，後來索性寫信給北京朋友，他託了書店去找，這一下可不得了，連中文帶日文就有二百多種，連我一個朋友的父親，官只做到潮州知府的，一部沒名氣的折稿，都赫然在目，這就是北京書坊老闆的本領。你不記得嗎？李南澗和梁任公都和書店老闆作朋友，葉緣督在《語石》中更稱譽碑佐李雲從不置，雖然潘伯寅先生也上骨董商不少的當，但琉璃廠那許多書店和古玩字畫店卻真正是不花門票的博物館和義務顧問。我曾在南新華街（琉璃廠附近）的松筠閣整日觀書，他們並不以為忤，假使你不願意花車錢，你可以借一個電話打給他：「喂，把《三朝北盟會編》給我送來看看；你們那部《水曹清暇錄》賣了嗎？如果沒有賣，也給我拿來。」於是就有穿藍長衫光頭髮的學徒用藍布包給你把書送來，他雖騎車累得滿頭大汗，但是，連一碗茶也不要喝，臨走還要說一聲：「×先生，您用什麼儘管說一聲，我們就送來了，回見，您！」這實在比看圖書館管理員的嘴臉舒服得多，而你呢，到了端午中秋新年三節，只要稍微點綴十元八元就可以了，不用的書盡可送回，絕不會嫌你買得少。

在南京以至於上海都沒有設備較好的圖書館，有關掌故的人物更不願住在這種海派十足的地方，——因為這裡再不能瞻依北闕。即使有一二歷史人物，他們生怕你會是綁匪，或者藉名募什麼捐，你休想接他們的馨欬。這地方的人情，普遍說起來比較冷酷、刻薄。比如拖黃包車的吧，他一開口一定要加倍的價錢，甚至說一種讓你不能忍受的話，「你媽，這樣遠給一塊洋鈿，乖乖！」我寧可走那些用碎石砌就崎嶇的小路，也不再嘔氣了。店鋪裡的老闆都是高高在上。「老闆，這只熱水瓶幾個錢？」「二十多塊錢吧！」「到底二十幾塊錢？」「你買不買？不買何必問呢？」一個北佬到這時不是氣昂昂出去就是給他一記耳光。書店我都跑遍了，也委實花過一些血汗之錢，總算博得點頭的交誼，但想拿他們做顧問卻夠不上，欠債一過十天也會連番找上門，給你面孔看。何況這裡事變後一點書也買不著。至於

夫子廟的古董店，只看見粗惡的偽張大千或趙撝叔的作品，而價值又是嚇人一跳的。

讓我談談吃和娛樂，以作結束。北京是有名的「吃的都城」，那些堂倌的油圍裙同光頭頂胖肚子代表他的資格與和氣，若是熟主顧他立刻會配四樣你高興的菜，且告訴你：「五爺，今天蝦可不新鮮了，您不必吃，我叫劉四給您溜個蟹黃吧，真好，勝芳新來的。」你聽了在誠懇之外，還感到一陣溫暖。好些地方你可以出主意要他們給你做，不是嗎？江春霖有江豆腐，馬敍倫有馬先生湯，……你若高興，何嘗不可以來個張先生餅？有一特點，是海派先生們最不慣的，便是，館子愈大越沒有女招待。同時，凡用女招待為號召的館子一定不登大雅，且飯菜亦無可吃。假如願意侑酒，可以叫你熟識的的「伊人」，或者一直將酒席擺到伊人「香巢」去。像南京這樣有侍皆女，無女不蘇（姑蘇）的現象是絕無僅有的，這好像北京處處都保留著古老的官架子，絲毫不肯通融。女招待我不反對，因亦「雅事」之一，無奈此地的招待與食客，實在風而不雅。逼緊嗓子唱「何日君再來」或皮簧已可令人皺眉，何況一直可以幹堂上滅燭的把戲！說到娛樂，一是遊賞之區，二為視聽之娛。北京有許多帝王時代的園囿，那不只南京，即世界帝都都很難比擬的，現在卻花五分錢乃至一角錢就可進去吃茶了。中山公園的古柏，北海的瓊島，南海的瀛台，頤和園的十七孔橋，以及天壇孔廟，差不多成了北京的代表，沒有到過北京的，在明信片上，在地理教科書上，在啟文絲織廠的風景屏條上也可以領略一二。然北京於此亦有不及南京處，即南京雖無公園而處處野塘春水，花塢夕陽，皆可算公園是也。莫愁湖之野趣，清涼山雞鳴寺之荒曠，玄武湖之淡遠，各有其致。我頂喜歡考試院前一泓河水，夾岸垂柳，放牛羊的與火車相映照，這很像北京永定門內一帶光景。若有著脂粉故事的秦淮河，只好在《板橋雜記》中去回憶，休去看他，桃葉渡左右全是刷馬桶的金汁與爛菜葉，使你不相信三百年前的李香君、柳如是會選這麼一個所在住下來，儘管隔岸太平洋六華春酒樓中

也在金迷紙醉的吵作一團。且自事變以來，頹垣壞瓦，儼然《桃花扇》〈哀江南〉中景物。即朱、俞二公的〈槳聲燈影〉之文，到此也成謊語，所以趨熱鬧的大都到「群樂戲院」、「飛龍閣」之類的地方去，只剩下一、二詩人向著鈔庫街的暗巷沉吟。提起戲劇，北京人是聽，南京人則看。聽戲是坐在角落，呷一杯香片茶，閉了眼睛，用右手指細按板眼，遇會心時點點頭，咽一口茶的風格。看戲是眉挑目語的看，《品花寶鑒》中潘三看蘇蕙芳那種看，奚十一看琴言那種看！──因為南京的戲，大部分是「歌女」唱的，歌女之在南京，恰如一百餘年前「相公」之在北京。唱雖是職業，卻不是維持生活的法門。於是為達某一目的起見，遂有「捧×團」等等說法，好像這也是「古已有之」的事了，但究與易哭庵之捧梅博士，羅癭公之捧程硯秋，相去有間吧？我於此道，十分外行，恕不多瀆。

天下事永遠逃不過歷史，清朝人對著《春明夢餘錄》一類紀述咨嗟，同光間人則已慨歎《嘯亭雜錄》中之種種，時至今日豈唯《天咫偶聞》、《藤蔭雜記》等竟如三代以上，即《宇宙風》之「北平特輯」亦邈若山河矣。南京掌故之書所知不多，《客座贅語》是較早的了，甘實庵君的《白下瑣言》甚風行，紀近事頗楚楚，不失為好文筆，不知數十年後，仍有此種文字否。「後之視今，亦猶今之視昔」，一念及此，不禁致慨於滄桑之速也。

1942夏

（原載《兩都集》，上海太平書局1944年4月初版）

林淵雜記

羈鳥戀舊林，池魚思故淵。

近來寫鄉愁的文字漸漸多了，大約也應屬於清談一類，至少是沒有前進思想的，說得更不好聽一點，就是頹廢。也有人加以種種解釋，但無論如何是與時代不能拍合了，似以少作為是。然我想頹廢之後也未嘗沒有苦痛，苦痛而作為頹廢的樣子表現出來，乃是更深的苦痛，或即是苦悶。張季鷹思蒓菜鱸魚，其動機不全是味覺，乃是在憧憬著另一個理想的境界，即作了「性本愛丘山」的隱士，亦是因為五斗米的問題，而願守拙歸田園也。不回故鄉已竟十年，聽說家中變作防軍碉堡，老親躑躅於途，弟妹俱各遠適，實在不能不有所攖心；古人一不高興可以歸田園居，看門前五柳，作羲皇上人，如今我們正因為回不得家鄉而飄淪在外，則與古人又不相同。然則寫幾段懷想的文字，似當獲得讀者的諒解耳。

天氣漸寒，江南尚在落雨，牧之詩「秋盡江南草未凋」，俗本「未」作「木」北人遂不及知。今日我身處吳會，才明此指。家鄉來人說，棉衣服早上身了，因翻日曆，居然立冬早過，小雪相近。北人視立冬為重要節日，我鄉農家，均於此日決定傭工的去留。秋天雜糧收割已畢，黍稷重穋，禾麻菽麥，收拾進房入倉，委實是斗酒自勞的時光了。冬日無事，不重要的傭人遣去，可以節省一點，好像我在〈語稼〉一文略已談之。這時園林蕭穆，只有小麥還微現青色，肥美的園蔬，一車一車入市求售，我記得十六、七歲時，現銀一元，可易三百斤，今日說給你，不知信也不信。在廣大的平原上，只有背著荊

筐撿拾驢馬遺糞的勤苦老人，踽踽的走著，我曾見趙望雲寫生集有過這樣題材，非常觸起家鄉的景味。靠山的地方，牧羊兒善放野燒，我外祖家離山最近，冬天又每為母親歸寧的定期，於是我常和牧兒去燒野火，晚間在較高山坡上燒，更有意思，常可延長一兩個小時。還有一種好玩的事，就是在冰上打滑擦，此即簡單之溜冰，而較穿了數百元一雙的冰鞋者更為健康簡單且有趣耳。吾家距河甚近，在小學時都是於放晚學後約齊到河沿上去，我們將岸上積雪灑向凍結了的河床，使冰凌益增其滑度，然後從遠方蓄勢跑下去，兩腿稍離開，身體半斜，可以一下子滑出幾丈遠，也有因為技術差而立即跌倒的，則必為同伴所笑。我是體笨的人，總是在岸上看的機會多，難得下去一次。河東和河西的學生，顯然分成兩派，而入私塾與入洋學堂者尤齟齬，某年冬天，遂大衝突起來，晚學放過，把滑冰的遊戲，一變而為戰爭，始而是隔河互罵，繼而投擲磚瓦，最後則衝鋒過去，用七節鞭長矛關刀之類大殺大砍，每天讀的小說正是《彭公案》、《七俠五義》、《小五義》等，而平常看社戲，也不出八蠟廟、落馬湖云云，不免以展雄飛、黃天霸自命，後來差一點釀成人命，校長處罰了若干同學，才把戰事停止，許多同學，今日早已不知下落，亦有少數已在大學或中學服務者，不意也快二十年了，光陰在回憶中總是這樣快。

　　提起社戲，更使人悵惘不勝。年歲承平，鄉下人很喜歡花一點錢，在市鎮上娛樂幾天。不要說戲臺下面飯棚子的肉餡煎餅很遠的便可以逗人饞涎，就是那個賣自製荷蘭水和鑲牙補牙的江湖術士，唱著不三不四歌訣，不也可使人們團團圍住感到極端的有趣嗎？像魯迅先生所寫的坐了烏篷船看社戲的經驗，我們是沒有的。北方都是駕了車子去，車有兩種，一種即是從先京官司常坐的轎車，有很精緻的幄帳，鋪墊，騾馬的步伐要經過相當訓練，既快且穩。即車輪的響聲，也要清脆而及遠，我幼時家中有兩部，社日我必和曾祖母一個車去，老年人喜歡幼年人，其實幼年人是不大高興老年人的，我很聽

話，也就不加抗議。另一種車乃是運物的大車，沒有固定的篷子，牲畜也可以隨便增加，在各種裝飾上皆是極原始而質樸的，因為平常僅用以拖農作品，甚至運糞，小康之家，沒有轎車，在這種車上加上席製的蘆棚，謂之蒲籠車，也可以避日避雨，但較之輪車，恰如白篷船與烏篷船，不免相形見絀了。無論什麼樣的車子，在野外舞臺之下，都要停在至少五十公尺以外的地點，布成半環形，而將前面的空地讓給直立的觀眾。因之在人語嘈雜萬頭攢動中，車上實在看也看不好，聽也聽不好。不過我們要明白，看戲的意思初不在戲，乃是在嗅一嗅那喧闐熱鬧的空氣，我想鄉人生活只怕太簡單了，不能不借社日來補充一番，所以我鄉稱看戲為逛廟，逛的意思，正指遊玩，《水滸傳》中「車馬往來人看人」，殆即此景。社戲的日子，則根據廟中神像的生日而定，例如四月十八者，娘娘生日也，曰娘娘廟，在《帝京景物略》則曰元君誕矣。三月二十二者，藥王生日也，亦不知此藥王是誰，反正有廟會斯為一般人所歡迎而已。俗曲中有所謂《劉二姐逛廟》者，慎勿以為如在北京之遊覽寺觀，斯不至望文生義矣。

　　廟會亦即是百貨雲聚的日子，搽了脂粉的村女可以買雪花膏梳頭油，也有金質的首飾，都市中過了時的估衣，老農可以買一頂新草帽，選購收麥和收秋禾用的傢俱，給自己的小孩子買一點花布等等，如我，志在買一條有銀色的長矛，鬼面，和假鬍鬚。此外則希望從郵政局取到新寄來的少年雜誌，還有一種最喜歡的東西，就是紙板雕成唱灤州影戲用的偶人，這種紙偶，刻得和戲劇中的人物一樣，而身體各處關節，都是活的，用鐵絲繫以細高粱桿，可以在夜窗燈下舞來舞去，唱著戲劇中的辭句。同時身體與頭部是可以隨便離合的，如果戰場失風，不防一刀兩段，更可將同一身體，換種種之頭，忠奸賢愚，聽你之意，我們常常在上手工課時，偷偷用圖畫紙雕刻各式各樣的腦袋，以便配到身子上玩耍。有一個同學專會畫人物面孔，我們不免求他代為設計，他又能在石板上把戲劇成齣的畫下來，邊畫邊唱邊說，弄得大家上自習時都圍了他，聽他一個唱獨角戲，他尤其善於畫馬，

三筆兩筆，神采奕奕，可惜半路輟學就商，不然也許早成為徐悲鴻第二了，因為環境的逼迫，不知埋沒多少人才。

　　社戲既又稱為廟會，有時也附帶迎神賽會，這完全是民間藝術的表現了，而且連組織也是純粹民間的。他們平時作農作工，到冬天就按性之所近演習起來，唱秧歌的要踩高蹻，耍獅子和龍燈的，要練身段，參加五虎棍和少林會的，便不折不扣的真刀真槍對打對砍。此外像小車會，大頭和尚度柳翠，老漢背少妻等，專以可笑使鄉人快意者，也要加以相當的練習。我在外祖家，常於冬日深夜尚不回家，原來正迷戀於秧歌之蹻工與五虎棍之相打。秧歌有人說是東坡先生編製的，那自然是有點借重眉山，然其組成，固頗可愛，有漁翁漁婆，樵夫，大家圍起來唱著，腳下都登著高約三尺的木蹻，這也如希臘古優穿高底靴一樣，原始藝術在野外演出，非此不足以使觀眾易於看到。唯此種蹻工，遂成專技。就中尚有一公子，一小家碧玉，一賣豆者，似是表演春日男女互挑，以歌相應答，而賣豆童子則時時從中搗亂，且歌且舞，配以冬冬的腰鼓，實在是很有趣的。可惜那些歌辭我不記得，想必有不少很好的東西罷。五虎棍是要打扮成黃天霸竇二敦諸人的形狀，穿著舞臺上常見的服裝，道過簡單的說白，就相打起來，這想著好像沒什麼意思，然小兒正要在那個黃天霸的身上滿足自己的英雄欲望，遂亦有不少的人隨在後面不肯遠去。《東坡志林》所說三文錢去聽《三國演義》，罵曹操而喜關羽，與此相近。小車會者，一人扮村姑，坐手車上，實則車乃洞板為穴，扮演者的腿，照常在地下行走，車上所見盤起來而有纏了腳的腿，卻是假的，把蓮足展覽一番，亦是鄉人色情的要求乎？推車者是端起車子走，其節奏須與村姑動作相合，仍有一人，扮作無賴少年，招蜂引蝶狀，打摺扇與村姑相調，載道派的大人先生，多戒家人不看此會，以為風化攸關，而我輩小孩，深以為有意思，對於那一個村中某人扮演坐車村姑出名，正是有口皆碑的稱道著，並不計算教訓云云也。然最具諷刺幽默之感者，要算「燈官」，一人扮作戲劇中之豆腐臉丑角，戴緯帽，官也，騎於

木槾上，兩人荷之，又一扮醜婦人，荷如官，則曰官娘子，看者得隨意揶揄，所以哄聲時起，失舄落履，大為熱鬧，名為燈官，想在當初常在上元節演此，蓋今日我鄉仍以正月迎神賽會為多也。小民對於所謂「官」者，有什麼辦法呢？除了官逼民反大家揭竿而起以外，輕鬆的，無傷大雅的，這樣來他一下，大約作官的也哭笑不得罷？但亦好像三代以上了，說不定像後來的世界，這種把戲也不作興的，諷刺幽默本亦曾被厲禁也。

節日是社戲以外各區域通行的休息的日子。年節自然最重要，約可休息十天，中秋正在農忙，吃而不休息，端午獲麥，例如中秋。兒時新年的記憶還很鮮明，因為三百六十日才有一個除夕，到底是不平凡的日子，而且這一天的氣象也的確與平時大異，燈火比平時多了幾十倍，不免使整天盼著新年來到的孩子們心頭格外明亮爽快了。我在許多地方過年，好像無論在哪里都比不上北京和離北京只有一百多里的我鄉熱烈而富於情趣。似乎別的地方，在生活上已經沒有任何餘裕，又像是一個人已經衰老，看了歲月駸駸，除憂愁與悵惘外，再沒有喜悅之感。我鄉則頑強的與生活奮鬥之餘，還保留著一點孩子好勝與稚氣的心理。即如北京，在風俗人情上，誠然古舊舒緩，而在新年時，則又較其他都市都活躍而年青，想在北京住過十年以上的人，皆有與此相同之感的罷？求學時期，對年假的期盼，比暑假格外殷切。我每次都是買好幾瓶一得閣墨汁和羊毫筆，預備到家後應付鄰家老人要求寫春聯。他們穿著氈製的厚重鞋子，在長才及膝的夾袍上加了特大的馬褂，旱煙管自是不可離的，見面喜歡親切的叫我乳名，又必須誇一陣長得高，學問好，字也寫得好等等，年青人心中或許有點厭煩，如今在城市中每天所見總是俗惡的洋裝和市儈式的短打，一件衣服上增加若干不必要的紐扣，說話烏煙瘴氣，朋友長，朋友短，轉憶那許多篤厚的面孔與裝束，真好似不易再睹了。找一個公共集會的地方，例如廟宇或學校等，接受著源源不絕的書件，父親也以喜悅的眼光看著，好像有些高興，不時有人進來吵鬧一陣，原來是討債的糾

紛，沒人理會，沒人勸解，遂亦作罷。這種太平時的麻煩現在想著都成可愛，蓋近日鄉下人來此，說是幾年以來早已無年可過，只有天天活埋人的新聞了。

這雍穆的景象在鎮市就更明白，臘月集期有比平時多出幾倍的鄉人，買酒的人背後成一座小山，口袋裡至少有個二十斤重的陶罌，神紙，蠟燭，香料，各式各樣的攤子，使街道上擁擠得走不過去。賣餡餅的鍋子裡如社日一般的放散著牛肉的香味，我讀莫泊桑小說《A Piece of String》時，記那個老實的鄉下人趕集，所遇到的景象，很容易與鄉鎮年景起聯想。小孩子頂高興的乃是畫棚，木刻板畫還未盡絕跡，蓮年有餘，日進斗金，滿門吉慶，福祿壽三星等代表鄉人普遍心理的木刻畫到處都有，不一定在棚子裡，商店外壁上也可懸上若干，作為臨時展覽的所在。不過這種畫到底沒有「天津鍋店街東華石印局」印的新式石印年畫受歡迎，老太太管這種畫一律叫做「胖小子」，意思是多福多壽多男子，年輕夫婦為了怕羞不肯買一張子孫滿堂的石印畫，老太太還得叨嘮著，另外託人弄一張掛在新房裡。至今我懷念那種畫著「一家團聚過新年」的木板畫，孫福熙君在《北京乎》中記云：

『有一幅是比較寫實的，畫上十個大字：

新年多吉慶，闔家樂安然。

一間大堂屋中，上面四盞外綠內白的磁罩洋燈放下光明。兩個大花窗子下各有一坑，左邊坑上是一群小孩在擲骰子，右邊坑上是一桌菜，男女老幼五人在聚食，五人以外，旁邊一個還不會多吃飯的小孩，爬著玩。兩邊坑上很整齊的疊著綢被，紅綠相間，上面是枕頭。室中方桌邊三個女孩子忙著作餃子，北京人除夕且作且吃幾乎要吃一夜的餃子。怎麼知道他們忙碌呢？他們神情是忙碌著的不必說了，他們不肯停手，餃子裝滿筐子了，不是自己搬開去，卻讓一個小孩子頂

在頭上送過去，看看這一點很可以知道他們忙了。也因為忙的緣故，他們各讓自己的小孩自由，不加干涉。女孩子天生成的不惹禍，永遠是文雅的在母親袖邊，看桌上的忙亂。一個男孩見那個小孩用頭頂餃子筐，他妒忌了，伸起手趕過來說，「讓我頂！」你想，給他一撞，桌角上的一盞洋燈與一支燭臺上的火光都抖抖的竄起來了。成筐成筐的餃子由一個女子在整理，一隻貓坐在桌上管餃子，十分的豐富與盛平景象。人家說：「那個貓兒不偷腥？」然而這個貓兒，聽話又聰明。你說它吃得太飽睡著了，我要為它擔保，你不看見它旋轉著耳朵在留心嗎？每張坑的旁邊有一灶，餃子已送到左邊灶上在煮了，一個婦女持勺子在攪動。右邊的，已滿鍋的鍋頭，也要開煮了，灶君在神龕中閉了眼睛看著這些事。左角四隻大筐，寫著：「金銀滿囤，」每個筐中滿是金銀錢幣與珠玉元寶，火光騰騰的照在扶杖的白鬍子老人與中年男子的旁邊。一個懷中抱著的小孩，不知什麼事，推開娘身，硬要去玩一回。我似乎聽到鈴聲，一看是掛著紅球的一隻吧兒狗向門口走去，兩個工人，一個提壺，一個雙手捧火鍋進來。門口紅地黑字的聯語是：

　　忠厚傳家遠，詩書繼世長。

　　門上是玉堂富貴圖。一隻豬一腳擺進來了，我也不知道它來是幹什麼的，大概是亥年刻板的，那末是辛亥革命的一年刻的，還是更早，己亥年？』

　　這文字可算得委曲詳盡。中國人有什麼企盼呢？如周知堂先生在〈中國思想問題〉所云，還不是飽食暖衣。孟子所說的七十者衣帛食肉，黎民不饑寒，幼時覺得真乃稀鬆平常，但現在想想，實在已是很不容易實現的境界。無怪乎活在我們三千年前的先哲已經在心嚮往之，大約自時間空間兩方面計算，這種烏托邦還都只成其為烏托邦也。孫君的題目叫做〈畫餅充饑的新年多吉慶〉，《北京乎》出版期

乃1927年，距今日亦十五年以上矣，那時候看此景象為畫餅充饑，此刻便連餅也畫不起來。最近幾年不知北京的年畫還有沒有，按一般事實在估計，也許早就打在「節約」之內。就是我在北京的時候，木刻的年畫，已不多見，畫年景的，都是劣品石印，在吃飯的方桌上懸著荷葉罩子的電燈，煮餃子的新媳婦則著高跟皮鞋，小孩子也有半段洋服，使人感到一種沒落與不爭氣，果然，隨著國步也漸漸艱難，而過新年遂只成為記憶上的事情了。

雖然亦慨歎著賦課的煩重，兵差的絡繹，到底那個時候還有幾天承平可享。除夕晚上，我和叔叔共同工作畫好花草和貼著種種詩句字樣的紙燈通點著了。大街上賣冰糖葫蘆的更起勁的吆喝著，父親把擦得雪亮的保險燈帶子懸得更高，炭爐上燉的水嘶嘶的要滾了，長工將各式各樣的糖葫蘆買來，父親分給我們吃，第一個到我們家辭歲的一定是六祖父，這個有點傻氣的老人，不肯叫他兒子上洋學，每天過著糊塗日子，把農產品大半被傭工偷了去，說話有點口吃，一進大門必高聲對祖父說：「二哥在家嗎？今年年三十天氣真好哇！」我們都偷偷的笑了，迎接進來，祖父和他，還要相互謙虛讓著賀年禧，多半在這當兒我們這些孩子也結成一大隊去族人家裡辭歲了，我平時少出門，領隊的不是比我小的國壁便是七叔，他們真是長於辭令，邊走邊說，把我們都逗得哈哈地笑。若遇見長輩也出來辭歲，就說：「大叔，我在你家給你磕下了。」意思是我已經在你家給你賀過年禧了，現在不欠你的債，磕指叩頭，不磕頭算不得賀年也。這種跑東跑西亂磕頭的事，乃變成孩子們的有趣遊戲，而且是一年一度的。頭上戴著紅石榴花的老太太，穿著新布棉袍的老頭子，如北平兒歌所云：「糖瓜祭灶，新年來到，姑娘要花，小子要炮，老頭子要一隻新氈帽。」蓋確有年輕的徵象，而湧起多少歡喜之思，雖然人也隨歲月老去。質樸的人，不過抱著「天增歲月人增壽」的觀念，固亦無我輩之無端惆悵耳。

女人們換了新衣服，平常輕易不出門，元旦也得解放，僕人則多半去賭博了，擲骰子或是踢鐵球，小孩子得便，也參加進去。年初

五以後開始走親戚，古道上有新婚男女坐了車到岳父家去，步行者也衣帽一新，提紅紙包的點心，小孩子到外祖父家裡，可以得不少壓歲錢；吃得新布袍上漬滿油污是不用提，若是有迎神賽會和社戲，那就更瘋狂起來了。

　　歲時伏臘走村翁，當此文刊載時，也許正要過著所謂「新年」，但是我們從哪兒去領略一點年輕的感覺呢？連青菜也貴到二百元一擔，昨天我們學校的工人S，把老母和妻子都從二千里以外的家鄉接來了，說是已經沒飯可吃，他的弟弟則將房舍和田地一總賣了四萬元，到上海去謀生路，也不知究竟如何，孤注總是擲了。我想著里中小兒，還有沒有到河床上打滑擦的興致呢？北京還有沒有餃子吃呢？寫了這樣沒意義的文章，正是要表現一句我常想起的話：

　　「滿目悲生事」。

三十二年十一月尾

（原載《兩都集》，上海太平書局1944年4月初版）

風土小譚

　　我自己是風土書籍愛好者，也許從這裡面可以多知道一點故事與常識的關係，遇見這種書總是收下來，譬如廣東，絕未去過，而且也沒有去的企圖，但屈翁山先生的《廣東新語》卻亦買了，固然因屈公是有名的清代文字獄中人物，即文字毫無成獄可能的《新語》也成了禁書，頗想一閱，而實際上卻也未嘗不想知道一點南徼的物事。可惜像《桂海虞衡志》之類，有許多東西看不懂，不免意興索然，所以，像在床鋪上練習游泳一般，儘是「臥遊」畢竟不行，而行路之難，豈有過於今日者？何況又是如是疏懶的我；於是就專愛看看自己住得比較久遠地方的書籍，而鄉土的氣味也是一般人共有的愛好，那麼說來說去，我還是在憧憬著住了二十年且生於其附近的北平了！繞了半天彎子，結果仍是拿出這個老古董，實在很對不起。

　　幸好北平是全國人的愛好，記載也格外多，若是有志搜羅，卻亦可以開辦一研究院。寒齋所有，還不是《天咫偶聞》、《藤蔭雜記》、《春明夢餘錄》、《郎潛紀聞》之類的起碼書籍，除去登科佳話，即是里巷變遷，前人故跡，對於青年人誠然是不適合胃口的，也只有稍經哀樂的人，枕邊花下，借之沉迴於舊夢中而已。但是舊也未嘗不可寶，張宗子的書名為《夢憶》，在序文中已經很沉痛的說明其緣故了，中學國文選本多有此篇，青年朋友不妨翻翻，若說得更具體的像周密《武林舊事》序文，頗可作吾人棒喝：

> 乾道淳熙間，三朝授受，兩宮奉親，古昔所無，一時聲名文
> 物之盛，號小元祐……予囊於故家遺老，得其梗概，及客修
> 門，間聞退璫老監談先朝舊事，諦聽如小兒觀優，終日不少

倦，既而曳裾貴邸，耳目益廣，朝歌晨嬉，酣玩歲月，意謂人
生正復若此，初不省承平樂事為難遇也。及時移物換，憂患飄
零，追想昔遊殆如夢寐，而感慨繫之矣。歲時團樂，酒酣耳
熱，時為小兒女戲道一二，未必不反以為誇言欺我也……

　　文章做得雖不如陶庵之清雋，但我倒喜其話之老實，我自己也
是常常把「事變前」三個字掛在口邊的，縱非開元宮女，小孩子不信
麵粉曾賣三元錢一包，則正如周君同感。在憂患之中生長的更老是憂
患，恐即不能省其為憂為患，因為我們曾過了幾天承平的日子，才知
道憂患與不憂患區別所在。我很崇拜廚川白村的缺陷美說，蓋麵粉三
元一包時，正未以為極廉而大喜欲狂。大家都感覺吃飯最沒有問題，
雖則時常把飯碗問題掛在嘴邊，那飯碗兩字，實包涵著讀書，娛樂，
諸在今日目為奢侈的事，像現在這樣，人們真是在為吃飯而鬥爭了，
吃飯就是吃飯，平民食堂白飯一斤賣到一元五角還有人饑腸轆轆，
北平的餓莩載途，也有好些在小飯館裡吃完了飯瞪瞪眼睛：「飯是吃
了，錢，沒有！隨便你！」的朋友，想來想去，真是哭笑不得，又何
怪知堂翁在〈中國的思想問題〉中開門見山的說中國只有生活問題，
沒有思想問題呢。我在今年春天為某刊寫小文，名曰〈談吃飯〉，其
中引用北平俗曲《廚子歎》一段，很可以作為古今吃飯問題的寫照，
而所謂風土的歷史，亦即包孕其中矣，當此雜誌並不處處普遍之日不
妨再抄一回：

　　……五味調和酸甜苦辣，百人偏好涼香木麻，正用的東西豬羊菜
　　蔬，配搭的樣數魚蟹雞鴨。應時的美饌燒燎蒸煮，對景的佳餚煎
　　炒烹炸。手藝手勺分南北，生涯晝夜任勞乏。開單子一兩就夠了
　　必開二兩，約夥伴兩個人的活講要約薩（諧三），懂局兒（內
　　行）的人家廚師傅替省，四桌可把六桌拉，飽飽滿滿真裝樣，挑
　　挑揀揀再打發。生氣時不拘好歹都折雜燴，（餘肴棄置一起也）

只因為東人怠慢他混充達。檳榔煙酒本家兒的外敬，零星的肉塊暗地裡偷拿，大腸頭掖在腰間送妻兒他就酒，小肚兒帶回家去請孩子的媽媽，藏海味忙時他預備包席面，換燕窩碰巧貨賣與東家，不少的吃喝要酒醉飯飽，大百的青錢往腰櫃裡砸。老年時米麥豐收歌大有，地皮兒鬆動世界繁華，整擔的雞鴨挨挨擠擠，滿車的水果壓壓权权，糙糧雜豆堆堆垛垛，南鮮北果綠綠花花，娶媳嫁婦會親友，窩子兒行（意即成組織之職業小團體）奔忙不顧乏。先年時，羊肉准斤六十六個，肥豬一口二兩七八，大碗冰盤乾裝高擺，肘子稀爛整雞整鴨，羅碟五寸三層兩落，活魚肥厚鮮蟹鮮蝦，買的也得（便也）買做的也得做，親朋也歡喜臉面也光華。這如今年旱潦飛蝗起，物價兒說來把人笑殺：斗粟千錢斤麵半百，羊長行市豬價緊拉（奇昂也），一個大錢（一文錢）買乾蔥一段秦椒一二個，八、九十文買生薑一兩韭一掐，辦事的將將就就騰挪著辦，事完慢慢再嚼牙（愁歡），嫁娶的筵席都是湯水菜，家家錢緊不敢多花，紅湯兒的是東蘑，白湯兒的片筍，肉名兒的丸子，團粉（豆腐也）末的疙瘩，擋口的葷腥燉吊子（豬內臟也），油炸的焦脆是粉格渣（如南方之綠豆餅而大）……任憑東家的魚肉少，綁著鬼有精緻的塊兒也要拿，他歇工零碎熬青菜，強似香油炒豆芽。地皮兒緊誰家無故邀親友？盼兩天嫁娶筵席剩點子嘎（錢也），買些煤炭油鹽熬歲月，等一個豐富年成再起家，近來生意蕭條豈但廚子，那一行興騰熱門會把錢抓。

這所說真是平民之至，而斗米千錢斤麵半百又不可與今日為比例了。震鈞《天咫偶聞》云：

東華順治初有某御史建言風俗之侈云：一席之費至於一金，一戲之費至於六金。又無欺錄云：我生之初，親朋至，酒一壺，為錢一，腐一簋，為錢一，雞鳧一簋，為錢二，便可款

留，今非台饌佳餚，不敢留客，非二三百錢不能辦具，耗費益
多而物價益貴，財力益困而情誼日衰。此二說也，在當時已極
口呼奢，豈知在今則視為羲皇以上？今日一筵之費至十金，一
戲之費，至百金，而尋常客至，倉猝作主人，亦非一金上下不
辦，人奢物貴，兩兼之矣！

又《骨董瑣記》（鄧之誠）引《平圃遺稿》云：

康熙壬寅，予奉使出都，相知聚會止清席，用單柬，及癸卯
還朝，無席不梨園鼓吹，皆全柬矣。梨園封賞，初只青蚨
一二百，今則千文以為常，大老至有紋銀一兩者，一席之
費，率二十金，以六品官月俸計之，月米一石，銀五兩，兩長
班工食四兩，馬夫一兩，石米之值不足餉馬房金，最簡陋月需
數金。諸費咸取稱貸，席費之外，又有生日節禮，慶賀，及會
祖父母知交出都公份。如一月貸五十金，最廉五分起息，越一
年即成八十金矣，……一歲而記，每歲應積債二千金矣，習以
為常，若不趕席，不宴客，即不列入人數，昔人謂都門宴客為
酒肉卯，予謂今日趕席為債，良不誣耳。

此所謂千文，即一吊，亦即折合後世當十銅元十枚也。後之視
今，猶今之視昔，目下以官吏為職業者，雖有兩個至三個之二四六八
加成，其苦難又何減乎同光之際乎？反之，我們卻復羨慕李慈銘的生
活為較今日有若干的閒適與恬淡也。

張次溪君日前見贈所輯《中國史跡風土叢書》，裝訂用紙，均極
雅潔，在今日是不可多見的出版品，而內容又是我最願意看的東西，
如閒園鞠農蔡省吾的《北京禮俗小志》，實是繼《一歲貨聲》之後又
一有趣的東西。張君在民國二十六年印《京津風土叢書》，知堂老
人序云：

世變既亟，此類無益之書，恐已為識者所摒棄，以時務言，似亦正當，唯不佞猶未能恝然，非欲以遣有涯之生，實由心喜之故，此外亦無可辯解，但生計困難，欲讀無書，正無奈何耳。

也是十分誠懇老實的話，對於我們這些近乎唯美的言志派頗感知己，唯我們心有此意說不十分好而已。然關於北京的禮俗，則我於走了許多地方之後，慢慢亦生出一點喜悅，尤其是當「世變日亟」之後，滿街上都是兩個人抬著的「狗碰頭」棺材，後面跟著一個垂頭喪氣的婦人或男子，我們的感觸不是對死去的悲愴而是整個「生事」的令人不愉快，杜詩所云「滿目悲生事」，此庶幾其一端乎？如蔡君的《禮俗志》婚禮條迎賓客云：

佳期，棚搭齊，傢伙座上齊，……水到齊，茶燭饅首煤炭燒酒辦齊，大辦客多，頭天落作，（落讀曰烙）小辦賓少，半夜暴作，燈火齊明，刀勺亂響，客勸主歇，相約看棚，清談湊耍，牌九搖攤，博也；剪燭花，巡院落，瞧表喝湯，廚房漸靜，遠鐘已動，烹釅茗，（濃茶）嚷透涼，老鴉叫，主人起，揉困眼，打哈欠，洗嗽脫穿，收拾屋，打掃院，日發紅，開門看，好俊天，俗有言，颱風不良，下雨不長，（指結婚時遇風雨，則新娘如此）可怕也。……日高一丈，客沒來，狗暗進來三條，溜牆根，鑽桌底，一搯（逐也）呲牙，再會掐架，（互鬥）亂擠亂撞，凳響人嘩，好容易拿棍敲地，不敢打，怕碰桌具，才趕出去，喜歌兒又嚷上了：一進門，喜重重，綵子掛在當中，天上牛郎會織女，人間玉女配金童，等等滔滔不斷，不念了是要錢，當十錢，給五枚，不走，再五枚，仍不走，大喜事，多破費，越花越有，一套貧口，添足才走，……他不念時，門前小孩子學念，一進門，喜重重，先當銅盆後賣燈，請來親友吃炕席，完事急得直哼哼，嘻嘻嘻就跑

筆墨生涯

了，熱鬧極了，……賓客漸至，官客（男客）主棚候，堂客（女客）女僕出迎，預請知客（招待員），以分主勞，見面行禮道喜，接拜匣，交份金，看禮單，懸喜幛，掏封兒，帶拜錢，等等不一，說遮羞，道破費，（前為賓之客氣語，後為主人之客氣語）您來不晚（主），我因車遲（客），……讓坐獻茶，裝袋聞煙，內有女僕伺候，外有茶司周旋，各座寒暄，七言八語，主人東張西顧，想事愁錢，曾無片刻閒也。少時開筵，筷盅碟紙，隨就端整，四碟壓桌，幾碗肥鮮，知客讓坐，茶房攬言，親不僭友，族不賓先，你謙我遜，敘齒應然，斟酒謝席，布菜下餐，一席撤去，一席接連，離席漱口，散座盤桓，所謂一台戲將唱起，少時便鑼鼓喧天矣。

這真是一種半通不通的古怪文體，而在北京住得稍微久些的人，一定可以領會其中的幽默。似乎那些做主人的未嘗不焦灼，但我們看了仍是可喜悅的，不是走投無路的「乾著急」也。現在讀了這樣東西，實在有如三代以上，而事實上則歷史絕不如是之久，生活緊縮的加速度，使日子悠長起來，彷彿苦難的歲月已很久了，此乃人生最不幸的遭遇，亦是最難排遣的心緒。我們不但時時想起小飯館在酒缸喝酒的事，即如嫁娶與喪事的儀注，再重溫亦成了安慰，如是則喜愛記風土舊俗的書，又似另有道理了，而此道理卻不免於小資產階級的頹墮氣，故必不為有志之士所首肯耳。在北京看喪儀是很平常的事，一個人死了以後無論多寒儉也要完成什麼送三誦經伴宿儀式，而發引時的行列則頂簡單的也有一隊兒童敲鼓隨行，抬棺者好像不容易少於十六人，若是「六十四槓」「全副執事」會排列二、三里去那倒不必提了，總之，在從前我們覺得很是浪費的，現在則覺得無此浪費遂格外顯示人生之落寞與貧困則是實情。我不知未到過北京的朋友心頭如何，我個人實深有此思而不可戢止者也。

《清稗類抄》有一條云：「買物而緩償其值曰賒，賒早點，京師貧家往往有之，賣者輒晨至，付物，而以粉筆記銀數於其家之牆，以備遺忘，他日可向索也。丁修甫有詩詠之云：環樣油條盤樣餅，日送清晨不嫌冷，無錢償爾聊暫賒，粉畫牆陰自記省。」此亦頗有趣的記載，蓋今日啖「油炸燴」正非易事，且懲於小飯店不給錢之失，恐怕賒的辦法也中止了。那麼，此事居然亦為古風矣，回想起來，北京有古風的事真是不少，從前住戶，無論買甚麼東西，立付現款的很少，大約都是立一扣摺子，按三節結算，在消費者方面，到節日似有一番重壓，而平日則大減免米鹽瑣碎的心情，書賈們更是如此，平常借閱多少書都可以，到節日擇好的留下幾種已足應付，這可愛不在我們的省錢省事，乃是在人情的醇樸耳。

　　若《一歲貨聲》等書，只是在半通不通求趣味，好像愈是這種人越能夠與市井接近，故所為《禮俗志》也是極平民而寫實的。李家瑞君〈北平風俗類徵序〉云：「記述民情風俗的書，士大夫作的，往往不如土著平民作的詳細確切，例如《京師竹枝詞》，《都門紀略》，《京都風俗志》，《朝市叢載》，《蕪市積弊》，《一歲貨聲》等，無一不是略通文理的人作的，但他們所記的風俗，往往比名人學士們詳實。」李君所云，深有見地。而他的書裡邊選了許多俗曲，——即「八角鼓」的曲子，更給住過北京的人增加無盡的趣味。在士大夫著作中，我覺得只有《帝京景物略》不為浪得虛名，因為劉君實在是用過一番調查與寫生的工夫的，即如記碧霞元君誕一則，讀了以後，似乎我們又奔走於妙峰山的路上了：

　　　歲四月十八日，弘仁橋元君誕辰，都士女進香，先期，香首鳴金號眾，眾率之如師，如長令，如諸父兄。月一日至十八日，塵風汗氣，四十里一道相屬也。輿者，貴家，豪右家；騎者，遊俠兒，小家婦女；步者，窶人子，酬願祈願也。拜者頂元君像，負楮錠，步一拜，三日至。……五步，十步止

二十步拜者，一日至。群從遊閒，鼓唱吹彈以樂之，旗幢鼓金者，繡旗丹旒各百十，青黃皂繡各百十，騎鼓吹，步伐鼓鳴金者稱是，人首金字小牌，肩令字小旗，舁木製小宮殿，曰元君駕，他金銀色服用具稱是。……別有面粉墨，僧尼容，乞丐相，遍妓相，憨無賴狀，閭少年所為，喧哄嬉遊也。橋邊列肆，搏面角之，曰麻胡，餳和炒米圓之，曰歡喜團，秸編盔冠襆頭，曰草帽，紙泥面具，曰鬼臉鬼鼻，串染鬌鬎，曰鬼鬚；香客歸途，衣有一寸塵，頭有草帽，面有鬼臉，有鼻有鬚，袖有麻胡，有歡喜團；入郭門，軒軒自喜，道擁觀者嘖嘖喜，入門，翁嫗妻子女，旋旋喜繞之；然或醉則喧，爭道則毆，迷則失男女；翌日，煩有司審聽焉。

此文只有《西湖七月半》、《滿井遊記》之類可以比擬，而彼又偏於主觀，此則大有近日報紙的特寫風度，又無其俗厭筆調者。所以有好多人總好說今人不如古人，或亦不無道理歟？李家瑞君為其作序最後一段云：「我有一個希望，希望這書永遠不要成為《夢華錄》《黃粱錄》等供愚人憑弔的書」，這話可以說有昔日戲言身後事之哀了，我寫此拉雜抄掠的小文，又多是不甚通達的文字，除如知堂先生所云的愛好以外，或與李君有近似的悲哀，然此又近乎載道的說法，未免於落言筌了。

三十二年七月八日晨起

（原載《兩都集》，上海太平書局1944年4月初版）

篁軒記

　　將自己作事讀書的地方命了這樣的名字，並不是要學風雅，實在因為窗前正有一大叢細竹，又是自己栽的。查說文篁字云：

　　「篁，竹田也。」短注：「戰國策，薊丘之植，植於汶篁。西京賦：篠蕩敷衍，編町成篁。漢書：篁竹之中。注，竹田曰篁。今人訓篁為竹，而失其本意矣。」

　　這樣說，篁雖有誤解成小竹的，但其為成叢之竹，則顯然不錯。倭名類聚鈔木部竹類云，「篁，竹叢也。」狩谷掖齋注云：「廣雅作竹名，按竹叢之訓見漢書〈嚴助傳〉注引服虔」。則更分明。《爾雅》無篁字，且連〈衛風‧淇澳〉的「綠竹」都不作竹解，而以為「萹蓄」的。陸疏：「似小藜，赤莖節，好生道旁，可食，又殺蟲。」又云：「綠竹，一草名，其莖葉似竹，青綠色，高數尺，今淇澳旁生此，人謂此為綠竹。」〈水經‧淇水〉注亦謂非竹，這很糟，我以為古人黃河之曲是與今日的黃沙漫漫大不同的，譬如梁孝王的兔園，洛陽的金谷園，在意象中都應當是很有江南之風，竹子是不可少的，如今則乾脆一句話打破，於是荒涼成為自古有之的了。所以自從渡江，對於竹子特別注意。竹田在此地頗為不乏，例如三步兩橋和清涼山一帶均甚多，早先我是以為秋天格外好，各種應當凋落的全凋落了，沒有可厭的庸俗障目，正是極目蕭然的好天氣，遼遠的幾片鬱鬱的竹林，多麼拔俗清絕呢？如今在春天也看見了，那萬竿齊發的生氣可又不是秋天可比，大竹一長出來就是那麼巨大挺直，給人欣悅與興奮，乃至於驚異，碧落的外表上微微著一層白霜，李釋戡先生告訴我他寓園中新生的一株大竹，高已兩丈餘，其成長不過五天！松柏雖也可貴，但長大卻難，如此歲月，有使人不能忍耐之勢，當晉室之末

日，知識份子都到竹林去狂放無羈的遊宴，豈亦有感於斯乎？現在清談正是被罵得體無完膚，說了這樣的話不免與「時務」相違，但研究歷史的人，總喜歡以亂世比亂世，比來比去，比不出好意境來，也只好算作無可如何罷。

現在還是回過來說說自己的事。窗前種竹，也不過那麼一點意思，正古人之所謂聊以寄意。始而很為這些細竹之不能長大起來惘然，既而知道這是品種的關係，不是培養與土宜所致，也就釋然了。去年曾寫小文曰〈南方草木狀〉，記此數十竿的簡短歷史，此刻意念也還是如此。可是今春細筍滋生尤繁，有好幾只是挺破了水泥地皮而出來的，雖然其梢頭稍稍有點彎曲，其可驚固不在李氏園中巨竹之下。數日來出筍日期已過，放出比枝幹更綠得新鮮的葉子，我的欣悅，殆不可言，大約此即古人「吾亦愛吾廬」的意思歟？慚愧不能說出，只有多從窗子向外望幾望。而且竹下忽然生了紅色的草莓，豔麗得使人奇異，因為不是由於培養，瘦小的果實全無味道，但對於我而言，卻總是一種安慰。在沙漠裡，一株狗尾草或芨芨草都是給人莫大舒服與快樂的。

亂世人事升沉是突然而不可懸擬的。雖然是這麼一個小院落，卻亦有其應有的變化了。——但我卻一直固守著四年前的老屋。有人以為太拙笨，有人以為很好，在我都是無所容於心。我心裡所要求的乃是長久的安定與寂靜，固然，一般人未嘗不是如此，然為了安定先須活動，為了寂靜而謀躁進，不客氣的說，都不為我所取。安定本是沒標準的，馮驩作歌，有了魚還要車，在此種心情之下，別人認為安定了而自己還是不足；另一種則是「身在魏闕，心存江湖」，嚴子陵所以必須過垂釣的生活，蓋不徒然為富春江的景色好；張季鷹想蒓菜鱸魚，更非為了口腹之慾也。當我初來這裡的時候，竹子還沒有，一切都是破陋不堪，牆上的堊粉是我刷的，地上的地板是我釘的，一隻桌，一把椅，一盞燈全是我自己預備的。熱鬧而紛紜，天天跑到外面去「應酬」，在家裡來了客也「應酬」，端端茶杯，握握手，笑一

聲，看一眼，全是為了別人不是為自己，而這為自己又是出於一種強迫的力量。有時端起了急就章的蛋炒飯，事實上總是到下午兩點左右了，一面用調羹糊糊塗塗吃進去，一面注視著當天的報紙，可是到不了半飽，又有人來找了，不會說謊話，抹抹汗，穿上長衫又去「應酬」。除非到晚上十一點以後，關起房門來臥到床上去長歎一口氣，此外是沒有片刻為我所有，像這種生活的形態，不少朋友反而羨慕，不少一般人是莫測所以，說是世俗的「安定」，毫無疑義的夠得上而有餘。但是我瘦了，食量減了，健康情形壞了，這是安定嗎？我有點不大相信。我只覺得這樣活下去不行，還是趕快回到「初服」為佳。於是先在職業上尋覓了可以變更生活的道路，漸漸脫離可以擾亂寧靜的種種，客人雖則仍然往來，但已不再糾纏於我，古屋中印有紅格子的公文紙漸少，而線裝的以及破舊的洋裝的書漸多，久之，好像有點「心遠地自偏」了，可以有閒暇運用自己的筆，有地方讓攤開的書侵佔，有時間給凝想飄然而至，甚至於有工夫有一場「病」了。

這才覺得窗前需要種一片竹，很遠的，從一個僧寺那裡討來的竹根，深深埋下去。時間遲了，當秋天，葉子一如院外梧桐，黃而凋萎的樣子，使人對著這種不該有的憔悴生輕輕的厭惡，好容易熬過多雪的冬天，第二年春日不過淒零的十幾竿，筍是沒有，並且友人告訴我這不是毛竹，永遠不會有，我如上文所云，惆悵。但到第三年卻有了新篠，直至今年連水泥地也穿起來為止，差不多他們成了在這附近——只有污濁的小河與專門在大門前曬牛糞和排泄大便的區域——唯一的竹林，不要因為向前走不了十步就是灰色的牆而難過，須知若沒有這一片綠色就更無法安排疲倦的心神。我無論如何，被這古屋與竹叢所滿足了。

現在這裡不大有什麼來客，這是應當有的現象，蓋前面所引的「心遠」之說還不夠，實在是人也遠了。正好，我願意客廳的沙發上有塵土，願意工人閒得伏在桌子上假寐，我欣賞門外梧桐上的鳥巢，我側耳靜聽竹叢裡的喊喊鳥語。幽深的走廊上晚間有蛛網而無燈。乳

色的燈罩只供白天欣賞，晚上則是螢與蚊的世界。假定有什麼事而必須晚上來的話，要摸索，要有點為夜色所恐懼，好像有什麼幽靈。自從人事蕭閑以來，原有的電鐘拆去了，電扇更無有，高興時坐到晚飯後還不知回家，也不知是幾點了，讓自己的孩子三次兩次來催吃晚飯，今年索性連日曆都沒有了，譬如說，今天本是星期三，我就記成星期四而到某校去上課了，及至見了學生，才知不是，大家都在笑，而我卻有忘機之欣然。如此，又並不是不去作事，早晨六點鐘來到這裡和許多年青人體操，跑步，唱歌。看看他們怎麼長大，學習，自己也研究著怎麼長大，學習。關心黃楊冬青的葉子不要被蟲咬壞，關心牆上的薔薇是否凋零。把芭蕉移到土壤好而易長的地方，看青年人們捏著鋤頭種番茄，把瓦礫掘出來，使荒涼變為整齊與生產。古詩人種豆南山下或也稍有一些這樣動機，雖不敢相比，心嚮往之總該被原諒，許可。用最大的體力但用最少的思想去處理所謂公事，留下一部分精神還是為自己讀書。書是讀得毫無成功，但這是嗜好與興趣，替別人盡了力，同時也可以有資格和力量看一點願意看的文字，也就覺得報酬很不少了。

所以座上客常常也有書友，沒有力量買好的版本與大的數量，但知道一下價錢和書林的滄桑也是好的。比方說，前幾天費盡力氣才買得成的一部煙嶼樓文集自己以為是很貴了，可是今天書店告訴我有人願意出一倍的價錢了，我自然是不賣，而心上終於有了勝利的愉快。利己心原是偉大的呀！自己所收的少少的幾本書，還是不肯放在這裡，多半是放在家中的。這兒書架上零零亂亂都是沒什麼用的東西，例如好是很好但是不大願意看的金尼閣的《西儒耳目資》，朱士嘉的《中國地方誌綜錄》，只好請它們坐坐冷板凳。有一部分期刊，因為不全又非愛好也遭同樣處分，北平研究院的院務彙報和《禹貢》便是其中之一。直到前天偶然翻到二十六年六、七月份出版的《禹貢》才知道還有自己所寫的文章。好像他鄉遇故知，儘管文章不好，也細細閱過一遍。大約是去年，看見一個極熟的書店收來許多本

《東方雜誌》，說是要論斤出售了，因為零賣不合算，我心中有不少珍惜之意，順手取四十餘冊，有的是二十六年八月出版，亦是在北京不曾看到的，而且有一冊裡竟夾著一小本《文學》的戰時版，這都使人有意外的高興。像這裡的書之凌亂，幾乎是任何地方所沒有，去年我在文載道兄書齋看見那麼多整整齊齊的書櫥書架，冬天在北平，又看到不少師友的書齋，窗明几淨，其幽邃與古意皆非南方所可及，甚至一隻紅色缸，一丸墨，也有北平應有的特殊色調，凡此種種，我這裡都沒有，有的只是蕪雜，一如我的為人。被老鼠咬破了的蘇州印本《古逸叢書》，被翻得七零八落東一堆西一本的文明書局印本《筆記小說大觀》，因為剪取《凌霄一士隨筆》而拆散了的幾年的《國聞週報》，中國部分已持回家中，只有日本部分的《書道全集》，一直臥在地上永沒動過的《九通彙纂》，這些在可愛與不可愛之間的東西，已竟把屋子弄得隙地全無。但最足以助長凌亂程度的還是那些文件報紙和信札。我是十足的「慣遲作答愛書來」主義者，如果一天沒有朋友的信，便似青年人等候愛侶似的焦灼，憂鬱。而不是我所願意看的信件，又是如此的厭倦，鄙夷。這樣，面積約二十方尺的桌上就縱橫著不知多少亂紙和信件。我是不許別人給我整理的，在亂紙亂信中，正有頂喜歡看的東西，如果你一下子都放在字紙籮裡去，豈不糟糕？從許多信件裡翻出一封應當趕快答的信，立即拿起筆來寫了，發了，也是一種痛快與發洩。我常一氣寫七、八封信，可是也許七、八天都不寫信。對於喜歡的信，本有保留的決心，但是到了實在應當清整一下的機會，則又急躁得忘了這夙願，於是不分青紅皂白丟下去了。從廢紙籮中再細細檢查要保留的信，也是我的家常便飯，這都使人笑我的膚淺，不深沉、安靜。可是，沒法子，我不大願意學西門豹去佩韋的，其理由，在一文曰「說瞋怒」者已講得明白，請參閱。

像這種脾氣那就談不到精密了，我厭倦數學，厭倦一切水磨工夫，討厭商人，不敢看音韻學和專門考證的書，怕見心思太細的朋友，如穿了新長衫總怕污損的一類的人。如果為了有事找我呢，還是

請劈頭劈腦就說的好，如果閒談呢，大家有工夫，痛痛快快的，卻也很希望。雖然太世俗，好像也還有點人生的道理。我常主張一個淺陋的說法，服務應當全存恕道，作文，談話可以不必。這裡所謂恕道，實即指為人而言。即使要利己，也還是替大家多想想的好，不然恐怕究竟是危險，至於文章，那可管不了許多。若是專門替別人呼號，那只能叫做奉命，或是出賣，不如沉默的人反而得體。我是拿文字作為鴕鳥掩護頭部的沙坑的，鴕鳥明知在後面有人攻擊，可是頭的安全還是要顧及，這比喻也許不倫，因為原來正有掩耳盜鈴的意思，我則姑且斷章取義罷，無論如何，只想維持思想的自由。假如世界真的到了末日，不容我們的頭腦在沙坑裡冥想一二的話，那再由他，此刻現在，似乎還無須在靜室焚香，謝天謝地罷。因之，沙發上坐的友人，大致是胡天胡地的多。可以說同那上面攤著的許多亂書一樣，——這沙發平時大都是書報的坐椅，有人來暫時移開一下——有點內容而不完全是空殼。

你比方真遊心物外的話，卻也不必對所愛十分關心。即如窗前竹子；固然可愛，我卻也並未時時刻刻注意它的生長，或是加以有意的培灌，猶之宋人揠苗助長；其實世俗還是像這樣的聰明的愚人多，故英國也有戈登的賢人的民謠。例如有一時期我種大麗花，一塊塊根埋下去，朝朝暮暮盼它生芽，長葉，開花，結子，可是偏偏才長出的嫩芽就被雛雞吃掉了，或是長了密密的蚜蟲。任憑多麼勤勉的灌溉，還是沒有在一旁野生的蒲公英肥美，想不到的一朵金黃色的小花會在剎那間開放。慢慢我有點明白這道理了。雖然第一年種竹的時候為他們的焦枯而急躁，到後來，事情一忙，忘得乾淨，而新筍卻給我以驚異的微笑了。這筍又不必每天去看，忽然就高過簷際，正可以想起昔人「新筍已成堂下竹」的詞句。你看「紅了櫻桃綠了芭蕉」的意境，都是包含著這種意外之突然在內的，雖則這突然也是積漸而來，但出於人為就不行。這不只是可以讓人悵悵，實亦大有愉悅，「綠樹發華滋」，亦復如此。幼年家中小園有一片白楊，至暮春時，忽有暗綠色的大葉子，我便幼稚的唱著從小學校學來的歌了。我想，人生的道理

有無與此相同之處呢？似乎是有，也不容易具體的說，總之，我為我的笨拙掩護，我對於自己，向來是不肯「揠苗」的。

　　除去自己辦事讀書的老屋之外，尚有好幾間餘屋，從前也都是人語如潮熱鬧之至的，現在則剩下「空樑落燕泥」。庭草無人春自綠，對於竹樹之類，人們的衰頹，便是它們的茂盛。可見人類也只有向自然掠取，壓榨。竹子附近即廁所，從前足跡不斷，往來既多，下可成蹊，竹之不能暢生機亦是當然。現在則有較為自由的空氣。不關心也有其不好，去年院子裡一隻荷缸因為不傾去積水而凍裂了，今年無復亭亭的荷蓋。可是自荷花移植以來，也不曾好好開過半朵花，大約還是不願久羈樊籠裡。如此說來，這正是自然對於人類的反攻。這老屋外牆出奇的高，而又綴以「天下為公」之門額，與叢篁細荷，殊為不調。據云，乃曾為一要人辦公的所在。遮蔽著外面的清新空氣與燈火是不好的，而且它這一小叢竹子開在這麼一點地方來自私更是不好的，但怎麼辦呢？不要說沒有那種力量，即是牆上長了那麼多的薔薇花，已竟使人覺得破壞了可惜。今春薔薇多蟲，牆也因為多雨而剝落了，如果有一天，它會傾圮了的話，我想一定不再修理，也應該讓這僅有的竹叢呼吸一下外面的空氣，並且使外面的人可以對它「極目」了。

三十三年六月九日

（原載《風雨談》，第十三期）

書房漫步

　　每逢寫完一篇文字，不管像樣與否，心裡總有一片說不出的輕鬆與喜悅。我想，像福樓拜兒、巴爾扎克那麼，以幾十年的工夫完成一部偉作，甚至是為了還債而咬定牙關執筆，那該是如何的苦痛。工作繁重，日子悠長，何時才能鬆一口氣呢？我為這些先哲杞憂著。如我這渺小的人，作作文章也不過出於一時偶感，偉與不偉倒也不必想到，可是費頭腦卻亦是事實，蓋愈是不學愈要搜索枯腸，為了表達自己不能表達的意見，必須像古人的獺祭似的，把常看的幾本書翻來覆去的搜檢，希望遇到可以引來作為幫助自己達意的材料，即使被人罵作掉書袋或文抄公也覺得愉快，因為畢竟找到了幾句適當的話，比自己說得更圓滿。文字寫完，把拿出來的書一一還到原來位置，好像遠人回家，這也是一團安慰，於是想想看，還有什麼必需寫的文字沒有，坐下來吃一杯茶，不會吃煙就看看淡淡的雲，剛剛買來的雛雞和小鴨，叫作「小虎」的黃狗搖尾來了，院子雖是很小又簡陋，心卻寬朗起來了。

　　買書不一定要讀，要用，猶如我們日常生活中所需要的其他不必需品一樣，酒是必需嗎？煙是必需嗎？可是有了錢的大腹賈與拖車子的苦工都要它。於是想到有些「正經」人一定要罵別人清談，其實，他們也並不是整天緊繃繃過「宣言」生活的，那就有點不合理了。吃飯後一定不許吃茶或吃煙，或者說大家只能吃糙飯團而不許吃窩頭，只許吃火氣旺盛的徐州高粱不許吃紹興花雕，這好像全不必須。因之，我仍然是我，沒有錢買書還是要過門大嚼。昨天在日本書店裡看到翻印本的倭名類聚抄和厚厚的東洋書志學研究，心想買了罷，可是又不識日文，倭名類聚抄是漢文的，書志學乃是專講日本書，有什麼

用呢？但回來以後心中老不安帖，好似小孩子要買那沒有什麼用的鬼臉木刀而被大人吆喝了，真是委屈，第二天，託朋友終於買來了，而且十分省錢，倭名抄約六百頁，八十元，書志學二千餘頁，一百八十元，若是商務印書館，必要一千多，雖然是不大瞭解，還是打破了午睡的習慣，把二千多頁的書翻了一通，看看許多寫經的書影，和中國書的刻本書影，有說不出的欣然，不懂也算是懂了，好好地，小心地把破了的馬糞紙書帙裝起來，放在書案的架子上，作為得意的收成了。我有一位學生，他作一文記我說：「每天只是看看書架上的書，不必翻閱，也許僅僅撫摸一番，就會心的笑了。」我說他很瞭解我。一個人都應該有為他的興趣而犧牲精神的權利，我以為這是不應當被無理的干涉的。

現在說說我的所謂書房，實在也是一間非常簡陋的老屋，天花板上白灰粉一遇雨天就一片一片落下來，也許落到硯池裡，更許是菜盤中，因為這房屋也兼作餐室。晚間老鼠吵得你心煩，書上都是尿瀋和糞粒，昨天從書桌抽斗裡發現了成窠的小老鼠，八個，母鼠逃了，可憐又可恨的小生命餵了我的新近討來的小貓。這窠弄得十分妥帖，信紙，報紙，書封面，都撕得粉碎地鋪著，上海朋友的來信有，北京朋友的來信也有。去年買的一部碧蘿簃石言的封頁上半段，也發現在此。因為要抄下一點關於龍門石闕的材料，（驚心的炮火使我關心這幾千年來的寶貴遺產），石言上好像有些記載，於是從書架的底下尋出，才曉得書的一部已竟作了鼠的繈褓。這房間排了七架書，而七個書架各具姿態：有的是帶著玻璃門的好像有的華貴的大櫥，有的是用極壞的木料作成的半身不遂的架子，又有的是藤條編起來禁不住洋裝書重壓的可憐蟲。總因為不是從一個地方在一個時期買來的，所以才造成這種「不整齊的美」。而這幾個櫥櫃絕對不夠用，不得不把它疊床架屋的擺起來，在書道全集上擺著合訂本的史語所集刊，在集刊上還有兩層至三層的比較輕些的舊書。每個架子的頂部都是如此。於是當我要抽尋一本壓在下部的東西時，那就麻煩了，一層層取下來還有

耐心，上面的鼠糞先要撲鼻蓋臉的落下來，灰塵還算其次。頂討厭卻
是把拿下來的書重新再放上去，建設永遠沒有破壞容易。我有幾冊厚
重的書，如故都文物略和東方文化研究所發行的龍門石窟之研究，每
一冊書都是十幾斤重，龍門研究尤甚，差不多有二十斤。這書被放
在很高的一層，拿下來極其吃力，但若放在下層就更囉嗦，因為是
時常要翻閱的。那兩隻有玻璃門的櫥多麼可矜貴，只有「珍品」才配
放到裡面，可是我這人是懶慣了的，隨便哪種書乘著便利放進去就不
管了，譬如一部黃紙的宋元學案，可以占一大堆好位置，而任很難買
到的貞松堂吉金圖、綴遺齋彝器考釋等在外邊流浪，磁青色古雅的封
面承受老鼠的恩惠，刻本的紀文達公全集和通行四川板的說文釋例、
說文句讀也洋洋自得地在玻璃裡面傲視著暴露已久的愙齋集古錄與清
史稿。直到去年冬天，我又弄到一隻較大的櫥櫃才把它們遷居。可是
很不幸，當我回北京的時候，生怕有久留不返的可能，催促家中把幾
種較為難得且常用的書寄回去，上面幾種書都包括在內，雖然我在北
平很高興於二十包書籍很迅速而完滿的收到，（請注意，在今日這是
不容易且不常見的）可是當再回到江南時，十分感到不便，甚至有些
書，如越縵堂日記及內藤湖南博士編的清朝書畫譜等，簡直成了每天
思念的對象了。

在寢室裡也放著一隻櫥，這裡幾乎應該庋藏日常最喜愛的東西
罷，事實上也不盡如此。自然，像去年所買的羅常培先生舊藏明刊本
帝京景物略是在這裡的，而且一到夏天悶熱的晚上，我必在蚊蟲擾擾
之中讀它，好像連熱帶癢都可忘記。此外，凌亂的與零落的物事一樣
不客氣的擠進來，只有四冊的文獻叢編，八冊的清代文字獄檔，都為
我們所重視。王文勤的石渠餘記是我從一小書店花二十元買來的，書
品相當寬大，又是初印本，查查北平的書目已竟有寫上二百元的了，
其實是絕不值的。我看了面子也是特別加以優待了。中國書之討厭，
即在其糊裡糊塗，沒有完備的目錄與索引，我覺得能給一部分這樣的
原料編上目錄索引，一定就可得隨手做不少的學問。我們搜羅的索引

太不夠用，燕大引得校印所編的只有清代三十三種傳記綜合引得，明清畫家名字引得，為了幾乎天天要用，非請它們在臥榻之旁酣睡不可。王重民在北平圖書館編的清代文集綜合引得真是偉大的工程，也只有在北平圖書館那種環境才做得到，當時只賣六塊錢，現在簡直如宋板元刊之不易覓獲，把它排在細琢細磨的燕大引得一起，很不辱沒。然而這麼一點點工具到底是太缺略，連北平圖書館印的國學論文索引，文學論文索引都沒有，事變前那是每一個書攤上都擺著很多部的。幸而前年花了很小的價錢買得十三經和二十五史索引，總算有了最基礎的東西。可是這種經史大著，彷彿大肉肥魚，天天擺在臺子上要膩的，以次還是各從其類罷，讓它們作「史籍之縮轄，經典之砭鑰」的本位工作，好在我的十三經注疏是中華書局的縮印備要本，而二十五史也是備要的，都不怎麼可貴，唯有單行本的新元史倒成為有資格展覽在玻璃櫥中的貨色，因為近日也算難得的了。我求知最雜，掌故固是所好，講風俗地志的也以為可愛，尤其是自己家鄉和現在所住的地方。下至草木蟲魚，筆墨箋紙，只要能夠講出一番道理，總可增加些許智慧，所以，像程瑤田先生的釋草小記，釋蟲小記，吳其濬先生的植物名實圖考，都十分感到興趣。例如釋草小記告訴我什麼是「藜」，什麼是「芄蘭」，什麼是「芸」。釋蟲小記則告訴我目驗螺蠃螟蛉的變化經過，沒有「雀入大水則為蛤」那麼荒唐，更沒有芝蘭玉樹那種附會與誇大，我沒有讀過法布爾的昆蟲記，中國也沒有譯本，但據說是很有益於智慧的一本書，中國也只有程吳諸君下過這種工夫。我為了這兩種著作，買了全部的安徽叢書，因為通藝錄單行本不大好買，清經解的本子不全且字小得可怕。何況這叢書還包括了影印的癸巳類稿，附有俞君的手批和他的年譜，雖然我不能一氣貫通地讀完，就是午睡時不斷的讀一兩段而昏然手倦，也有把它們置之座右的必要了。同時你可以明白我買倭名類聚抄也不過基於此種癖嗜，但不知像和漢三才圖會之類還容易買到否？若風土的書，我很抱憾，可以說沒有一種是很如意的。中國地方誌必須先講分野，宸章，災祥，

差不多已占去全書的二分之一，關於風物人情，卻是很少說到。就是日下舊聞考也沒有什麼意思，還不如薄薄的八本天咫偶聞。關於南京的，只有白下瑣言，什麼客座贅語等等，只見金陵叢書的排印本而沒見單行刻本。我的意見，老以為講地方故實的書應該是刻本好，不然就成了「指南」、「案內」一類，很讓人不高興，我雖也有首都志，金陵名勝圖考，北平指南，舊都文物略，可是輕易不去一翻，還是讓沒有到過北京的朋友們看看那些風景照片吧，嚇，太和殿真偉大！北海的荷葉真多！反正是那幾張，那幾個畫面，幾種角度，在熟諳的人看起來恰如當教員的看見粉筆盒子一樣。對於這方面，反而是日本刊刻的唐土名勝圖會好，翻刻過來的正陽門大街，廣和茶樓，荷包巷，燈市口等等，自是不免有點走樣，然而三百年前的遺型終於可以看出一二，喜好歷史的人於是就有說不出的欣悅。久想買萬壽盛典，南巡盛典這種書，因為有精緻的圖可以看看「熙朝盛世」的光景，玄燁與弘曆無論怎樣猜忌刻酷，總不能不認為是一代英主，一氣五、六十年間的「治世」誰個不要憧憬？尤其是當今的時代！昨天有書店友人帶來一部南巡盛典，點石齋影印的，八本書，卻要了八百元錢，想來想去沒什麼道理，看看那些古裡古怪的陣式又是名勝圖會已竟翻刻過了，遂決心不花這一筆冤錢。你假定要知道從前皇帝出巡時的儀仗有多少，那只要你打開這書的大駕鹵簿圖看看，包你會瞪大了眼睛，舌撟不下的！

把自己特別愛好的東西輯起來也是快樂，我費了六個月的工夫，輯齊了全部凌霄一士隨筆，這只是說整理與裝訂，要想到搜羅全部國聞週報的工程，那真是曠日持久了。就是這樣，我還是沒有買得到民國十八年起始刊載徐君隨筆的一年。結果是向某大學圖書館借了合訂本抄的。自十八年至二十六年的十年間，我把它訂成八冊，想編一詳目而未能。在整理這篇東西時，同時輯得藏園群書題記和藏園遊記。我已有藏園群書題記的續集，北平排印本，很精雅。初集曾由大公報出單行本，現亦不甚遇得到。遊記中我還有秦遊日錄的朱印本，但沒

有照片，不如輯本之便於閱覽。古人以輯佚書為終身事業，從前想起來很頭疼，以為這工作太機械，殊不料自己動手作一下，也很有趣，而且是一種有連續吸引性的工作，不容你半途而廢的。有一時期，想搜集全部的故宮週刊，結果只買到五冊合訂本，若買全了必須費上我所不能應付的價錢，因此氣憤而把他們送了朋友！而刊物的收藏我也就最慚愧，除去全套的國學季刊和多半套的中央研究院史語所集刊以外，幾等於零。清華學報和燕京學報都是零零落落的幾本，禹貢雖有全套，我又不大愛看。我自己經手編過的真知學報合訂本，空有漂亮的外殼，和人家這些名實俱符的刊物放在一起殊屬慚愧。搜羅刊物不是易事，有時要跑遍所有的舊紙店舊貨鋪，在那用草繩子捆好等候按斤出售的「廢紙」堆中掘你所要的金礦，這得多長的時間和精力呢！我不行，只好算了，連幾天前從舊書店拿來的幾冊旅行雜誌合訂本也一股腦不要了，把它還送回去，聽它遭受「還魂」的運命。

許多朋友來先要注意排在迎門書架上的魯迅全集，紅皮的，銀字，輝煌的閃光。我是只費了一百五十元錢由周黎庵兄介紹轉讓的，現在想起來像是說笑話，其實是真的，而且日子也不過兩年。在當時，定價三十元的書漲了五倍，也未嘗不令我吃驚，可是許多吃驚的事現在都變成笑話，後之視今，猶今之視昔，請你趁早不必因一部辭源賣三千元驚慌失措，也許不久會到五千元。我還有中華本的飲冰室全集，價僅三十六元，似乎在白門買書記上談過的，現在你能遇到這書嗎？如果有，我情願出一千元。一千元不過才四分之一石米呀，合以前的兩元而已，哈哈。在我的辭典中最為書賈垂涎的乃是叢書大辭典，這書編得一點也不好，不知為什麼大家都看重它。楊君從前似曾弄過一個很大的局面，各種屬於索引式的書很印了幾種，但均不甚有意義，他的家據說在「倉巷」，離我現在住的地方正是望衡對宇一般近，書是早已光了，人也沒有一位。叢書的辭典完備者較少，金大編過自己所藏的叢書子目，清華也編過，在開明出版，都是不甚行，在不得已的情形下，楊君的書便占上風了。可惜是只有四角號碼而無部

首式的索引，對於我這樣討厭一切新編檢字法的人是個很大的彆扭。大約這種彆扭，頗可代表中國式的改良與革命。

收藏日記是現在很時髦的事，為什麼？不知道！我自己的理由則是想知道一點昔人的生活方式，尤其是戰亂時期，可惜這很難遇到。過承平日子是古人的幸運便是後人的不幸，因為不能從那裡找到什麼可寶貴的教訓。越縵堂是趕上咸豐十年英法之役的，似也只有憤歎。緣督廬（葉昌熾）在庚子之亂時記顛沛流離之狀頗值得一讀，只恨太簡，不嫌其繁。書舶庸談（董康）記庚子監斬啟秀徐崇煜乃是追記，不能算是日記。譚獻的復堂日記是選刻的，只記學術，不記私生活，又不繫月日，這個最糟，可以說把好好的史料毀滅了。曾文正公日記擺面孔，看不出什麼喜怒哀樂，其生活也不過天天找人「手談」，究竟那個非常時期中老百姓的生活怎樣，還是不易看得出，與此同病的則有翁文恭公日記，天天記幾起幾起，換什麼褂，什麼袍和帽，皇帝的書讀得好不好，來了幾位客。研究朝章則可，明瞭真實生活則不夠。澗于日記是前年張幼樵家中新印的，恰好是甲申以後甲午以前的一段，把重要的幾部分都沒有印入，「清流」先生們喜歡一本正經，所以感到道學氣特濃，只有記吳柳堂之死的幾天還有點感情。把這些日記買全也要相當的人力物力，曾文正公日記（影印本）到如今我還沒有。還有如曾惠敏公的日記，印本多是扁字，沒法卒讀。張蔭桓的三州日記不易買到，薛福成出使日記石印劣本多而刻本少，吳摯甫的日記如譚復堂一樣，經過改編趣味大減，這些種不但現在沒有，將來恐怕也沒力量有。吳漁川的庚子西狩叢談雖然不是日記，而出於口述，可是比普通的日記文章還要好上若干倍，這樣的文章很難得，去年有人把它重印一回確是好事，我的一本就是重印的，買到時正鬧腳氣，給我消磨不少苦楚。華學瀾的辛丑日記對於義和團經過記得並不多，可是從北京到貴陽的路程情形倒很有意思，例如樊城一段云：

自此以南，燭跋皆削竹為之，長數寸，台盤皆有細孔，以跋投之，余所購紗燈等皆置釘，兩牡竟不相入。用時或以繩來，或以鐵綰，易燭一次，耽擱良久，行此路者，不可不知而預防也。

這是很有用且有味的事，細微的風俗不同可以影響到很大，但平時卻少有人注意記錄這些事。嚴範孫先生也有使黔日記，我尚未買得，華君乃其同里後輩，且其哲嗣又是我的多年老友，所以我對此書格外親切，別人也許不見得這樣感到的。

地圖與碑帖，在「寒」齋亦復據了小小的一隅。中國地圖我有申報館六十年紀念的中華民國新地圖，乃是一個雨天在一拍賣行買的，僅一百八十元，後來又遇到兩本，有一本是孫桐崗所用，好幾幅自然圖都扯去了，書店只要六十元錢，介紹一位朋友買了，再一本則已索價一千元，只好長歎一聲揮之使去。世界地圖有一本德國版的Schulatlas乃Diercke本，李長傅先生告訴我此圖甚好，現在難遇，我是只當做破紙買了來的。對於地理是外行，也不過供讀報時檢視罷了。碑帖呢，那可是不能考究，什麼×不斷本，×字未損本，把校碑隨錄一個個查對起來，不是我們的力量可以辦得到。只是看見可愛的印本就買下來，價錢不怎麼嚇人，還可以負擔就是。我有五十多冊藝苑真賞社的影印本，這印得本不好，可是多了也是一種收穫。前年買過一冊裱本的龍門零墨，有一百多張，裱工很精，費了好幾晚工夫用長廣水野二君所編的目錄（附在龍門之研究後面）校過一回，還是不曾編好題名。有一回，書賈送來有正影印本六朝墓誌精華，只要了八塊錢，可以說是我遇到的得意巧事之一。現在這幾冊東西和兩冊裱本的龍門二十品，十冊裝訂的龍門零墨都放在一起，實亦無暇研究或臨摹，如其他的碑誌一般，僅僅在雨夕風燈之下，拿出撫摩一回，作為微茫的安慰，也就夠了。

家有敝帚，享之千金，對自己的東西，人人皆作此想。即令把碔砆作美玉，也可以原諒，因為這是精神的寄託。老實說，什麼是可愛呢？這恐怕還是主觀的，難有客觀的標準。魚固不樂西子，而即且可以甘帶①。為他人忙碌了一天，回家只有這麼一點消遣，於是書房雖然簡陋，在我似是無窮的天地。一冊三垣筆記可以消磨整晚，看看武英殿彝器圖錄亦未嘗不可替代媚眼亂飛的近代影戲。個人主義是該死的，可是現在摩頂放踵的哲人也不多，我們沒有機會與能力去兼愛，還是讓自己不去過分沉溺罷，可是，有人說，老去玩骨董也是一種沉溺。

對不起，又寫了這樣於人於己兩無謂的文章。

五月十四日

（原載《雜誌》，1944年6月第13卷第3期）

---

① 即且，或作蜊蛆，一種解釋是蜈蚣，一種解釋是蟋蟀，「蜊蛆甘帶」意為蜈蚣喜吃蛇腦，比喻喜好各有不同。

旅泊年年

人生塵世間，忽如遠行客。

日本管暫時寄宿的地方，叫「宿泊所」，我在北京，看見不少掛著這樣牌子的地方，不知為何，一見此三字，即使房子是大廈高樓，也難免雞聲茅店之感，泊字的涵義，本是飄來飄去，象徵人生，確有關合，所以我的題目也就用了它，好像比天地者萬物之逆旅的「逆旅」兩個字，更可令人徹悟世事之無常。目下又到過年的時節，被罵為個人主義的我輩，不免又有種種不必要的感懷，唐人除夕詩所謂「一年將盡夜，萬里未歸人」是也。回想起來，果有十五個年頭沒在家鄉度歲了，好像自己也有點不相信。旅途之顛躓使人疲憊，殆亦不暇計算歲時，到了忽然又換了一個數字時，才不免招招指細算，於是也就瞿然一驚。事變以後，父親曾到北京一次，而我卻遠在海濱，等接到家信，父親又已走了，終於不曾見著，這樣，就整整七年沒有看見父母了，他們都已竟過了六十歲，頭髮想也花白許多。當我在中學校時，只要一聽說有病，立刻就派長工從遠在二百里外的家中來看我，趕上軍閥內戰，消息不通，總是唉聲嘆氣，以淚洗面。記得民國十五年南口戰役，我在亂後忍饑步行一百五十里回家，看見母親，一句話也沒說就哭了，如今恰似杜詩所云：「有弟皆分散，無家問死生」，而且也是「寄書常不達，況乃未休兵」，想要向母親一哭，也不可能。值此歲時更易，若是一定要慨當以慷，實愧不能忘情。所以三年以來每逢除夕，都是招集同鄉作客諸君，包一點餃子，燙一壺白酒，團團圍在一起，作徹夜之談，這樣多少可以減少一些鄉愁，添上幾分麻醉，然而當話鋒一轉時，還免不了「在老家

這會兒如何如何」的一套，老家不可憶，就連北京也是好的，「無端更渡桑乾水，卻望并州是故鄉」，古人心情，我們蓋亦可以體會些須了。

這十五年中，細細數來在北京度歲，倒有十一年之多，故每遇有人詢我籍貫，遂徑以北京答之。最後在家鄉度歲的一年，患著很重的傷風，青年人心中對現狀有種種不滿，故精神極委頓，年初一父親逼我去各家拜年，託詞未去，後來父親調查出來，大罵一頓，那時覺得拜年這種節目大可省略，好像是全無意義，元宵節後，到北京入學，一個人踽踽涼涼，我又沒有搶到自習室，宿舍的燈非八點半不開，爐火非九點沒有，有水汀的圖書館尚未開門，其淒然之感，一似黃仲則傷秋的詩。因之對於家中，大有惡劣印象，如今閉目想來，那種淒冷，頗亦有欲覓無從之處，而在鄉下大家都穿戴新衣新帽過著萬戶更新的太平日子，真好像從正月初一那天起天氣變得特別和暖似的，則更遠如三代以上，直如未嘗有過矣。在北京第一年歲，是住在宣武門外某極僻的胡同裡，聽說早先是義塚的，常有鬼物出沒，我事前不知道，倒也不甚害怕。那院子有一家朋友做鄰居，他住上房，我住廂房，平時已極形影相弔之致，節日他們全家都返鄉了，只有我和妻兩個人，在寒風中瑟縮著。幸而朋友家那個廚子，尚肯跟我們作伴，到元旦只有他來給我們賀年，進門來便要磕頭，反而弄得我手足無措。那時日子真是窮苦，我們兩個任課的學校都欠薪三月以上，常常因為生計問題，黯然寡歡，且更容易遷怒到極微細的瑣事上去，大家相對掩泣，直至深夜，古人所謂牛衣對泣，或者就是如此景象。在客鄉過年，這時還是第一次，各自又很執著的憶念著家中一切，不願說出而又無法解脫，我記得好像有好幾天都是鎖了門到廠甸去看熱鬧，賣艾窩窩的唱得怪有趣，一角錢可得十枚，就買了來，但我又不愛吃，進家門如入牢囚，日子十分黯淡，晚上看看各家天空上飄著風箏，而我們的天空是這樣的寂寞！朋友很少，且皆有比我們好一點的家，人家不願來看我們，我更不願去找人，杜牧所謂貧賤夫妻百事哀，想相去

不遠。我每晚只在黃色的煤油燈下看杜工部草堂詩箋以消愁，總算細細念了一過，由於愁苦的篇什，發洩不少自己鬱悶，這一年的歲月，要算我最不容易忘記的了。

這樣的家，離我們的預期太遠了，還是不要的好，於是搬到某公寓去，公寓的生活，又是一種形態了，雖然有許多不能不看見的討厭份子，到底比冷寂得怕人的窮家有點趣味。豈知一住就是三年。日子似稍好一點，除去自己上學以外，我還任著兩個學校的功課，每天早晨六點鐘起來，就在電車站上去喝北風，但是一般說來，興致總算很好。我所教的學校是很貴族的，那些學生卻很和氣，他們常常跑到公寓來找我，屋子很小，坐也坐不下，這兒有假山，有花木，他們愛在院裡捉迷藏，回去在作文簿上寫了〈先生的家〉這個題目，作著極稚氣而又可愛的文字。自民國二十二年以後，這許多可愛的小孩子早無消息了，只有一位女生，有次在某畫報上看到她的照片，說是某大學的校花，杜工部贈衛八處士所謂昔別君未婚，兒女忽成行，不勝感念，我唯有在天涯之一角，默祝他們的成長與健康。公寓中平時固甚熱鬧，一到年關，亦轉蕭條，連茶房都回家去享團圓之樂。剩下來的，不是無家可歸即有家歸未得的人們，學校在這時雖元旦亦不放假，因為革命潮正盛，彷彿這也是一種表現，所以我也列入有家歸未得一類；我們已竟開始自己燒飯，在書桌上放著油瓶醋瓶，以及鍋勺刀鏟，第一次作紅燒肉，朋友T君正來串門，說燒肉只能放油不可放水，便把一斤麻油都放了進去，結果肉則不爛，而焦味瀰漫；又有一次吃水餃子，我們自作聰明的，把麵和得特別軟，等到煮熟，已是一鍋菜湯，我的脾氣不好，有時為了飯作壞了，或者爐子弄不燃，就一下子摔碎鍋子或踢壞風爐，因而和妻大吵起來，好在二毛錢買一鍋，四毛錢買一爐，也就隨他去。過年了，總要買點好東西吃吃，除肉之外，也買冬筍海參等，不會作，只是趁熱鬧。不能回家而又和我說得來的，還有位童君，他是藝術學院習戲劇的學生，也在好幾個學校任著功課。這位先生牢騷很多，喜歡吃兩杯酒，每於醉後高歌，一

個人在公寓一住就是幾年，不知家裡有什麼難題目。過年時我們總送他一點菜，他也會到我的房裡來暢談。此外茶房老錢，湖北人，也是醉鬼，一有了錢，就吃酒，否則就吃煙，酒是白乾，煙則永遠是金鼠牌，他喜歡罵人，可是別人不肯作的事他肯，別人買東西賺錢他不，於是我們反而喜歡他，常常給他幾毛錢打酒，到除夕他一準吃得酩酊大醉，有時會號咷痛哭，想起那個樣子，現在還覺得頗有詩意，後來聽說他竟因為吃醉了酒，倒在火爐上燒死了，我已竟離開公寓，不得其詳，但頗為此畸人深深地歎一口氣。他沒有家，赤條條來去無牽掛，倒也很痛快。公寓中住到三年，要算是老主顧了，可以看見不少的興衰變幻，不少的罪惡，不少的荒唐。我們不欠房金，不和人衝突，不亂姘女人，公寓老闆是曾作過大學教授的基督徒，三位小姐還連頭髮都不肯剪，對於我們這樣的房客，自然不會反對的。然而無論怎樣，過年時心情總不大好，尤其是除夕的晚上，聽人家爆竹連天，我們則只有孤零零的兩個，包了餃子想學家中習俗，到夜半再吃，往往因為忍不住寂寞而於九十點鐘就吃下去，之後，彼此無聊，說不定因一件極微細的事吵嘴，哭泣，還玩著老把戲。第二天一早起來，連電車都沒有，雇洋車便花費幾倍的價錢，學校中事實上不會有多少學生，明明是騙人的事，而街上商店全閉了門，學徒們在裡邊敲鑼打鼓，不免使作客的人，心裡越加沉重。

到我們有一個孩子而職業有變動時，我們又到離北京並不很遠的一座城市裡去了。人情比北京不見得壞，東西也便宜，花一塊錢可以買五隻肥大的滷雞，我們幾乎過著山村的日子，但又分明有市場，有雪花膏和Toilet Soap；都市與鄉村之混血兒，倒是很可懷念的地方。過年時，豬肉格外多，一塊錢買九斤，尚有人爭著要出售，幸而在此地遇見一位舊時的師長，不然，我們真是完全與他人絕緣了。平平淡淡，這便是很有收穫的日子，留給顛頓時作回想，也算很難得的。妻的身體本不好，如今竟在這兒養得健康了。誰知一到正月，學校內部發生了問題，我們只可嚕哩嚕蘇的跑回來，在許多年北京生

活中，好像故意插了這麼一筆，使之稍有曲折。從此我就很穩定的住在古城裡了，有簡單的收入，支出也很規則，孩子慢慢大起來，房子也可以住得多一些，好像這才開始有個溫暖的家。對於鄉愁，積久漸淺，住得日子久遠，鄰居有好多都熟了，往來很稠疊，年底也買紙燈籠和爆竹，雖不供神，除夕晚窮孩子叫得震心的「送財神爺來啦」到門外時，也必捨以一角錢而買進一張白紙，孩子要求穿新衣，有朋友要來，作一點年菜，而孩子從白塔寺白雲觀等處買了風車來，插在窗下，風來時，嘩嘩的響著，這家便更有生氣了。房東也來賀年，有一年房東是個有趣味的寡婦，到年初一就給我們學「跑旱船」的唱歌，什麼「大年初一頭一天，小妹妹來給姐姐拜年」之類，拿著紅手巾在地下舞來舞去，如今這些年也不知道都怎麼樣了，一個人的緣法實係不可思議，在都市中一度發生關係而以後就再也不見的事太多，記也記不過來，若是站在感情一方面說，頗亦足以生出無數惆悵也。

事變的一年，我忽然變為失業，朋友散亡，僅有的一兩架破書也丟光了，這時的理想，頂好歸鄉為農，本是土之子，還回到泥土上面去，原是很合理的，但又是一種緣法，使我照常過起教讀生涯來，學校遷調一多，朋友也逐漸廣泛，每逢年節，大家反而盛行起賀年來，從元旦日起，要奔馳三四天，才可了結，若是想到那年和父親頂撞的話，這種事殊為不可原諒的矛盾。但中年人於朋友大都很喜愛，也許是為了互相利用的自私心，於是Social Intercourse絕不視為煩瑣，現實之利害，可以影響於感情者蓋如此。所以每在歡娛之後，隱藏著悲哀，人生的虛偽，殆是與日俱進耳。

不想一旦遠來江南，風俗、人物都離我所熟悉的遠了，始而在公寓裡過著很生疏寥落的日子，感謝朋友，使我有機會把家眷接來，而且有個可以住下去的家。事務的瑣渺，使我少有讀書與寫信之暇，流落的朋友，漸漸消息沉寂，生活只在恍惚中打發過去。說是要過年了，我每為之一驚，因為簡直有點忘掉今日何日了。這裡過年的舊俗不知如何，但破瓦頹垣與野墳邊燒紙哭泣的男女沒有把年景點綴得快

樂的可能，就是那些用破鉛鐵和茅草撐起來的棚子也使人悲哀，雖然那上面也貼上鮮紅的「家庭雍睦，宇宙清和」。聽不見送財神爺的急切叩門聲，爆竹更其寥落，吃的只是不大好吃的年糕，和一種用胡蘿蔔絲炒的菜，大年初一，有開水泡炒米已是很好的點心了，我覺得諸所見皆含有一些黯然之意。但這裡的人卻是極其快慰的，我也就不得不招來幾位同鄉，大家吃吃家鄉的煮餃子和菜蔬，高興的人們也要求著打幾圈小得不成話的麻將。有位章君年年要醉倒，去年甚至撒了一屋子尿，事情過去，大家也覺得這是一點紀念，可以追想。只是酒闌人散，不免又是一陣不可遏止的空虛與鄉愁，李越縵咸豐十一年守歲詩云：

> 慘慘雞聲接大荒，南箕天際辨微茫；
> 三年作客經千劫，八口偷生各一方；
> 夢裡音書猶恍惚，旅中眠食寄猖狂；
> 窮途戚友愁相對，燭影天涯淚幾行！

我沒有李君之猖狂玩世，而遠隔天涯則相同，勉強的說與他有類似的感觸，殆亦無不可，只是作不出這樣的詩來，異常愧恧而已。

（原載《新東方》，月刊1944年9月第一期）

知己篇

　　前些時友人南星君來信叫我寫寫小說看，我回信說，對於寫小說我有自知之明，不要說不想寫，就是想寫著了，也是不成其為小說，而只有「述說」罷了。我常常基於作文積習，把人性析為散文的與傳奇的二類，傳奇亦即小說，蓋即使寫實，也有若干傳奇的手法與意象在內，故以此名名之。傳奇是詩的，想像的，奔放的；而且是結構的，組織的，有整個的輪廓的結晶體。在形式與思想上雖像很不同，實在是二而一的，天下之組織與結構，都是基於想像，而有想像的人，一定是天才，熱烈，奔放的，由詩人至革命家，其路線乃是一致，所以拜倫會往希臘從軍，席勒會發起狂飆運動。

　　散文呢，那不同了：隨便的，坦蕩的，無所容心的，沒有組織的。若小說是輝煌的羅綺，這只是一段素紗，白布，傳奇是製成的衣服，散文只是一塊手帕，一根手杖，或者是近視的眼鏡。沒有衣服固是不行，沒有帕子手杖眼鏡似乎也是不便，有花紋固然使人喜悅，樸素也使人恬淡。傳奇使人緊張，散文使人淡忘，就是熾烈，也是畢畢剝剝燒完算事，不會像小說那樣蔓延不休，煙塵迷目的。所以緊張也是樸素的，簡捷的，散文之「散」字，可以說代表了其性格之大部。

　　而人亦復如此。與我不同型的人，我也沒法子描寫，但是自其同以觀其異，我羨慕許多人的勇敢，計畫，力量。我就不行。假使有一種職業，每天要辛辛苦苦，從早到晚工作不休，雖至老死，也不會發財，但卻沒冒險；同時另有一職業，可以立致億萬，唯須用心計，須加計畫，須防禦，須連絡，須一切今日最流行的技術，那我毫不猶豫的選定前者。我願處「常」，極怕應「變」，我可以處一輩子「常」，按部就班，假使無外力，絕不會生「變」，可是不能應付一

朝之「變」，化有為無，化大為小。這正是應當活在天下承平，民不知兵的年月，又偏偏弄得生不逢辰，老實講，對於「適者生存」一句話，是個很大的矛盾。我是應當被淘汰的。

這是沒有傳奇成分的人生，沒有戲劇性的平凡日子。我怕傳奇式的悲歡離合，沒有那種力量承受刺激，我看見戲劇就流淚或是因感到「不會有」與「過火」而打冷戰，當然自己不願意製造這場面。所以我也是不會演劇的，無論在藝術上或生活上。我輕於然諾，因為基於天賦的生物的同情與互助本能，可是到不能作到或力有未逮的時候，便受到別人的訐詈，但下次還是不能改，朋友勸告，室人交謫，都不管。總覺得有人來求我而不答應是太給人難堪，若是自己本來可以痛痛快快答應人而卻賣關子裝蒜更混帳。可是悲劇也就從此而生，正因我有此弱點，別人可以乘虛直入，在有求於我的時候，什麼可憐的話都講得出來，等到辦法真的有了，有些朋友果然會作出對不起人的事，我既率直的對人協助，也就魯莽的對人呵責，那麼，凡是曾和我作了朋友的，終於罵起來了，這教訓對於人的益處倒是大的，雖則我到今日還是不大肯接受。

像如此的事也就算做我的特性之一吧！除此以外，我一無所有。作文章也是這樣，沒有話說的時候，絕對敷衍不成片段的。而且，你總該認識我的文章之因素，有人叫他是清談，其實是一點也不清。清談第一要有哲理，第二需要相當程度的浪漫。如支道林郭象那樣冥想者，我沒有，如阮嗣宗、嵇叔夜那樣跅弛我更沒有，相反，我是質實而拘謹，膽小而守分的，對於舊日之懷想是老老實實的話，這不也是人之常情嗎？有志氣有膽量的應當瞻望來者，應當體認現實，我缺乏膽量，看見茫茫大海會頭暈的，就是在一架木橋上看河中流水，不久也覺得連橋帶人都昏眩起來，好像也要隨流水而逝去了，趕快不要看，下來，走在坦然踏實有泥土氣息的路上罷。我乃農家子不是航海者，冒險的欲求一點也不生，青年人看著應當是很不痛快的了。那些懷舊都是屬於沒出息的留戀與惆悵，雖然有人比作孟元老、吳自牧的

心情，實在是褻瀆不稱的。我寧可具有鄉下人揠苗助長之熱情，卻不敢且不會作幻夢，不會把旗幟染得鮮明，號聲吹得嘹亮。這是個鬥爭的世界，可是我看了鬥爭總是畏怯，不管是政治的抑主張的，至少是厭煩。年青的心理好似在我軀殼上喪失得太快，沒有開過花朵就成了不中用的果實了。

照理講應該老老實實回到鄉里去作個農夫，心裡也常常牽掛著那青色的高粱，黃色的小麥，綠色的蘿蔔。小河裡的風帆，載著山果的香氣多麼可以神往，憑自己的身體與氣力，也還可以戴月荷鋤。可是那些也變成夢一般了，十年以前的情緒與景物如今便算是古老得不堪，人情是如此，事實也是如此。我老是好把在中學小學時的生活印象留得如此之固執，又把遠古亂世哲人的生活態度作模範，這算什麼呢？這是個需要忘記與狂想的時代，需要熱與血的時代，需要腆顏與奔競的時代，未老先衰是不行的，一步一步跨上去是不行的，我缺乏年青，我更缺乏天馬行空之飛躍！

常常自己思索，社會上究竟需要我這樣人作什麼？革命是不中用的，創造與建設是沒力氣的，像現在這麼販賣不成熟的知識，幹著所謂清苦的教育事業，於人類有幾何益處呢？今日人們所要的教育，是怎樣軋火車票，怎樣從完密的法律中覓出縫子來舞弊，怎樣找一條線索去結交自己認為用得著的要人，怎樣敲詐，威脅，謾罵，和一切在表面上人人認為卑劣而在心中豔羨的知識呀！國文是不講這個的，公民更沒有，我每看見自己所教養的青年人很本分的在十五支電燈光下面算他們的大代數，或查英文生字，那麼老實，有禮貌，頭髮剃得精光，有可愛的青色的頭皮在散放著年青人的輝耀，便不禁想起：這些低能的傢伙呀，你們費這種傻力氣算什麼呢？你們到學校大門之外，有什麼用呢？在買車票的時候是否要有禮貌呢？在爭逐愛人的時候是否要剃得精光的頭皮呢？我於是感到自己的努力與安分成了很大的諷刺，心裡似乎充滿了不安。是的，流氓是皇帝，土豪地痞得封侯，書生只會習禮，頂了不起也無非給成了皇帝的流氓定定威儀，使天下所

有的知識份子都如儀的跪拜於丹墀之下。一想到這樣的歷史與現實，懊喪，頹然，世界上並沒有一條平坦得可以安安靜靜的道路。可是我也想，如果大多數人都是肯這麼本分的剃光頭，本分的低頭作功課，本分的服從具有真理的真理，那又怎麼樣呢？假使我也有資格像Thomas Moore似的寫一本Utopia，我並不唱很多的高調，而只是要求社會弄得有一點秩序罷了，飛躍的英雄少一點罷了，如今高調大約唱得已經差不多，於是人們反倒專門選擇頂低的幹，我以為屬於哲學與主義的書，寧可少讀些也不錯。

當然有人會罵這是如何低能與洩氣的話！我連吃香煙喝老酒的天才都沒有，低能是不成問題。我看見別人說自己落筆千言便驚異，這詞源倒傾三峽水的本領甚為不智者所豔羨，我就是一池無源之死水，寫文章不是東一段西一段的抄書就是人云亦云，要是抱定語不驚人死不休的目的那也只好去死罷。聽說龔定庵好賭博，在快談時把靴子甩到帳子頂上都不知，如此的人物只有敬服，而難於學步。見了生人我不敢說話，到一個衙門去若不經過傳達室的白眼而驅車直入也沒此膽量，所以大人先生只是不敢去見，不願去見，高談雄辯驚四筵可真是更不行了。這樣，也就立下一點威嚴，什麼呢，不願去看人，當然人也不來看我，在冷淡之中，就有一股「生人氣」，生人氣是討厭的，於是人家更不來了，譬如忽然為別人所寵愛而招赴夫子廟吃有女侍侑酒歌女清唱的筵席，於是就是個難關；一者不會飲酒，二者不為女人所愛，即片刻的浪漫也製造不出，這就成了幾乎假道學的神氣，豈不可厭。實在是吃酒吃煙乃至女人都不是我所厭棄，而是我為對方所厭棄，因之不能不自重耳。無如世上只是不要自重，而我的自重反見輕賤矣，奈何。

大都市之速度與侈靡是我的威脅，連作學問的專家在內，這裡都有一副不可仰望不可攀躋的崇高。不敢造訪一個博士，猶如不敢走入大飯店的去撒大便，白瓷磚之牆壁亦即不開笑顏的紳士面孔。因之，我雖喜好買一點舊書或是金石書畫，那乃十足的只可自怡悅的。研究

一些道理和知識也是如此，不能深切的知道固然痛苦，可是去請教於高山仰止之流更痛苦，所以就成了淺嘗輒止了。淺嘗得一多，務廣而荒，什麼也不成功，現在看見窄而深的研究就有頭痛之感，我是充分成為不求甚解的中國風士人了。對於我的生活，此乃可樂之事，對於知識，那還能否認是悲劇嗎？打開窗門看看綠色的草都叫不出是什麼名字，看見詩經裡那麼些草木蟲魚也不知這些生物是否會隨詩人隕滅了，這是恥辱呀，可是沒辦法，問生物學者也不見得行，何況不敢去問呢？草木蟲魚是如此，其他何嘗不如此，有過一個時期我很愛看中國文人之所謂「論戰」的，後來慢慢厭了，主要還是為了看來看去越來越不明白。我們有許多學人好像專門為了讓人不明白才做研究的，「天書」一日比一日多，我們這些低能者可憐了，難免喪失了初學的趣味而去弄弄另一問題。我在生活的態度上是為天賦所限制，不會改變了，但在學問趣味上卻大為不然。由生物而轉到歷史，由歷史而轉到民俗，也許由民俗再回到生物，這麼翻來覆去的不得要領，雖是怪著自己的個性，也不由得抱怨起中國式學術之特質來了。

現在是三十多歲，對於自己所瞭解者不過爾爾，看見刊物上也有「論」我的了，那文章的末尾作者自謙說：「說得一點也不對」，倒是真的，不過我意是壞的一方面，說得這樣好，未免不對而已。若此文乃是自剖，說得對和不對，那是「冷暖自知」，用不到再說什麼客氣話了。

三十三年九月九日，秋雨中於篁軒

（原載《天地》，1944年10月第十三期）

書的故事

我喜歡收藏一點書，不一定每冊都讀過，看見有趣的書就買下，隨便翻翻，沒事的時候，蓋上兩方圖章或是簽上自己的名字，也是一種喜悅。似乎在越縵堂日記上屢次看見這樣的話，找出來翻翻，卻翻不到，中國書沒有索引，真是討厭，如日記之類，若不經整理編排，蓋更困難。但在同治三年十一月的日記上，卻有：

> 夜歸館後，童僕漸睡，內外寂然，紅燭溫爐，手注佳茗，異書在案，朱墨爛然。此間受用，正復不盡，何必名山吾廬邪？然或精神不振，或塵務經心，便亦不能領略，此事故當有福。我輩讀書偶有解會處，不特放浪花月，非可比擬，即良友清談之樂，亦覺尚隔一塵。所恨者，生苦多病，又客居不恒，時被俗人聒擾耳。

我們處在今日，連這樣的享受也沒有，晚間想抽暇讀點書，不是防空演習就是節約用電，若是連電燈都沒有，油燈自更不必提。白天則是種種俗人俗事「聒擾」，讀書云乎哉。這兒所說的俗人俗事，並不是要將自己列於人世生活之外，實在因為許多人許多事不能不使我們感到頭疼，與我們興趣相去太遠，只好用「俗」字來替代。然我們還是得去軋油軋糖買配給米，到底亦脫不了俗的。所以我每感如陶彭澤之流，總算幸運，生於此時，要仍不免此厄耳。

把讀書作為功利主義的求學問，是一種讀法，亦另是一種境界。我想這未免有時太執著，好像買了獎券，一定盼望得獎，設不得，心中總有一點悵悵，學問固然要去求，然總以得取自然為佳。我買書不

必都讀，這也是理由之一。但是如果讀書屬於耽美主義，那真是需要若干陪襯，明窗，淨几，香茗。插架琳琅，牙籤萬軸，雖然不是宋元佳槧，卻也不是亥豕魯魚的劣本，這還是小事；最低要不愁米，不愁鹽，外面天塌下來與我無干，這才夠得上紅袖添香茶煙琴韻的派頭，我們不用說沒有這種遭際，就是有此環境，看著北風一起，滿街凍死鬼，恐怕也要興味索然了。我們不是玩物喪志，乃是要在可能範圍之中求得一點安慰，正因為現實問題迫得人不敢不忍正視，才不能不尋求一隅以為遮罩，有人罵逃避現實是不對，我是承認的，可是手無斧柯，除此也別無他道。所以把吃飯的錢省下來，買幾冊心愛的書，應當是苦惱，而不是快樂，不過隱去了苦惱不講，我們情願為目前一絲溫暖所誘惑而已。

　　於是就不能像暴發戶那麼，買大部的二十四史，圖書集成之類的，擺在客廳裡充門面，這種書，也許自入主人的廳堂起至以微末的價值再賣給舊貨商人止，竟大半是不曾有過主人手澤的。直如晉公伐虢，璧則猶是，馬齒加長，不過寄存一時罷了。然而架子一定是精美的，裝潢一定是考究的，主人所欣賞以及向別人傲視者，蓋在此而不在彼。若我們則只能收收零星殘帙，家裡是住房客廳書齋三位一體的，書架往往無有，桌頭放不下，也許就置在牆角。偶而咬咬牙置辦一、二隻藤製的小書架，也放不了多少東西，有時便疊床架屋的擺上去，使這種先天不足的傢俱大有不勝負荷之勢。而且古舊的房子，沒有水泥地，沒有好的天花板，老鼠以書籍為涵廁，天雨更是淋淋漓漓，要想把書保存得乾淨也十分不容易。我又天性懶散，書老是隨手掣出一本就不管了，倒在床上看一會兒便永遠放在床頭，坐在案前檢閱亦可久置不顧，往往一部書分散到好幾處，必需遇見機會才從新劍合延津，太太常為此向我抗議，我也管不了許多，我有一個最高原則，就是書須為我所役而我不能為書所役，越縵堂同治二年正月二十日日記云：

自昨夕至今晨，整比書籍，甚費心力；以案頭之書，必取其最要者以待相次而讀，而書有常資考索者，尤宜置於群籍之前，以吾輩性懶，或有所疑而書壓在下，不便檢閱，輒復置之，遂至此疑終月不決。齋中無書架，僅縱橫置兩桌，又空其十之四為看書作字地，留其十之二置杯碗燈缸奩盒筆硯之屬，余又性頗喜潔，知惜書，即日閱之物，亦必使整齊不少散亂。又不欲見叢殘書，故或篋或閣，或床或几，或近或遠，或高或下，皆極費匠心。

於先生之懶，我則有之，可是要我費一夜的工夫去擺列分類這些「叢殘」，就絕對不耐。去年暑假好像曾清理了一次，下著很大的決心，弄得一身臭汗，擺好甲又不易對付乙，排了乙便又捨不得丙丁，如李君之所謂兩案者，我還很抱歉無有。書桌很小，今年才能換一隻大點的，據說市價已達千數百元云云，這桌子也放不下幾冊書。加上筆墨信件以及小孩子常常不經意放在上邊的書包玩具，一天到晚，倒是連寫字的十分之四也沒有的機會居多。工具書呢，也有幾種，如咬了牙關花十二塊錢買的辭海之類，如今雖值六、七百元，我也仍舊不大重視。總感覺這種書是低能的，除非在課堂上講授打破沙鍋問到底的時候，要查明一番，其餘用到的時間很少。何況如果真的要問到底，這種東西也是不行。我常見有人寫某人的史傳迻抄中國人名大辭典，無論如何，不大像話。平時讀書，究是陶公的不求甚解態度為主，可以偷懶是第二層，許多書求甚解反失去意味則是誠然也。因之書桌上面就沒有工具書的位置，字典等都是放在最下層。這也算是昔賢與我們的區別吧？

既是不必要求有用，買書自然避免「切於實用」一途。我可以沒有十三經注疏，可以沒有昭明文選與古文辭類纂，但卻願意花一個月的薪水買了崇禎本的《帝京景物略》。這好像太貴族，而實在是出於癖好。譬如我也花五塊錢買一部沒人問津的光緒板或同治板的《都

門紀略》，無非因鄉土的敬愛，才有一點研求與求知的心。昨天用一百元買了《盤山志》，康熙板同治修補的，亦有數頁模糊不清，題簽乃是家鄉僅有的進士李江先生，這相隔有三千里了，我一直在離盤山四十華里的鄉里中生活二十年，卻到今天才看見鄉里的書，不必管內容，其為欣悅，已可曉知。可惜自家的縣誌終於買不著，空望遠處的寒空寄遐想。我又希望從我的書中得到一些故事，這即收藏家所說的掌故是，唯此事可遇而不可求耳。去年暑假，曾買到《漁洋精華錄》，本已有過一部了，可是這一部上面有「李釋勘讀過書」的印記，又全部都校過，似對漁洋之詩，未盡贊可，對箋注之陋，訂正尤多。散釋先生乃昔時授我們宋詩的教授，而且京中寄居的橋西草堂又是我常去的，這書既為先生舊弄，當然還是珠還合浦為佳，秋天草堂約看桂花，遂將書呈還，先生很高興，說是事變中失書甚多，能夠覓還的僅此而已，然我的喜悅又過於先生，假使我的藏書中，能夠一一逢其故主，那是多麼有趣的因緣呢！所以在散釋翁以僅此一書得歸故主為恨，而我則以居然有一書逢著故主為欣然。人之離合是絕大哀樂，物我一如，物之離合，又焉知不是如此。一種書在幾十年光陰之內，逢到不少刀兵水火之厄，又不知轉移了多少主人，有的主人對它是寵愛，有的則是冷淡不措意，也許因此就終身淪喪了，為書設想，不是也很可悲悵嗎？葉緣督藏書紀事詩記我的遠祖文達公云：

「韓非口吃著說林，校讎七略似劉歆；山河泡影談何易，一見公羊涕不禁！」注曰：「文達閱微草堂筆記：趙清常沒，子孫鬻其遺書，武康山中，白晝鬼哭，何所見之不達也？余嘗與董曲江言，大地山河，佛以為泡影，區區者復何足云！我百年後，倘圖書器玩，散落人間，使鑒賞家指點摩挲曰：此紀曉嵐故物，是亦佳話，何所恨哉！又云：嘗見媒媼攜玉佩數事，云某公家求售，外裹殘紙，乃北宋槧公羊傳四頁，為惆悵久之。」

　　足見文達亦不為達。說「人亡弓人得之」的孔子，不知怎麼樣，大率能真的泡影山河者確不多。事變以來，海內書籍付劫灰者何止億萬，我所教讀的學校，在塞上群山中，放暑假時還太平無事，不料從此自己常閱的幾冊書遂告永訣。說起來有什麼好東西呢？那時我喜歡把上海刊物賣文的稿費改買新書，有好多書店是附帶著郵購部的，這事並不困難，所以雖是山城，卻也有郵差送來蓋著上海郵戳的印刷品。每天在校門前等候年老的郵差幾有盼望愛人之心，若買的書遲遲不來，其惆悵思念也不減於失戀。我所常常看的如阿庚畫的《死魂靈百圖》，對照魯迅翁的譯本非常有趣，那時只賣兩塊錢，現在我每次逛舊書店都注意這本書，卻迄未遇到，或者當時印得便不甚多。又如《蘇聯版畫集》，紙張講究，印刷精美，且有數幅為彩色者，價錢不過一元七、八角，今日是想要印也無從印起了。我又喜歡收藏信箋，故亦買魯鄭合編的《北平箋譜》，這書之失落，尤使我思之心痛。二十九年買榮寶齋箋譜不下三部，已要十六元一部，而前後都被朋友索去，目下反一冊無存。目前到松竹齋買了兩、三種信箋，已竟是一百多元，其花紋尚不是我所愛好者。後來曾聽到從塞外古城來的人說，學校的書都被本地人搶光了，在某街中擺了地攤出賣，一角錢一堆，這位朋友並親見一個人從學校裡出來，腳踏車後坐上捆了許多本萬有文庫，這自然也是要打入地攤的了，我很癡心的問他曾看見我的書嗎，他笑著說，那麼多的書，誰記得你的我的呢？但是我希望著，希望著，直到現在還希望有一天我的書會碰見他的舊主人，如我會把所收的書還給別人一樣。

　　東湖叢記：「王述庵司寇（昶）有一印云：二萬卷，書可貴，一千通，金石備；購且藏，劇勞勛；願後人，勤講肄，敷文章，明義理；習典故，兼遊藝；時整齊，勿廢置；如不材，敢賣棄；是非人，犬豕類！屏出族，加鞭箠。述庵傳誡。」這似乎更多此一舉了，藏書家告誡子孫的很多，但是子孫能遵誡的則極少，甚至可以說沒有。且即使無意拿它易餅餌，亦不見得沒有人算計，如唐太宗賺蘭亭故事，智永禪師終於被套入圈子。《花隨人聖庵摭憶》記袁漱六藏書云：

漱六名芳英，道光間名翰林，工文能翰墨，初為松江府知府，時江南遭洪楊之役，公私赤立，文獻掃地，常州蘇州諸故家藏書以次流布於外，漱六銳意搜羅，有見必設法得之，莫能與之競。江南北舊家卷冊以及卷葹閣問字堂之片紙隻卷，皆攬有之，以故所藏書，甲於一世。據云，袁罷官歸里，書載數十船以西，盡移存長沙第中，逮歿，未能清釐就緒。其子榆生不喜故書雅記，以五間樓房閉置諸籍，積年不問。光緒初朱肯夫（迴然）督學湘中，任滿離湘前，曾親蒞五間樓房者勘驗，則兩層自下至棟，皆為書所充塞，非由書叢踏過，莫移一步，以書縱橫堆垛，即移亦無從遍閱，唯隨手翻之，板是宋元佳槧而已。肯夫出後，為言於木齋（李盛鐸），時木齋隨官在湘，方以扢揚自許也。肯夫且謂東南文獻菁華，蓋在此五間樓中，聽其殘毀以盡，吾輩之罪也，吾力不及，時也不許，子其善為謀之。木齋計往宅中驗視，一切如肯夫言。顧安所出其書而理之者？榆生豪邁善飲博，境固不裕，然人以鬻故籍請，必為所挾，客為木齋計，先出重金請榆生所狎友居間恣其所用，用罄，又復餌之，以是往復積數千金，所狎友稍稍吝之，榆生不樂，友因曰：天下有借無償，宜難復借！榆生曰：償乎？吾焉得辦此者！客曰：君乃無產足以議抵者乎？曰：盡之矣。客曰：人言君家書多，吾固未信。榆生距躍曰：書乃可易錢乎？客曰：是未可料，姑試為之！明日客齎書數十冊詣木齋所，大抵康乾間版，無甚佳者，姑如其價留之，榆生果大喜，木齋求觀目錄，客掮四大本至，以蠅頭小字書之，非精本且不錄，一望知為藏家老冊，非榆生所新編也。木齋指名求書，不得，則運數箱來，令其自理，自是輾轉，木齋獲袁氏書不少。明年榆生罄所有數百箱載漢皋競售，購者麕集，浙江丁氏亦在其列，木齋盡力求之，如量而止。據其所言，亦志在與蠹蟲爭勝，取天下之物，還與天下共之已而。前後所得，蓋不過原藏十之一、二也。

此所記恍如聊齋志異閱微筆記，而陳登原君的《典籍聚散考》並不及之，可見尚未為學林所悉知。費盡心機取之，還是成幾百箱的散出去，無怪令人生無常之感了。我在事變後也看到不少公私藏書零落散亡，而苦於無法措手，同時更看到不少巧取豪奪的收藏者，尤不便推測其將來何若。不過莊子說得好：「毛嬙西施，人之所美也，魚見之深入，鳥見之高飛，麋鹿見之決驟，四者孰知正色？民食芻豢，麋鹿食薦，蝍且甘帶，鴟鴉耆鼠，四者孰知正味？」我們把書當做性命，正有人把跳舞賭博當作性命，我們把吃飯錢換了斷簡殘篇，他們把宋元佳槧換了淺斟低唱，其為有所宥蔽，在近道的人看了，或者是一樣的罷？

因之又想起一點幼年的事來，我是農家子，可是父親和祖父輩也讀過一點書。祖父且曾中了秀才，也有幾大箱書存放著，大約以《大題文府》、《小題文鵠》、《四書題境味根錄》之類居多，自然是毫無價值。但也有《澄衷蒙學堂字課圖說》、《繪圖四書速成新體讀本》等，既有圖畫，便為小孩子所愛好，父親在外面作事，我常吵著請求母親開開衣櫃上面的書箱找這些有趣的書，後來我又發現一部全圖的三國志演義，雖是鉛印本，而每回必有一圖，第一冊又有一百多頁繡像，今日回想，殆是照陳老蓮所繪翻印的，故與他本頗多不同。這寶貝使我滿足了不少天欲望，常常用白紙影在繡像上描繪，但不久這書就被我看得七零八落，再也夠不上原數。就是那些四書字課圖說等，也帶到學校裡去和小朋友賞奇析疑。時間一長，也是東一冊西一冊的收拾不來了，父親曾再三的加以申斥，到底改不好。六叔那時已上中學，他也是有書癖的，一年正月，忽然大家商量在客廳裡成立圖書館，我們把那些老古董統統搬出來，又加上自己買的新書，也編了目錄，立了規矩，實際上是沒人去看的，只是給空廓的客廳加上些點綴而已。不意六叔從這年暑假一病不起，僅僅上到中學二年級就夭折了。從彼時起，這些陳穀子爛芝麻的東西，再也沒人收拾過，七、八年前祖父病故，我回到家鄉，父親很慨歎的說：「你們這些書，

燒的燒了，丟的丟了。我一天到晚在愁城裡過日子，哪管得了這些！再過兩年，恐怕家裡連一本也不會有了。」我聽著殊為黯然。今春果然父親又來信說，因為家中不能安居，只好到舅父所辦的小學裡去教點書，錢掙不了多少，為的是有了職業可以免去許多麻煩，但因所授歷史地理等科，一本參考書也沒有，實在困難，要我趕快寄去幾冊。六十歲老人還要去就業為小學教師，我心裡已竟相當苦痛，而這小學教員又是如此之貧乏。我到市上選了幾種歷史的書，可是查一查都有些不妥當，遂未寄。想還是買通鑑紀事本末等書寄去吧，書還沒有買，聽說父親已不作教師了，但信卻無有，我連連寫了信去問，至今也不見回覆，昔人詩云：「田園寥落干戈後，骨肉流離道路中」，不想因為幾本書又惹起我的不必要的感傷，真是抱歉，只好打住罷。

十二月十三日，大雪節

（原載《天下》，1944年第五期）

冶城隨筆

說給北方朋友，自然是南方的事比較新穎，可是輪到我的筆，新穎云云，也就有限了。我是生長在北方原野的，那裡有山，有高粱，有秋天的柿子也有牧羊人燒的野火。這裡呢，水，水田，水牛，水塘，都是水，就是天氣，也老是下雨，譬如今天，我本想到棲霞的，可是自早晨便落著不大不小的雨，於是不能去了，晚間剛好有北方的朋友來，大家在餐館吃了一點酒，拼著羞澀的錢袋，我們吃一回酒罷，希望換出來一些溫情和安慰，但臉上雖是熱著，而憂鬱的氛圍好像愈擴大，人人日子都不好，餐館也頗零落，畫著古仕女的華燈熄滅了，侍者勉強的收拾了煙草缸與火柴盒等，我們只好走了，彼此道了珍重，因為這兩位朋友明天就在長江以北了，說完再見，不能不在雨絲中長出一層惆悵，我是北方原野的人呀，我想念家鄉，我恨忌江南之雨夜，而我又有點喜歡這雨夜。

但是，我將告訴你什麼呢？我的感觸反正你是不會感觸的，於是我更惆悵。

家

首先告訴你我有個什麼樣的家。一個人的家，既可以代表自己的個性又可以表示地方風格。比如你想要北京那樣的紅漆大門又有銅環門燈什麼的，這裡就沒有。在窄小緊密的黑漆板門上寫了「門庭雍睦，宇宙清和」的白字乃是弄堂裡普遍的作風，說得好一點，這裡算是沒有封建的色彩也可，但是在北京住慣了的人，便覺得狹隘單純，我曾於另一小文中說過，看了一個洋車拖三個棺材，以及兩個叫花子抬著死屍，後面

隨著垂頭喪氣的孝子這種景象，以為是生事的蕭索亦即老杜滿目生悲之感，近來讀明人詩集，有「花無桃李非春色，人有笙歌是太平」之句，這氣象很有味，我們好像久遠不見桃李之繽紛了。然我們正是盛讚松柏的民族，宜乎其生活長久在冰雪中，而仍舊不斷生機，不知道你怎麼樣，若我則還是有點期望暖和的。南京兼有佐藤春夫所云田園之憂鬱與都市之憂鬱。北京則是調劑的，連荒僻的小胡同半夜也有硬面餑餑的喚聲，自然，我不知三年以來景象若何，而在一般印象中是應該如此。這裡還有二分之一以上的人點著豆油燈，——煤油是沒有了，並且叫剪了髮的姑娘叫「二道毛」。秋蟲之夜鳴使人憶遠，而小偷所引起的犬吠聲更不減於佐藤君鄉居的經驗，這時你靜靜的聽了屋瓦的悉索，不禁又想起在三千里外作旅人之孤單。我住的院子幾乎有十家左右鄰居，有避亂的鄉人，有煤商，有運牛的畜販，你想不到我是出房租最低的一個，於是我最招房東白眼。我是唯一的知識份子，所以我只好在喧吵中寂寞，寂寞到連提筆為文的意興都沒有。在北京，即使是雜院，我們也可以有許多生活波折應有的點綴，使生活變為豐富，在這兒則不能，例如前天夜半分明聽見鄰居的哭打聲，次日又聽說一個女人上了吊，後來又被救活，但這中間有什麼戲劇呢？我就不知道，也不想知道，好像我們各自之間都孤立了起來，我不瞭解別人，比別人不瞭解我的程度還深，以此我也不必怨恨這裡人情不安。我們一家都在懷念著，什麼時候回去呢？可是並沒有下過如何的決心，我們就在這麼浮動的心情下支撐著日常生活。我是反對賭博的，但如今我也打牌，因為到底可以忘記一部分不知所從的苦惱，不過我的脾氣又太壞，假定連二敗北時，就大吵大鬧，弄得好多人不高興，這回還是得不償失，因之自暑假以來，牌也很少玩了。我的孩子是在北京長大的，故鄉的影子也許在他心中慢慢淡了，然而因為現實的麻煩也常常發幼稚的牢騷，今晚吃飯時，因為看到上海有木偶戲在演著水簾洞而大不快樂，向我說：「爸爸，南京真不好，什麼都沒有，也沒有木偶戲，咱們走吧。」我不明白他所說的走是到何處，他應該知道北京也沒有木偶戲的，可是如果我們住在北京，雖然看

著上海很羨慕卻不會說出「走罷」的話則可斷定。我們這裡是南城，充滿老南京的氣息。倘是有錢的話，住到所謂新住宅區去，我不敢說那時是什麼想法，姑以我今日的推度來講，似尚未發現若何趣味。不用說別的，兩扇鐵門終日緊閉就是一種威脅，雖然有很好的薔薇與竹樹，也是要從敷有電網的籬上探出頭來，有什麼意思呢？今年春天就有一個牧羊女因竊採某住宅的桑葉而觸電的事，這未始不可算是田園與都市憂鬱的交響，所以，我一到春天，還是覺得走在路上欣賞池塘邊的垂楊與乳鴨好些，洋房的草地終不宜於策杖閒行也。我宅後亦有空地一塊，自去年起，種上番茄，天天整理枝葉，但總敵不住一種灰褐色蟲子的齧食，今年更種了幾株黃瓜，結果是蟲子成堆的抱住黃瓜的根，吃完一棵又一棵，直到全死為止，我又種上幾株花生，希望僥倖長出一些果實，在沒有發芽時，種子已竟快被吃光了，後來雖然有的長出枝葉，不等花梗穿至地下結實，又被咬了。我氣得全部拔起來，那麼，如我在南京的生活一樣──毫無所獲。種東西不行，我們買雞養在那裡，因為雞是會吃蟲的，奇怪，不到兩星期，所有的雞都病了，一個挨一個的死下去，我們天天吃雞，吃到只剩下一隻鴨子為止，現在還不知道鴨子的命運會到幾時。在屋子裡面，白天是我們的世界，夜間十點鐘以後，變成老鼠的世界，它們用種種的方式向睡眠的人揶揄，甚至咬孩子的耳朵。當我撚亮了燈去尋覓時，永遠沒有看見過它們的影子，我的書帙和書桌抽斗裡，全成了這東西的廁所，它們不吃拌了毒藥的餌，不怕貓的叫喚，我對於古人碩鼠之詩，不免又多一層啟示。在這麼一個零亂的古舊的房子裡，存在著充滿世紀末憂鬱的我，當秋風吹落院中梧葉的時節，我的心情也不必再為描繪了。

陰陽營

　　路過陰陽營，在金陵大學巍峨的近代樓閣一旁就是野人的菜圃，池塘。而斷圮之石橋畔即是叢葬所，有野花爛漫的開在田塍上，西風

裡枯寂的石碑像歎息，果然有兩個四十歲的男子在墓前燒起紙錢來，雖然沒有哭，正是很悲哀。馬路緊介於菜圃與亂塋之間，我每天要經過一次，「亡兒×××之墓」的字樣不知在我眼中印了幾回影子了，唯今日似格外有了感觸。道邊鋤草為薪的夫婦，看著熊熊的紙灰並不理會，他們美滿的背著薪柴回家了，我喜歡這簡單，我悵然於這都市中的曠野。遠方五臺山日本神社頂上有灰鷹在盤旋了，小倉山主人袁子才正沉睡在三百年的壙穴裡，佃戶把蘆席搭了棚子在種著蘿蔔與捲心菜，問他：「你種的是誰家的地呢？」「姓袁！」我空虛的走開了，心想，不必到朱雀橋烏衣巷或看潮打空城了，這一帶就足夠說明南京。我很幸運曾在陰陽營住過一個月，那真是可以懷念的輕愁的日子啊。早晨推開窗先看見紫金山的霧氣，叢林中鳥聲和池塘蛙鳴並不喧噪，還有雨天，靜得連一點響聲都沒有，坐在走廊上看雨絲不斷的漂下無論怎樣也有遏止不住的鄉思。我的周圍都是上海人，他們說話我不懂，每天在辦公廳一人悶坐著，雲絮雨絲以外，到了宿舍還是這個，我體重減輕了，可是不知為何，今日我總不斷懷念那減輕體重的日子。有賣粽子的女人，越在雨天調子越悠長而帶些憂鬱，還有敲著鐵板算命的盲者，也偏在這種天氣撐著半舊的油紙傘滿處踅，青衫已破，鞋上塗滿泥濘，他是什麼地方的人呢？是不是我的同鄉呢？我應該問訊他，但我卻沒有。毗連陰陽營的是寧海路，路邊生著高粱和玉蜀黍的田一直擴展開去，忽然有炸破的高樓矗立在裡邊，也不知主人今日何似，我為房宇而惆悵。為了需要，也有人開設賣火柴肥皂的小店，修理洋車的攤子，可以花一塊錢打打氣什麼的，漸漸往北，就是帶著汽車間的住宅了，這不是我們的愛好，於是就不喜歡去。有好幾次夏天與初秋的晚上，我都被瓜棚下賣唱者幽怨的歌聲感動了，這裡簡單得沒有坐椅，就在門檻或泥地上靜聽江南女子的淪落之聲，歌詞與調子大約十有九回是孟姜女，伴以像胡琴而多一重沙啞成分的弦樂，不覺更助長些飄零的意味，在北京夜巷中忽聞三弦聲恰亦有此感，特此種環境尤增淒冷耳。也不知唱一晚可以賺幾何錢，我們的同

情太沒用，畢竟不曾且不忍長久聽下去，就也不好意思從口袋裡掏出錢來給他，我好像怕他羞澀，更怕我自己羞澀。

從陰陽營出寧海路向西，可以一直走到荒寂的清涼山，有牧羊人在牧羊，夏日有成片金黃的小麥。清涼山掃葉樓是詩人龔半千的遺跡，但是現在卻變成賣茶的座頭。和尚給你拿出一壺清茶來了，先問你貴姓，然後是何處恭喜，看看你是個不大也不小的官吏，就把長官的名字抬出來，說「你們部長那一天來了，他誇獎你，說你很能幹呀。」雖然不是說我，可是也不願意坐下去了，別人說，和尚還收藏著龔君的掃葉圖云云，我實在不能有所容心，還是讓他去招待某種可以貴賤他人的賓客吧。望望天外長江，與眼前的廢堞，我倒有些想起桃花扇的〈餘韻〉來了。

陰陽營是為了淒冷與幽怨而存在，而被人懷念。

秦淮

不去秦淮，忽已數月。蓋愈居南京，愈不願去秦淮。暑假裡陶亢德兄來京，一定要我請他去看南明遺韻，早晨根本不是秦淮的世界，我們只好到雪園去吃茶，這是我三年以來第三次吃茶，請想想在北京所謂吃茶包含什麼樣的風味呢？在春明館吃茶，可以敲棋，可以清談，可以看似真似假的院畫，就說在長美軒比較嘈雜吧，也還大家有點悠閒的意思。白長衫的侍者，操著特具客氣之長的官話問你吃香片抑龍井，問你吃肉末燒餅還是火腿包。送畫報的永不爭競報費的多寡，一意謝謝，將看完又放得零亂的報紙收回去，然而這裡也並非得出了貴族的代價。此間吃茶，乃意非如是，殆重吃而非重茶，有位常寫散文的傅彥長先生稱之為惡狠狠的大吃，我以為是有些得其神髓的。吃茶的很早就到茶館，而茶館的生意亦只有早晚兩茶，電燈與他們無緣，午餐無須預備。其人數之多，說話之喧吵，吃態之饕餮，迥非意料可及。譬如坐位就第一難找，在人聲哄哄中登樓，萬頭攢動，

熱氣騰騰，問侍者：「有座位嗎？」自己看好了，你若一賭氣便不吃，那就永遠也不要吃，低首下心的向各角隅尋獵位置，如果沒有，就設法找人少的臺子和人家拼湊起來，說：「對不起，對不起。」侍者也許會給一條熱而污穢的手巾，然後就得計畫這一頓惡狠狠的吃了，小籠包餃，炒乾絲，肴肉，燒賣，油糕……必須一下子要得足夠。包餃裡面都是油和湯汁，有些像淮陽館子天寶龍的湯包，餓了的人倒不壞，為吃茶而吃茶的唯美派這兒委實找不著清淡一點的東西來。於是側坐的女人大吃了，湯麵呼嚕呼嚕的吸進去，又是一籠包餃，小孩子要撒尿了，把桌邊痰盂拉過來，連大便也容納進去，右手悠然地吃包子，左手可以用揩筷子的紙給「小把戲」揩屁股，侍者怒目，也不過兩句「對不起。」我記得和亢德去的那次，就是和友人某公拼了一桌，會鈔時還大搶特搶，亢德戲稱之為爭取最後勝利云云，反正這勝利我沒有獲得，於人語鼎沸中，又有賣五香豆腐乾和手巾的，賣梳鬍鬚的小梳子與市民證化學夾子的，賣牛肉的，揩皮鞋的，頗似京戲場裡的氣象，但我一次也不曾買過東西，不知道這些人何以存活。中國人是很會寄生於別人生活上以吃飯的，於此而益可證。說來說去，秦淮河究竟在什麼地方呢？亢德非要我帶他去看，我說你作了這些年編輯，看到記秦淮的文章一定不少，還不知只是一泓污水嗎？他的意思，即使是污水，也要看看再回去，恰似朝山進香了此心願一般，我只好領他到雪園石子路前看看這一衣帶水，洋車夫在岸上嘩啦嘩啦小便者，晚上懸著五彩琉璃燈的畫舫把外面的白布蓬都拿掉了，船主太太在船頭梳油穢的頭髮，隔夜的美麗之夢，這時充分醒覺了，有如在南岸河房住的歌女，這時殆亦正褪去殘脂，在生滿臭蟲的木床上輾轉反側也。我因說，你看夠了嗎？他道夠了，夠了，快回去吧，我說：這正是板橋雜記所記的大中橋到文德橋之一段呢，亢德似亦微微悵惘著。我又說：你如果能晚上來一遭就好了，可以給你記憶上塗抹不少的色彩。你沒讀朱俞兩公的槳聲燈影嗎？如今色彩更絢爛了，詩人看來，或許更為不快，但在古遝笛步的「太平洋」酒樓或是

「六華春」等處，總會有成群的汽車點綴著，你不是可以減少若干寂
寞嗎？他不言，我不知在東京他所見的滋味又比這裡如何了。

夜的秦淮總該是大多數人類的要求罷？雖說沒有天涯女人唱孟姜
女，但卻有十二、三歲賣花的小姑娘唱賣糖歌何日君再來等，在你懷
抱中要求給他以相當的鈔票。高貴女了與所謂貧賤女了在今晚是沒有
分異的，或者在明晚仍是沒有。許多有權有勢的人寧願對一個女侍獻
媚，譬如強迫自己喝酒也要求女侍同吃等等。這種地方我以為不止女
人被玩弄，男人也未嘗不輕瀆自己，何況在鈔票面前又有什麼賓和主
呢？人生不過如是，且永久如是。所以李香君董小宛顧橫波恐怕也無
非如是，若說是文人渲染得好，那到底還是有某種狂在作祟罷。這一
帶本是前朝貢院，曾文正公平定東南重新修葺的，何以歌樓與掄才之
地並立呢？這也可以算是諷刺。今日除食肆舞場戲園外，殆無他設，
唯賣書的倒有，好像還不使貢院兩字完全失去意義。作為娼妓一樣看
待的歌女在戲茶廳裡唱一段一段的皮黃，這就喚作聽歌，似有天津中
華茶園的意思，總之太海派而已。我到過一回，並且是有名的曾慧麟
在唱鳳陽花鼓，這是放在最後加以彩排的，前排色情狂的漢子用手帕
揩亮了眼鏡，荷荷的叫個不休，又把瓜子拼命放進嘴裡去，似乎也算
歡迎之一種表示，江北女人趁這種「欲知性命如何，且聽下回分解」
的機會來加熱開水，討小帳，而賣荸薺與五香蛋的也過來了，這就是
一切一切，也無須我多說。從先到青雲閣去聽過唱，好像比這個雅靜
得多，無論如何沒有這麼多作怪的聲音，便稱之為京派吧，尚不知北
京友人同意不也？很抱歉，我沒有告訴你這地方還有許多古玩店，那
是使我更加頭疼的地方，裡裡外外都是張大千，趙撝叔，很容易在同
一店裡發現兩幅全同的虎癡精品，問他們是何道理，答以馬馬虎虎得
了，買真的那兒也沒有。但是這樣的海派就不免笨伯了，李釋勘先生
對我說，事變前他有溥心畬的畫一幅，已付劫灰，事變後竟在夫子廟
發現了兩張一樣的，明天都買進來懸在廳堂，這真是趣人趣事，而亦
可以代表人情一斑者也。不過細心的人也有，如龍楡生君就曾花三十

元買了金冬心的字幅，很不像贋品，又有一天極高興的向我說，以五元買了兩方錢十蘭的圖章，大家應當明白，五元錢只是聯銀券之九角而已。這種搜羅的耐心我簡直沒有，空下來還是到書店中看看的機會多。近來書店的人們也買大量的肥皂火柴囤積著，書好像可有可無了，實在再也找不到什麼可買的東西，辭源已竟賣到九百元，聽說亦有人囤積。有嗜古之癖不妨到瞻園路走走，這是徐達的亭園，如今卻變為衙署，傳說徐公後裔至南明已代人脫褲受笞為生，用不著我們今日為大功坊之倒圯而哀歌，古人蓋已哀悼古人了。有好幾家高級些的帖肆，不敢去問津，因為價錢總是不能使人忍耐的。

雞鳴寺

台城更荒蕪了，上面還有水泥的廢壘。說是這一小段城牆有二千年的歷史，我老有些不相信，但當我在玄武湖划船，乘著落日看那蜿蜒的雉堞時，即使說他是明朝的故城尚嫌太早了。半洋式亭閣下覆著胭脂井，井欄用水泥築成，卻被人推在一邊，莫非這就是張麗華避兵的地方嗎？我是不相信陳後主會到過此地的。真是，南京的歷史是長的，而古跡則新，北京的歷史雖短，但許多景物彷彿把年代會拉長，以為白塔寺也許不是始於遼吧？故宮不會只是元之遺構吧？這是地理環境給人的感應，與在南京見了五臺山就說是謝公墩之不易相信是一致的。雞鳴寺的廟貌從外觀上也不怎麼古，固然，山門上是寫著古雞鳴寺的，黨國要人的聯語壓滿了可以遠眺玄武湖的豁蒙樓，若往東走過去呢，還有鐵絲電網之類，原來已竟一度成為國防重區呢。我始終沒有從雞鳴寺發現出什麼興趣，走餓了不免要吃上兩碗僧府的素麵，一個半盲的人，不是和尚而穿著藍士林布紅滾邊衣服的人，又不向你要錢，只是憑你佈施，那便不能不俯首被他敲一下了。正為此故，如上海靜安寺一樣，也有了真假住持的爭論，到底還訴之法律。這勝訴的人，不知在名片上是不是要印起來歷，「翩然一隻雲中鶴，飛來飛

去宰相銜」，此間方內方外，殆只有是想耳，你又何忍獨責寺僧。中央研究院的藍色琉璃瓦頂，正在寺樹叢脞之中，想想若干天涯飄淪的師友，不免要吟出陳伯玉愴然涕下的名句，我願意看院內紫色的玉蘭，和竹叢的寒露。敗垣古井，無主桃花，你要高興還是春天到這裡，秋天未免太蕭曠了。可是有一回冬天我去遠眺，台城負喧卻有滋味，城下黃草裡一畦畦油綠瓢兒菜，樸質的園丁在用稀薄的肥料灌溉著，可惜沒有遇見紫金山的雪，要不更有忘記不了的愛寵，使我沉悶的文章也會有點資料。

　　下了山往東走可以到太平門，若是並非在城市住不可的話，我寧可永久生活在這名為城市實際上乃是農村的地方呢。我經過小河與菜圃，蒹葭與衰柳，鄉下人擔了柴，健康的走在石子路上。坐在城門附近僅有的小茶館裡，除去可以夾在村人耳朵上的香煙以外，也有麵餅與鹹菜，一壺茶一元五角錢，穿長衫的客人在這兒成了聖賢，不管六朝賣菜傭是怎樣的，就這些簡易的鄉人便可愛好，我看見一個赤腳的女人擔起柴擔要走了，剛從茶館買了香煙的漢子追上去，把擔繩一拉，女人倒下來了，我想一定是打鬧罷，但女的卻荷荷的笑著，罵他是「小鬼，龜孫，」重新打打身上土，挑起擔子去了，活潑而康健，真誠而多趣，他們有著「文化人」所企羨的人生了。我為他們祝福，我也為繫在屋角樹上的水牛祝福。

玄武湖

　　不知是誰把玄武湖的翠洲，櫻洲，梁洲，環洲，菱洲改成亞非歐美的名字，這就是中國人的聰明嗎？這乃是南京人唯一遊賞的地方，也有公園和茶座，可是有什麼意思呢？湖神廟的正殿上也塗上藍底白字的「天下為公」了，又似有什麼辦公處之類的紙貼。現在更惹人注目的是電桿上園林管理處的標語，禁止貪污廣行善舉等等，中國人的道德作用大約全從這些方面發洩了，一遇正當機會，反不見有道德之

存在。時時刻刻在叫著言行一致的國家，其國民之言行必極不一致可知也。茶肆中沒有什麼可吃的，而且樓下又是照相館，正有不倫不類的感想。我所愛好還是不出一貫的風味，到菱洲上去看船戶怎麼樣划著小船入市，水鄉鵝鴨如何親近家人，曬著破網的柴門外，小孩子在對罵著，蘆葦充薪，積得很高，一縷一縷的炊煙飄到遊船蓬上，船上女人招呼著：「二嫂子，告給我們家，我有生意，要晚些回去呢！」這時我們不由得泊舟登岸，看看不調和的諾那佛廟與孤塔，以留給舟女以回家一看的機會了。

我乃不知用船之道的北人，看著中年婦人或十五、六歲的女子穿了新衣自己撐船外出真乃異事，他們是走親串嗎？親串在哪裡呢？一年到頭老是在船上，是否會像我們看見車馬那樣厭煩呢？但船是他們的財產，他們不是像秦淮河的燈船似的賺錢，而是憑著流汗賺錢呀。然亦有不得體者，一出玄武門剛看見城市中極少遇見的垂柳蔭便被她們包圍了，先生，兜兜圈子罷，一點鐘三塊錢，爭吵，攘奪，她們喪失了鄉人的誠質與溫厚了，這種受著都市浸洗的鄉人有時會變成我們最厭惡的，譬如也在口裡鑲著金質的義齒，而曬成古銅色的手腕上也加上化學品的環子等，但我們有何力量可以打退這種文明呢？在船上吃吃茶，看荷花慢慢開放本是很清雋的事，無奈賣汽水啤酒的船永久盯在後面，非買一瓶不可，而對面開來的大船，則是穿著紡綢褲褂的人們，在艙中大叉麻雀，這一下非得遠避不可了，所以我們總是要求舟子放舟於翠洲以北一條不知名的小橋下，從水裡可以撩起菱葉與水藻，遠處可以看見京滬路晚車的疾馳，狂風吹來時，淒清荒寂的味道使人不能忍受，若有人真的吹起洞簫，便會泣孤舟之嫠婦了。

今年夏日忽然謝剛主先生來京，我們決定在玄武湖暢遊一日，給了船夫一點錢，他便把船撐到荷叢中去，老殘在大明湖放船有秋天的蓮蓬打著船窗響，我們則在碧色荷葉上橫行，我很惋惜於這種對大自然之侵略，但看看那亭亭靜植的荷花可真不錯，王漁洋的門外野風之詩，也許就是在這種境界寫出的罷？榜人的意思以為我們是不肯花五

塊錢買一束鮮蓮實，他拼命摘下遠處的蓮蓬來，擲給我們，我們相視
而笑，反倒不好意思逗遛而催他開到橋頭柳蔭下去了。搖曳的蟬鳴催
人午夢，停在窄小的藤躺椅上，居然甜蜜的睡去了，在秋天想來，這
個意境簡直無法描寫，只好說我對於玄武湖之秋的印象還不如對玄武
湖之夏來得深刻美麗就是了。

燕子磯

　　我很幸運，最近隨了青年人們，徒步去過燕子磯，無論寫得出
寫不出，總有個願意你多知道一點什麼的動機，所以請你原諒我的
囉嗦。

　　路程往返大約要有三十華里以上，對於在城市的人，這個行腳已
可觀了，可是我並不疲乏，我每想到浩渺的江水，點點的遠帆，無際
的蒹葭，漠漠的柳蔭好像剛剛和江南的真風物接觸。

　　自太平門去一路都是石子，走起來不大方便，然而有適度的崎嶇
也恰好，我原自恨生涯太平凡呢。路邊村塾怪有意思，掛著十方庵門
額的小寺裡，佛案前有十幾個學生在讀學庸，也用紅硃點得很絢爛，
四十左右歲的先生卻在看今天出版的報紙。「這個村叫什麼名子？」
「合班村。請進來吃杯水吧？你先生到哪裡？」「燕子磯，還有多少
遠？」「六里，彎過去就到。」我們怎麼肯打破這單純的局面呢？就
如此，幾個穿了洋服的人，恐怕已竟使村童們不安了。比我們年幼一
個時代的人畢竟是可佩，他們比我們早一點鐘到了目的地。今天不免
又有衰老之歎了。在如屏的群山中，開出一條豁然開朗的道路，忽然
看見櫛比的房屋，林立的帆牆，殊有陶公桃花源的意味。

　　從樸古的街市走過去，在燕子磯小學的門外筆直登山，「一石
橫江勢欲飛去」，在許多人的旅行隊中，是看不出什麼驚險來的。但
是遠方的帆船實在嫌小，而遠在浦口的小塔更小，八卦洲那一面的江
更有多大呢？我正在思索著，忽然有人告訴我，快照相，那邊來小汽

船了，我舉起照相機從採景框裡窺過去，馬上又將相機取下來了，我覺得在這裡小汽船十分不美麗，為什麼在偉大的自然中要渺小的機器呢？我還是採取靠近懸崖的帆檣為題材為好。

在唯一古舊的飯館裡用飯，吃江南特有的大餅，很引起幼年去廟會看社戲的回憶。遼遠的家鄉，不但有三千里之遠隔，而且有七年的時間了。

從下關一面的路走回去。有十里不斷的懸崖峭壁，沒有樹株，只有青苔，好像也不需樹木破壞他的峻險與威嚴。三台洞有石泉和洞天，老太婆貧嘴貧舌的講菩薩的恩惠，要求人給一點錢，或許是他的厭俗惹起人們反感，以我所見，好像沒有一個人掏腰包。所以當某君要摘取懸崖上的爬山虎紅葉時，她很嚴厲的說：「不行啊，這是佛菩薩長的呀，不要動呀！你們看見菩薩不燒香，不怕罪過！」於是我們迅速的走出去了，雖然那個有泉水的橋也很有趣。

遇見一家在江邊犁田的人，趁著遠處的風帆，不免要紀錄一個畫面，照相機剛舉起，那倔強的老農夫忽然罵我們說：「你媽，不要照。」這種原始的固執，使我呆住了，我只好低頭向前行去。

我們在一間茅舍外休息，村犬吠客報以微笑，老婆婆開門出來，請他拿點開水解渴，我生怕這些穿著草綠制服的青年人給人以畏懼，但是並不，許多小孩都集攏來了，用食指放在嘴邊，注視著我們，問他這個村莊叫什麼名字，一句話也不敢說，忸怩的走開了，問老婆婆，「我也不曉得，胡亂住下去就算了」，如果不是故意隱避，這種樸質更可驚了，為什麼連自己住的地方都叫不出名字呢，這是離下關不到十里路的都市之附郭呀。大家吃完兩壺茶，給了她二十塊錢，亦不知表示謝意，我們在微笑中出發了。

王漁洋燕子磯遊記：「東眺京江，西溯建業，自吳大帝六朝而下，憑弔興亡，不能一瞬，詠劉夢得潮打空城之語，愴然久之。時落日橫江，烏柏十餘株，葉盡著霜，丹黃相錯，北風颯然，萬葉交墜，與晚潮相響答，淒愴滲骨，殆不可留。」我沒到燕子磯之先，不知為

何，一直為此文印象所懾，現在回想起來，若是晚上在磯頂看漁火，聽潮聲，大約也是不錯的，景色與文字的印證，殆仍須親歷之後始知也。

在下關繁耀的燈火中，回家洗足休息。

十一月七風雨中

（原載《藝文雜誌》，1944年第二卷第一期）

擬如夢記

　　看了文泉子的如夢記，不由得對於兒時生活又生執著，而且已是中年了，衣食之憂增加無限苦惱，坐在課堂上靜候家裡匯款到來的時期，已竟渺不可即，看著小孩子淘氣漸生厭惡，慢慢拿出一派正經面孔，不管是裝的抑是真的，總之不能不有這番訓練。作小學生時，大抵理想人物便是老師，豈知當了老師，才知道社會上原多坎坷，就是這樣，自己羨慕的或即最不滿意的，蓋不只是作老師為然也。

　　幼年的事，實在模糊得很，像文泉子那樣，清楚的記著祖父背著哭了的自己去找母親的事一件也辦不到。入小學時有點印象，好像是不很願意罷，有一回因為裝作沙子迷眼回家裡被母親痛打，虧了叔母解勸才息怒。父親還在上中學，只年暑假回來，於是格外喜愛我和妹妹等，帶來與我們正讀著的不同的教科書，例如中華書局出版的新編教科書等，因為我們普遍的念共和國教科書。又有皮球與鉛筆，鄉下兒童十分感覺興趣，皮球有時可以玩到一整年，裡面的氣太少了，拍也拍不起，理科書上說氣體過熱則膨脹，拿到火油燈上去烘，稍微有點意思，等冷了還是萎縮，再烘，皮灼焦以至融了，滿屋子臭氣，又是被母親罵過，皮球也沒的玩了。除去父親以外，舅父也好，無論什麼書都肯送給我，又把北京通行的平市官錢局銅元票給我，雖然在鄉下是不用，可是知道了銅元也有票，便覺喜悅，且可以向其他同學大為驕傲的。舅父在北京作教員，中學小學都教過，是基督徒，到我們家也老是假期，起初是騎驢子，後來騎自轉車，包裹裡準放兩冊印著彩色畫的聖經宣傳品，如使徒行傳馬可福音之類，我們便搶著看，有一回將一本印得精美的天路指南忘記在我們那裡了，祖父說是故意送下，為的傳教，這不行，立刻喚長工追著送還，我心中實在很愛那

小冊，可是不敢說，對於基督教當然不瞭解，可是祖父的態度更不瞭解，祖父不是對舅父很好嗎？常常誇獎有作為。舅父一直主張我要入教會學校，以後，可以留學，父親卻是堅持入師範，可以節省，我自然遵從父親，但舅父的見解也不反對，現在想到自己自己變成這樣一個拘謹的人，師範教育不無影響，若是入了教會中學，現在我是個什麼人呢，很難推測，人的一生還是有許多不能不付與機會亦即運命的罷。舅父現在也五十多了，聽說近幾年境況很不好，田賣了，房子也分得零零落落，在鄉下辦著小學，半生過慣都市生活的人，想想確是很寂寞的。

我到現在不會數學，因為一方面是自己沒天才，可是鄉下小學教師真糊塗，我記得很清楚，第一年入學修身讀的是第三冊，因為第一二冊照例是有圖沒字的，老師無法可施，便硬派從第三冊起。數學呢，一直沒教科書，入學就學九九歌和除法，十個以上的數字還說不出來的兒童，如何能計算這樣難題呢？但不會算就罰立正，真是怕透了，每天早晨第一點鐘是數學，於是總拖著不願到學校。大約到第三學年便算四則應用題，什麼雞兔同籠、父年為子年三倍……，當然更不明白。我對此事到現在還是弄不清，為什麼單要讓小孩子費思索計算這些物事呢？各教科書都有改革，唯有數學，似乎仍舊那一套，我的孩子年已十二，在小學六年級，又在受著與我相同的磨難；我分明看見許多兒童會計算囫圇吞棗狀態中的烏龜與仙鶴的腿和頭，可是不會計算幾斤青菜的價目，甚麼機會才遇到這樣的龜與鶴，殊不無疑問。世界上的事，越不會越是煩惱，我後來慢慢學會一個法門，就是抄襲，這個方法直到中學還使用著，想起來未免可笑。大約十歲光景，父親因在一山村作教師，也帶了我去讀書，環境改變，興趣增加不少，山村景物很好，東面是山，西面是河，這河可以通到二十里外我家所在的村莊，山頭有塔，有寺，有各色野花。學校乃是寺廟改設，有許多佛像照常存在著。想起那時在星光下看黑黝黝的大殿裡之飛螢，還是有點畏懼。到河裡去洗澡和往鄰村小學旅行，都是高興

的，採了山上種種野花，編成環子，一路唱著歌，這樣無邪的日子不用說是自己，連自己的小孩也享受不著。侷促在都市的車塵馬足中，街市不過幾尺寬的空隙，連天空都是有限制的，我想物質文明有時乃是枷鎖，或非全謬罷。因之又念及鄉下的社戲，山村距縣城只六里，渡過小河，立刻可到，大的同學帶著我，衣袋中放十幾枚銅元，在縣城的鼓樓下吃著用羊胃腸煮得很香郁的湯，和有芝麻的燒餅，遠非今日飯店中二百元一客的大菜所能及。鑼鼓響了，黃天霸或趙雲英武的出現了，殺得愈激烈，孩子的心裡愈有英雄崇拜的感想，終於也買了充滿漿糊臭味的面具，糊著錫紙的木刀，悠悠蕩蕩走回來。還有一種用驢皮或紙雕成的偶人的戲，在晚上演，另外有人替唱，「朱洪武走國」，「風波亭」，「珍珠塔」，「蕉葉扇」，大致全是很長的故事，可以唱許多晚的，而且比社戲經濟得多，這山村一部分好事的人，自己組織了班子在唱，好幾位鄉紳少爺，專門愛唱旦角，用手逼緊喉嚨，伊嗚伊嗚的過癮，也許這可以引誘年青女子們注意之故，他們全是不大安分的。父親不甚高興我去聽，可是我每天要去，有連續性的故事，對於小孩子吸引力是大的，天天父親關了大門，我就和伴了去的校工跳牆回來，偷偷拉了被頭睏下。父親在逼著作文，每天必須作一篇，題目總不出勤學說，節儉說等等，有時很使人頭疼，可是聽了學校校董某鄉紳的誇獎，也不免有點矜喜。又教給我秋水軒尺牘，念著「弟向獲締交於季方，今始悉元方之賢」的句子，自己也莫名其妙，父親寫信，正在很工致的模仿著這個，什麼「海萍雲烏，聚散無端」呀，「別芝宇，蟾圓兩易」呀，我耳濡目染，後來一到作文題是與友人書一類時，一定將這宗法寶拿出來，先生就大打雙圈了。

這山村學校有一特點，即男女同學。幾個鄉紳的小姐都來上學，正是萬綠叢中紅一點。男孩子不免頑皮，但是絕不像都市中受了劣質電影之毒的青年男女那麼厭氣，男女生混合踢皮球，女生輸的時候多，就改為拔河，女生年歲比較大，拔河多半有點把握，而男孩子就拼命的扯向男廁所去，女生紅紅面孔放下繩子散去，荷荷荷，男生笑

起來了。女生的口角是利害的，一點不肯吃虧，而且很喜歡到老師面前告狀，男生只講「打架」，你打我，我打你，要到指定地點去解決，不許含糊或是婆婆媽媽。這許多男女孩子，現在計算起來差不多平均都是四十歲了，自我離開之後，沒有一個人再遇見，可以說是緣分很慳。我想把這些人集合起來，大家談談生涯經過，一定是一本厚的小說了。

說起我自己的鄉村，也是很不錯的，平疇一望，禾黍離離，半里以外即是小河，一道蜿蜒的土堤，不知通到遠方何處。上面種了檉柳，年月既久，堤頂成為人行路，堤裡面仍舊是田，再過幾十丈，才到河濱，有的地方河身沖齧了土岸，就漸與堤防接近，鄉下人名之為「險堤」，因為如果水漲，這地方是首先危險的。走在堤上，看遠處片帆點點，漸漸駛來，若秋天就可以嗅到蔬果的香，梨子的香，聽著舟人咿咿的櫓聲，看見船頭燒飯的炊煙，對於他們，不無羨慕。小孩子喜歡洗浴，學游泳乃是人人的義務課程，從很高的崖岸上一翻身跳下去，叫做「摺稍瓜」，仰泳曰「飄仰」，自由式俯泳曰「浮水」，……恐怕比運動會諸專家並不在以下。我是膽小的，家庭又很拘束，始終也學不會，只有看著別人一頭鑽下水去，一忽兒又鑽出水面很好玩。秋潦一至，鄉下人都要去防堤，村中響起驚人的銅鑼聲，「看埝（堤也）去嗄，看埝去嗄！」打鑼人在喊著，長工們帶著面餅、油燈、長鈀、鋤頭都去了，把堤上點綴得像一座城，人語喧嘩，熱鬧之至，在大人們心裡充滿焦灼，小孩子卻是很難得的眼福，水越來越大，從這面的堤一直到望不見的那面的堤，都是水，牛吼一般的叫，上游的木料，瓜果飄了下來，阮小二式的漢子就下去撈，撈到的，大家哈哈的慶祝著，不大行的人，也用小網在堤邊撈一點木屑，攤在堤頭曬乾，說是燒飯很方便的。祖父喜歡打魚，我十歲左右，家裡尚有一條船，大約祖父就坐這船的。他有一位打魚的老友，姓徐，這老人極節儉，每天很早很早起來，便在田野一面散步，一面拾糞，到北京去也只帶二百文銅鈿，祖父對於他常有幫助，後來開了一處小

店，到現在我們還是叫他們家做「徐家小鋪」。祖父晚年不能打魚，就到徐家玩紙牌，一天，忽然手感覺麻木，暈倒了，醫治許久才好，但十數年後，終於因為痰疾死去，徐家的老人更是早已故去了，至於小船，也不知什麼時候就已不見，而我的家也分得四分五裂，把一座很大很大的住宅，割成不少小區域，並且就是這樣的家，也有十年以上不曾回去，死去的人越加多，樣子變得越加壞，想起船、水、老人，不免又是一種悲哀的憶念，雖然祖父對我很嚴厲，有時讓我挑著很重的網，壓得肩頭不能支持，但是如今好像那樣健康的老人也絕對沒有了。

　　因之又想到祖父是練武的，他去考過武秀才，因為丁憂未能終場，巨大的青龍刀，執石和弓箭，我都還記得。刀呢，一柄八十斤一柄一百二十斤，沒有用場，把來撐門，石頭則作了荷花缸的底座，只有弓箭，對於我和年齡差不多的六叔七叔，十分有興趣，弓是用竹膠和著牛角混合著做的，把弦上起來很得有點力氣，古人所說，能開三石五石的弓，也許就是這樣，我們不能開弓，很氣憤，後來七叔想出處分它的辦法，用木匠的鉋子從弓上刨下許多薄片，非常像犀牛角，拿到藥店去騙人，起初竟被混過，慢慢人家知道了，我們大笑。七叔很聰明，可惜後來染上鴉片嗜好，現在竟不知到何處去了。我們把箭從藤桿上取下來，磨成種種的刀，拿來切紙，很有意思，在書房的牆上本來有一個可以放置許多箭的架子，書房因為是東廂，夏天很曬，搬到別處；這兒就存雜物，如石灰、籮筐等，我們到這兒偷箭都是下午大人困中覺的時候，我所得最少，恐怕不到一年，半枝箭也沒有了。於是我學會了一種放箭的方法，秋天，田禾收割了，取細高粱桿，其一端以較粗之高粱桿附著之，是為箭，北方無竹，看大人不留神時，抽取竹帚中之粗竹，縛以麻繩，這個射起來也可以高入雲霄，但箭須多備，因為極易丟掉。秋天真是一年裡最好的日子，不但可以射箭，而且種種好吃的東西都熟了，花生呀，南瓜呀，萊菔呀，甘薯呀，我們天天到田裡，路旁小池塘的水像鏡子一般靜止著，草上

有發冷的露珠，殆即所謂「寒露」，長工在刈谷，我們就尋蚱蜢，尋螻蛄，尋在河堤上的黃鼬穴，也摘取美麗的「老鴉瓢」。最近讀《通藝錄》的〈釋草小記〉。才知即是詩經上的說的「芄蘭」。小孩子被派去看花生田萊菔田的機會特別多，這些東西成熟得晚，又容易被人偷吃，所以必須有人去看，我們去看花生，別人也許不偷，可是我們自己一定掘取大量的新果子，架起火來燒了吃，那味道絕不是鹽水花生米的可比擬的，花生吃多了，就到相鄰的萊菔田裡去掘萊菔，當作水果，看田的女工不知是我們，也許大罵，我們偏不響，有時我和表弟一同去，他頂喜歡用小便的方法嚇走女孩子，這傢伙想起來不免有流氓之意了。直到小麥播種秋天才算完，念詩經豳風七月，我特別感興趣。上面的話，和北方農家很符合。禾稼既納，塞臼墐戶。時已立冬，晨起踐嚴霜，於是穿著很厚的棉襖褲，天天早晨吃噴香的玉蜀黍粥和鮮嫩的醃芥了。冬天晚上大人孩子都沒事，街頭巷尾集起來，圍成圈子，用麻繩結成軟質的槌，一個人提了在圈子外面跑，看機會放在一人背後，如果不覺而急起直追，等再一圈過來時，就要被原放的人大槌而特槌，這個我也不敢去玩，因為都是所謂野孩子參加的，我家小長工兩子，專門和他父親在一起玩，而他父親十九被他槌，我們看了無不大笑，父親也許常以此警戒著，可是如今思之，那豈不也是一種健康的表現？我們這些被都市的夜禮服壓扁了的人，大約只知道父親和兒子一同去玩舞女是應當的，至於真正有泥土氣息的生活，卻是想也難得想到的罷？

　　年歲尚小，不大知道人事，可是到了春天，也總有那麼一點兒意思。我家外面場圃種了一片楊樹林，三月天暖，暗綠的葉子長出來，伯祖母院裡的碧桃花和榆葉梅也開了，我心中老是覺得空虛，而又說不出所以然。先生教的唱歌正是「春愁」，有「風雨替花愁，風雨過，花也應休」之句，便不免哼哼的唱了，看二弟的女孩子，比我大兩歲，我們叫她二姐，是個很負責的人，她的家隔我們一條小溪，我每天都是盼著她快來才好，可是來了也並不怎麼喜歡。有一天，他

帶我們到門外池塘邊去採蒲公英，說是用醬油淪了極好吃：鄉下只叫「婆婆丁」，沒有念過理科，也隨口這樣喊著。我們掘到異常多的稚嫩婆婆丁，晚餐就拌起來作菜，我好像向來沒有吃過那樣好的菜，現在想起來味道仍舊是好，可惜再沒有那種年齡與心情，徒有回想而已。二弟大了，三弟降生，她繼續照應三弟，三弟很乖覺，與專門執拗的二弟大異，人人都喜愛他，也常常跑到二姐家裡去，一玩半天。到三歲那年春天，不知是什麼病，竟死了，這怕是我在幼年頂悲傷的一件事，老太太們講，弟兄死後不能見面的，不許可我進母親的房，我一頭伏在房的後門外，荷荷的哭，二姐則眼睛都腫了。我特地到大門內看看那個小棺，薄薄的，三弟就裝在裡面葬在村南義塚上，母親每隔三兩天必去哭一番，我眼前還描得上來那淚流滿面的模樣，一想到這個，便不覺感到分離的苦痛，而母親今年又是六十開外了。三弟死後，二姐不便再留，可是我們都捨不得她，強留她住了一個時候，終於去了，起初她隔十天半月必來一次，還是為我們作許多事，過後漸漸不來，聽說有了人家，丈夫是在外面作生意的，離我家也不過三、四里罷，嫁後消息漸無，直到我入大學後，忽然一個正月她來賀年了，好像很得意，大家都成人了，彼此並未見面，只聽母親祖母圍著她談得很熱鬧，二弟早已成為管家的人，好似漠不相關，我心中雖則感到人事的遷流，哀愁也是很淡，小孩子總是小孩子，赤子之心大約是不容易保存的。

　　去年在某處聽說，小學時教我們的P先生已竟病死在河南鄉下了，同時有一位父執也客死瀘州，亂離使人平添不少傷感，而P先生尤其是我一生不會忘記的好先生，他是父親的同學，又是換譜的弟兄，我叫他P叔叔的。頎長的身材，白淨面孔，一看即可斷定為TB型者，教我們的時候，已是時常因為吐血告假，但後來健康似乎恢復了。他是個特別用功的人，無論什麼東西，只要認為有用，立即抄在叫做叢抄的本子上，我看見他的本子是到第三十六冊，後來究竟鈔了若干卻不知，然即此已可證其勤勉，較之我們現在連毛筆字都懶怠寫

的人殊有天淵之別。六叔在北京師大附中上學，民國八、九年文學革命，新式標點和白話文流行，他立即向六叔學習然後轉授給我們，學校院中懸了一塊黑板，原是為寫格言和佈告的，這時他就每天抄一首白話詩給我們讀，如鴿子，掃雪的人，登永定門城樓等初期的詩，幾乎都是讀過的，偶然也寫一段英語，我們很有興味，向走鄉村的賣書人擔子中買了白話文範，不管懂與不懂，胡亂讀個不休，還有注音字母，也是他教給我們，差不多熱心到開夜班講習，同學相稱，全是把名字的聲母韻母拆開來叫，連罵人也如此，細想確是學習進步的一大原因。我在高級小學還不會作白話文，教科書所講皆是通暢的近代文言，有幾篇今日還背得出的。昨天看見一位學生讀著王子安的滕王閣序，忽然感想到這未免離今日學生應用的範圍太遠，不但滕王閣序是不行，祭十二郎文永州八記一樣也麻煩，拿起筆來便是月亮姐姐雲兒風兒或者黑暗的社會奮鬥努力等等，實在與這些教材風馬牛，無怪學生只是在上課的時候看下流小說，不能應用的骨董，原不該讓青年學生玩物喪志的。因之覺得過去的教學亦深可佩，寫作與閱讀總有點關聯，插入一點古文也不過核舟記桃花源記之類，還可以理會得。P君教我們必須先查字典辭典，生字生辭都是學生自己註解，文法脈絡也很小心的解剖著，父親還託人帶給我文法初階，已竟曉得介詞和助詞等，或者今日同學不見得那麼用心。歷史也是P先生教授，父親在中學用的教科書都被我找出來作參考，老師補充的東西每先為我們知道，深為欣傲，如今有點歷史的趣味，大致還是歸功於是。在中學的歷史先生換得很多，而最後一位則只講隋唐演義那一套，未免沉沉入睡，西洋史尤無所知，好的先生影響甚大，越加使人對P先生尊敬了。這先生至民國十七年加入黨務工作，由縣黨部而省黨部，之後，改在一私立中學服務，我雖也在同城，年歲一大，學業未成，反而什麼都看不起，也不知去看看，彼此冷淡下來，只是聽說鬧了戀愛的事，頗不歡樂，我知道先生是有了四、五個孩子的，為什麼又如此呢？再後便轉到南京作了一位委員的私人祕書，而在兵戈中逃難四

方，以至失去生命，世上像這種有赫赫功績而草草一生的人殆甚多，然想想支援此社會，還是需要多數這般的人，負責任，有常識，如今卻只是一天天減少，不僅因為是曾給我很好的教育而悲哀，也應當為一般社會之啟蒙而悲哀罷？

　　親戚中可憶念者，如一般人之例，也是外祖家最深。和我家距離四十里，乃是公路線上一大鎮。可以在那裡看見鄉村少有的香煙廣告，仁丹招貼，騎在驢子背上的人，嗅著路邊小店炸油炸燴的焦氣，賣紙煙和糖葫蘆的人把用作賭具的籤筒弄得嘩嘩直響，這一切，在我眼裡都是新的事物。所以走了半日坐在騾車上頭都暈了的到外祖家去，總是一番說不出的喜悅。睡在陌生的床炕上，黎明就聽見外面客店的大車攢程的鞭叱聲，和運送石灰柿子的駱駝隊鈴鐸聲了，把耳朵側過來細細領略，比家鄉早起時黃鸝聲又是一個味道。外祖母的面孔多麼慈祥，每天每天都擔心我吃的不舒服，晚飯後就要求外祖父到鎮市西頭的張家飯館給我們另外預備宵夜，吃得最多的是切成三角形的肉餅，和一種把面扯成細絲再作成的清油餅。外祖父大致是不肯吃，含了旱煙管在一旁欣悅的看著，我們則大嚼。有時雖則是風雨交加的晚上也不間斷，我們心裡頗感不安，但是，如果不吃或不讓老人提著籃子出外，那就使他們更不安了。對於舅父他們的子女並不如此疼愛，真可以說是一種偏見。但是當十五年前外祖母病終時，我正在北平，卻是連回去都不曾，想著實在惶愧。所以感覺到孝親的事乃是求其所安，正如古訓所云：「汝安則為之」，我對於外祖母可以說是很有負的了。早晨起來也是吃玉蜀黍的粥，把剩的鍋巴用豬油加蔥屑炒起來是異常香美的，在外祖家這個就歸我包辦，好像我成了特殊的存在。現在回憶著坐在明潔的油紙窗下吃炒鍋巴的童年，時光既不可追返，而更加上事實的空虛，殆不由不令人發一聲深沉的歎息。和外祖家冷淡自入中學起，那其實還是先之以形式上的親密的，每逢寒暑假入學放學，都是先一日留在外祖家，因為是必經之路。平常每年不過去一次，這一來至少有四次，交通不方便的年歲只有騎驢子，外祖父

給我覓一個有點親戚關係的腳夫，一直送到百里以外的學校，放學時則派這老實的腳夫去接。可是我的心情是離家久了，最懷念的還是父母，於每次入學時，都很難過，故外祖家幾乎成了我離別的第一個驛站，心裡慘然不歡，若放學時則又盼著快快到家，更不願多留一日，這樣江湖魏闕的心裡，外祖父是不會知道的，只有看我比較冷淡的樣子奇怪；後來鄉下也有了汽車，我就從離家二十里路的鎮上登車，雖則也經過外祖的鎮市，可是瞥若驚鴻，竟沒有一次下來過。古人所云，相去日以遠，最近十年連家也不回去，唐人詩講得好：「無端更渡桑乾水，卻望并州是故鄉」，只要過了淮河，即已欣悅那黃土，那漠野，那裡敢想到外祖的鎮市？而且這老人年已八十，健康的情形如何，亦不大明白了。

　　昨天有思家的夢，夢見村中的小孩，夢見白了髮的母親和父親，好像是哭泣著醒了，幼年志在四方，中年又不免鄉土的執著，人生實難，滿足大約是不會有的。昨晚燈下讀知堂先生的〈兒時回憶〉說到舒白香〈遊山日記〉記兒時生活之趣，彷彿沈三白〈閒情記趣〉亦有同樣的好筆墨，譬如草上看蟻鬥，帳中賞蚊飛等，我則只是景慕，自己所記下來的只是些很不值得別人一看的事，又筆下生疏嚕蘇，反覆讀來，真有唐突前賢之愧，既已無可如何，只索罷休。

三十三年三月十一日小病中
（原載《藝文雜誌》，1944年第二卷第五期）

平津紀行

一、途中

在增兵與走私聲中，我帶學生到平津兩埠去參觀；從這兩個被種種惡勢力夾攻的北方都會裡，挹取一些時代的見聞，或者對於我們這久處窮閉的塞外的人們，不無相當益處，這是我們出發時一行人心裡的感覺；但是，他們所給我們的是什麼？我敢說那只有天曉得！

幸而有火車，於七個小時之內載了我們從險惡的萬山中奔馳到一望無際的平原。當這些塞外的孩子們剛一看見山上的綠草和潺潺的溪流時，他們是怎樣顯出羨慕的神色啊！當火車走入南口以南時，雖則天旱得連一棵綠的麥苗也見不到，但他們對這平疇曠野是怎樣顯得驚奇啊！最後，他們群驅到車窗附近，探頭去看清華大學偉麗的樓閣，萬壽山蒼翠的松柏時，車已竟到了西直門了。

火車繞行內城的三分之二，（這即所謂環城路）大家從每一個門洞窺伺著都市的電光，暮色蒼茫中我們到了喧囂的前門車站。費了九牛二虎之力，才買到當晚八點去天津快車的加價票，我已竟急得一身大汗，一群呆癡的學生們只有隨我東撞一下，西碰一下，我們活在鄉下的人們在這許多寄生於都市的漂亮人物相形之下，實在顯得太顢頇遲鈍了！登上擠得要命的平滬通車，不過五分鐘光景，已經蠕蠕地向東南方開動。整個故都沉浸在夜裡，等我們眼前只能看見幾盞稀疏黃色的電燈時，車已快出永定門，向豐台開去。

除去天上閃爍的星和上弦的微月以外，我不能辨識出一切，一則這條路算來已是十年未走，二則車行是如此迅速，使人無瑕看清夜色

溟渺中的景物。我因沒事可幹，不由得注意到對面坐著的那二個押車警察和一個形似便衣偵探的人物。他們談著上車以前的「牌運」，談著「暗門子」裡的姑娘，最後，那個偵探與一個警察搶奪著一包白色的藥粉，不用說，你可以猜到這是烈性毒品了。

車在沿路幾乎是不停的，我們感謝近日中國路政的改進，可惜是，我們已不能保有這條路的全線了！十點二十分，到燈光照耀的天津總站。步出總站，穿過站房，開始走上大都市的市街，在北寧路局大樓夾峙之中的大經路，寬闊，整潔，較之十年前我來時已完全改觀。冷的夜氣侵到每一個人的身上，使我起一陣輕微的抖戰。因為這時一切商店都已閉門，深夜的沉寂籠罩了這龐大的怪物，故遠來的旅人只有感到空曠與淒涼。在生疏與匆忙的心情下，住到「河北」一個市儈氣很重的棧房裡，這是一位朋友預先給訂妥的。

二、天津一瞥

天津，這北地的繁華中心；也是一切恥辱的中心。海河的水，混濁地奔流著，老車站的鐵路，網一般的分佈著。有藏污納垢的租界，有大腹便便的駔儈，有以賣國為手段的失意官僚軍閥；是近代文明的皮殼，而有著十足腐敗內質的一個病菌傳播者！左拉的《娜娜》上曾說福歇里叫娜娜為「金蒼蠅」，我想，這個徽號，大可以移贈天津了罷！

天津的繁榮，和上海一樣，完全支撐在租界上。或者我們說他比上海還顯著些，利害些。在純中國地面的河北，那是什麼也看不到的，除了海河中的老舊帆船，就是三等以下的小商店，在那兒苟延殘喘地支持著一兩間可憐的門面。但是你一走過金剛橋，（租界與中國地，幾乎以此為界的）不用到頂熱鬧的日租界，僅只毗連日界的東馬路，大胡同，已經繁華可觀了。不要說鄉下人，就是乍從北平來的人，也要為這「車如流水馬如龍」的情況麻煩得頭疼。耳朵裡只有響

聲，眼睛裡只有人和車輛，雖則兩旁的Window-show排列得那般整齊漂亮，但恐怕你是無瑕顧及的，如果你在步行的話。

東馬路迤南就是日租界，（所謂東馬路者，即天津縣城東面的故址也，城是庚子以後被強迫拆除的，代之而起的就是四條馬路，馬路上有著白牌電車道）這個神祕的所在，使我們想起多少種痛心的事來，便衣隊，自治請願，老牌賣國賊，毒販，以及一切使人不快的人物，全寄生在這兒。但也許正因為這才如此繁華，中原公司的高樓矗立著，仁丹公司的廣告閃爍著，××日報社門前的木製「滿洲國」旗耀武揚威地向人誇示著，各式各樣的百貨商店用種種稀奇的方法競爭著。旭街南部以及較小的街道裡，全是「洋行」，我們因未看見有人買什麼東西，故不敢揣想售賣的都是什麼，只覺得那數目驚人罷了。中國的藥房除去賣「中將湯」、「老篤眼藥」……而外，窗子上全貼著五光十色的「性必靈」、「生殖靈」等……廣告，我疑心天津人或者對這種藥需要特別多嗎？有人說：「近代文化就是花柳病」（Civilization is syphilization）或者不假吧？

法租界和英租界大部是比較幽靜的，但法界毗連日界一帶，如黎棧大街等處，其繁華更超過了旭街。中原公司在這兒有個分店，巍峨的勸業場也點綴於此。碰到我們眼上的，無非是西洋的惹人喜歡的一切機械文明產物，高大的洋房以及熙來攘往的人們，我不知他們都在忙著什麼？

銀行，大公司，洋行，公館組成了英租界，碧綠的列道樹，有時也有花壇；稀疏的行人，清涼的空氣，使人懸想到柏林或者巴黎，或者與此彷彿吧？另一面已經臨近海河，但在這裡，老舊的帆船沒有了，小火輪，起重機，洋行碼頭，貨棧，扛腳行的工人，構成一幅交織的圖畫，上海人如果到此，也許想到黃浦江，我們這些學生是向來沒有看見過船的，對於這個所在，自然更投以驚異的目光！

天津，這病菌傳播者，──金蒼蠅！

三、我們所看到的和聽見的

　　這裡，先說我們所見到的。當我們到天津的第二天，本想去參觀學校，但因市政府臨時通知放假，（因為這天是個有慶祝意義的節日）遂不能實現。於是我們只得變更原定日程，參觀天津頂有名氣的恒源紗廠，但經過幾次打電話交涉，對方老是說沒有負責人，不便答覆，這很令我們奇怪，因為偌大一個機關，何以會沒人負責？後來經棧房的茶房告訴我們，這紗廠因虧折及工潮之故，近來大半停工，且有頂給日人的消息。本來近日中國的紡織業已竟全部瀕於破產，天津所有的幾個中國老牌紗廠如北洋、裕源……等，多半閉的閉，出倒的出倒，而日方的鍾淵紡織公司則日見發展，除在上海青島設廠外，近來在天津也大規模的收買已閉的或與日方有債務關係的各廠，我們眼看這剛剛萌芽的中國輕工業受著不可避免的摧殘，心頭不免一陣陣難過。恒源既不能去，又打電話給大公報館，結果因為正在休息時間，也碰了釘子，這時我們非常焦急，幸而來了一位友人，帶了我們到恰於此日開幕的中日合辦「衛生展覽會」去參觀。這會在各處都貼著中日兩國國旗交插的廣告畫，中國地的展覽與日界展覽時間錯綜著。中國地的會址就在河北第一公園，（原名中山公園）我們到了以後，因時間尚早，又過了一個鐘頭，才看見中國的警察和消防隊員以及長袍馬甲的職員紛紛來到，另外還有許多裝飾得很入時的少女們，胸前懸著「衛生展覽會」的綢條，大約是招待員之流吧！一會兒，戴紅箍軍帽的日本憲兵也來了。當會場大門開放時，因為是不要買票的，所以觀眾的擁擠和沒秩序，簡直出乎意料之外。我擠到裡面去後，只見到些各種疾病的蠟製模型，十分之十都是從「東洋」運到的，有的甚至全用日文解說。還有「滿洲國」的地圖，上面用各種色彩表示著疫病的分佈，使我們見了，幾乎不知身在何國。各種部分都看完了，本來可以出去了，但守門的員警卻強迫人們非到與會場相鄰的一間「成藥展覽室」去看一下不可，在這兒，有「武田長兵衛」商店的展覽部，

有「老篤株式會社」的展覽部，有「鹽戰義」商店的展覽部，「松本大藥房」的展覽部……總之，沒有一個中國製藥公司的展覽部就是了！

沒有中國的就沒有吧，世界上除去亡國以外，又有什麼事有中國的份呢？我們嗒然若喪的跑回來，又坐了汽車跑到大公報館去。

大公報館，誰都知道這是北方甚至全國有權威的報紙之一。最近在上海也發刊，營業自然更發達起來。天津的館址是法租界三十號路一幢不大不小的洋房，營業，編輯，印刷，各部分都在這裡。曾記得我上次參觀該報時，館址還在日界旭街四面鐘，為什麼他搬了家？我們該想想那痛心的原因吧？它的印刷廠址雖不大，但佈置得很有條理，因為我們去的時間不對，那部每天可以印二十萬份以上的輪轉機，只有沉默地待在那裡。據說現在他們每日出報七萬餘份，只消兩三個小時就印完了。那旁邊堆集著的坎拿大造的捲筒紙，直徑要有三英尺上下，但只是一張連下來，使我們尤其錯愕不置！他們的平板印刷機也有多部，並有自動鑄字機數架，承接大宗外方印件，我們去時，好像正印著北寧路的文件。

當日午後，我因到總站交涉車票，才看到大批的走私的貨物堆集在站臺上。但不幸得很，我並沒有看見包庇走私的人物在那裡演文明的武劇，因為那時走私雖則早已嚴重，但扣留貨物之類的事還不敢有！

談到走私，我可以說說我所聽到的了：走私本來是早已有之的事，最大的原因就是「冀東政府」的成立，因為中國政府對許多輕工業產品如人造絲，捲煙紙，糖等貨物的入口稅率是很高的，例如人造絲，就有百分之五、六十左右，而這些東西又是日方輸入貨品的大宗。「冀東政府」為迎合主人的心理起見，便極力擅自減低稅率，——（與國定稅率相差由五六倍至十倍）故去年秋冬以後，沿北寧線各海口，私貨都坌湧而來，上岸後，大都用騾車輸送到附近的車站，更運銷內地，一時鐵路上損失極大，因為這些朝鮮私販向來是不打貨

票的，鐵路員司又不敢不運，遂致屢起事端。本來按中國法律，運貨非有海關保單不可，私貨既未經海關，自無合法手續可言，北寧路為減少損失計，最近才向日方通融免除呈驗海關報單的手續，只要按鐵路定章，購買貨票便可；於是所謂走私者，只要一上火車，馬上等於「走公」。一般人近來時時疑惑為什麼鐵路當局竟公然允許他們走私？殊不知這裡面已竟演過許多出悲劇了也。及至近來因為走私數目過大，幾乎達正式關稅的三分之一，不特中國財政大受影響，即外債賠償也有岌岌之勢，這才亡羊補牢地緝起私來，實在說，當浪人去冬在沿海走私時，海關就該立時制止，也或可不致星火燎原；無如彼時海關巡船，都望而卻步，弄得後來沿海漁船，甚至放棄了原有職業，紛紛幹起這行有賺無賠的生意來，南至煙臺，北至大連，幾於私貨軸艫相接，試問，這時再來制止，豈非已經養癰貽患了呢？日鮮人既與鐵路有默契於先，此時又要扣留他的貨物，於是便又恢復了先前不買票硬上車的辦法，天津車站，遂無一日不演武劇，不起糾紛，後來以至連客車座位都被私貨佔據，也毫無辦法。請問中國人誰作興在國家沒有保障的時候作無謂的犧牲呢？路員視這種不軌行為如無睹，也就莫怪了。

據《申報》六月七日發表的統計數字，自上年八月至本年五月底的私貨價值及稅收損失，有如下列：

名稱	私貨價值（金單位）	稅收（金單位）	損失
人造絲	3810096.00	5715144.00	合12859074元
白　糖	4152694.60	7248337.92	合16308760.32元
捲煙紙	1205125.00	1928200.00	合4338450元
總　計	9167915.60	14891681.92	合33506284.32元

這種龐大驚人的數字，幾乎連我們自己都有些不相信似的：那麼南至長江流域，北至陝甘高原，市場上都被私貨所充斥，又還有什麼稀奇呢？

國府近日已經頒佈了種種緝私懲罰條例，並已成立緝私總處，自然，我們希望以後這種亡國現象逐漸消滅，但以目前形勢而論，恐收

效也極困難，何則？一，走私有後臺老闆，在整個問題未解決之先，這枝節問題，根本說不到辦法；二，利大本輕，憨不畏法的奸商，即使你扣留他的貨物一兩次，在他也還不致蝕本，何況還有全武行的外人給保鏢，所謂扣留者，也不過時間問題呢？（如近日該國浪人在濟南搶奪所扣私貨毆傷車站職員等事，已成極普遍現象，為此之故，緝私總處也只好承認華北情形特殊，暫緩設立分處了。）三，私貨成本既小，在市場上自然易於銷售，於是沒良心的商店紛紛買進私貨，而買主也沒人顧及「私」與「公」的問題，但能省錢便好，私貨既有大量的銷路，焉能不源源而至呢？——即如六月十日各報所載北平私貨販賣情形，已可見其概況，今抄之如下：

> 平市近日市面私貨充斥，以人造絲織品（即麻葛）白糖瓷器等為最多，櫥窗遍設九城各處，其價值較前私貨未到平時（三月間）賤達一倍左右。即以白糖而論，每斤僅售一角，（以先售二角餘）街上發現許多小販，將白糖熬成塊，售一枚三塊或四塊，較前賤一二倍，由此可見。據調查，此項私貨，係由天津運抵北平者，其方式係由×××汽車及北寧路火車，以運送××品名義運來，推銷者多為浪人及無業遊民，奔走接洽，初僅為各小攤商承銷，其後各大商號因受其影響，亦多採用；同時運平之私貨亦因之增加。……又通縣亦為私貨集中地區，距平僅四十里，亦有採用汽車以運輸×××品名義轉運來平者，為數極夥，唯私貨到平詳數，迄無法調查云。」
>
> ——北平《新北平報》。《世界日報》、《大公報》有類似
>   記載。

　　我們試看這種由攤販以至大商店的私貨販賣擴大趨勢，豈非方興未艾乎？然則區區一紙功令，有何實效？華北的人民，想來最近非鬧到不買私貨便無物可買不止耳！吁嗟乎！

這一下野馬跑得太遠了，還是兜回來說我們所見到的吧：我們在天津停留的原定日程，只有三天，故顯得十分匆迫，第三天，參觀了河北省立工業學院，南開中學，北火柴廠，第四天就趕回北平了。

河北省立工業學院歷史很悠久，設備也很周密，僅次於國立的北洋工學院而已。尤可注意者，就是由全國水利委員會北洋工學院及該校等機關合辦的「全國水工試驗所」也附設該校，裡面有水力試驗，沖積淤積的試驗等，惜作者全係外行，只覺得規模宏大罷了。

南開中學是華北有數的私立中學，巍峨的校舍，（新建的範孫樓和大禮堂尤為各公立中學絕對看不到的建築，範孫樓為該校科學館）活潑的學生，使我們見了覺得對於中國前途抱了無限的希望。本來，在這個商業氣氛過重的地方，很難說到教育事業的，就我的觀感和舊經驗來說，天津市的教育充分表現保守的精神，而缺乏進取的態度，但在南開卻正給我以一個有力的反證。由這個學校辦理的日見發展，我們不由得佩服張伯苓先生的魄力與學識！

北洋火柴廠在天津西郊，那地方已是極度荒僻，由建築方面看來，已可斷定這個工廠的歷史之陳舊。原來此廠因工潮之故，停工已近二年，近日剛剛恢復營業。當我們看見大部分機器都在那裡啞著時，不禁想起左拉所作〈失業〉那篇文字來。那許多在硫磺氣味中裝匣打包的女工們，顯得異常純熟與忙碌，但我們聽了他們微薄的工資與看了她們那些缺少紅色的面頰時，心裡就不知是怎麼個味道了！

在印刷間裡，碰到一位胖得一臉橫絲肉的工頭，由他胸前的笨重黃銅錶鏈，表現他在這兒是一位有歷史的人物了，因為談到工廠的過去狀況，他大發牢騷地說：（用著地道的「天津衛」口音）

「界（這）那成？罷工！好，一革命就罷工，界那成？先生，對不？」

「好比你們先生吧，界玩意兒，不聽老師的啦，學生說怎地就怎地，那不反勒嗎？界那行，您老？」

「好，立工會嗎的，嗎會呀！長工錢，少作工，頭一年廠裡就賠了五萬，第二年更利害了，界那行？十萬！界沒法，只得停工！——界一停，好傢伙，兩年多，您老看嗎，界不是剛開工嗎？先試試看，界不是機器還都閒著哪麼？界玩意兒，罷工！那行，您老！對不？」

金牙一閃一閃地發著光，我一邊看著那銳利的刀刃切著商標紙，一邊只得報以無言的微笑！

我想，這位先生，或可算「典型」的工頭了吧？

清晨，在清涼的朝氣裡，載重汽車送我們到總站，一個鐘頭以後，我們全被裝入漂亮的北上平滬通車了。

再會吧，你這美麗的金蒼蠅！

四、古老的北平

車走得還是迅疾得很！又加以疲乏，昏睡迷離中完結了二百四十華里的行程。我只恍惚地看見地皮亢旱不堪，一點青的顏色都沒有，除了白色的沙子和焦黃的乾土。華北農民的苦難，怕還是日見其多吧？

在豐台，我看到站臺北面飄揚著的太陽旗，去年此時鐵甲車的事變驀地兜上我的心來。心裡的感覺自然你會想像得出的了。現在，增兵的駐紮區豐台不也是其中之一嗎？戴紅箍軍帽的鄰人們一定更多了，旗子也一定更有神氣些；這綰北方鐵路樞紐的大站，也許再不見一個中國兵和警士了呢！

北平，古舊的陣營，頹廢的精粹，我們對這害著貧血病的老人還有什麼可希望的啊！不過，也許因為我在此地生活了好久的原故，即使是古舊的，破陋的，但我看了它卻有一番親切的意味，尤其是從那使人精神過分緊張的天津回來，我好像一個因逛廟會而失掉伴侶的孩子重又尋到慈母一般的喜悅，不知怎麼，甚至那些塞外的孩子們也一

個個放下心來似的表現一種坦適，當我們將行李放在打磨廠一個定好的棧房裡時，有個學生對我說：

「先生！我們好像到家了！」

五、所謂「文化」

因為我們參觀是特別偏重教育一方面的，當然在這北方的「文化城」要有較長的勾留。我們看了的學校，有：師大附小，北師附小，聾啞學校，藝文中小學，孔德中小學，師範大學，美國學校，協和醫學校，市立絨線胡同小學等，文化事業機關則有國立北平圖書館，國立午門歷史博物館，內政部古物陳列所，財政部印刷局等，社會事業機關則有河北第一監獄等，遊覽地點則有中山公園，北海公園，農事試驗場等。

這些機關或地方，是每一個遊歷或參觀團體都到過的，內容恐怕不必我來絮聒，我只說一些值得重說的事和感觸吧！

因為現實局面的陣阨，以致北方一切事情都是十分沉滯沒生氣的，這也不獨古都為然，不過這一保有一百萬以上人口的大城市，骨子裡又是以「文化」為他繁榮唯一支柱的，而且向來是一切新的革命的思想的策源地，如今卻這般悶氣，不免使人更生滄桑之感就是。我雖已離開這裡半年之久，但一切表現與半載以前毫無異狀，甚至各種在翻修中的牌坊和箭樓也還照樣紮著木架，表示他尚未完工。若其他精神方面的表現，就更不必提了，轟轟烈烈的學生運動早成了過去，大家只有在現實的苦痛下咬緊牙關打發些毫無生趣的日子。

「維持現狀」，成了北方各個從事公家事業人員的口頭禪。現狀而須維持，其為不穩，已可想知。何況天下事只要不進步便是退步呢！我到師範大學去曾會見校長李雲亭先生，他很懇切的告訴我目前處境之艱難，致一切計畫都無從實現，人人心裡都擱著一條「過今天不知還有沒有明天」的定則，而實際情形，也恰與此相近。的確，我們不知在什

麼時候搖身一變，便將正式亡國奴的帽子頂上了！阿比西尼亞雖然亡了國，倒還淋漓痛快，至於我們，則不痛不癢地昏然而亡，受過嚴重刺激的人，容易起報仇的反應，像我們這樣從漢奸手裡將國家支解，那誰還會想到報仇的事呢？即如我有許多同學都抱了掙錢的目的到冀東去作事，這個我起初也相當驚訝，但到後來我看一般人對此全認為毫無足怪，我也就不敢再有歧視之念！一般的對非常事實漠然無所動於中，這恐怕就是孟子所說的「哀莫大於心死」了吧！

　　北平的小學給我們印象最好的是北師附小，因為在那裡我們看到在其餘小學裡稀有的試驗精神，好多學校裡你如問他採取什麼樣的教導方法，他都會告訴你一大串教育學上的名詞，「自學輔導」呀，「道爾頓制」呀，「設計法」呀，「分團教學」呀，但你如果一看他實際教學時，你將奇怪這些說起來很好聽的名詞怎末那樣平淡無奇呢！實在，大家不過在那兒編一套說頭騙騙參觀者就是了，還不是「先生講」「學生聽」的一套老生意經！唯有在這個學校裡，我們見到他們確曾將自己所標榜的辦法實行著，如像複式班的小先生制，那小先生很敏捷的替了正式先生，在同教室裡兩班同時講授而秩序分毫不亂，我以為確很難得！又如他們自己研究出來的「動的教學」是用開會方式來討論教材的，那些高年級的學生都興高采烈地自動辯論著，討論著，比起一般死氣沉沉的教法不知要高明到若干倍了！聽說他們校長是一個頂努力的人，可惜因為被市政府派往日本參觀去了，未能得到他詳細指導，使我遺憾之至！

　　市立聾啞學校的創辦人吳燕生先生，也是頂可佩服的人物之一。他的半生，幾全致力在聾啞教育上。以前曾在遼寧辦聾啞職業學校，因為九一八事變才停閉了。他有著過人的研究精神與溫厚真摯的慈愛態度，聾啞學校的經費每月不足千元，校舍也只有一所小小的樓房，但他佈置得井井有條，且到處能獨出心裁，化無用為有用地利用著廢物，這實可見出他的天才！這裡的教法純用口語式，不採一毫手勢。據吳先生講，人之所以啞，即因為聾，他聽不見別人說話的聲音，便

不能適當地運用他的發音部位去仿效，以致變成啞子。按聾的程度說，有先天的，有後天的，先天的要恢復說話的本領很困難，只能「看」懂別人的話而已，後天的則大半能恢復說話本領，如常人一般講清晰的語言。所謂看話者，即在教學時要這些啞兒童注意教師口部的動作，因而知道了某個字音，久而久之，就是極快的談話，也一般可以看懂了，而且能模仿地說出來。吳先生曾將高年級的學生一個個地試驗一下，以為證明，我們看了每個啞子都會說出適當的答語時，不免大大驚異起來！

除去口語教學外，還有一種用牙齒聽音的機器，可以幫助他們聽音的練習，這機器也可以說是吳先生的發明，最重要的是一個特製的唱機唱頭，用高壓電力將留聲機轉動後，聽者將那有一枚長針的唱頭用牙齒咬住，再將兩耳掩住便可聽見頂清晰的歌聲，但如不咬此唱頭，或不掩耳，則一毫聲音也聽不見，因為這聲音全用齒牙神經傳導，故名齒牙傳聲器，這可以說特別為聾子造的留聲機，因為越聾的人聽得越清楚。我們都曾試驗過一次，覺得十分新奇。據吳先生講，這種唱機及唱頭在日本買要四百餘元，唱機並不新鮮，奧妙全在唱頭上，但要單買唱頭，他們又不賣給；於是只好自己製造，費了許久功夫，總算成功了，現在要製造這麼一具唱頭，工本不過三塊錢。我們因而想到一切外洋的輸入品，誠哉「一本萬利」！假使人人都有吳先生那樣的天才與毅力，再得適宜環境去發展，我們的金錢每年不知要省掉多少呢！

在協和醫學校我們擴大了科學的眼界；由洗衣服以至刷滌碗盞，全是機器來作，這在充滿了東方文明氣味的古都是顯然別具一格的。然而，我們所以能有這般完備的醫療設備卻得感激煤油大王羅克菲勒的賜與，未免使我國政府也有些丟臉吧？許多人對這個富麗堂皇的殿堂式機關，是沒有好感的，其原因就是對於缺少金錢的病人特別忽視。靳以在〈秋花〉裡描寫一個少女因不能往見他病了的哥哥而對醫院發生深深的恨意，這恐怕是大家都曾感到的痛苦吧？近來他們已添

了社會服務部，並在門診處設了一個門診問事處，或者已給只能住三等病房的人們以許多便利了？不過是，這個年頭兒，任何勢力也邁不過金錢去，我們也不便太苛責他了吧？

美國學校的名字是Peking American School，地址在東城干面胡同，乃美人私立，向美國教部立案，故學生以美人為主體，中國學生也收，但是數目不許超過全額三分之一，蓋預防「全盤中化」之意也。我們看到好些一嘴洋話的中國孩子和那些外國的「瑪麗」「約翰」之類在一起玩，心中頗起不調和之感；有許多美國孩子也能講道地的北京話，並且也有中文的課程，看他們學起來好像異常吃力，往往先用英文拼上音和義，再用翻譯的方法說出中文來，由此我們痛徹地感到方塊字學習之難，而文字改革的意義也就隨之顯得重大起來。

據那位領導我們的中國同胞說，從此校中學卒業，可以直接升入美國的大學。我國目前是很需要會講話的外交人才的，即如中國代表顏惠慶等，均能在國聯大會不用翻譯直接說話，比起日本的松岡洋右要強得多了，所以我們中國在國聯方面的交涉有相當的勝利。現在如王正廷先生的子弟，就多在此校念書，也無非要造成外交人才的意思。不過學費重些，每年要二百元呢！我聽了之後，不覺毛骨悚然，因為中國幸而有會講「全盤洋化」語言的外交家，才弄到這般結果，倘使不然，不是早就亡國滅種了嗎？

故宮的古物早已去遊歷英國且已返回首都了。聽說北平圖書館的善本也確已裝箱南下，不過為安定人心起見，不好明說罷了，這與清華大學在長沙設農學院而不敢明說一樣是文化界的恥辱，痛心！我們幾千年的文化都需要遁逃了，不知人民卻置於何所！過故國而歌〈黍離〉，其能使人不生淒涼惆悵之思嗎？我們曾到歷史博物館，好像這地方的文物還在那兒「苦撐」著，因為這兒陳列的東西，大半是近世的文獻，故而沒什麼人注意吧？但我們看了這區區的先哲遺跡，已使我們悲從中來，彷徨不止了。

文化，死的文化，停滯的文化，僵屍出祟的怪劇都演出了：隆重地祭孔，（也許是受日本的影響呢！）尊經，同年舉人開茶會，缺少的怕只有開科取士了，但邇來也已有會考代替了它。

六、「西風殘照漢家陵闕」

「嗚呼古燕京，金元遞開創；初興『靖難』師，遂駐時巡仗。制掩漢唐閎，德儷商周王！巍巍大明門，如鞏峙南向，其陽肇圜丘，列聖凝靈眡！其內廓乾清，至尊儼旒繢。繚以皇城垣，靚深擬天上；其旁列兩街，省寺鬱相望。……鼎從郊鄏卜，宅是成周相；穹然對兩京，自古無相抗！……西來太行條，連天矚崖嶂。東盡巫閭支，界海看滉瀁。居中守在夷，臨秋國為防。人物並浩穰，風流餘慨慷。百貨集廣馗，九金歸府藏。通州船萬艘，便門車千兩。綿延祀四六，三靈哀板蕩。紫塞吟悲笳，黃圖布氈帳。獄囚圻父臣，郊死凶門將。悲號煤山縊，泣血思陵葬。宗子泊群臣，鳶岑與黔滰。丁年抱國恥，未獲居一嶂。垂老入都門，有願無緜償！……愁同箕子過，悴比湘累放。縱橫數遺事，太息觀今鼻！……」

──顧亭林〈京師作〉

讀了亭林先生感慨激昂的詩篇，想想我們現在的遭遇，與明末作一比較，我們讀書人那些不值錢的眼淚不禁奪眶而出了。「紫塞吟悲笳，黃圖布氈帳」，請看今日之中華，竟是誰家之天下！我們曾憑弔巍峨巨麗的故宮，這是壓迫我們的魔王三百年間的城堡，可惜於今光復不及三十年，我們命定地又要攫於惡魔爪下！何況還有魑魅的餘孽在那裡為虎作倀，率獸食人！對這浴著血色夕陽的金黃色殿堂，真是又崇拜又氣憤，蘇聯把舊王宮作為新的行政機關和博物館，與我們的故宮博物院，想來寓意都是很深刻的了！

匍匐在這過去光榮裡的人民們，平時是那般悠閒墮落，到如今在受著何等的報應啊！生活的鞭子重重打擊著還不算，奴隸的鎖鏈又要加在頸上了！當我還到我的「家」時，妻告訴我這個胡同兩端都是白面①販子，但中國警察卻不敢干涉；這些浪人是什麼都幹得出的，沒有錢，脫了褲子也可以作抵押，於是住戶們便無所不丟，我們的房東就在前兩天失去六碼長的電燈線，所以近來門戶總是終日緊閉。甚至有許多家忽然失去了小孩子，這你也用不著慌急，過不了半日，一定會有人給你送一封備款取贖的信來，錢往往不甚多，大約十塊左右，但你去贖時，你必可發現那「窩主」是白面房子。花幾塊錢買回一條性命算了，誰也犯不上究問，惹那種沒頭的閒氣，因為這種事實已司空見慣了喇！

有房出租的人，這時也碰到各種各樣的凌迫，只要你是空房，不管允不允許，就許有人將行李搬進來，倘使看房人稍加阻攔，立時會受一頓毒打，至於房租，那要看人家的高興罷，可是你的房子從此就成了一切罪惡的營陣！西城一帶的房東，有了空房也不敢貼「吉房招租」的招貼，只有託親朋輾轉介紹可靠的租戶，像我們這般永遠寄人籬下的「文貧」，此時就逢到更大的厄運，即使房子住著不如意，你也很難找到一兩間適宜的來換換；即使好容易找到了，房東要鋪保，公安局要鋪保，種種麻煩，簡直使人摸不到頭腦；有錢的老爺們平時拿租戶煞威，架子擺得夠了，於今受些氣也算不得吃虧，且他們還可以向我們租戶「收之桑榆」，至於我們受了這種無名的壓迫而無處取償，那恐怕只有算拜亡國之賜了！

我們住的棧房緊臨著一家「土藥店」，這是奉官的生意，由所謂「平津清查處」准許設立的，一陣陣煙香不時飄入鼻官，想不到當年流行於成都重慶的風氣，而今卻照樣在北方複印起來。據店裡茶房說：「內有雅座」，二毛錢就可進去過一下癮的，自然也得掏點起碼的小費。我因之好奇心頗為衝動，若不是帶了學生的話，也許如《實報》記者王柱宇君似的，到裡邊買一點經驗，或者更可多供給讀者諸

君以些須不易聽到的新聞。大約這種營業在初起時就很遭×××軍正氣一派的人們所反對，故屢有停辦之議，但因×負有折衝巨責的「大人物」主持甚力，以致始終不曾實現，近自日方增兵後，這些令人見了倒抽一口涼氣的店鋪忽地「斷然處置」了，我想即此一端，已可見出當局的「轉向」，使人不勝欣慰！

在南方報紙和雜誌上所喧揚的中日防共軍事協定，我們北方人幾乎是毫無所聞的，報紙上只有大塊小塊開著天窗，要不就是滿紙×子，有時氣得人覺得看報還不如聽謠言痛快些。下野的軍閥政客在天津作種種圖謀，叛逆殷汝耕也乘了「冀東號」飛機去參加，這在我們都是極珍奇的史料。北平市上到處叫賣著《冀東日報》，（通縣出版）賣報人滿口嚷著：「瞧瞧宣統的新聞！一大枚！」聽到的人，毫不見怪，若使一個南方朋友，來到此間，你將奇詫你也許已經置身在「滿洲國」了！（即北平本地的報紙，不也常常登些「冀東政府」的佈告和新聞嗎？）凡此種種，皆表現著我們目前處在如何的環境之下。最近謠諑更其繁興起來，尤其是關於×擅於折衝的人物，流行著不少有趣的奇聞，這兩天報紙已竟明明白白說他自動辭職了，人人全知這事恐怕不會「自動」的，也許是被強迫地在萬壽山修養起來了。好像什麼人說過：「沒有內奸，不會亡國！」我們於眼前的事實，蓋不能不慨歎此話的真實性之大也。……

眼看這古代的王都，一天比一天沒入衰草斜陽的境地了！

七、歸程

都市給我們的刺戟是什麼？除去物質的享受以外，就是鄉下人所夢想不到的種種毒菌！目前我敢言，設使中國真的亡了，要想從北方人發動一種光復的運動，恐怕是絕不會有的事！幾百年來帝王輦轂之下的臣民，已竟深深養成百依百順的奴性了！東北事變以來，又加上純粹的殖民地政策的麻醉與傳染，每一個分子都變成寡廉鮮恥苟且偷

生的廢物；也不算我太卑視我們北方的同胞，好像亡國的坯子早已燒鑄成型，靜待火候純青，出而問世了！嗚乎！

　　抱了一顆頹喪的心，拖了一個疲乏的肢體，我們又被火車運到荒冷的沙漠來了！

六月十二日暴風雨中寫完

（原載《文化建設》，1936年7月第二卷第十期）

---

①白面，即海洛因，當時日本人在北京大量開設「白面房子」引誘中國人吸毒，
　兼刺探情報。

人往風微

懷PH

　　讀了南星君的〈松堂〉和辛笛君的幾首短箚，我不能遏止對於PH的懷念了，而今天又是入夏以來第一個陰沉的雨天。

　　有著十年以上交誼為一切朋友所寵愛的PH的頎長影子，如今距離我們是太遠了，遠到一種幾乎不能想像的地方！六個月以來我簡直不曾得到他的音耗，除了從聰明的敬子和頑皮的大忠口中得到一句「哥哥有信，很好，」之外，去年柳梢發青學生們正到頤和園什麼的旅行的時節，他自多雨的江南寄了一封長信，頂可憶念的就是末尾抄了兩句牛希濟的生查子：「記得綠羅裙，處處憐芳草！」他說不曉得為什麼就抄上這兩句，當栀子問我這兩句話在此地究當作如何解釋時，我竟噤了聲談不出，而她呢，卻一轉身臥在裡間的床上，將頭伏在枕頭裡了。

　　二十五年芳草正綠的季節，我們在頤和園曾有著一個終日的聚飲。他仍是穿著那春夏秋三季常青的灰西裝，不過把大衣由暗棕色變成灰色罷了。我們立在知春亭的小橋上讓風吹起我的藍布衫，蹀過石舫北面一座不知名的石橋在歷亂的杏花下談著人生種種，他從衣袋裡拿出T大學販賣部作的朱古律來嚼，當我們從長廊走向湖畔已是正午，不知他從什麼地方弄來大批的茶和點心，款待起我帶來那一群從塞外風沙中遠來的學生來了。那些老實的年青人，吃完許多平生未見過的小巧點心之後，連謝字也不會說一聲，只把一片誠懇的笑回答了他，於是我們就由他的領導步向距離不遠的T大學。

　　我們未來之先他已向T大學交涉好借給房子，後來忽然被一隊運動員給占了，他為我們和當局打了一頓架，終於又找到其他的地址，可是我們來的時節因為不知道，依然在前門下車，他在晚風中於清華

園車站相迎，聽到我們不下車的消息，那種失望的顏色是我到如今也忘不了的；我們才下車將行李搬到店內，他已坐了Bus追蹤而至，當下定了今日遊園的約會，你看他就是這樣一個熱誠得令人難捨的人。

在T大學大約他是「人緣」最佳的一位了。他領我們到學校裡，幾乎沒人不和他打招呼。他在氣象臺上指示給我他最喜歡的圓明園石柱，以及那一帶敗瓦頹垣；他在以建築玲瓏著名的食堂裡，告訴我他吃飯的臺子，他告訴我工字廳後的河池和橋，他領我們到大禮堂看那雄偉的圓頂。……

「處處憐芳草」，這真是一個芳草的夢。

我是一個不大會算計與過日子的人，同時梔又總在病中，所以十年以來差不多老在凌亂中打發日子，他看了我住的小小三間東房，白天曬得令人心焦，晚上電燈昏黃黯淡，且只有兩盞，常常發出一聲歎息，覺得一個有家庭的人樂趣不過如是，其實他還沒有看到我親自下手煮飯和洗碗那種狼狽，以及油鹽醬醋煎藥看大夫那種瑣屑。多一半為了我的原故，他把結婚和愛情這兩件事看得過於通透；以致他雖然有著令一個漂亮女子追逐的輪廓，性情與年齡學問，卻老是過著遊戲人間的生涯，我時時寫信勸他不該有這種太「世故」的觀念，但他的回答總有讓我不能置辯的理由。其實呢，他何嘗是「世故」到這樣的人？他不是在任何方面都表現著詩的真實與熱烈嗎？我後悔把他的信都毀棄，不然，我不難抄下一兩段來讓你知道他是如何溫暖而又有趣的人。（我希望南星兄能作這工作。）前年夏天，我搬到了一個較大的院子，是獨院，且有爬山虎與海棠，屋子才油刷過：有地板與鐵紗，他給我寫信說，（那時我仍在荒涼的塞外）

「你有一個可愛的家了，我希望能在你那裡過暑假。假設我將來結婚，有這樣一個家就滿足了。」

我頗高興於我的朋友對我的家居然生出一種愛慕。我從初夏就計算怎樣和他度一個雨夜。等我到家時，已是酷暑，且已非常不安定，晚上還沒有星光就得閉上街門聽遠處傳來種種不愉快的聲音。但

他終於來了，大約是七月二十日左右罷，總之是沒有月亮而又悶熱的一天傍晚。我們在院子裡吃過綠豆稀飯和已經冰了的粽子，他很高興，因為他愛吃甜東西；五歲的小楠很早以前就喚他做乾爹，這世俗的稱呼，在別人我聽了很討厭，但在他則別有親切之感。大約每次到我家楠都得到他異常的撫愛，所以只要他一來就滿院子乾爹長乾爹短的叫著。我們吃完飯坐了矮板凳在院子裡涼爽。楠在他懷裡認天上的星。他談到自己到秋天，將應留學生試驗，並預備未來有一番美麗的夢。又說，今天正送走S，他到英國入愛丁堡的，這位先生交給他一隻小包裹，打開，裡面滿是些「梅濁剋星」、「的立平」之類的藥盒子，另外還有好些與一位多情的妓女叫×小妹的來往信函，我們笑了半日這位先生的趣味與這包臨別贈品的好玩；後來話就轉到不愉快的方向，而他開始報告了我他的幾椿綺聞，大約我揣度他頗有點傾倒於同年級的C吧？尤其是她的妹妹。因為他老是在讚賞著，但C已作了一位無線電老闆的太太，遠去H埠，妹妹卻在某種莫名的原因下服了安眠藥。看來世界永遠是缺憾，我全然想不到PH這樣的人會有在愛情上不如意的事，因為好像他只許讓別人不滿足而絕不能為了別人使他自己不滿足也。隨了半夜的流星他有好幾聲輕微的歎息，我為了改易他的心情，開玩笑似的問他：「什麼樣的人，才合乎你的理想？」「那倒簡單，第一還是漂亮吧？有個宴會什麼的，總得叫人看了不討厭才好啊！我覺得必須是細長身材。」他半諧謔的向我說，「看起來胖人真是倒楣，我不和你們一起談了，盡拿胖子開心。」病後身體發胖的栀帶了久已睡倒在懷中的楠進屋子去了。

　　我勸了他許多不要太把事情看透的話，大約我的話不會說到他心坎上，因為我是真正世故了的人，他呢，表面有點世故，而心卻單純得像孩子。以此他聽了只有微微一笑，而我則大大感到自己的愚蠢；於是以「睡吧」作了這可憶念之一晚的結果。

　　說是要過一個整假期的，就只有這樣短短的一夜。

　　早晨，他醒來沒有顧得洗臉，就乘巴士出城了。

後來有一個時期我很為他擔心，因為那時城外有種種謠諑，而且事實也真證明當前的危險性。又是一個早晨，雨下得怪淒涼的，他從外面像一隻鳥的影子般閃進來，頭髮剪短了，換了像我這樣破舊的藍衫，報告了我他怎樣由城外跑到城裡之後，就匆匆的擎著油紙傘出去了，這最後的一面簡直連長談也沒有。

而他就悄然地離我們遠了，遠到不能想像的地方。

南星君大約總還記得在某個冬天黃昏我和他同敬子到宿舍過訪的事吧？我們在那微小的屋子裡有一大陣溫暖的談話。南星君的「維爾趣葡萄汁」我還不曾忘卻。我們三個並排攜了手走出一片紅樓之前時，電燈光已灑遍新築的柏油路。好多人看見我們親近的樣子，都拋一下奇詫的眼光。實在因為我那破爛的大衣與他們的太不調和，奇詫已無足怪。在潤明樓我們吃一頓怪有意思的晚餐，他要了三盤溫樸汁拌白菜，敬子樂得伏在桌子上起不來，我現在覺得PH這個人確有點像這個菜，因為在色澤與味道上全令人爽快而親切。像我這個人就平凡得像一隻窩窩頭，雖然也吃得，但大多數人對它沒什麼好感，可又不能不吃。

梔近來對他的懷念恐更甚於我，這也可以證明PH有著怎樣的溫暖與可愛吧。家信裡老向我打聽他的消息，其實我是一個字也沒接到他的。從民國十九年我有家庭以來，他就叫她作梔姐，不但他，連敬子大忠和我們都喜歡的他母親，也是梔姐梔姐的叫著。別人見了真像一家人，而他又有著比一家人更親切的情誼。我和梔的糾紛常是因為他一來而化為泡影；梔因病而感到的空虛與苦悶也因他的幾句話而消除。但他何嘗是那種規規矩矩鄭重得像作客一般的人？來人後先是吵著要吃的，——有一次要吃肉，我們倆就吃了一塊錢的醬肉——隨後就翻東西，越是信件越要看看，再就是縱橫不拘的躺下，把泥土全擦在剛洗完的床衣上，「你看，把單子都弄髒了！你呀！」梔發煩著說。可是，當你留他吃飯他就披衣而走的時節，我們立刻感到一種不快，我們對於這種不羈有著似厭煩的喜愛，好像沒有了他，我們就少了歡悅與人間的溫情，也少了生活上的某種趣味。

他是一個詩人，因為他有著詩的心情。是一位清新的散文家，他本身又是一篇動人的小說。但他卻放棄了文學不讀，而讀了枯燥的經濟學。我們也只可埋怨中國社會對於文學的虐待過甚，才使他有這種轉向！二十二年我在某一小城市過著極不如意的生活時，他由西洋文學系轉系，曾致我一函說：「我們在念五大悲劇，你說，知道了《被幽囚的普羅米修士》是埃司基拉作的，管淡事！」我一想到他這話就為現在大學「文學士」黯然氣短。可是，他學了半天經濟又怎樣呢？畢了業頂好的職業是到C銀行當練習生，每月有四十元的收入！還得經過一回考試。……

今天的天氣實在讓人惆悵，舊曆的五月而有著八月的風。細雨雖停了月亮和星還隱在雲中。我想到十一年前我們都在中學時的一個雨夜，那時PH還是十四歲的孩子，每天下午晚自習都要到我的宿舍睡上一會，這天我家裡來快信說我祖父病重，讓我回去，他為這暫時的別離在我那裡留戀一整晚，後來還是我催他走了，外面雨還在下，地下積潦映在燈光裡像一條蛇，他拉了我的手說：「你暑假前還回來嗎？」我還沒有回答，他的淚已經擦在手帕上了。僅僅十一個年頭我已竟變成「中年」的人，而他呢？在今夜是不是懷念著北國的朋友？

「漸行漸遠漸無書，海闊魚沉何處問！」

附言：PH實在是朋友中之多方面者，我所瞭解於他的未免太表面化，因為我夠不上是他的「詩的朋友」。所以我希望我這皮相的文字引出更多對這位可愛的友人懷想的文章，例如南星兄殆即其一也。

（原載《朔風》，1939年7月16日第九期）

詩人之貧困

　　現在不但詩是貧困的，詩人也是貧困的，但與理論相反，愈貧困卻愈無詩耳。

　　擺在案頭的友人南星的詩集《山蛾集》，已三個月了，良好的白報紙被盛夏的日光曬褪了顏色，這是他託我介紹到上海出版且要作一篇序的，不意一下就延擱了這麼久，出版是早已絕望了，沒有紙張，詩集在市場上無銷路，任便怎麼樣的才氣也不行；作序呢，我根本不合適，且又打算找一個陰雨，幽涼的天氣，初春或暮秋，比較可以有個鬱然生愁的心緒，雖然天天在為吃飯打算，這究竟與詩的愁苦相去一間的，古人風雨聯吟，大約不無相同之意罷？似乎有一天是下雨了，我將百餘篇抄得整齊的詩誦讀了一下；外面簷溜滴瀝著，我心的抑鬱也滴瀝著——

> 在我旅程曲折的路旁
> 稷黍頭上有了一層金色，
> 豆叢也累累滿畦，
> 我平安，像他們一樣。
> 只有今宵落了冷雨，
> 疾風吹樹葉作禾稼響，
> 我看見你仍然站在簾邊，
> 望著，望著秋天的草木⋯⋯
>
> 　　　　　　　——山蛾集第二輯，〈別意三〉

我的心被帶走了，我將叢篁當作了禾稼，將院落當作了鄉里，我浮起遠人之夢，於是在深歎中把這集子頹然的放下了。

　　三個月！

　　昨天接到北平的信，說南星因為窮得沒法維持，回到距離一百多里以外的家鄉去了，僅於每星期到城裡一次，校校所編刊物之稿件，上兩三小時的課。太太生產剛剛過去已竟作兩個小孩的父親的他，該是如何辛苦，自然可以想像。我的心立刻又加了重壓，而且對詩集之延擱也更感到更大的罪過，一件無法贖償的罪過。

　　他是一個天真的人，正如文字裡常說的一句話，「不失其赤子之心。」然人類是多變的，愈是成長，愈是變得離赤子遠，互相不能瞭解，小孩子看見大人害怕，大人看了小孩子就討厭。南星因為不放棄其童心之執著，於是離開現實的人間世遠了，故其被社會所棄，殆亦當然。古人亦是多才的廣文先生官獨冷，有什麼可怪呢？我想起去年舊曆年在他家吃飯的歡聚，想起遠在南天的P.H.在北京時大家的友誼，想起他在濱海小城市河干的遊蕩，想起他在北大新宿舍那潔淨不染一塵圖書四壁的屋子，想起在甘雨胡同僧舍中的寂寞的冬天的陽光……

　　那些無憂無愁過日子的年代好像離得太遠了，將來亦不知何時重逢。在平穩的生涯中，過得越無拘無束的人，在厄難的日子就越麻煩，這原是一個需要算計與策劃的世界呀！所以如南星之窮困又豈非當然？去年在他的書齋裡看見少有的蕭然四壁，書架僅僅一個，人顯得太少而房子好像大了，桌子是伶仃的，外面落雪更增寒意，我問他那些書都跑到什麼地方去了，他還能夠微笑的告訴我「賣了，不容易有好價錢，甚至論斤稱賣了。」在他，這是我不能想像的事，他怎麼能夠紅著臉到東安市場的書攤子上，到琉璃廠的中原書店，或是和打小鼓的小販爭論價錢的賣自己心愛的東西呢？他好像不曾有過生活之重壓，他是一隻飛在天空的鴻鵠或天鵝，我們由他的詩中是讀不到煙火氣的，可是他被社會虐待了，他本來不充盈的肢體該是更瘦削了。

到去年為止，我倆已別離整整三年，在這朋友之別離認為是很長的時間裡，社會的升沉變化則感到太短，有人一下子高起來，有人突然聚得多金，這不正是長安似弈棋的歲月嗎？真是同學少年多不賤，我們自己慚愧，我們是褪了色了。

　　二十九年春，我因到南方來，推薦他到沿海一小城代替我的職務。他原是鄉村的，對於泥土禾稼，有除去詩人以外的原始之執著與留戀，〈招笑〉云：——

　　　　我的田野在遠處，

　　　　高大的白楊閃著八月的光輝，

　　　　紫色的禾稼遮滿了全地，

　　　　從叢草陰濕的路上

　　　　來了騾車的遲緩的輪盤。

　　　　　　　　　　　　　　　　——山蛾集第一輯

又如〈不見一〉云——

　　　　黃昏中的鄉村有煙霧意，

　　　　我進去了，用輕悄的生客之腳步。

　　　　籬樹隨著我作成蜿蜒的路，

　　　　我分辨不出那些屋宇是誰家。

　　　　看見一個老人坐在門外吸煙，

　　　　看見一個婦人在整理他的豆架，

　　　　看見孩子們呼叫著跑過去了，

　　　　遺下這行人望初明的星斗。

〈不見三〉云——

聽我告訴你。

籬上的豆蔓已互相纏結了，

花的深紫中透出離別的顏色。

小池讓浮萍代替他的水面，

樹影不下，風有倦意。

葡萄架如弓背的老人，

卸其負擔於山鵲之口內。

青苔與香菌是園裡的先知，

從容地為小道覆衣了。

所以，你來一次吧！我的稀客。

　　這都是多麼使人懷念的意境，多麼使人念了還想念的詩句。因為這種心情，他放棄了高度的都市文化生活，到海濱去過春天了，那風帆，沙岸，五色的石子，山峰與閒雲，有道士的古廟與松柏林間之古塚，都讓他歡悅，他到星期日會徒步走出幾十里去玩耍，會渡過小河到彼岸去看那幾株伶仃的柳樹，無邪的青年人被他的誠摯和學問所感動，他沒有老師的架子，也沒有中年人特有的圓滑，我想這該是他快樂的日子，可惜沒有多久，學校改組，他也回來了。

　　在中學，他是個特立獨行的人，天才者應當卑視平庸，這是天賦的特權。我和PH很要好的時候，他還是一個人獨來獨往，雖然PH與他是同級。直到我畢業後，他們才成了摯友，這一段落的友情，我不大詳細，因為我正在為生活而掙扎，幾乎全部忘掉其他。只知有一陣南星已入北大，住在沙灘中老胡同，PH也住在一起，他們的生活似很不羈，第二年PH入了清華，南星移到孔德學校，PH入城，常常到孔德來玩，我雖也是孔德，而彼此仍舊是疏遠，其情形已在〈跋寄花溪〉中談得很多了。直到最後住入北大新宿舍為止，詩人的日子總是幸福，而且也絢爛起來了，在甘雨胡同的日子更常常見於吟詠，那也真是平常人所想像不到的幽境。但是現在呢，PH遠在花溪是不

必提，為PH及詩人共同的朋友HT，聽說也放棄了誤身之儒冠而不作那些充滿憂鬱的詩句了。詩人怎能不惆悵？〈寄花溪〉寫出我欲訴無從的詞藻，這友情也只有如此的意境才能表現，PH來信分明說，夢見和南星去划船，而夢見我又多了兩個孩子，這可以說是「靈犀相通」之夢，或者亦即PH之理想罷？但是否可以想到當年划船的人，現在為了麵粉漲到幾百元一包只好退居鄉里呢？古人的窮是可以作詩的，現在之窮，除死以外，殆只有逃避與營謀乎？PH亦娶妻生子矣，由相片上可以看到中年之憂樂，或將不難想到這些無用的朋友的遭際乎！

在充滿率獸食人的氛圍中沒有真的友情，人和人之禮貌皆是互相利用的儀注。所以只有回想到青年時的日子算是可以自慰。然現在許多青年人好像學得更大的本領，有未到成熟的時候已經結了種子的意思，上下兩代皆不能攀附，詩人固然是困難，我們雖非詩人，又何嘗不苦難！不知我們的朋友何時與我們互相握手，遠在天邊的是不必說，連近在咫尺的也走了！

> 在你舊相識的城裡，
> 風第一次靜下去了，
> 陽光在果樹枝柯中間跳動著，
> 沉睡的日子這樣睜開倦眼的時候，
> 我懷念著你，熱情的海之戀者，
> 想像著你的語聲和足音，
> 然後用低弱的音調讀著，
> 「西去的遲遲的雲是憂人的，
> 載著悲切而悠長的鷹呼，」……
> 而我們是不能互相應答的，
> 在這充滿了荒涼的世界上。

——寄YS—

四月的寒雨，

在這庭院裡久留的時候。

你的失去郵票的

充滿了片片的水漬

而且有許多裂洞的信來了，

對我說你是悲劇，

說未來的死之詔書，

說在花白的殘喘的苟延中，

你燃燒著你自己，

而我不能從遠方給你

一些三月的好風，

或者樹芽的氣味，

或者一個魅人的輕夢，

因為在這兒我只看得見

過多的四月的濘泥，

他陷住了我們和我們的塵世！

——寄YS三　山蛾集第二輯

世界是荒涼的，泥濘是可厭的，但我們真是被陷住了，讓我們先無言罷。

一九四四年九月，篁軒

（原載《雜誌》，十四卷第一期）

師友憶記

　　春風春雨，天末懷人；蘭成有江南之賦，莊舄行越水之吟。感念昔時，惆悵萬種。世情代謝，師友強半凋零；來日大難，心神能不焦悴？凡茲所憶，唯取瑣屑之談，若云拾遺補缺，仍當俟之良史云爾。

錢疑古先生

　　吳興錢玄同先生，屢易其名，初慕劉獻廷之學，曾改為掇獻，及今文疑古之說盛行，竟廢其姓，曰「疑古玄同」，為人作字，往往署之，「錢」又每作「夂」，取簡筆也。先生早受學太炎之門，通聲韻訓詁之學，對聲紐韻目之讀法，均有極科學之論斷。唯不恒為文，偶有講義，付之抄胥，錯訛多端，不可卒讀。在北京大學授中國音韻學，有講義一種，在師範大學授國音沿革及說文研究清代思想等科，則向無講義，唯賴學生筆記。先生為國語界前進，於篤舊之輩，攻擊尤不遺餘力，當日在語絲，京報副刊所為之文，膾炙海內，人所共曉。章士釗長部時，與新思想派大齟齬，魯迅翁尤為矢的，終不能久於教部僉事之位，唇槍舌劍，在當時實為各方注目之問題，先生亦常為文以助其勢，然厥後與魯迅翁卒不協，迅翁《兩地書》所稱之蛤蟆，金某，皆暗指先生，蓋目短視，御最高度近視鏡也。先生每談，聲震屋瓦，滔滔若長江大海，故迅翁以哇啦哇啦謔之。在師大授課時，兼國文系主任，上課時，必御一白手套，似所以免堊粉污手者，故只右手有之，然手套尖端，實已穎脫，故浣粉仍不可免，先生上課時，立甫定，即大聲曰：「前一回說到……」例無雜言，與馬幼漁先生之好說新聞者，正異其趣。講授之際，一面戴其手套，甫寫畢，輒

更除去之，如是反覆以為常。冬日喜御西服，或學生裝，而足則北方老年人喜穿之翁鞋，（俗名老頭樂，笨重異常。）皮包破而巨，下課後，手一藤杖，行廠肆間，余常遇之。先生中年以後，夜不宿家中，而寄居孔德學校，孔德者，法哲學家Comti之名，此校乃蔡元培先生等所創設，為中法大學附屬學校，北大同仁子弟，在是校讀書者至多，以其教法較新且設備好也。（初期之孔德，周豈明，沈尹默等先生，皆曾授課，聲譽以此甚盛）先生所居，在幼稚園院內，為孔德最初之校址，與萬板樓主人王青芳君比鄰，王君擅畫，後專刻木，亦畸人，故予每稱之為二怪，余在師大時，兼課孔德，余入孔德大門時，輒逢先生去師大授課，彼此微領其首，先生實不知所遇乃受業弟子，今日思之，大可念矣。二十年秋事變後，先生所受刺激甚大，原有腦病，發作益頻，然猶一人至東安市場潤明樓吃「肘子」，蓋此品乃生平最嗜者。及二十二年，國事益壞，先生感慨亦益多，凡公私宴會，均不參加，予卒業時，同班公宴各教授及主任等，先生終不往，同學知其操心危慮患深，均不以為怪。然厥後以腦病大作，課竟不能再授，校中究不忍另易主任，唯聽之而已。二十七年冬，以悲憤不能自遣舊疾劇作而卒，同學及舊交在京者，於孔德備位哭之，一時學術界靡不痛悼。先生工書，糅漢隸及魏晉竹簡寫經之體而一之，古趣盎然，士林宗仰。求書者積紙累千百，不興至不揮毫也。余代他人所託之書面署檢等件甚多，習見其書，不以為奇，遂未親求一聯一幅，比今念及，悵惘無似！先生最相得者，為黎劭西先生，自國語運動發軔以來，無役不合作，無論不商量，刻黎公亦投荒隴蜀，感念黃壚，當亦有不能已於涕淚者矣。

高閬仙先生

霸縣高步瀛先生閬仙，桐城殿軍，張廉卿高足也，曾繼張掌保定蓮池書院。古文守義法，駢體尤淵雅，北方學者，推巨擘焉。先生

昔曾服官教育部，為社會司司長，與魯迅同一署，文字不相謀，而其不滿章氏則同，後終辭職，專在男女師大任教。體高碩，望而知為北方之強，冬寒，則御黑緞半臂，其大可及股，腰間繫一帶，結兩端於背，而微垂，亦翁鞋，白布棉襪，不知者以為頑固之遺老或闤闠之司事，絕不敢斷其為國子博士也。目短視甚，每講授，必舉其講義於鼻際，推眼鏡使上至額，更推其瓜皮帽至後腦，及放其講義，則又復原位如初，一小時內，不知推移幾度，南人聽者，既不明其土音，徒歆此怪狀，以為諧噱，實則先生講義，原原本本，殫見洽聞，學力之富，堪稱獨步。所授課目，有文選，駢文，散文，唐宋詩等，皆夙所擅長者，其講義均有刊為專書之價值，而無人收拾，惜哉。先生以瓣香桐城，故對古文辭類纂一書，致力尤勤，嘗為之箋注，石印出版，今已絕矣，晚年擴此注而大之，為文選李注義疏，余在校時，從受此科，即以是書為教本，僅一序及班氏一賦，已盡一厚冊，預計六十卷，須有六十冊，垂暮之年，殺青何日，學者歉焉，乃竟未遂其志而歿，聞出版者不過十冊，家中積稿盈尺，物力多艱，亦不知受業諸子能為付剞劂否？先生性至孝，年六十餘，老母尚健在，定省之禮，無一日缺，二十一年，母逝，哀毀逾恒，白其履及帽結，實近代持服所未有者。初，時局既變，黌舍內遷，先生以年弱就衰，不能奔走，杜門謝客，期為大隱，某當局與有鄉誼，力挽之出，不欲仕，則詭稱赴天津婿家，然既不治生產，久之，遂匱乏，讓所賃屋之半與人，蜷伏一室，唏噓萬狀，弟子過訪，相與慨歎，後乃應輔仁大學之聘，唯課亦殊尠，略維生計而已，二十八年冬，憂鬱交迫，竟不起，弟子為治喪者甚眾，私諡曰「文貞」。先生夙耿介，有陸桴亭李二曲之風，晚節亦相似，憶民國十八年秋，北平師大，以改大（時稱師範學院）問題不決，經費積欠甚久，至歲闌始發給兩個月，當局悉以償教授欠薪，學生自治會反對此舉，以為應撥出一部分維持學生會，及購買藥品圖書，大招各教授之忌，聯合輟講，一時課室闃然，唯先生仍照常到校，其言曰：「金錢有限，名譽無限，吾不欲以金錢之故，壞名譽

也」，同學以此，更加欽敬。二十年冬，經費又不至，爐火不備，繼續失溫，教授強半告假，雖未聯合，亦不約而同矣，先生守其宿諾，每課必到，每到必淋漓揮灑，絕無瑟縮之態，而其授課時間，又多在晚五六時，北風虎虎，師生一堂，大有孫夏峰山中聚徒之意。一日，因學生詢以寒否，乃備述其髫年苦學云，「余幼時，家中落，寄讀外家，有小時了了之稱，亦自負不凡，每晨光熹微，輒於被中默誦時文，所學日多，所誦亦日增，其後可至數百篇，梳洗後，入塾早讀，腹無宿食，身無重綿，不知其凜冽也，諸生今日，固去余之苦寒遠甚，何畏葸之甚邪？」吾輩於此，乃大振作，不復思爐火矣。先生中鄉式，而未會試，故每對翰林多微詞，其言恒曰：「他是個翰林，我想還會什麼呀！居然還通」，口氣謔而厲，聞者每引為笑。平生博聞強識，雖少壯不逮其記憶之功，文選，說文，朱氏通訓定聲諸書尤熟，每有問，條舉以答，答畢，仍取原書翻之，信手而獲，不爽毫髮。北平各大學，教師多江浙儒者，唯先生屹然河朔，無論新舊，皆不敢輕蔑之云。

吳檢齋先生

歙縣吳承仕檢齋，亦太炎門下士，而篤守古文家法，最忠於餘杭者也。先生貌頎長，蓄長捲髮，隆準而短視，乃絕類華盛頓之側面畫像，吾輩因以此稱之。其授課也，板煙不去口，好為深入淺出之言，一語破的，開後進無數法門，真教授中雋才也。如莊子天下篇「縉紳先生」，說曰，「縉紳，如今日之日記本子。」儀禮，說曰：「即今之儀注單子」，學子聞之，頗有相悅以解之樂。最精三禮，其《三禮名物》，迄未定本，已付印者，有布帛名物，車服名物宗法社會數篇，久為說禮者所重，蓋能貫串今古，又精計算，非如昔人之向壁虛造扣槃捫燭者可比，皖學自江裁以來，大體如此，先生得於昔賢者多矣。余從受《經典源流序錄》，乃取陸德明書之序文，加以疏證，絕

好經學歷史也。先生不信今文，其最大理由，即在讖緯之說，無以取信，故皮鹿門廖井研之書無取容。平心論之，讖緯之說，固不足以服人心，鹿門經學歷史，說今文處無可非議，唯表彰內學大可不必耳。先生雖學問淹貫，然以家族間種種糾紛，有處理不當者，或更以論學太執己見，遂與各校國文系當局多不洽，由師大國文系主任，改為教授，又改為兼任教授，終至一課無有，或謂先生蓄一妾，寵而驕，致家庭多事，以此為學人所厭棄云云，余於內幕，不甚了了，不敢妄談。然先生以諸事掣肘，而大牢騷，則為事實。自離師大後，轉任中國大學國文系主任，是校私立，收學生稍濫，而左傾分子，尤據之為大本營，及二十年後，先生忽亦受其影響，大談其唯物史觀，當時風氣正流行以唯物觀點解釋中國史實，無知妄人，強為比附，以驚俗駭眾，輒可成名，先生夙對古時禮制有深湛研究，一有議論，自較一知半解者為通達條暢，以是青年學子，趨之如鶩，課室常擁擠不堪，與當時在「中國」之孫席珍劉侃元諸人，並為重鎮焉。事變後，脫身出走，不知有何活動，唯知二十八年冬病死津門，身後蕭然，幾無以殮，門人莫不哀之。先生嗜曲，能歌，每宴會，輒奏一闋，高亢蒼涼，如江南龜年也。又最嗜看籃球賽，無役不與，余在校時，一有球賽，學生以告，必輟講而去，命僕役設一几，登其上以觀，怡如也，同時陳映璜先生亦有此嗜，球賽場中，殆不能少此二老。

（原載《中華週報》，1943年第四十一期）

舊貨攤（一）①

賦得春天不是讀書天

得春字五言八韻

四時佳麗景，三月上林春。正宜談戀愛，誰願苦哦吟。

馬路同攜手，公園好論心；探幽靈谷寺，覓醉杏花村。

浴沂夫子道，男女聖人箴。書原呆子讀，樂必我們尋，

錢非關血汗，意自似狂昏。洋洋懶如許，天氣正氤氳。

此試帖詩也，五言八韻，殆關定例，本主人生於勝朝，有古董資格，保存國粹，義不容辭。此不過示小子以模樣，絕非傑構，蓋亦滬人所云看看顏色而已，本齋主之看家本領，夫豈在是？是題作法，先點春天，此題眼也，春天者，按舊曆算，正二三個月也，正月苦寒，即以南京而論，今已正月半矣，正在「花市燈如晝」，然尚雨雪霏霏，凍人欲死，正月雖名為春，其實非春也彰彰明甚。二月春風似剪刀，所謂春寒料峭者非歟？昔余在北都，二月尚烘爐火，堅冰未融，宿草仍黃，是春天裡的秋天也，況二八之月，貓犬鬧春，居頂敦倫，街頭野合，人之所以異於禽獸者幾希，不必擇時而後可，唯以其便而已。昔者夫子問志於諸生，曾點以暮春之月浴乎沂風乎舞雩，為夫子所稱，是知詩家清景，不在新春，而在暮春，故以三月起句，非偶然矣。邱希範答陳伯之書：暮春三月，江南草長，雜花生樹，群鶯亂飛，若吾儕所處，正是此境。豈有如斯佳景，而能讀書乎？禪心已定之本主人，猶不免怦然而動，況毛頭小夥子十七八大姑娘耶？故下面緊接談戀愛。夫原題只說不是讀書天，未說應做何事也，竟以戀愛歸之者，是為旁面文章。凡作文，有反有正，有旁敲有側擊，必須於題外生發，始能見到心思。譬如題為說屙屎，必須連撒尿也說上，甚至吃飯喝水，打牌睡覺，何一不與屙屎有

關，則只要連得上，大膽說之可也，古人下筆千言，文不加點，才堪倚馬之屬，大率如是作法；今人欲騙稿費，尤須知此訣竅，不然，一只說一，二只說二，豈不為人所笑？既點出戀愛，斯不願讀書出矣，下文即說誰願吟哦。其實今人讀書，並不吟哦，況吟哦，正是冷飯也。戀愛如何？當然第一步是寫情書，第二是看電影，吃館子，買東西，送禮物，不煩細表。而最適於春天者，無過於馬路兜風，公園偎依。兜風必以汽車，今當節約，故以步，且以步，亦延長時間一法也，余每見娛樂場中，離坐離立者，散場之後，如有包車攬生意，定遭呵斥，此輩蓋藉量馬路以訴衷曲，馬路之於彼，猶之亞當夏娃之伊甸園矣。若公園則南京尚無好者，玄武湖非夏季不趣，新街口眾目所視，皆非春日馳騁之所，唯北京之中山北海中南海等，真欲海仙都，愛人寶筏。每當牡丹開日，丁香放時，耳鬢廝磨，卿卿我我，使人且羨且妒者，蓋早成司空見慣，是此句在南京為虛，在北京則實也。然南京別有妙境，一到春假，便可證實。此境唯何？乃陵園靈谷寺明孝陵一帶是也。情侶假旅遊之名，甜睡融心，醍醐灌頂，千載一時，又非平時所可比。故余以為春假之重要，更在寒暑兩假之上，古人貴不失時，禮以冰泮為期，奔者不禁，不觀夫芍藥之詩乎，溱洧渙渙，士女秉簡，殆即古之靈谷春遊也。杏花村，又虛寫一筆，牧童遙指之處，固曰杏花村，然亦唯馬富祿荀慧生之《小放牛》有此村名耳，頃者童芷苓以荀為師，方在京華大放噱勁，不知亦佈施一手否？至如真正酒家，豈果有名杏花村者？顧余在山西路確曾見一家酒肆名曰「杏花春」，善男信女，如有以老夫之文為典實者，不妨到彼一應景致。不過恐愛侶買醉，初不到酒肆茶樓，令男女招待大吃其豆腐，今賢有「匹克匿克來江邊」之句，為愛人計，還是野餐較好，故此句更為虛中之虛，特風流茶說合，酒是色媒人，白蘭地，威士卡之類，當此春意正濃，要不可少耳。今人作事，動輒引經據典，只要「古已有之」便可照例，若男女大欲，孟子早言，曾點之志，夫子所許，是春日言愛，又得乎聖人之心，行乎人倫之常，即有老相如愚，殊無辭可以反對，且當從而詠歌之，讚歎之，二南之風，王化自北而南，

關雎之「亂」，洋洋盈耳，昔人釋亂，以為樂之卒耳，其實亂者正指雜交，大可不必望文生訓。吾之作此，蓋亦庶幾先聖刪詩定樂之意焉。說者云，乘青年有為，應多讀書，讀書有何用？漢高祖，明太祖，古帝王之有天下者，幾人曾讀書來，漢祖專溺儒冠，非漢祖罪也，讀書人不自長進，有以自取也。蓋讀書之狡者，可以給流氓幫閒，可以作刀筆吏，可以舞文弄法，若頭腦不活動者，只不過讀死書，甚至讀書死，目為呆子，殊非妄談。老夫弄筆墨數十年，仍舊一貧如洗，滿街飛鈔票，不會入予囊，託人覓事，必曰，「像你這種人，只配教窮書！」則尤呆中之呆，可為呆子標木者也。三百篇云，今者不樂，逝者其亡，洋鈿累累，不及時行樂，豈非亦要加入呆子同志會歟？少爺公子之流，方春嬉游，自古已然，豳風「殆及公子同歸」，言小家碧玉，看中公子哥兒漂亮，遂自媒同歸也。又如：「有女懷春，吉士誘之」，今人固不待吉士之誘，而有移樽就教者焉，於是履舄交錯，昏天地黑，今日舞場，明朝影院，金錢滾滾而來，原非血汗所得，父兄洋洋自詡，以為獲此佳兒。五洋之商，貪污之吏，有此令郎，箕裘可紹，視彼斤斤計較青菜豆腐之窮酸，豪氣為何如乎？試看目下女郎，疇昔作梁鴻之配，要使宇內佳人，盡樂為范蠡之妻，妻之不足繼之以妾，妾而未已，加之以妍，呂不韋以富商而相秦政，今之局面，蓋與古為鄰矣夫！然話又說回來，此種造孽錢，不花何待！若在老夫，唯覺春畫乍長，昏昏終日，非黛玉之情思，乃劉伶之醉態，舉目而觀，無非生氣，低頭一想，自己傷心。欲戀愛而沒錢，欲吃酒又少量，至於讀書，已讀得夠了，不願再充呆子，百不獲已，大被蒙頭，以一睡了之，古人云，「日長睡起無窮思」，似此世界，亦唯有如此耳。結尾兩句，正寫本齋主人，且所以範罩一般不能戀愛之窮小子，真有超以象外，得其環中之妙，錢起湘靈鼓瑟，不過爾爾。

（原載《新東方》雜誌，1943年第七卷第三期）

---

①本篇及下一篇署名為「炒冷飯齋主人」，故文中自稱本主人。

舊貨攤（二）

非油非醋更非鹽，只作一杯白水看，
旁人若問其中意，總為開門件件難。

上期與看官告假，實在久違了。不是別的，本齋主只為忙著開門七件，弄得大病一場，窮迫依然，而文債又欠不少。這回本來編者出了題目，叫做〈屋裡院裡〉，這原應大有可說，其奈文思奇窘竟隻字寫不出，想來想去，還是打油釘鉸一番吧，然油亦何嘗打得起，麻油十七元餘一斤尚無買處，我是北方人，吃醬蘿蔔也要加點麻油才對口味，不像本京人吃熱湯麵還是撋一塊豬油浸在湯裡。所以近來常常為打不起油而發牢騷，今欲為張醉丐之續，亦不可能矣。昔北平華北日報，有林二爺之〈打醋詩〉，鄙見實較張醉翁之詩專捧坤伶者更有趣，在下頗有效響之意，乃友人自鎮江來，饋我真正滴香陳醋兩瓶，其招貼大書云，每瓶十六元，嗚呼，醋之與油，每斤相去僅一元耳，買不起油的人，又焉能打醋？因念開門七件中，與油醋相近者，唯有鹽與醬，而醬又非鹽不成，那麼就打鹽不可嗎？妻云：你勿要小看了鹽，現在也要去軋，每斤五元多，也是很困難的，除非入了合作社，每月可以配給一斤，那又無須你去打了。本主人一想，真乃走投無路，但詩興大發，且繳稿期迫，還是要胡纏一通，開門七件，既均無分，只作一杯白開水吧，實可謂秀才人情，可是白開水也要一毛多才買一暖瓶，且水火乃生事必須，比油醋更重要，您如果大魚大肉吃多了，一定想喝點水潤潤喉嚨，或者您是名角，不是也得飲場①嗎？現在就把這淡淡的東西送給您，請包涵一二為幸。

院中屋內盡唧哼，一夜春聲兩處同，
老夫衣食全無著，豈有閒心學狡童！

所說屋裡院裡，無非在春字上著眼，亦即為看官開心而著眼也。
然春叫貓兒貓叫春，聽了除難過以外，只有討厭。老夫蓄牡貓一尾，
已有六個月不進房門，只有任憑老鼠把三百多元一石的官米拉得狼藉
滿地，故每聞屋瓦號鬧之聲，尤不能忍，按年青伉儷確是敦倫之佳
會，不妨外面唧唧，裡面哼哼，造成一片交響曲耳。本主人心中，
只有洋面由一百二十漲到二百四十之問題縈而不去，近又添上每擔
六十餘元的柴價，彼狡童兮，什麼東西，所以不說也罷，請諸君原
諒則個。

孑遺一老作文宗，兩度風塵出舊京；
回首四十年前事，管輪堂外不勝情。

知堂老人去年五月及今年四月兩次由北而南，得接清談，實為幸
會。事變以來，文壇蕭寂，唯有牛鬼蛇神，起而大演其誅仙陣耳。此
老堪稱海內文宗，然亦不輕易為文矣。回念昔時，令人搔首。余於四
月十一日病起往謁，暢所欲談。因說四十年前在江南水師學堂求學，
其地實即今之海軍部，頗擬一往，以溫舊夢。並告我當日早點，每以
銅元三文市「侉餅」一角，蘸麻油辣醬食之，又有蘿蔔乾，乃將萊菔
浸鹽中加香料陰乾製成者，其香美竟非今日麵包果醬可及，遂問我今
日江南尚有此數品否？余但知蘿蔔乾有之，名曰蘿蔔香，「侉餅」愧
不知，唯有大餅耳，然「侉」者形長，「大」者形圓，名為侉者，以
其為山東侉子所製也。歸而詢之土人，知侉餅尚有售者，蘿蔔乾亦市
少許送去，不知味道是否。而先生有蘇州之遊，余發電上海友人陶亢
德柳雨生，往蘇城迎候，己則為事所牽，不能陪也。在蘇作詩不少，
其聞吳歌一首，為余書之冊頁者，殆極妙之筆，非常人可企及，此處

姑不具談。自蘇返京，終至海軍部吊古，某者為漢文講堂，某者為洋文講堂，一一指點，使人如置身四十年外，而此老亦流連風景，不忍卒去，頗以未能攝一照像為憾云。噫，以中國之變亂，極於南京一隅，民國以還，大小數十戰，故家喬木，存者希矣，乃此堂山巋然獨在，與此老同作魯殿靈光，真可互相映對，異日有暇，當親訪此跡，以存一故實。

> 閒步庵前一樹花，不風不雨足風華，
> 詩人別有關懷處，挹盡芳菲漱齒牙。

閒步庵主人沈啟无兄，知翁入室弟子，亦兩至南京，盤桓甚久，余曾寫印象記一段，刊於中華副刊，實則沈君才華，豈拙筆所能盡其萬一？我曾說沈兄為詩人，不可以散文家目之，沈君頗引為知言，既余以紙索書，遂寫自作一詩，為「我寧愛這不下雨而開花的日子」，附以小跋，謂斯詩旨在讚揚古都之美，余乃北人，閱之常有鄉思，余之鄉思又豈一日斷邪？近聞北中米麵，遠較此地為昂，北人家屬，多南下者，然我對北京之懷念，初不以此稍減，我在〈談吃飯〉一文曾說，吃飯之外，人事可懷念者良多，初不必汲汲以冰糖葫蘆酸梅湯為意也。沈君之知我，觀次，殆更過於我之知沈君，及臨行，又贈我《大學國文》兩冊，其選材方法，來源，皆獨具正法眼藏，與眾不侔，適兒子患盲腸炎在醫院割治，余連夜看視，於睡眼蒙朧中，遂以此為消遣，深感其書編製之佳，唯用於今日大學，正恐程度不夠，稍覺可惜而已。余詩末兩句云云，即謂其眼光，與專看唐宋八家為聖人者，大有雲泥之判云。

> 飛鴻留跡雪中泥，妙手空空亦足奇，
> 西泠諸家咸寂寞，三年蓄艾竟無期！

這裡發生一小小麻煩，記以備他日談助。知堂翁留京十日，除講演外，求作字者甚多，乃託我買一印泥，但延齡巷榮寶齋亦無佳者，先生指定要西泠出品，尤無以應。後在陳柱尊先生處假得一盒，佳製也，遍鈐各件，十六日行時，猶用之，用畢包好交余轉代歸還，余以兒病，交役轉呈，不意及見陳公，乃知印泥只有空盒，竟不知為誰所盜，送信人與收件人互賴，毫無辦法，余心內疚，無以復加。今日此品既不可多得，而此竊獨有隻眼，不得謂非賊中之錚錚風雅者，陳君或憐而釋之乎？周先生走後，定不會想到發生如此意外糾葛，而我之運氣不佳，斯亦一小小明徵矣。不知數十年後，大家憶此，有何感慨？更不知歷史中有無與此相似之笑話，腹笥太儉，一時竟不克記憶也。

（原載《新東方》雜誌，1943年5月第七卷第五期）

---

①飲，讀如印，舊時戲劇演員演出中，由跟包（僕役）持專用小茶壺給演員喝水，稱為「飲場」。

知堂先生南來印象追記

　　關於印象記一類的文章，我很少寫。因為普通的事物，過眼雲煙，不會「印」下什麼「象」，特殊事物，既所見不多，且不久就變作模糊，所以不寫最得體。知堂先生南來一事，確是一件大事，就是在苦雨翁個人，也還是江南水師學堂時期的南京印象，三十七、八年之後，景物全非，居然又來走走，恐怕亦非始料所及；沒有資格去看先生的日記，假若可能，想必有絕妙文章。但此事在一年後的今日追念起來，實在是影子馬虎得很了。在記憶中只有藹然儒者的風度，使人感覺很適當的一撮短鬚，慢慢的八字步，和我第一次親見的揮毫，大書「衣沾不足惜，但使願無違」的陶詩，尚頗清楚而已。

　　然而，在今日，即使這樣簡單的外表儀容，又有幾人呢？

　　知翁南來確期，竟已忘記，自二十六年以後，我就廢止了日記，要想知道每日詳細起居，實不可能。唯於中大週刊合訂本內查得在中央大學講演是五月十三日上午十時，但講演是到京的第二天抑第三天，則待考。我記得中央大學招待吃飯，是在成賢街農場，各色玫瑰開得正盛，我到農場時，樊仲雲校長和胡道維先生等已先在，曾在花圃中合拍一照。中大農場在事變前原是花卉場，戰後夷為荒圃，經過一年多的整理修建，才恢復舊觀，宴客之所，叫做「瓜棚小憩」，是用竹竿搭成的瓜架，新種的絲瓜和南瓜正抽蔓，還沒有成蔭，故不見得會有「豆棚瓜架雨如絲」之感，不然，以先生書齋之苦雨，又久於海濱住居，在這樣所在吃飯，必有一番特別感覺也。先生向來穿中裝，這天不過加了一件馬褂，在舊京像這種園林真隨處可得，況中山北海等地，更為幽邃雅麗，但在南京，則求一公餘消遣之處尚不能，此地可以望望紫金山的雲，且又有一泓溪水，遠處歸考試院的樓臺，

姑且算他漢家城闕吧，陪稱了這麼一位詩人、哲人，也夠得上江南的盛會了。那天參加的，有李聖五，薛典曾，戴英夫，陳柱尊，褚民誼等先生，褚先生是自從先生到京後就一直負招待之責的，可惜翻閱一下我在當時所拍照片，薛仲丹先生竟已成了古人，人世滄桑，又豈可意料。席間樊先生致辭，說一向與周建人先生很熟識，又與魯迅先生常見面，只有豈明先生，平時景仰，未曾識荊，今番相會，自屬無上榮幸云云。先生答詞裡頂有趣的，就是說到三十八年前之南京儀鳳門內江南水師學堂「管輪堂」生活，我從先讀過先生的〈憶江南水師學堂〉，不意今天卻聽老人口述開天遺事。李、薛、戴諸公，因與先生並不甚熟，應酬話沒什麼可記，飯畢吃茶時，我拍了一張圍坐的像，惜正是背光，不能照得好。

農場主人陳醉雲兄很會利用機會，磨好墨，蘸飽筆，靜待先生揮毫，對於這請求，先生並未十分拒絕，只是爽快地說，「怕寫不好。」於是寫起「路狹草木長」的詩來了，我站在瓜棚外，攝得一影，即去年刊於《古今》者，在旁邊露了一隻手和西服者，正是陳柱尊先生。陳先生以吃酒著名，知翁酒量似亦不能算小，但二公好像未在同桌，且陳公又素主午飯不吃酒，故不能使我們欣賞一下「二難並」。這天的菜是聚寶門外馬祥興的著名「美人肝」，曾經有人介紹給先生，但我吃來卻也毫無異味。

到中央大學講演是再三謙讓才答應的，由外交部一位先生伴往。我們曾預備一點茶點，先生似不大會客氣，我們讓，便吃了。這亦可愛處，遠較岸然道貌為天真也。在學校我們很聽了許多先生衷心之話，這些話今日可謂無從說起，且不必說起了。講題是〈中國的思想問題〉，聽講者是出奇的多，有些其他國立學校的學生都是再三要求才允許進來的，我坐在最前排，所以聽得很清楚。先是一段自謙，其理由為說不好「國語」，如「周作人」三字，即永遠講不好，小孩子聽了往往要笑起來。至於談到中國思想的本身，則與最近發表的〈中國的思想問題〉（中和月刊）差不多，大致是說把儒家思想當作中國

的中心思想就好，不必遠求，也不能遠求。儒家思想的表現，即「禹稷精神」，他們都是以解決老百姓吃飯為前提者，故可佩服。先生說因為欽佩禹，竟連抱樸子裡的「禹步」也學了起來，並在臺上表演一下，頗令聽者有幽默之感。「無論什麼思想，都必須有其種子，才能長成樹木，外來思想可以說都是沒有種子在我們頭腦裡的，又怎能強人接受呢？我們的思想種子就是『儒』，不過這種子因沒受到好的陽光與空氣，故不能好好發展，我們的職責，只在如何加水加肥料，使此種子成長且茂盛便好，不必像太平天國一般把基督教硬認作天父也。」我覺得這一段話最可使人五體投地，中國人而忘記中國思想體系者，殊可尋思。此講稿我認為可以作為一年後中和所刊一文之前趨，蓋先生蘊蓄之已久，且是他的一貫主張。唯演稿只在中大周刊登過，別處並沒有登，此稿由我自校，相信尚無多大差錯。

平實而近人情，乃先生思想和文字的特長，不能只以沖淡二字括之。大約二十五歲以前的人是魯迅翁的信徒多，二十五歲後，則未有不拜倒先生之門者。我在大學時，受先生的散文，每沉沉欲睡，而第一次見到先生，則是在中學時聽他演講，那時因不大懂得先生自謙的「藍青官話」，一句也不曾聽得懂，僅看見一位穿夏布長衫的中年人在臺上張口閉口而已，其實先生本人，當作《談龍集》的時候，那種意氣亦自與《雨天的書》、《看雲集》以後的作品大不相同，我曾看見的幾個最活躍最肯動的教授或同學，到後來都成為佛門信徒，終日坐功諷咒，絢爛之極，理應如此，況先生本性，又是屬於「靜趣」的學者型，把文章和話都說得像微風吹拂的湖水，卻亦有其年歲與環境的造因在內也。對於先生，沒有像一般入室弟子那麼親炙過，有名的苦雨齋，也沒有去過一回，然與先生相熟的人，大抵非師即友，終亦算有些緣分。且我在孔德學校任課時，先生的次女──菊子，和建人先生的公子，豐二豐三，還都在該校讀書，我一看見豐二君的玩皮，就會想到先生在鴨的喜劇中所說的「小波波」，大叫「愛羅先珂」為「愛羅希珂先」者。豐二正是打碎寒暑表的那位，而呼先生為先，則我也被這麼叫過好久，孔德學生之

玩皮是有名的，如遇先生換了新衣服，或剃頭時，必上前打頭，且曰：「剃頭打三光，不長蝨子不長瘡！」此話說來有如三代以上，先生觀之，或有相當回憶，如我，都已生堂堂老去之悲，在當時，卻不失為一個小孩子，十年，二十年，有幾許人禁得起呢？

先生文章，我幾乎篇篇讀過，即戰後《藥味集》為南方不易見到者，也都在刊物上拜讀了。因為全是由雜誌上看到，就不買單行本，二十六年秋，我將兩大箱雜誌全部賣給北平的打鼓人，約每斤銅圓八枚至十枚，大約有這種慘痛經驗的，並不只是我，且使許多好文章葬身於火窟者尤多，自是除舊存先生的看雲集等三數種之外，欲閱先生文字，只好付諸夢寐。事變後第一年冬方紀生、陸蠡等在北平創刊朔風，風格殊似《宇宙風》，先生在頭幾期必有一篇隨筆，好像都還是存下來的東西，後來，也許是存的用光了，要提筆說話又很難，頗有一段長期沉默，使許多人都有著「愛而不見，搔首踟躕」的意思。我在前段已講明，先生文章的特色只在平實而近人情，唯人情兩字，正未易言，易卜生說：「多數人永遠是錯的，少數人永遠的對的。」我十幾年來很佩服此語。中國歷史與社會上，將錯就錯的事情太多，殆即所謂「習非成是」。如先生所贊許的袁氏兄弟、李卓吾、金聖歎諸君，大率只是肯說老實話，不願偽裝君子之流，然此卻是世俗所目為非聖無法，政治的革命是流血犧牲，成功倒也很顯著，向舊思想或不通的人情挑戰則需要一種韌性的勇敢，其成功不易看見，且又往往將時間延長數十百年；好些人以為先生的思想仍是屬於舊的，保守的，殊不知在平實之中，卻有一番廓清的力量。即如韓退之，頗為先生所不喜，然近日豈不是還有若干人提倡非作〈原道〉式的文章不可嗎？請參閱一下柳雨生君所作〈關於藥堂〉（中華副刊三月二十八日）一文中所引用先生的〈談焚書坑儒〉一段話，大體對先生文字本質的瞭解，或許差不多了。

話說得遠了，這裡不是要作先生的評傳，還是少嚕蘇為是。先生在中大講演後，曾應文物保管委員會的茶會招待，時文物會正整理

好各陳列室，預備開放，先生對各陳列品看得很仔細，蓋「老去無端玩骨董」，亦先生平日嗜好之一端也。先生收藏的，好像還是與吳越有關係的東西居多，如晉磚之類似頗為我所記憶。又曾作過談墨的文字，在《風雨談》抑《苦竹雜記》發表，已記不清，但我則受了影響而好用「青燐髓」、「古隃糜」等名稱的墨，想先生亦萬想不到。又苦雨齋製箋也頗有名，先生常以贈貽朋友的。可惜文物會中此類收藏竟沒有，幾幅圖畫也不佳，康熙所寫的大中堂簡直在糟蹋天府筆墨，比乾隆式的墨豬更不入眼，先生只是微笑一下，卻一句話不曾說。茶會席上，用中國點心，南京本地製品殊欠雋美，只幾盆鮮紅的櫻桃，據云為玄武湖名產的，倒還有點意思。這天出席的有各報館記者及文物會同仁，余忝為「顧問」，故亦獲一席。說些什麼話，已忘得乾乾淨淨，總也是因為過於涉及應酬性質之故吧？先生寓所在香鋪營中華留日同學會，那倒是很雅潔的，但缺乏如苦雨齋中那種幽邃耳。不知先生感覺如何，我始終不曾到那裡一候起居，頗感疏略。（訪客過多，亦一因。蓋先生到京後之次日，各報即皆有「印象記」一類文字披露矣。）

　　樊先生是道地江南人，行年四十餘，尚未渡江一次，這回為了送知翁北行，卻破例一乘渡船了。對於我，頗有一種新的喜悅，蓋北人總願南人北上，即區區渡江，也有近鄉一步之感也。先生走後日子不多，就接到寄贈的《藥味集》，樊先生很歡喜的翻閱著，後來終於送給朱樸之先生了。本來在京時曾談到南北兩京大學交換講座的事，但今日的事，說來說去，老是複雜，沒有一個直接了當的辦法，所以至今不曾實現。起初，我們聽了「督辦」兩個字，未免有些與先生的風度不相和諧的感覺，也許是民國以來所謂「督辦」者，給人印象太壞之故；至去年冬，我披閱北京出版的《新民報》，見有先生著戎裝檢閱青年團的照相，更其不免要笑出來，因為好像與先生日常習慣距離愈加遠了，「周知堂」或「藥堂」等字，怎麼會和「青年團」發生聯繫呢？不知先生自己心中怎樣，我們反正是這麼大膽的感覺著了，

果然，不過兩三個月，先生就放棄了「烏紗」生活，而照舊穿那不肯換袈裟的袍子。我聽此消息，是晚上在家裡開無線電，無線電本亦先生罵為「無所逃於天地之間」的蠢東西，不想竟從此知道了先生的近事。有人對此事很驚訝，很惋惜，然在下則有另一種喜悅，陶淵明何嘗應當去見督郵，即使不是計較折腰與否的問題，詩人自仍以「池魚歸故淵」為樂耳。

這文章雖也敷衍了兩三千字，其實對先生可謂一無所知！尤一無所用。知翁來時，黎庵曾有信給我，打算到京走走，因與先生神交許多年，卻尚未認識，後來以先生來去之匆匆與黎庵決心之不夠，到底沒實行。然黎庵所瞭解的先生，定較我為多，只是我比他多會一面而已。所以此文還以黎庵自作，由遙想的筆致出之，最有味，不然還是請教閒步庵主人吧！惜最近與該庵主人盤桓四五日，也沒有能獲得一點關於先生的新事情，只是約略知道先生最近或許有再到江南之可能，若然，此番已脫去一層頭銜，想像其逍遙與言論，必另具風采，黎庵說已為《古今》寫〈懷廢名〉一文，令人愛之不忍釋，其實黎庵未看到先生本人，其可愛處又遠過其文字，而如我之拙劣，與先生所懷相比，又大可慚悚者也。

（原載《古今》，1943年4月第二十、二十一期合刊）

知堂老人南遊紀事詩

　　知堂翁以四月六日至十六日北返，勾留十日，此番烏紗脫卻，一身輕散，故能有吳門之行，而海上故人，如雨生亢德，均抵閶門相會，黎庵則與作者同，攖病不能起床，只有望而不即。然余究在京城，屢獲親翁謦欬，妙語妙人，記不勝記，且「一說便俗」，先生之思想生活，亦絕非我輩所得而涉筆也。余於前者，勉為印象追記一文，回憶去年，感慨今日！先生頭已白矣，短髭蒼然，吾輩少年，亦且娶妻生子，為生事奔忙，真所謂「未免有情，誰能遣此！」屢思記錄先生此番言行，但不知從何處說起。言語一物，時間性甚大，聽時感其有趣，剎那便已遺忘，即不爾，亦苦難捉住當時真味。今知翁行後又五日矣，遺忘之多，夫何庸言。余自九日病起，到中華留日會謁先生及閒步庵主人暢談，偶憶一二雋言，此次為多，自後講演宴會，再無暢談之機。十五日晨，兒子忽患盲腸炎，須入醫院開刀，心中焦灼，他事都不在念，故啟无雖約夜談，竟不能赴，次日匆匆一別，亦不克渡江相送，人事乖忤，實有非始料所及者，要唯聽之而已。日來楠兒病已脫險期，余在醫院，七夜衣不解帶，幸啟无臨行，贈「大學國文」兩冊，此書雖是課本，卻為消遣佳品，中宵對燈獨坐，遂以之遣悶，其中選取知翁近作不少，觸動意興，頗思效顰翁句，作南遊記事詩，然余素不知詩，更不為詩，平仄也，用韻也，舉茫然若不知，下筆遲疑，審慎再四，繼思詩無非言志，何必計較許多，於是濡筆伸紙，竟一氣哼成十首，豈只工拙不能計較，語云：管他三七二十一，余蓋有焉。讀者笑我，直以為打油釘鉸也可，或以為滿紙荒唐亦無不可，是為序。

萬人翹首望知堂，消息傳來各渡江；
「胖子」緣何行不得，支離病後起「臀瘡」。

　　知翁為海內文宗，無間新舊，故其來也，靡不翹首以待。余自三月
下旬，連得閒步庵函，已稍知此事，四月三日晚忽感寒疾，作冷作燒，
次日接啟无快函，云知翁六日動身，七日渡江，盼能到浦口一迎，蓋
同行者尚有公子豐一及沈君夫人也。五日，余偃臥未起，六日晨強起料
理，閱報，忽有即日到京訊，急以電話詢各方，知為確息，中大樊校長
乃囑余往迎，並囑與宣傳部楊鴻烈君聯絡，余急電楊君，則曰：只有一
車而我與你皆為胖子，深恐擠不下，余適亦體未復元，遂託楊君達意，
決定不去。下午二時，電中華留日同學會，詢已到否，答云不知，繼又
云到上海去了，使人摸不清頭腦。後會見啟无時，始知上海影星，於三
月尾連袂到京，寓會中，是時甫返滬，每日到會中瞻望丰采者至多，故
以我為影迷之一，而作如是指示云。因念知翁雖海內宗師，而其名不能
婦孺皆曉，是又不能與明星相提並論矣。余在學校候至四時，忽體又發
冷，急返家蒙被而臥，自念是病兆也，為短簡達啟无，告以狀。翌日，
少瘥，因大便不暢，醫生為注甘油洗腸，不意觸犯痔瘡，痛不可忍，寒
疾雖已，臀疾又來，午夜輾轉，心中焦躁。八日之晨，忽啟无來視我，
不能起床，臥談良久，知翁即有蘇州之行，因連日柳雨公皆有快函，云
將來京與知翁一面，恐兩相左誤，遂聽啟无之囑，在床上草一電稿發
出，致海上諸友請往蘇一會，憶其日期，似云知翁十日抵蘇，不知何以
弄成九字，遂害得陶柳兩兄，在蘇州城外大受洋罪，且我因病未隨知翁
去蘇，惹得亢公聽啟无之言，「胖子肥臀生瘡，在床上喊痛。」（見
四‧廿中華副刊）不能乘機與余一面，大有悃悵之勢。早知如此，不如
不發前電，使兩公稍勞其民，微傷其財，竟到南京一行，無論如何，
「胖子」可見，更可請二公一等泰山，或欣賞同慶樓老李也（均見沈啟
无印象一文）。唯胖子殊無可看，可援古人之言曰：「一看便俗」，為
保留較好印象，仍以不看為得耳。

清談微旨豁吾蒙，遊戲如今識此翁；

當年曼倩成何狀？棣棣威儀或有同。

　　與啟无約好，九日往會見知翁。此數日間，北風獵獵，大有冬意，知翁以為江南春來，不必衣綿，不期大感其涼，亟市毛線衣穿之，始得支持，余病初起，亦御大衣而往。至會所，楊鴻烈公正招待早點，登樓見翁，覺豐儀如舊，唯短髭或較去年更蒼白耳。雷迅兄偕余往會，為知翁及啟无畫速寫像，因介相見。余與先生寒暄頃，雷君已成一幅，先生見曰：「畫得太嚴肅了，我是很喜歡遊戲的。」啟无則云，其像頗似魯迅。先生遂由遊戲談起，以為一個人必須有幾分遊戲氣氛才好，殆即所謂幽默感也。「但世人多以為我是嚴肅的，即畫像，也是把我畫成嚴肅的居多。古人有許多滑稽者，不知道他們的相貌如何，或者東方朔的像也許是很嚴肅的罷？我覺得滑稽很好，說正經話作皇帝的不但不聽，或者對於自己還有損失，像滑稽者流，別人聽固好，不聽也無妨。」此數語說得實在有味，我的為人，只是一味馬馬虎虎，說說笑笑，其實不足言幽默與滑稽，而今而後，當向「幽」與「默」作去，如先生之超然象外得其環中，則大佳矣。語次，雷君第二像已成，做微笑狀，先生略首肯，以為稍具遊戲感焉。

　　「原道」皇皇舉世風，不知華嶽起哭聲；

　　癡肥如我唯貪睡，此是桐城一「大宗」。

　　提起韓愈，先生總是有反感。因說胡適之對「原道」表示擁護，曾在苦雨齋辯論，胡君以為非原道則佛教思想將統一中國，先生則謂中國根本自有其思想，即不闢佛，中國也不會變成印度。我以先生之言為然，昔閱契嵩《鐔津文集》，其「闢韓篇」雖稍囉唆，但話說得尚透徹，學韓文者，但歆其粗獷之氣而已，思想云云，實無所取。然先生之一語破的，尚未為昔人道過，故更可佩。退之原是言行未盡相顧者，登

華山而大哭，以為不能復下，「功名」之念可掬，斯足證矣。先生云，「我想韓退之一定是胖子，一來就要睡覺，後看某筆記，果然不假，可見由文章亦可想像其人也。」余聞而大笑，蓋忝為胖子，尤愛午睡，唯不知登山是否也要哭耳。不過我對韓文公是先天的無好感，初不待先生之說而云然，是吾之胖與文公未敢妄相比附，況文公乃桐城百世不祧之大宗乎？（南冠君有「什麼東西」之詈，可勿如此犯火氣也。）

儀鳳門前練水師，卅年舊事少人知；
銅幣三枚吃「侉餅」，管輪堂外立移時。

如六德「知堂小記」所云，老年人對於舊事特別懷念，關於江南水師學堂事，已數數提起了。這學堂即今之薩家灣海軍部，房子大體保留，三十年在中國要算不易度過的長時間，況南京幾經兵燹，尤以丁丑一役，故家喬木，幾盡變劫灰，而此房居然矗立斜陽，飽歷憂患，亦可與此老同為魯殿靈光矣。先生云，記得儀鳳門一進來就是很大的坡度，疾馳而下，直抵水師學堂門前。在學堂日，早點必市「侉餅」，蘸辣椒油佐蘿蔔乾食之，其味至佳，所費不過銅圓三文。因詢余侉餅尚有否，余只知有大餅，不知何為侉餅？詳問其狀，云長形，為山東侉子所製，故名，外有脂麻，焦脆呈黃色，然今大餅皆圓形，又用酵粉，軟而不焦，故不能應。蘿蔔乾而確知仍存，先生頗盼再嘗此味，並告以有兩種，一長形一圓形，圓者尤佳，以用鹽漬，不用醬也。土名「蘿蔔香」，若買「乾」，則必不得。余歸後即市少許，於晚間宴會時帶呈，想今日食之，未必如三十年前之津津耳。余問土人以侉餅，據云，尚有賣者，唯不多見。後竟未尋獲，先生想欲然不滿也。既自蘇州返京，終至海軍部一遊，啟无告我，先生指點某為漢文講堂，某為洋文講堂，彷彿置身同光之際，其漢文堂外牆開一洞，先生云，此處所以繫繩，繩端則以布為扇，由役在外牽繩，則扇在室內搖擺，有電扇之用焉。余憶昔時北京小理髮店往往有此，不意乃造端

於是。是日，先生徘徊不忍遽去，惜公子豐一赴滬，無人為攝一照，不然，照得先生於斜陽中立漢文堂外，蓋一大好紀念矣。（管輪堂，亦水師學堂之一部分，如今日大學之院系也）。

> 廣告原無粟米鹽，朝朝「若素」與「仁丹」；
> 唯有電車不亂講，「人人可坐」老實譚。

大家都希望先生常來南京，宣傳部楊胖公云，已定秋天來京矣，先生笑曰，你又在宣傳了。於是由宣傳兩字談起，先生云，曩曾為「宣傳」一文，惜未發表，大意只是說，廣告的作用，限於不急之務，不實之語，如米糧店，油鹽店，煤店，向來不登廣告的，因為這是家家必需，用不到說。廣告最多的是藥品，所以若素和仁丹競賽，打開報紙，不是治淋，便是消梅。總因為這些東西不是日用品，才要強聒而不捨，強聒的效用，不一定是你信了他，就是你討厭了他，至少你對他已有了印象，則廣告之能事盡矣，不必要之宣傳，豈不可作如是觀？語甚妙。又云，我活六十歲，只看見過一個廣告是好的，那就是上海初有電車時，車身大書「人人可坐」，真實不欺，誠廣告上乘也。啟无正端坐畫像，聽此插言云，在北京某醫院有一牌子云：「本院治病」，亦與此異曲同工，吾輩不禁大笑。

> 留學淹通滿目奇，黨部宗人屢變之；
> 姓周還住周家裡，說去說來偌個知。

由南京談到北京，北京是我的第二故鄉，當然有味得多。然近來常將有歷史性的胡同名子亂改，弄得非驢非馬，先生首舉南城之「留學路」，初見之竟不知所指，後來方知道是「牛血」之化名。我又想到煙筒胡同，改為淹通胡同，大可與留學並提，先生云，那是黎劭西改的，因為他住在那裡，別人到底沒人用。其最不合理者乃是衙門公

署，擅易地名，如宗人府夾道，本曾有宗人府，大約當初無名，後設府於此，乃曰夾道云爾，十七年改為公安夾道，因緊鄰公安局，西城教育部街，改為市黨部街，如此者尚不知有多少，先生為譬曰：此殆如問人姓名地址，你貴姓，我姓周，住在哪裡，住在周家，必致令人莫名其妙；今如問公安局哪裡？在公安局夾道，市黨部哪裡？在市黨部街，豈不一樣可笑邪？按北京人改地名，似有忌避祈禳之意，如鬼門關易為貴門關，狗尾巴易為高義伯，大啞巴改為大雅寶，雞鴨市改為集雅士，丞相胡同原名繩匠胡同，綏水河原名臭水河，受璧胡同原名臭皮胡同，幾於稍不雅馴者，必加更易，揆以歷史殊無謂也。南都新建，所更尤多，聚寶門曰中華門，府東街曰中華街，盧妃巷曰洪武街，花牌樓曰太平路，皆足以迷失本地文獻，余認為殊不必要，先生亦頗首肯。

　　　　閑步庵前一樹花，不陰不雨足風華；
　　　　我本并州遊俠子，如何不憶大風沙？

　　閑步庵主人沈啟无兄，亦一妙人，余前於印象記中略述之矣。此次來京，以公私匆遽及不獲娓娓而談，唯在中央大學講演兩次，聽者受益不少，即余亦為之茅塞頓開。所選大學國文，與傅東華所編大學文選及朱劍心兄所輯中央大學國文選頗異其趣，蓋沈書注意於「文章」，而傅朱留心於學術，合而觀之，真完璧矣。然若以趣味言，吾寧取沈，其書絕無道學文章，義法文章，以及濫調八股文章也。（大體以風土人情日記尺牘傳狀墓誌小賦之類為準）蘇遊歸後，余請知翁及主人各寫冊頁兩紙，主人書陶元亮士不遇賦一，又一則書其所為詩「我寧愛這不下雨而開花的地方」，筆意彷彿晉唐，至足賞目。其後附有一跋云：果庵喜歡我的詩，他在印象記裡說我的詩比散文好，我認為是知言。我愛住北京，曾有詩句云：我也愛這個古城，我愛這古城正好不是一個雨的城，這裡的風塵正好在他的虹。果庵是北人，得

無有鄉關之思？余離幽州三年矣，烽火連天，家書不至，豈僅人情風土，時繫孤懷，即骨肉友朋，亦均不得消息，蘭成賦哀江南，余愧無文筆，不能作憶北國耳。頗盼以後，時惠好音，亦足療我心痗。

> 陶風柳雨到吳門，為看明月佛前身；
> 一聞滬瀆行程罷，淒涼心緒淚沾襟。

亢德稱風，非專與雨生作對句也，自宇宙風而西風而談風，皆與陶公有關，且諸刊中又有西北東南陰陽怪氣之風，亢兄其真可以代表「國風」也乎？既為風姨，吾乃從而風之，此番風風雨雨，吹入吳門，專為迎候「山中比丘」（知翁自稱前身出家，在蘇為詩，有「我是山中老比丘」之句），雖在城外，飽吃閉門羹，不免罵胖子錯打電報（請參閱知堂小記與前文），然「亦既見止，亦既遘止，我心則降」，想此行不虛，究不至怪我多事也。唯聞二君促知翁之駕赴滬而終不獲允時，雨生竟淚下如雨，可謂至情過人矣，但不知陶風在側，作何等吹拂，才使雨過天晴耳。

> 木瀆石家豆腐湯，明燈聽曲意蒼涼；
> 新詩寫畢渾如夢，我未吳行也斷腸！

知翁在木瀆石家菜館「吃豆腐」用于右任句（多謝石家鮖肺湯）云：「多謝石家豆腐羹，得嘗南味慰離情；吾鄉亦有姒家菜，禹廟開時歸未成。」又聞吳語云：「我是山中老比丘，偶來城市作勾留，忽聞一聲擘破玉，漫對明燈搔破頭！」二詩不減唐賢，返京後遂為我書之，並附小跋清雋可喜：吾為南下題字雖多，皆不及此，衷心欣悅，大有阿Q之思。第二首尤為我所喜，初蘇遊歸後，余往謁，即取日記冊示余此作，蓋自亦以為得意之什。余既求書，並未指定，而頗盼有此章，果不失望，先生或有萬一知我耶？先生素不喜京戲，以為粗俗無味，而對於

民歌，則極感興趣，嘗慨然於前代打棗竿掛枝兒擘破玉之成廣陵散，今聞吳歈，或有微似，老人心情，頻搔白髮，吾雖未偕，恍如見之。先生告余曰，明燈，並非電氣，乃煤氣燈，俗稱水月電者也。

得讀披裘賣餅篇，非唐非宋是天然；
只恨無人學孟棨，箋出本事與人看。

先生近不常為文，而詩則屢作，如「當日披裘理釣絲，浮名贏得世人知，忽然徹悟無生忍，垂老街頭作餅師」一首，含蓄深遠，而字面極平易，有義山之蘊藉，而無其艱澀，似梅村之感慨，而較其流走風趣，故吾曰，此天籟也。唯本事云何，似有所謂，雖微有所知，不能詳也，閒步庵知先生最深，或能箋之，今又非其時，元遺山不明錦瑟，恨無鄭箋，吾於先生亦云然。又一首曾感動雨生下淚者（見楊杰先生知堂在蘇州一文，刊中華日報）亦抄於此。其情致殆不減於聞吳歌云：「生小東南學放牛，水邊林下任嬉遊，廿年關在書房裡，欲看山光不自由。」山水無窮，亦不知吾輩何年更得自由看之也。

前生全是一比丘，我亦難作老僧頭；
漫聽說法飛花雨，此身得作阿難不？

與先生在中大合拍一照，余儼然僧頭，唯欠袈裟不知能否效迦葉阿難，傳先生妙法之一粟耳。

（跋）歪詩謅罷，越看越不成東西，雪泥鴻爪，姑留一故實罷。平常很喜歡南宋雜事詩，藏書紀事詩之類，而先生之詩，牖我尤多，此真所謂效顰弄斧，想笑我者不止先生已也。

四月二十二日於鼓樓醫院二七四號五燭燈下。
（原載《古今》半月刊，1943年5月第二十三期）

海上紀行

　　我是鄉下人，而且是十足的渤海灣中之胡人，對於柳暗花明的江南，夢中也未曾到過，即以我的個性論，也還是「驚沙撲面」的景物更適合些，但我終於跑到魚米之鄉來了，所與交接，尤為江南人中之深具江南氣質者，與此「北人北相」，不知何緣拍湊，有時想來，也算此生一樁妙事。

　　對於大都會我是怕的，剛剛從鄉下來的人，不知道抽水馬桶怎麼用法，不知道汽車如何閃避，不知黃包車夫應如何對付，不知見了面同人家講些什麼，這個，那個，不知道的太多了，而都市又專門對這樣人嘲笑，欺騙，使之在精神和物質上都吃虧，因此我怕了，何況都是只是有錢及有勢人的世界，於只會說說老實話賺點老實錢養養老婆的人，尤不相宜。所以，我寄居北京二十年，作事地點卻十有九年在鄉間，這鄉間也往往鄰近一個二等以下的小都市，我就永遠不去會見他，有時同事和朋友慫恿動一動，終是不能搖撼我的信念。不意上帝於此懶散人，偏給他播遷的運命，自北京到南京三千餘里，我居然一肩行李，在軋票上車下車的環境中，飄然而至，且一住三年，在廣大的人海中，寄此一漚，自宇宙看來，當然微末不堪，在我個人感覺，亦未嘗不是一大波瀾。可是到京以後，三年不出城關，連雨花臺莫愁湖也未嘗瞻仰過，動中取靜，恐沒有更甚於不佞者了。乃最近卻大動塵心，而有十里洋場之行。

　　南京乃都市中之鄉下，上海則為都市中之都市，不要說觀光，只一提起什麼大馬路四大公司以及古裡古怪的道路名字就夠使我頭痛，但到底鼓足勇氣，帶了兩件單衫，上了京滬快車，雖是有很熟稔上海的F公招呼指引，究竟一路嘀嘀咕咕，好似鄉下人進城，不知見了警

察老爺作何禮貌似的。我自北來南，一路所見，皆北方景色，即徐州以南，仍是麥田，高粱田，玉蜀黍田，無怪火野葦平說這是「麥之海」。過蚌埠後，除偶有騎在水牛背上的牧童略可與幼時所見的風景畫印證外，鐵路兩旁，黔垣赭廬，只有供人憑弔的分兒，那裡還談得到欣賞呢。這回在京滬車上，才算看見真正江南煙景，棲霞以東，到處有小河，有垂柳，有在水田中辱水的人，有片片遠帆，有醜陋得諧和的茅舍，陶詩云：「平疇交遠風，良苗日懷新」，大約如此景象，假定不是有野心家在強迫人們用飛機大炮互相應付，這該是什麼世界呢？我想就是一肚子功名富貴的人，也必有「久在樊籠裡，復得返自然」之想的。因與F公說：我輩原無大志，不過希望有幾畝田，四五間茅舍，長作太平的莊稼人罷了，然而這正是可望而不可即的事，且身為農夫者，亦正未必能享任何幸福，而在忍耐著種種煎熬，古代不知怎末樣，或者會比較好些，但一丁亂世，如陶公之愛自然者，亦有「似為饑所驅」之歎，且不得已而創造一個桃花源以寄託其夢想了。

在土山上建塔，可算南中特色，鎮江之金山，蘇州之虎丘，均如此，在北方固無足觀者。若是可以移人情感，還是夾在小河兩旁的蘇州古式市街，實為北人所喜悅。F公云：蘇州代表封建社會，無錫代表農業資本社會，上海則商業資本社會也，數語可云要言不煩。蘇州一過忽見太湖一角，洞庭山青青在望，不勝令人遐想「江上數峰青」之句。不久，北岸又湧現洋澄湖，萬頃無際，少見北人，必詫為海矣。原來北京之所謂三海什剎海等正是小得可憐的一泓水泊，而誇稱為海，不亦如南人之丘上建塔乎？這時東北天際，忽黑雲湧起，與水汽連而為一，薄暮時分，殊為奇觀，若再有風雷疾雨，火車以全速率迅駛其中，恰似萬馬千軍金鐵爭鳴，想來大有可觀也。昆山以東，暮色漸沉，兩旁居民，絕無一點燈火，F公云：油價之貴，可以使世界黑暗，我因而想到今日各國正在拼全力作油的鬥爭，戰爭未起時，大家是油過剩，現在則為了一加侖油的得失而流血千里，如我國之不買油，不燒油，亦是根本辦法。

　　到北站正九點二十分，這是我第一次和上海的接觸呀。早有光政兄在站相候，與F公同車至滬西，經過靜安寺路，只覺得房子特別高，人特別擠，倒也沒什麼希奇。靜安寺外Bubbling Well的故事，也知道了，想到數月前有主持互爭廟產的事，自然，像這樣可以賺錢的產業，誰也不願放棄的。滬西之熱鬧，並不減於租界，伊文泰夜花園華燈初上，F公告我，此處非至十二時後不營業的，上海人白相就要這樣，隨時隨地都有辦法，不似在南京一到午夜連一輛黃包車都雇不著。這時我已知道預先託朋友找的旅館沒有開到房間，在來滬前一日我會到某書賈，他便警告我說，上海房子是不易找的，黑市相當利害，到稍為像樣一點地方去開房間，起碼得找到熟人先將兩張百元鈔票塞給帳房先生，然後分潤一盒大前門，或者不至碰釘子，蓋旅店房金，並未瘋漲至數十百倍之多，若恃房金，侍者將無以為生，而小帳數目，遂往往駕正費數倍，但仍不如空出房子，給五洋囤戶紗市老虎們打牌叫嚮導，小費輒一擲數千，商人勢力之彌漫，竟使遠人無宿可止，亦不能不為之痛恨也。下車後第一個迎著我的便是亢德兄，他以皮黃戲的步子出現於弄堂中，使我立時浮起一種風趣、親切、爽快之感。我們雖僅僅在春間聚首一日，卻像二十年開外的友人，剛剛坐定，柳雨生兄也來了，這也是我前幾天寫了信通知過他們的緣故，當下他們又電知黎庵，不到二十分鐘，黎庵也穿著灰綢衫昂然而入，頎長、瀟灑，無怪朱劍心兄說是邪氣漂亮。他見了我先注視數分時，然後道：「他這個人，原來是這個樣子！」這一句話與我到柳雨生兄家中時，他幼弟所說：「阿哥，這個人怎末這樣大呀！」同是印象最深的。

　　只好在F公處泊止一宿，承他讓給我自己的臥房，真覺不安，我生平最怕出門作客，第一宵一定睡不穩的，而這一天竟很早睡去，直到第二天六點才醒。因為到南市有事接洽，就與黎庵、亢德、雨生三兄約定晚間相會，十時出發穿行法租界至南市，走馬看花，莫明南北，只知一到界外，一片荒涼。惜我不會作詩，不然大可哼他幾首。事情洽妥後，中午L先生宴於Cathay，在十一樓，這才由樓窗中看到

上海之所以為大，四層樓的屋子，不過像積木一般，寸人豆馬，似乎人生也因之太渺小了。國際飯店有二十餘層，其觀感自當更甚於此，但我實在怕了，還是「樓高莫近危欄倚」吧。我寧愛蘇州的古屋水市，而不敢過此危樓極目的生涯也。

下午五點鐘我自己乘三輪車跑回來，經過霞飛路等處，覺得兩旁屋宇太高，街路過狹，使人不免窒息，但等到後來去過大馬路後，轉覺此處尚屬寬闊，若北平之東西長安街，南京之上海路莫愁路之空廓蕭寥綠蔭滿地，在上海簡直不易遇見的。亢德本說今晚約我吃飯，四點鐘時，因詢我不著，遂作罷，而由黎庵作東，我七點到黎兄處，這時才能脫下長衫，喘一口氣打開我的話匣子，大說而特說，由南京近聞說到上海觀感，由過去說及將來，更說及我們這半年來所適逢的厄難，所惜此時此地尚不許可我完全記出，只好先宕去一筆，俟將來剪燭再談。謝謝黎庵夫人，為我備了很多菜肴而我卻吃得不多，使他頗疑心這北國的大漢是在作客，實在呢，我是根本吃不了許多的。黎兄告我，明天中午朱樸之先生特別約了許多同文在私邸聚會，區區如予不免有些惶愧，可是一想可以見到許多想識荊的人，亦所夙願，而且樸園也是久想觀光一回的，又不覺暗暗心喜了。

快談不覺移晷，時已午夜十二時，我只得披了長衫起身，因無旅舍，F公處又不忍再去打擾，決心到南市友人學校借宿，但黎庵之意，深夜如何可去南市，我是初生犢兒不畏虎，除南市街道湫隘齷齪外，原也感不出若何可畏，若說有賭場，我又是連骰子都不識得的，還有什麼關係呢？而黎庵及陶柳兩兄到底陪了我走到百樂門去開房間，吾輩既無閒錢應付帳房，又非大亨之流兜得轉的人物，其碰釘子是當然的了，於是仍舊按原定計劃，雇了三輪車，跑向遼遠而可擔心的南市去，臨上車時，亢德身穿短打，神氣十足的向我關照：「有啥事體打電話到滬西警察局找我好了！」我心中浮起一點微笑，也含糊的答：「好的，好的。」車子走得飛快，轉瞬已出法租界，筆直走入民國路，闃焉無人，路燈暗淡，商店是早已打烊了，我不免想起

上海所謂剝豬玀之類的那一套，倘如車夫真打上我的主意，老實說，我只有不抵抗了。友人學校在露香園路，這是新名字，老名字叫「九畝地」，車夫怎麼也覓不到，我們倆互相抱怨，後來還是一位賣西瓜的老太太指示給我，應當退回來從寧波路走，我看到閃爍的霓虹燈賭場廣告時，才恍然憶起路徑，又經過兩次探詢，才走到那黑洞洞的學校門前，看看表已是十二時半，付了車夫二十五元，並無若干爭執的走了，但我忽然發現學校的鐵門業已鎖斷，好似人們早入夢鄉，只有門外兩個叫花子被我驚醒了，他們同聲說：「這樣晚叫門也難得叫開了，你先生為何不早來！」我心中真的沒有主張了，左右既一個燈火也看不見，設有人對我不客氣的抄靶子，豈不糟乎？於是我元氣淋漓的叫喊起來，一面叫一面心裡盤算如何解決這個難題，幸好喊了幾聲之後，居然有人出來開門，友人C君亦從睡中驚起，老同學總是不客氣的，解衣盤薄，暢所欲談，在隔壁賭窟木炭汽車的沙沙聲中，我遣過了海上第二個良宵。

次日上午我先到黎庵兄處會齊，往樸園，老樹濃蔭，蟬聲搖曳，殊為人海中不易覓到的靜區。樸園主人前在京時曾見過一面，但未接談，這番重見到他清癯的面容，與具有隱士嘯傲之感的風格，不覺末言已使我心折。我常想晉宋之交，有栗里詩人與遠公點綴了美麗的廬山，五斗米雖不能使他折腰，而我輩卻呻吟於六斗之下（公務員配給米以六斗為限），古今世變，還是相去有間的，然如樸園之集，固亦大不易得，並非我輩「群賢畢至」，良以濁世可以談談的機會與心情太不容吾人日日如此耳。亢德已至，因有他約，先去。隨後來的有矍鑠的周越然先生，推了光頭風趣益可撩人的予且先生，丰度翩翩的文載道柳雨生二兄，和我最喜歡讀其文字的蘇青小姐，樊仲雲先生則最後至，於是談話馬上熱鬧起來，予且先生在抄寫樸園主人的八字預備一展君平手段，越翁則談到方九霞劫案，載道大說其墨索公辭職的新聞，聲宏而氣昂，蘇青小姐只有在一邊微笑，用小型扇子不住的扇著。我這個北方大漢，插在裡邊，殊有不調和之感，只好聽著

似懂不懂的上海話，一面欣賞吳湖帆送給樸園主人的對聯，（聯曰：顧視清高氣深穩，文章彪炳光陸離。）和書架上的書籍，大部是清代筆記掌故和清印的書帖之屬，主人脾胃，可睹一斑，其與吾輩相近，亦頗顯然也。時主人持出《扇面萃珍》一冊，與黎庵討論《古今》封面材料，此集乃廉南湖小萬柳堂所藏，均明清珍品。主人因談到吳芝瑛女士的字，據云乃是捉刀，余亦久有所聞，而不如主人所知之證據確鑿。飯已擺好，我竟僭越的被推首席，可惜自己不能飲酒，白白辜負主人及黎庵的相勸之意。老饕既飽，本該「遠颺」，（昔人喻流寇云，「饑則來歸，飽則遠颺。」）奈外面紛傳，馬路將要戒嚴，「下雨天留客」，適有餽主人以西瓜者，不免益使老饕堅其不去之心。西瓜吃畢，蘇青女士的文章來了，她掏出小巧精緻的紀念冊，定要樊公題字，樊公未有以應，叫我先寫幾句，我只得馬馬虎虎，塗鴉一番，大意好像是發揮定公詩：「避席畏聞——著書都為——」數語的意思，未免平凡得很。主人堅執請樊公執筆，樊公索詞於我，我忽然說：「您寫繰成白雪桑重綠，割盡黃雲稻正青罷。」樊公未作可否，我已竟感到荊公此語，太露鋒芒，豈唯對樊公不適，即給人題字，亦復欠佳，乃急轉語鋒曰：隨便寫個「文章千古事，得失寸心知」好了，不是蘇青小姐的文章大可『千古』嗎？樊公乃提筆一揮而就。三點了，不好意思再坐下去，於是告辭了雅潔的樸園，我和雨生乃自極斯非爾路步往靜安寺路延年坊，路上書攤不少，無可觀者，乃於報攤上買最近《古今》一冊，蓋昨晚黎兄賜我一本，忘記攜去也。我的〈孽海花人物漫談〉，適刊此期，亢德原以我的勸告，才重閱此說部，但近日很不贊成其書，余與黎庵，則是晚清人物癖好者，原不在欣賞小說的技巧，故持論相異。雨生在靜安寺寄寓已逾十五年，我很幸運的看到知止老人，談到舊京風光，頗致依戀，並告我上海俗不可耐，常終年足不出戶，我十分替這暮年的老人寂寞，若在北京，想必也有許多同年歲的朋友，在公園吃茶或茶館下棋，絕不致如此沉悶耳。雨生又款以西瓜點心，和赤豆湯，殷殷之意，使我難忘，本想順

路去膠州路亢德住宅，因為五點與同學C君有約，遂不往，但雨生還是帶我看了「外國墳山」與「天下第六泉」。

　　與老友C君及馬近仁君共飲三馬路會賓樓，這又是一種風味，馬君文章作得很好，但不輕執筆。他頗豪於飲，好像一共吃了三四斤老酒，話也說得更多更慷慨了，我因之想起許多李白的詩句。後來我們又蕩到四馬路所謂的風化區，看來也無甚希奇，原想到三馬路幾家書店走走，如忠厚書莊，來青閣，來薰閣之類，但晚上早已停市，只索罷休。最後走到大馬路，又到某歌場聽一回歌，靡靡之風，亦略有感受矣，歸校已夜深。

　　我是打算第三天下午的快車回京的，中午在亢德處吃飯，亢德夫人生長北方，說官話極好，可算我們的同鄉了。菜做得精而多，亢德與黎庵至少吃了有三斤老酒，其痛快淋漓，為三日來所未有，酒酣耳熱，大家不免俯仰世事，感喟萬狀，亢兄已決定東去，我很佩服其決斷與識力，較我的依違無所可要強得多了。吃完飯不想我竟被周陶二兄圈禁，我有個學生，在滬服務，我和他約定午後在陶宅相會同去買票的，等他到了，我已失去自由，陳遵投轄，又見於今日，我心中雖則焦灼，但很感激朋友的熱誠。普通朋友，中年以後，多出之互相利用，像此種文字交誼，越乎利害之上，獨能洞見肺肝，實比若干年的互相利用之朋友親切得多，此次海上之行，這要算我頂珍貴的收穫了。行既不得，遂偕黎庵等至古今社，此地之勝頗與樸園有二難並之概，我雖初次來滬，已感到第一區之擁擠喧囂，遠不如八區之靜肅，亞爾培路殆是其一。而古今社豈又其最幽靜者乎？在這樣的環境裡，有幾位說得來的朋友，幾杯淡茶，一枝香煙，聽外面蟬鳴，遠處市聲，暢談個人的偏見，不妨彼此辯論，或即大家沉默亦佳，非即「萬人如海一身藏」之境歟？法國的文藝沙龍，或尚無此放逸之趣罷？忽黎庵命我書扇為念，亢德遂指壁上知堂老人五十自壽及諸和章曰：「我給你找一首作材料」，他登在凳子上，一下子就看中了沈尹默的一首，妙極了：

莫怪人家怪自家，烏紗羨了羨袈裟。
似曾相識攔門犬，無可奈何當地蛇；
鼻好厭聞名士臭，眼明喜見美人麻，
北來一事有勝理，享受知堂泡好茶。

　　亢德一面笑著一面解釋道，今天你可謂遇見了攔門犬當地蛇，
欲走不能啊！而我心中則揣摩首二句，若我的自尋煩惱，亦是只怪自
家，而袈裟與烏紗舉棋不定，尤不妙也。寫完有餘紙，乃作一跋云：
「癸未夏日，始遊申江，得識黎庵真面，亦了一夙願，乃臨行之際，
竟被投轄，既來古今社，亢德命寫此詩，大有關合，不知異日視之，
以為何如也。」不久樸園主人來了，狀極忙碌，匆匆而去，雨生載道
亦先後至，又有馬三先生（黎庵知友，豪爽人也）等，大談囂囂，我
並索得汪穰卿年譜遺文一部，不勝揩油之至。馬三為定妥旅舍一間，
今晚下榻有地，為之放心，八時許，於黎庵等在梅龍鎮晚飯，此處乃
與弘毅中學大夏大學並為一樓，北人視之，大可怪異，然則上海，恐
是司空慣事。載道兄堅邀過邸一談，乃得飽看其藏書，此公所收五四
以來新文藝書不少，日記掌故之類亦多，頗使我豔羨，同時亦自慚所
藏之寒傖可笑。載道文章作得多而好，介於知堂三閒之間，今見其收
藏之富，始知取精用宏，不是率爾操觚可比。所惜時間匆匆，不能遍
覽為憾恨耳。

　　周陶馬三兄又送余至旅舍，狂談至夜分，才戀戀作別。馬三代為
料理一切，更不知如何感激。

　　早七時半起，與學生某君同赴北站，聞火車票亦有黑市，其軋
擠可想，到站後，才知其場面之偉大非常，買票人早軋出站外半里之
遙，若不用非常手段，或者再等兩天也買不到車票，某君覷得機會，
一躍再躍，不久竟已軋到車站大門，時有少數「地頭蛇」式人物，專
門兜攬代人軋票，有一位長衫朋友，亦不按順序而軋至大門前，警察
令其排在後面，忽一人奔至，大呼：「講好了的，講好了的。」警察

聽了大怒，「什麼講好了的」，木棒在此公臀部大舞，抱頭鼠竄而去。我費了九牛二虎之力，買到一張二等票子，又費了九牛二虎之力，才軋到車中，原來早已「滿員」，只得暫時作作自警團，固守崗位，打聽明白座位上兩個青年人是到蘇州的，就決心接防了，不意兩個走私的婆娘，車還未到蘇州，竟已一屁股溜了下去，把座位搶了，我那時恨不得打她們幾記耳光，才出得這口鳥氣！說到這裡，真不知政府有無決心，制止此輩，不然，豈唯行路更難，即天下銅鈿，亦將為彼等賺光，我不禁為普天下正當旅客及公務員們呼冤也。

好容易在後面一輛車覓得座位，車過無錫，走私老爺們均已出清，我在半酣睡中又回到南京。

自上海回來，唯一的感想，就是上海以外的地方，未免太荒涼了，即南京亦無例外。

讓我借此機會，感謝海上諸知友的招待與熱忱。

（原載《古今》，1943年9月1日第三十期）

北遊記

Rip Van Winkle一睡八十年，Marco Polo離家四十年，回到家裡人都不識，丁令威化鶴歸來，殆亦不過如是。世變劇繁，城郭人民之異，豈待數十年，我才四年沒回北平，雖然曾經一住十五年，竟處處都生疏起來了。小胡同裡夾雜著工廠的大煙囪，電車賣票生換了草綠色的制服，前門西車站已經廢除，東車站也分成入口與降車口，亂亂糟糟，要讓我自己去買票恐怕都摸不清頭腦，只這下了火車剛剛接觸到的幾點，已夠說明變化之大。我很幸運，自啟程那天起，車站已經普遍停止檢查，翻箱倒篋的罪總算沒受，可是也許是占了頭等票的光，因為我在下關分明看見排了隊軋上車的人，宛如鄉村的廟會戲臺之下。更可異的是我登車之後，發現第一個擠上車的就是我的近鄰某跑單幫的小販，據說走單幫一次，可有數百數千數萬的贏利，是則我之仍存傳統觀念，以為「滿朝朱紫貴都是讀書人」者，理應受罰了。閒話休提，這次北行，我坐的直達天津的快車，為什麼不坐直抵北平的車呢，理由很簡單，普通北平的車，徐州至濟南一段適在夜間，容易有阻礙，亂世人命如草，自己並未看得多麼值錢，然君子不處夫巖牆之下，亦是古訓，而我尤有一最大理由，即想在白天看看泰山孔林的風光是也。因為無論南下或北上的車，都是一樣，泰山雖然巍巍，孔林縱然鬱鬱，夕陽西下，車上就得扯下膠布窗簾，休想看見外面毫分。猶憶我南來時，抱著一肚子希望，可一覽名山，不意路上掃興如此。車至兗州，前途發生障礙，自半夜一直停到次晨八時，初春寒風料峭，站有幾株老柳，映著黃月一彎，旅人心中，不禁想起樊山翁「一彎月更黃於柳，愁殺橋南繫馬人」的名句，增加無限感傷。那一次真是彆扭，車到蚌埠，不再前進，虧得在途結識朱先立君，到蚌

埠合兩人之力，找到半間小旅館，不然也許就要露宿終宵呢。因之此次北行，頗懷戒心，當我看到徐州以北一路連續不斷的碉堡時，深歎交通當局防護工作之偉大，同時，巍峨的泰岱，也在車上領略到一點意思，遠遠有一紀念塔式的東西，恐怕是馮煥章將軍所立的灤州首義紀念碑吧！人事滄桑，徒惹憑弔，古人多少歷史，在後人想來頗有些「何必」之意，輕輕淡淡，在紀載上不過占去幾行，在當時便不知流了若干人的血汗。後之視今，亦猶今之視昔，一切推廣開去，覺得越是現實越空虛，真要動散髮入山之念。但是我們坐的是每小時九十里的快車，來往的地方都是百萬人口的大都會，忙亂，繁囂，物質的，機械的，營營擾擾，與我們心中所思，委實相去太遠了。

徐州以北走入華北平原，廣大，單純，質樸。平田夐遠，一望無邊的黃土，好像還是原始的樣子，因為極目四望，看不到多少村莊。與京滬滬杭路上，茅村三五，野艇柳堤，疏落清秀的味道，大不相同。用不著踏上故鄉的土地，就這個我好像已經到了家中。過濼口鐵橋時，看見田邊幾個穿大紅大綠的鄉下女子，在慢慢走著，好像對於奔騰怒吼的火車，熟視無睹。中國固有生活與物質文明之不易調合如此，令人奇異。滄州以北，天漸昏黑，幸有月色，灑在薄薄的積雪上，「明月照積雪」，雖然羌無故實，那境況可真是動人。深夜二時到天津。我隨便掣了一紙十元的聯銀券付給腳夫，他千恩萬謝的跑開去，我正奇怪於為什麼不和我爭長較短，恍然憶及這已是中儲券的六十元，不覺又爽然若失了。在南方花錢慣了，乍到北方，若不時時算計，必致後悔。即如我和楊顯周兄出車站雇車至法租界佛照樓旅館，這本是頂近的距離，只要走過鐵橋就到了，但車夫卻索了五元，我們下意識的覺得五元算不了什麼，馬上答應，豈知一下子就出了麻煩，一位高個子的英雄，硬攔住拉我的車夫不肯放鬆，說生意是他講的，不能被別人搶了去，爭持得難解難分，後來逕自搶了我的皮箱，我下車大鬧，他說：「我和這小子拼了，說嗎你也走不了！」拖我的車夫看著惹不起，終於答應分給他兩塊才肯放行。北方人本是講禮貌

的，可是這次給我的印象卻太壞，也難怪，誰讓我們放了這樣響的大炮呢。不過這種不快之感，當我在北京一下車的時候就校正過來了，首先是腳行的客客氣氣，其次便是車站以外車夫的厚道。出站後我本即雇妥一輛洋車，預備到西四以北的一位朋友家去，價三元，同時我忽然發現了很多三輪車，為好奇心所動，於是我又問價錢，結果也是三元，拉車的車夫聽了：「您隨便，三輪快點，您坐三輪吧。」我心中有了南京上海以及天津的老例，想著這一定得是糾紛，誰知卻是這般的禮讓為國，弄得我倒不好意思了。及至我乘上三輪車後，中途忽然想到這位朋友也許在他服務的學校裡，尚未回家，於是令車夫繞道學校，不料學校又搬家了，我的意思是不再去找，以免麻煩，車夫說：「離這兒不遠，您去一趟得啦，沒關係。」果然我在學校的新址會見了朋友。這許多客氣，和藹，使我們好像得到意外的收穫，有些感到非分似的，然而住在北平的人，這乃是家常便飯。

幾年沒有會晤的友人，忽然見面，話簡直不知從何處說起好。在西單牌樓乘電車北行，一個人一角五分錢，多麼聽著使人不能相信的價錢！南方一角錢的票子送給叫花子都不要了。西單牌樓是近十五年來北平最繁華的地方，十字路口也開闢了相當大的廣場，我常常買菜和吃飯的寶元齋興茂號都將門面縮到頂小，而且向後退了很多，從前在報子街轉角的一家大紙店叫作同懋增的，現在竟不見了。紙店南邊的土藥店等，則「巍然尚存」，名字好像是「千里香」。朋友的家，是西北城很恬靜的一隅，北京特有的四合院式平房，雅潔，整齊，適用。可惜隔壁便是一個新設的造紙廠，馬達聲音徹夜不停，連電燈的光都顯著黯淡。造紙廠的原址，本是果園，在內城有幾十畝的園林，不算稀奇，桑田滄海，此亦一感慨也。午飯後去洗澡，還是五年前常去的華賓園。提起洗澡，大約沒有比北平再價廉物美的了，兩個人，雅座盆浴，加理髮修腳等等，不到聯券十元錢，夥計招待得令人心意不安，倒在沙發上睏一覺，兩日夜的旅途疲困完全恢復，我每誇讚北平生活之簡易舒適，這不能不算一件事實。但晚飯後又坐了洋車訪友

時，車夫卻一連串的叨叨著：「您說，棒子麵（即玉蜀黍粉）今天兩塊三了，昨兒個還一塊八，怎麼混！」其實一塊八就是南京的十塊，我老忘不了折合，要讓他知道了這種數字，恐怕更要瞠目結舌了。北方的糧食問題的確嚴重，像樣子的麵粉要二百多元，大米須七百元以上一石，即以此刻現在的上海糧價為比，折算起來還要高出許多，又何怪過慣了低廉生活的北京市民終日愁眉苦臉呢！

因為生活的困頓，北平人也喪失了往日的悠閒與從容，而向生活鬥爭線上去掙扎，有的公務員在晚上租輛三輪車，以體力勞動補助精神勞動，說來可慘。北平的車，是不論鐘點的，只以距離計值。始而我感覺車價甚廉，不到幾天光景，已經比南京還貴了，物價指數的反映，有如此者。聽說一部三輪車每天除去十元上下的車租，可以收入四五十元，比之公務員每月收入不過二百元，恰似天壤。頭腦更銳敏的，學了上海人的樣子，囤積商品，待價而沽。如大五福紗布，各種橡膠製品，尤其是車胎，皂燭顏料，與南方一致為投機家眼紅的目標。五福布在中秋節前後不過二百元，年節已逾千，北平人無論多麼老實，也禁不起這種誘惑呀！朋友說，距離北平一百華里以內的縣份，治安情形稍好的，商人都在做著棉紗及糧食買空賣空的生意，有人白手成家，忽然發幾百萬的財，禮失而求諸野，現在都市的人反而要向鄉下人請教。我看見所有的文化界朋友人人都是一副消瘦的面容，渾身不整飭的衣服，不用說話，已十足代表出生活的苦悶。有的頭髮白了，眼睛凹陷了，幾乎與前判若兩人，魏文帝與吳質書所云「行自念也」，讀書人的命運殊足憂慮，而可愛的北平，所給我的印象，殆以此為最足攖懷。北平的小學教學，在全國可稱最整齊，最有成績，現今教師們也為了生活的磨難，不得不向學生家庭乞憐，或則索米，或則要煤，也有直截了當要錢的，有一小學校長且為此被家長控告，鋃鐺入獄，內幕如何，不得詳知，但其可憫，則人所感同。老友中作小學教師的也不少，平時都是孜孜不輟，目下看光景意興闌珊，有的直至上午十時，還未到校，聽說這也算家常便飯，小學教

育如此，大學中學如何可以期待，想到將來，不容我們不「怵焉如搗」！北平公務員的待遇比較起來與南京相差不多，下級的除正薪外，津貼一百元，以上遞增至二百元止，物資配給，每人每月不過麵粉一包，至於煙糖，只能算是外快，不能併入正用的。以此謀兼事的極多，目的不在薪水而在麵粉耳。除食糧外，其他日用品一般說來，總比南京上海廉些，若是他們聽見火柴一盒售至若干元，恐不知詫異到何等程度了。

　　在北平一住三十日，幾乎天天在忙亂中，連公園北海都無緣一入，事後想來，何等悵悵，但在當時，不知為什麼那麼無心無緒，走在大街上彷彿處處都變了樣子，曾因往某官署之便，特地走到十年前自己所寄居的一家公寓門前去看，大門業已封閉，旁一紙上書云，「華北電電第×寮」，低迴久之，空餘惘惘，這怕比不去公園北海的心情更不相同。又在西城，路過我在變後賃居的小房子數次，紅門緊閉，闃其無人，晚上連路燈都節約了，遠方還斷續傳來夙所熟悉的賣蘿蔔，和半空兒的叫賣聲，使人愈益沉入往日的夢憶；有人在痛罵我們這些沒出息的人，不看現實，只想過去，理當被世人所鄙唾，無奈感情到底是感情，或即古人「誰能遣此」之意乎？還希望諸位理智特強勇力勝我的人們原諒。對於防空防火防盜，北平也比南方更為熱烈，家家門上貼著「防空設備已齊」、「獻銅訖」等等標記，此外還有用粉筆寫上的「查」字，證明這兒已經通過官方的許可。又有許多門上還存著「衛生責任者×××」的殘紙，或是「捕蠅」字樣的紙貼，而「蠅」則用畫圖代替。這大約是去年虎疫的遺跡，知堂老人詩云：

　　　　近來吃菜如吃藥，蹙額無端學聖人；
　　　　不比端陽和酒飲，菖蒲雖苦好安神。

　　由這些遺跡，亦不難推斷市民生活之一斑。對於不瞭解不熟悉的人，每種新的施設都是苦惱，我看到偌多事物，不免又有點沒出息的歎息了。

　　於削面北風中兩次訪謁知堂老人，苦茶庵有與先生散文一樣的清淨無塵的風格。可惜我未得機會到書室去談，客廳中書並不多，只有書道全集之類的大部頭書，彷彿是擺在那裡而不是看的。此外則有畫像一幀，極為神似，又晉磚數事，殆即無端所玩之骨董歟，也很使我注意。對於我北行的事，因為先生事前無聞，頗覺詫異，我動身時，曾接先生信，說尤炳圻兄要乘寒假之便南來，囑加招待，並問我自己的文字，有無結成一集之意，可以交藝文社出版，我適已輯得十萬字交給柳雨生兄，致無以應，現在我忽然會出現於八道灣道上，豈不是奇怪呢？先生家居，好像老是那件藍色罩袍，樸素得正好。談到武者小路，久米正雄諸先生的事，同時給了我新年號的《藝文雜誌》，特別翻出我的文字來，告訴我已經發表了，大約很明白作稿人的心理，無論何時均以先睹自己的作品為快罷？所以才首先指給我那不成氣候的東西。我順便報告了南中一切，有許多事是先生素所關心的，聽了似很感興趣。又談到買書的事，南京書價使先生大吃一驚，實則北平也不小了。但近來杭州的書店常可以買到零星而少見的東西，價亦不貴，戰後殊為難得。這時適有他客來訪，辭出，第二次去乃是舊曆的正月初二，和杜南星兄一同去的，南星說他有二年不到苦雨齋了，他也是一位奇人，天才的詩家，有回胡蘭成先生同我說，只要能寫出南星在文學集刊所作的〈流水外二章〉那樣的詩一兩首就很知足了，可以證明此公被人傾倒的程度。這回苦雨齋可真熱鬧，恰合高朋滿座一句話，大約都是為賀年而來的，玩弄著小型旱煙管的趙憩之兄，說話總是那麼風趣；還有徐祖正先生，比去年春天在南京會面時似稍胖了，後來啟无兄同詞曲家鄭英伯先生也來了，人太多，椅子不足，我們遂提前告辭。這樣直到我起身回來，沒有功夫再去一見，說來很為歉疚。

啟无兄的家比苦雨齋更其寂靜偏僻。去訪他是晚上，我的車夫地理不熟，過去北池子便一路打聽，虧了北平人有幫助別人的熱忱，每次總是往北、往西、小廟後面，過橋，⋯⋯一大串的解釋著，反而詳細得令人糊塗。走來走去，果然發現了橋和廟，我記起西板橋這個地名來了，馬幼漁先生不是住在這裡嗎？剛才路盡頭那個聲勢頗豪富的院落，有幾位如虎的僕人站在門房外的，不是先生的故居嗎？修理一新，裡面也增加了花木，而且建築了回廊什麼的，燈燭輝煌，氣象千萬，盛衰之感，不由得又是一聲喟歎，後來才知道這兒改作「住友洋行」了。在想時，車已過橋，小巷無燈，昏黑莫辨，車夫很謹慎的劃了火柴，照著門牌上的字，經過兩次轉折，竟碰對了，是南北向的胡同，在口外可以望見北海的白塔，的確是一個詩人理想的家，閒步庵蓋可以天天閒步而不會厭煩也。啟无的書室很寬大，藏書甚多而整齊，在我所見到的友人中，要算最可觀了。我吃著芝麻糖和甜杏仁，聽啟无講這房子的歷史，一個老年的太監是主人，並告訴我這一帶的房子，並不都是寺人的產業，我要能住在這裡，聽他們說說開天遺事，是如何幸運呢！即此區區，北京已比其他城市Poetic得多了。從啟无家走出來，夜已極深，走在神武門沿御河一帶路上，大高殿「孔綏皇祚」的牌坊好像又新加丹腹了，景山的影子在星空中矗立著，人世幾回傷往事，而這些閱歷興亡的遺跡，還在那裡獨對殘照，愁怨西風呢！

　　尤炳圻兄是篤厚君子，最近才知道原來還是我在大學時的同班，好像是半年之後就轉到清華去了。矮矮的身材，胖胖的面孔，我到苦茶庵後不久就來找我，並約我到他家去吃飯，我是簡質的人，毫不客氣地去了，房子是西式的，在故都很不多睹，外面幾竿翠竹，凌雪青蔥，格外可愛。藏書也很富，尤其是日本書籍，無如我是連假名也認不周全的，故說不出其輪廓。同座有周豐一兄，和傅惜華先生等，豐一去年見過，惜華先生則正是渴慕的人，深沉和藹，典型的學者。我讀《正倉院考古記》，極感趣味，很希望傅先生擴大範圍，多講一點這樣的事，中國人忘掉祖先的太多，似亦可以稍增其自信心也。尤兄

一、二日內就要南行，我未在南京盡招待之責，反而在北平受了招待，人事無常，何可逆料。尤巧者，我回南京之後，尤兄尚未北返，忽然他又來找我，並告訴我柳雨生兄在是日北去，連次打電話給我均未叫通云云，一似尤公專門有益於我，而我卻不能替他服務，感激之外，不免歉然，何況又贈我以金屬民先生刻的印章，和彩印了白石翁法繪的月曆呢。他走了，我祝福這篤厚的朋友。

在舊京到處皆是可敬佩的學者，每一個學者都有可愛的、樸實的家，如謝剛主兄，房子既幽靜深邃，書籍更插架琳琅。我也是晚上去的，上弦月色正好，小水車胡同已極近西城根，我從先在北平的住所亦鄰近此處，知堂先生曾說，西城比東城特別安靜，讀書似較合適，這是體驗的話，我個人對於東城的印象就不及西城好，也許是各有所蔽，但直覺的觀念是不可抹殺的。剛主好遊，去年在京，曾盤桓數日，我很希望他春天再到南京來一次，看看孝陵的梅花。在謝宅見到瞿兌之先生，剛主太太作的一手好菜，吃畢飯談起來，才想到就是段無染君的令姊，蕭縣世家，我和無染在京，差不多是朝夕謀面的。兌之先生談風甚健，很願介我見徐一士先生，老同學牛文青君原與一士先生在中國大詞典編纂處同事，早就約我見徐公，我更是天天想要見這位仰止已久的老前輩，且我臨走的前一天，兌之先生還專函約去吃飯，徐先生當然可以乘機相會了，無如我的忙碌簡直顧不到學問上的事，竟抽不出片暇到詞典編纂處一行，而瞿翁之約，又為行期所迫，不能不辭謝，至今想來，誠屬此行最大缺憾，還希望兌之先生和徐先生原諒我。剛主正在計畫寫他的偉著《叢書考》，這種著述也只有像剛主那樣細心的人，住在文獻中心的北平市才可著手，戴甲滿天地，許久看不見一本像樣子的書，盼此作早日殺青，使我們這些儉腹的人飽餐一頓。剛主和我談到生活問題，相與咨嗟久之，給我看了兩種從廠甸買來的舊書，還有兩種是歲暮在廠肆購得的，上繫長跋，頗多感慨，但像剛主這樣，能夠枕圖葄史，尚有餘資可以閱廠寄情，已是文化人中最幸運的了。是晚同席的有趙憩之、劉植源和啟无諸兄，談笑

風生，至今如在目前。謝五知先生要辦一種像《古今》相同作風的雜誌，定名《逸風》，託剛主轉囑寫稿，我想這刊物在北平一定可以獨樹一幟，惜我尚未得暇握筆。

在異鄉單身度歲，還是第一次。從前在北平過年，好歹有個家。除夕前夜，一人獨坐寓舍，想南中此時，不知正作何狀，翻翻買來的幾冊破書，一點也沒有情緒，寫了一封家信，上床頹然入睡，不想在平常最懷念的第二故鄉，卻作了分離之夢。年的味道雖不如前，但北平終於保持著舊時的況味，賣財神爺的沿門叫喚，賣松柏枝的也滿街都是，這全是使離人瞿然一驚的，杜審言詩：「獨有宦遊人，偏驚物候新」，正此意耳。除夕元旦，還可聽到歷亂的爆竹聲，在老友李抒純兄家裡度除夕，李兄對我招待得太周到，我差不多把他那裡看做老家的，因為他恰是我的近同鄉。南星兄也找我去過年，天正降雪，他住東城，但其寧靜也不減於八道灣水車胡同等，和他整四年不見，小孩已經四歲，杜詩所謂兒女忽成行，詩人也垂垂老矣，且生活正慢慢逼走靈感，這年頭兒，什麼話也不必講了！他的小孩很可愛，會講英語，望著我這陌生人不免有些詫怪。他一面教讀，一面主持著《文學集刊》的編務，我答應寫一篇隨筆，動手了二千字，尚未完卷就跑到北平來，還不知何時可以交卷！南星乃真是詩人，如前所云，不是這樣時代，他是不會關心到許多與詩無關的事的。他找出PH自花溪寄來的信，也有提到我的話，說起這位朋友，我心中便有寫不出的空虛，前幾天我看他的父親，七十歲而尚為生活奔走，也是把花溪的信從口袋裡掏出來給我看，這差不多是從前我一見到他時必有的舉動，信上寫著在花溪夢見了我，已經有四個孩子，實則我並未增加一個孩子，而他卻由未結婚變成兩個孩子的父親了。PH乃是我和南星以及任何認識他的人們的懷念對象，自他走後，我們不知寫了多少文字寄懷，南星更作了不少詩篇，然而花溪遠在天涯，又怎麼可以看見呢，「寄書長不達，況乃未休兵！」我黯然，南星更黯然了。

　　到東安市場買點東西，順便訪同文書店主人劉君，此店為松筠閣支店，新舊兼收。劉君奔走平京滬杭各埠，人極幹練，我在北平買書，差不多完全託他。書價雖漲，我們還是對於書商頂有好感，因為按照上漲的比例說，書籍要算最少之故。劉君告訴我北平正禁止圖書外運，書業因此頗感不便，這事文載道兄曾寫信給我發牢騷，但也不怪政府當局，因為去年夏天南北紙價懸殊，敏銳的商人就將北方的書籍當作廢紙掃數運到上海，始而是郵寄，繼而是包了車皮，成噸的走起來，試想北平能有多少書禁得這樣糟蹋呢？則其被禁，責任還是要商人自己負了。我在市場的書攤巡禮一番，也看不見什麼好的書，而且價錢奇貴，《支那名畫寶鑒》索價聯銀九百元，商務版的《燕京勝跡》亦在千元左右，連《故都文物略》都要百元，陳宗蕃的《燕都叢考》三小冊非十二元不賣，講了半天也未買成，後來在一小攤上看到一本《光社年鑒》，是劉半農先生題字送給馬幼漁先生的，非常感到有趣，以五元錢的代價買下來，翻出看看，照相是無所謂，有好些幀乃是孔德學校的學生，面孔還有點熟識，這是我消磨了四年教學光陰的所在，其興味又非劉先生題字所可及，故深為喜悅，除夕無聊，曾寫一長跋在扉頁，臨行時把他丟在北中，也記不起來了。又用五元錢買一大疊孫師鄭自用的詩史閣稿紙，這位先生毀譽甚不一致，然而總是可紀念的前輩，且紙質也好，印的格子不俗氣，現在自己去印不來的。市場這個地方很奇妙，自開辦以來幾已六十年，老是那麼堂皇富麗，就是城郭人民如何變遷，好像他也不曾受到影響，從前是擺攤的人，都會講幾句英語，美國兵，英國兵，安南兵，義國兵，經常作那些賣假古董的主顧；如今呢，似乎店員都會講日語了，我正看見一位夥友向顧客結結巴巴的說著。有幾種東西，似乎沒有賣的了，如江西瓷器，福建漆器，照相用具等。上海的刊物，占著相當重要的地位，《古今》是老牌，他如《天地》、《天下》、《大眾》、《萬象》、《雜誌》等，無一不備，唯價錢太貴，在北平出版的刊物如國民雜誌之類，其價格不過一元，而古今卻須五元光景，在普及的程度上，自

然相去遠矣。不過由事實證明,刊物賣得太賤,也不見得對於讀者有好處,因為聽說有人大批的包了去,賣給廢紙商了,文化云云,今日正復難言。

我寓所外面就是廠甸,日子又是正月,多麼好的機會,我親眼看見席棚搭起來了,書攤子都用紅紙簽條預占了地位,而我一直到第四五天才有閒去看看,沒有遇見什麼有意思的書,更沒有可以一談的人,只見到張少元先生在那裡彳亍而行,張先生是我的舊老師,收藏韻書很有名,也向我歎息著失望,又嗟訝著書價的昂貴,我看見一部石印的《粵雅堂叢書》索價五百,《大清畿輔先哲傳》索二百,都是很嚇人的。勉強花六塊錢買一部《桂林梁貞端公遺書》,因記得《感劬山房日記》有些可作史料的;梁氏也算得狷介,其文字頗闒瑣,但懇摯動人,《別竹辭花記》寫得最好,有一段好像說愛聽夏日中午的賣菱角聲,可以引人入夢,與我的感覺完全一致,我也曾將此事寫入文字的。除此書外,我可謂一無所得,滿目所見,儘是些破爛不整的經卷,勸善和宣傳的印刷物,零星的雜誌畫報等等。想買一部東沙驛程記,那裡有許多記家鄉景物的文字,議價未協,終不顧而去;買書和心情大有關係,若是閒暇無事,沒有什麼牽掛,或者雖窮也要努力一二,我在當時,心裡正亂如紛絲,即使看見自己寤寐以求的東西,似亦不足珍貴,一身以外無餘物,老覺著在北平一天,便泛若不繫之舟,境隨心造,於是連北平的美麗,也不免大為減色了。

閱廠是風雅的事,往日士大夫,不必說了,事變以前,大學教授還是廠肆的好顧客,此刻大學教授連苜蓿都不能飽,還談得到什麼買書,於是書籍也成了商人囤積的對象,越是時髦的古書,愈是有人搜羅,他們不是為了應用,而是為了易得善價。年前如越縵堂日記,已有五千元的行市,到北平說給書賈,大家爭說不貴,因為北平早已逾千了!越縵在當年,有時連幾兩銀子的花費都仰屋興嗟,不意死後日記貴至如此!文人豈可不作日記乎?一日我踱到富晉書社,看看插架諸品,殊少可購之件,問問什麼書都是斷檔,連《愙齋集古錄》這

種書全沒有貨，然則故都的文獻，其貧乏亦相當可觀了。商務印書館
只仗著辭源辭典之類賣了錢支持日用，苟延殘喘，狼狽可憐，像開明
等，早已關門大吉，有的書店原址，已改為土藥店，洋貨店等，更屬
啼笑皆非。我曾於清晨自廠西門走至楊梅竹斜街，憑弔那些老店，尤
其是許多可以懷念的名人榜書，佇立觀玩，徘徊不能去，許多掃街夫
都看我可笑，我記得的人物如李文田，陳孚恩，李鴻藻，李鴻章，費
屺懷，陸鳳石等，皆有吉光片羽，寫得最多的是朱益藩，鄭孝胥，姚
芒父等等，朱的字雅麗而沉著，尤可愛玩。我想似此意境，大約也只
有北平可以享受罷？

　　生活的擔負這般重，我們還在講風雅，恐又蹈於罪孽深重之嫌，
可是不說又怎麼樣呢？西單和東單電車站上的叫化子，追出一里地來
討一角錢，說是：「您可憐可憐，我買一個豆腐渣吃罷！」連窩頭都
不敢提起，可見窩頭也算得著侈品了。又隨地都看見老太婆和小孩子
在叫賣著配給紙煙，沒包皮，只有一層伶仃的油紙，「煙捲來，北海
的，天壇的，一毛錢一支。」這些牌子既不為我們所熟悉，這現象尤
為南方所無有，南方的配給煙早有人成總的薹了去變成囤積品了，人
情之不同，豈非又一例乎？在南京和上海，教書似已公認為低能的
事，大學的課程，百計拉人而無有，理由很簡單，錢既少又呆板，而
在北平，則雖不能維持生活仍然非常擁擠，人才過剩呢？頭腦不能如
上海人士之銳敏呢？我也不能立刻答覆。不過我想留在北平的朋友
們，何妨也「變則通」一下，至少到上海南京，教書是絕對沒有問題
的呀。

　　我原想在北平停留十天，不想人事牽纏，一下延遲了月餘，天
天在為許多不能清理的事焦急，每日總要夜深兩點才入睡，看書幾
為不可能，勉強讀了兩薄冊的《清代野記》，還有三分之一是在歸
途火車上看的。易宗夔《新世說》也借到一部，未能讀畢，因離京
先為歸還。二月五日，決定南來，計算起來，恰恰三十日。大雪甫
過，天氣寒濕，多謝幾位友人，送我上車，不意自是日起，月臺票停

賣，有一位朋友答應送給我路上吃的點心和水果的，我到車站後，並未遇見，後來接到他的信，在站上等了許久，才失望而回，不免更是抱憾。車上擁擠的情形，一言難盡，我是既沒的吃，又沒的喝，車上水汀奇熱，汗液分泌過多，對水更感需要，幸而過天津時，老友李靈甫送給我十幾個梨子，一路全仗它不至乾死，大旱雲霓，不啻甘霖。車出永定門，遙望夕照寺和天壇，既留戀又迷茫，想不出此行之所以然；自北平至德州，沿途無食品可買，只有「甘栗」生梨，我好幾回要到飯車上去，都因經過的車太多，人太擠而中道折回。只好嚼著梨子，以息饑焰。到德縣天已昏黑，才買到一隻雞十個燒餅，打發一頓晚餐。我雖買了頭等票而沒有寢台票，車上又無專用頭等車，我們所坐的就是寢台，再三和車僅通融，不得允許，車將抵濟南，把我們都趕出來，他們要料理寢床，而實際上床位並未全部售出，我氣得坐在一邊，向他們說：「你無論如何坐的地方總是要替我設法的吧！」後來一個傢伙來了，問我要不要寢台，聯券百元，我想這竹槓未免太厲害，實所不甘，遂毅然拒絕，他也沒有辦法，只好將我安置在另一間空房裡，和一位去上海的某君，我們納頭便睡，倒也同樣享受了寢台的待遇。天明車抵徐州，心中甚爽，沿線雪甚大，直到滁縣猶然。滁縣附近，水流草長，大有春意，且景物亦有江南之風，無怪文忠公對此地頗為眷戀。到浦口下午五時，誤時兩點許，在近日各班客車中，算是最準確的一次，我們都在慶幸著運氣不錯。

　　一下車始知南京物價比去時大不相同，不免令人有隔世之歎！我搭了馬車，直到六點多才攬足坐客，遲遲開行，城門檢查，入城又像設卡抽釐一般的分段檢查了。

　　「柴門鳥雀噪，歸客千里至」，我又在家中溫暖的燈火下了，謝謝上帝的保佑。

二月二十四日，燈下

（原載《古今》，1944年4月1日第四十三、四十四合刊）

懷舊

嘉會難再遇，三載為千秋，臨河濯長纓，念子悵悠悠。

──蘇李贈答詩

青年人是不大喜歡懷舊的，因為自己正過著可懷的歲月。三十歲以上的人，在中國社會，大約所經憂患已經相當的多，尤其在這樣炮火滔天的世界，一個人所懷念的過去既不可追回，即遠人亦不敢保其平安與否，於是念舊之懷，愈不可止了。

我的朋友離開我與戰爭一樣久了，音書更日益稀闊。每到秋雨時，我必作一篇文章以寄我的夢。兩年前，他的母親在一座風沙的古城，因懷念萬里天南的兒子而死去了，我在削面的寒風中葬這老人於荒涼寺院的一隅。我想，兒子為憑弔母親的塚墓，也許會歸來，曾將一篇紀念的文字託在作妹妹的家書裡寄出去，可是山川與人事的阻礙，終於成了泡幻，直到我從風沙之城來到多雨的江南，朋友仍然滯留在蠻煙瘴雨的黔川邊境。

夜眠聽雨，使我不禁沉於往事的深淵，那是多麼好的歲時，春天有紫丁香而夏日有茉莉，秋天我活躍於鄉村田野晴空之下捕蝗蟲，冬天則有溫暖的爐火，供我們在六個人一間的宿舍裡烘焦那從飯廳偷來的麵包。我今天又有機會同許多十五歲上下的青年朋友在一起，我看到他們無邪的踢皮球，打秋千，排了隊到飯廳去吃飯，更把那偷工夫不上自習，倒在房裡看爐火的光照在屋頂上的往境牽連起來。

不知怎麼就和H熟起來了，我們原是相距著三班，也就是我要比他高三個年級的。那時，上下班的界限很嚴，除非上班要借機會和下班同學開玩笑是很少往來的，而普通男學校都有同性相慕戀的現象，

在我們學校鬧得尤其凶。H又是一位年紀頂小的弟弟，他的活潑天真是很討人歡喜的，每當我從他的寢室前經過時，他一定要打招呼。有一天，他送我一本《商務印書館三十周年紀念冊》，那是個精緻的小冊子。他很頑皮的在上面畫了一張我的漫畫像，因為我的腳特別大，他便將這一部分強調起來，使別人一看就知道是我。於是我將他帶到我的寢室來，我同寢室的同學都是比較老實的，他們見了這位全校喜歡的小弟弟忽然走進屋子，都非常詫異。可是從這時候起，H每天晚上一下自習，必要跑到我的房間來淘氣，有時拿出我的日記，不管不顧的翻著，甚至大聲朗誦的念著，我心裡雖然很不願意，對於這樣一個無邪的弟弟，又能講什麼呢？有時他會拉開棉被，困在我床上，直到熄燈鈴搖過，訓育先生來查宿舍了，我才喚醒他，偷偷摸摸走回去。

我們學校後面緊靠城牆，並有一間通風的閣子建在上面，我們很喜歡在飯後或晚上爬上去，看那遠處的燈火和冬日的野燒。在夏天，調皮的同學將身體蜷屈在臨風的窗洞上，使北來的涼風吹乾渾身的汗水，也有的拿了一本英文，在那兒念，但多半是因為閒談而忘記了讀書，甚至躺在一旁睡著也說不定。一個春天的中午，午飯時我從飯桌上一眼望見H正興高采烈地邊吃邊談，一看見我，立刻打住了談話，用拿筷子的手向外面揮一揮，似乎作了個記號。我吃過飯在外面等他，問是什麼事，他才告訴我說，吃完飯大家登城去玩。原來城牆因為年歲老了，裡面的磚早已剝落，只剩一層土皮，所以隨處都被我們踩成小徑，有的比較平坦而迂徐，有的則峭陡而直捷。年青人總是歡喜大膽而直捷的，於是我們老是選擇後面一條路。實在到了城上又有什麼可談呢，我是鄉下人，他是城內人，無非將許多鄉下人特有的常識講給他聽，什麼秋天怎樣燒花生米呀，怎麼樣用野火烤玉蜀黍呀，怎麼樣捉蟋蟀和紡織娘呀之類，而他呢，則告訴我哪一個同學有什麼綽號等等。城牆的殘存雉堞往往成為我們試驗膽量的工具，每個人從這只有一步寬而下臨無地的窄徑上走來走去，有時需要將兩臂左右伸

開以保持平衡，比賽大家的次數與速度，最奇的是竟沒有一回或一個人失神墜下。

這時我已經稱他為H弟了，有時直呼他為小H，因他實在小。晚上他來困一覺，中午以揮手為號而到城頭賽膽量，幾乎成為日常的功課，好像只要有一天發生變化，心裡就不高興似的，日記上一定特別寫明：「小H一日未來。」H和W君本是小友，W君是他們本班有名的漂亮面孔，年歲很輕，他有一個同他長得一樣的孿生弟弟在上一年級讀書，弟兄兩個差不多是全校注目的人物，只須多看一眼就會有人起哄的。H本是被動的同W要好，因為常常跑來我的房間的緣故，W竟大不高興了。W本來對我很好的，因為他的姨兄與我是同班且是好朋友。H叫W為C哥，叫我作S哥。某日我在操場遇見W，同他打招呼，他竟不理我，我向H問理由，H說：「大約因為我常到你這裡來罷！其實這有什麼關係呢！」然而W與H的稚年天真的交誼終於因此而不再繼續。W是個天才的音樂家，後來中學卒業後，因婚姻不滿意，患了肺病兼腦病，不久就抱了他最喜歡的梵啞鈴走入墳墓裡。到今日我想起那樣一位丰儀翩翩的少年還可以流下一泡眼淚。

那時候的朋友竟弄成戀愛一樣了。

很不幸我祖父在這時病得沉重，家裡派人來接我回去。那是個雨天。北方的晚春還不暖，晚上穿了單衫有些涼意。H見我精神很壞，連自習都沒上，陪我在房裡坐。這時只有沉默的對坐而已，大家都講不出什麼話來。睡覺鈴搖過了，熄燈鈴搖過了，同屋都已睡倒，滿院子只有雨聲淅瀝，我們握了手在黑暗中對望著。後來，我因為時間太遲了，怕第二天不能早起，不住催促他走，他才踏了泥水出去。路燈的光照得院中積潦閃著金蛇，我送他出去直到他的宿舍前，他還握了我手問：

「S哥，你還回不回來？大約一個星期就回來了吧！」

「一定，我家裡又沒什麼事。」

他回顧了兩三次才走進房裡去，我不知為什麼，像失掉一件可貴的東西似的，胡亂走回來，好像一夜沒有睡好。

這件事到現在仍為記憶中最清楚的一幕。

我很快的從家裡又到學校。大考來了，隨著北伐軍也來了，這一內地城市充滿了為年青人不甚瞭解而又很欣喜的事，標語、口號、傳單，漸漸變為常識，而我在這樣熱鬧紛複的環境中返歸我那純樸簡單的家鄉。鄉下人只知道城裡又換了旗子，卻不懂什麼是革命，更不曉得什麼是黨部。我和H繼續著每星期至少一次的通信，我家離最近的郵寄代辦所有十里路，必須「集日」才有人到鎮上去，收信發信就都得等機會。我常一個人站在村外大路上，一遇見熟人，就紅了臉託人家帶信。有時父親到鎮上去，回來必帶了H的信。父親是民國初年的學校畢業生，看見這種滿紙不成字樣且又沒有「××仁兄足下，別來念甚……」或「一別芝宇，兩易蟾圓」的秋水軒式套子的信，就很不高興，常發牢騷說這種文章不成話，且有時說：「你的朋友都是這樣嗎？這簡直是孩子氣！」其實，我們彼此所喜愛的，正是這「孩子氣」呢。

真是小孩子，H的父親因為他的字寫的不成樣，珠算也不會，便強送他到城內「大關廟」一位老秀才那兒念私塾，每天要寫大小字共十篇，他將這種寫字的成績陸續寄給我，實在看不出什麼進步。在如今，如果一個已經進了中學三年級的學生，再讓他同老秀才去補習，一定是不可能的事，可是，H竟肯犧牲了自己的志趣，以滿足堂上的期望，他這個人在這一點我覺得是最可佩服的。後來他到了大學，沒有一個同學和工友，不同他相熟，也沒有一個人不說他和藹可親，於是他建設了廣大的社交基礎，這都是「捨己從人」這一美點擴大的結果，這點實在是今日一般只知有己不知有人的年青人所應效法的。

在兵戈擾亂、革命與反革命交哄中我畢業了。當秋天開學時，我第一次看見H，幾乎不能認得，他人比較高了，且將長髮剃去。似是方振武的兵隊駐在那裡吧，政治部大操場演戲，他抱著妹妹敬子去玩耍，因為我們學校被某一部分革命軍占作軍官講習所，除我們這一班就要畢業的學生召集入學以外，其他各班都緩期開學。H雖然家住在

本城，可是我一次也未去過，所以便沒有去找他；雖然心裡很想去。這一天在操場見面並沒有講什麼，大有「語多欲寄反無書」的意味。時代的激變，使每個青年心裡都有了新的感觸，我開始看《青年之路》、《三民主義之理論的體系》這些書籍，可是H還是一天到晚頑皮，我常去說他，他便向我說：「S哥變了，我不明白念這些東西有什麼用！」雖然如此，他卻偷偷在學演戲，有幾次黨部裡排演新戲，他都派作很重要的角色，這在我是覺得沒什麼道理的，也有時去干涉他，因此，我們的關係竟弄得比以先疏遠起來。

究竟我自己得到的是什麼呢？只看見一些平時行為最卑劣的同學都當了什麼執委了，新的土豪劣紳比舊的有更幼稚的榨取方法。於是我因失望而生活散漫起來，有時一星期中飯廳看不到我的影子，靠學校西面的餅店成了每日必到之處，我開始學吃酒，開始跑到北京去亂花錢，H弟常三四天不見面。那是一個彤雲密佈的雪夜，畢業考快完了，我正含淚在完成作文「六年回顧談」，H弟來了，他進門一聲不響，倒在床上就哭，我自己也莫明其妙的哭了。這樣，度過我們可紀念的別離之夜。

大雪紛揚中我登上早八點開走的汽車，學校對畢業生是無所戀戀的，因為照例學生一到畢業年限總會給學校若干壞印象。H他們正上著紀念周，傾聽黨務和政治的報告，我們幾位同鄉，踽踽涼涼的自己抬著行李走出去，連送行的都沒一個，我向大課堂閃了最後一眼便永遠離開這一住六年的大房子了。回到家鄉不到三天，收到H的信，今日還彷彿想得出——

S哥：

你早晨走的時候，我從窗子裡望見你用帽子遮了臉，我想出去送你，可是辦不到，上紀念周是連大小便都不許的，當然不能出去。我回到宿舍又偷哭一次，他們大家都和我開玩笑，……我第二天去找C姐，告訴她你走了，她還假裝不知道，我想你不會不告訴她的。……

C現在已是我的小孩子的母親，那時我們還沒結婚；別後寒假中，我和H的通信，差不多又恢復了從前的友誼。畢業同學大家都乘了革命的機會作小官吏去了。只有我和其他少數人過著教書的生活。半年之中，從荒僻的S縣而T縣而北京，元宵節後我在父母的諄囑中坐騾車走出鄉里，暑假時卻想不到會在北京作事而乘機考了大學，同時，H也在故都重新聚首。

　　從十八年到二十九年我十足在北京住了十二年。H民二十一年暑假畢業，考北京大學沒有錄取，非常生氣的用功起來。他的聰明本是驚人的。二十二年便考入清華。此四五年間，沒有一個星期不到我的家裡來幾次，他叫我的孩子作「乾兒子」。他自己不到二十歲卻老愛充老子，頑皮如故，天真如故。他會將乾兒子一帶出去就半日不回家，他會向我和C姐要種種我們向來不預備的食品。大約每次到我們家，都是一進門就倒在床上，把兩腳泥都踢在我新洗過的床單上。他抱怨我家庭的凌亂，他說：「我絕不像你一般，馬馬虎虎就有了家，這樣簡直沒意思。」然他這時實在偷偷愛上一個女孩子，她是中學的某同學的妹妹。不幸她患病死了。他在落葉滿地的時候送一口黑漆棺材回荒涼的鄉下，並在某報紙的副刊上作了很哀惋的文字紀念她。

　　為了我的婚後生活不好與他愛人死去的刺激，他雖在極年青的歲數卻已有四十開外的人的感觸。憑他的漂亮與聰明，他至少是會有一個理想的女朋友的，但是他竟沒有，許多追逐他的異性都被他遊戲人間的態度給冷落回去。

　　我大學畢業後曾流浪到一個塞外古城去教書。那裡的質實風土，與一群熱情洋溢的青年人面孔，到今日還活躍在我心頭。H這時漸漸感受到人生的真味了，因為他已畢業，且不能找到適當的機會。後來，不得已，又入了本校的研究院。七十歲老父的辛苦生活使他知道吃飯問題的鞭策，弟弟妹妹的教育問題，無形中責任加到他的肩頭，素來寫信充滿天真趣味的，如今也有咨嗟歎息了，而國家的艱難也與家庭一樣，使每個人心頭都壓了一塊鉛。學生中更有種種不同色彩，

且各有勢力使他們貼標語以相罵，H是易感而神經質的人，當然更增加許多心事。二十六年暑假盧溝橋的炮聲已響了，我家正移進一幢比較好些的房子，有花，有草，有綠色陰陰的窗紗，他從城外給我信說：「你有一個比較好一點的家了，我願意在你家過整個的暑假，傾述我幾年來的積悶。」

於是，我們給他預備了屋子，給他預備了愛吃的糯米粥，給他預備了冰的西瓜和汽水。那時，故都人們有著他處想不到的鎮定，許多人一邊在門外乘涼一邊在數著彰儀門的炮聲，好像並不算一回事。某晚，H從城外回來，特地到我們家晚飯，他是來送詩人HT放洋赴英國的。在星光下大家吃夜飯，有冰冷了的粽子，他頂高興，拉了五歲的南南亂說，他說，不久就要搬到這裡來了，打算在這裡準備下學期投考留美的功課。

七月二十九日清晨，聽說城外情形不對，車夫們紛紛傳說著燕京和清華的謠言，我心裡十分忐忑，因H甫於前兩天出城。不想我們正為他焦灼的時候，他卻像鳥一般的飛進了院子，頭髮剪平了，一身破舊藍長衫。

他述說了學校的情形，匆匆走去了。

這一走去我到今天還沒有見到他。

七十歲的父親，六十歲的母親，只有拿了他的信作安慰，作母親的因為沒知識，更特別不放心，父親就常常作出含淚的笑容去騙她，明明兒子從上海而武漢而昆明而貴州已竟到了天涯海角，他卻說不過一天的路程。老太太一天到晚翹企著兒子回家娶媳婦，兒子卻在蠻煙瘴雨之鄉奔走不停，母親終於因為等不及盼不到而病死了，臨死的時候，只有呼出的氣息，全無吸入的氣息，眼睛瞪得很大，有人說：「你在等兒子吧？」點點頭，「不行了，坐飛機也趕不及了。」於是她停了呼吸，閉了眼。

我含淚送這老年人葬於某蕭寺的廢圃，我歎息於十七歲的弟弟的慟哭母親，我淒然於七十歲老人佝了背來支持一家的生活。

我來到了多雨的江南三年了，只見到他一次照像，二十九歲的人竟滿臉皺紋，中學時爬城牆的神氣一絲也看不見了。又由敬子來信中，知道他已竟和一個並不十分相愛的女孩子結婚，好像他的家也絕對不能滿足原來的欲望。而最為他隱痛的，則是一位在大學時很談得來的女友終於嫁給香島某富商，我想他所以馬馬虎虎弄一個「家」是與這大有關係的，這女友我已竟在古城看到，帶了有錢的丈夫，十分誇耀似的，向一般人俯視。最近差不多一年半，我絲毫得不到他的資訊。七十歲老人的生活，當如何的苦寂與沉重，一想到這裡，就忍不住自己的歎息。我的一家都在時時溫著舊夢，然而，夢的痕跡也怕要一天天淡了。

（原載《雨都集》，上海太平書局1944年4月初版）

夕照

外面又有簾纖雨，雖遠在江南，而朋友卻與我相去三千里。

浮雲向南流，我心隨他到花溪了。花溪人卻翹首向北，與南風一同揮著思親之淚。

三年日子不算長，可也不算短。而母親失去了兒子，兒子更永遠失去了母親。在淒涼夕照寺後面亂塚叢中的母親，聽到北寧路火車轆轆由永定門進城，不想要起來覘覘有沒有自己的兒子嗎？我從以眼淚送這可憐的老人安息到秋風敗葉叢中以後，卻又連番有機會使我由行旅的車中探頭看望那一片迷離的叢塚，而每次都幻起一個慈祥的面孔，五十多歲，有明朗的談笑如他的兒女；和一個六十多歲的瘦瘦老人，按著舊風帽拿起藤杖一傴一傴地走上淒然的道路的影子來。

二十八年歲尾在離故鄉六百里某城鎮忽得妻手書，說好友哲的太太死了，只有三十多歲，遺下三個兒女，停靈在鐵山寺，我為人事的無常呆住了，哲那麼厚樸的人也會有此遭際，這一天覺也睡得不好。但剛過了一夜，次日下午家裡又寄來一封貼著紅簽條的「平快」信！

「Ｔ伯母於昨夜在中央醫院病故了，敬和忠都還是小孩子，葉卻在萬里外，淒慘之極。Ｔ伯伯張羅一切，我們只能幫著流淚。這幾天不曉得為什麼專出這一類的事，聽說也是要停在鐵山寺的。大約一共停七天發引，你如考試完畢，請趕快回家，Ｔ伯伯說同你還能說說心裡的事，所以極盼見你。Ｔ伯母臨終時，我在面前，氣息只剩下一絲，但卻不斷，眼睛也不肯閉上。是葉的一位堂嬸吧，說：『您等著葉呀，他遠得很呢，坐飛機也趕不及了，您先走吧。』於是就閉目了，我的淚像水一般灑下來。……」這是妻的信。

「T奶奶死了，我和媽媽到中央醫院，我七叔拿棉花沾了油，往奶奶眼上抹，奶奶的眼就睜不開了。後來棺材就蓋上了，六姑和爺爺就哭我也跟著哭。」這是七歲的楠楠天真的話。

我把信反覆看了幾次，悲酸使我倒在床上掩泣了，這幾天晚上月亮好，老有許多夢，想寫一首懷人的詩，只寫出「落月一窗千里夢」一句，怎麼也對不上來，沒有想到萬里之外有人失去了母親，更想不到這樣一個爽朗明快的母親會因想念兒子而永遠拋棄了兒子。我替作兒子的垂淚，我更替母親抱恨，我想起大忠和敬子的樣子來了。（七叔和六姑）

自朋友萬里投荒以後，母親始終不知道和兒子的正確距離；作父親的不但把家事的擔子整個擔在七十歲的雙肩上，且更要含淚想種種謊話騙盡夜思量的母親。航空信件都要以兩個星期的日程才到的地方，老人只告訴母親說是不過三百里吧，就在保定府的南邊。有時甚且說：「你瞎想他，他不想你。將來還許帶了媳婦兒一同回來呢。」老人的意思本想用相反計使母親心寒而淡漠下去，卻不想反而惹起作母親的另一番心事：兒子今年快三十了，還不討媳婦，這可算什麼。於是東也打聽某姑娘，西也打聽某小姐，或者連住房怎麼分配都要想一想的。老人看了既焦急又傷懷，可是表面上還要支持。我在放寒暑假時總要到老人那裡去兩次，「咳，我倒不理會，在哪兒不是一樣？你大嬸不行，死心眼，不是，這兩天又張羅著給說媳婦兒呢？你說這媳婦可怎麼說法？這種腦筋我真沒辦法，身體又不好，嗳，我只好瞞著掖著的說吧。還有小忠，也叫人操心，這孩子竟會花錢，總不長心，這半年又花了二百多。功課三門不及格，你大嬸還老要慣著他。──我找人給他算命了，這孩子非到十九歲心眼不能明白，我倒要看看他到十九歲怎麼樣。他照他哥哥差遠了，你們從小就同學，你總知道呀！可是他是個奔波命，我也給他算了，說他一過二十五就得奔波，你看可不是嗎？要不是跑到花溪，也怕要上美國了，怕比這個還要遠呢。」老人說話永遠是滔滔不斷的而又不許中間插入問題或其他的

話。有好幾次都是說完後就從貼身的衣袋裡摸出花溪的來信讓我看，說這是葉最近來的，又說：「這鋼筆字真不好認，我都看不懂，所以近來他也不大給我寫長信了，一切事都在給敬子的信裡說。」這信我多半是讀不好的，一則因為太長，二則因為老人在讀信時，仍不斷講著家務，於是我便把信折好，交給正在吸著葉子煙的老人，很小心地把他放進貼身衣袋，而我則另外說幾句不著邊際的話作為安慰，然後拖著一顆悵惘的心跑回來。

二十七年寒假忽然聽敬子說：母親病得很凶，有一個星期不曾大便，彷彿是祭灶那一天夜裡，忽然要大便，剛剛坐上馬桶就昏暈了，一直有三個鐘頭才醒過來，連壽衣都準備好了；幸而請了位姓蔣的大夫看過，據說溫濕過重，還不要緊，現在已能吃稀飯了。我在正月裡一天去看，自葉的家移到這裡我還是第一次去呢，因為我怕老太太見了我想起兒子傷心，所以若想見見老人，總是到老人的書店裡去。記得若干年前我到葉家，大忠還在塗了白臉穿破靴子唱女起解的崇公道，而如今他則已成為老人心裡愁苦的對象之一。我步入那狹窄的院落，剛好大忠在家，領我到病人住的上房，那位母親實在憔悴得使我不敢認了，蓬亂的頭髮下一張黑黃的臉，正在圍了棉被喝稀飯。

「他大哥看我這樣子多難看，差一點沒有見不著你呀！——放心，現在好啦，那七天不大便，我可真害怕了。我死了不要緊，你看葉連媳婦還沒娶，吶，昨天又來信了，說非得二十九歲方定親呢，也好，讓他自己定去吧。梔姐和小楠都好哇，你不在家，家裡只有他們娘兒倆，過日子也不容易呀——。」

聲音可還是那樣爽朗而讓人回憶。只是精神真不行了。我照例勸慰了幾句話又說了妻不能常來看看的緣故，就跑出來，大忠送我出門我付給他三塊錢零花，同時心裡想到新年中的葉，不禁格外淒然。不久就開學了，模式的生活使我放棄了思遠之情。

二十八年暑假作母親的居然又穿起湖色直羅長衫走起親戚來，我們都喜歡，也替萬里外的葉喜歡。葉實在不是適於發愁的人，他好像

應當永遠過爽快而明朗的日子才和諧，因為他是那樣永遠不會陰暗的Type，倒是很與作母親的相似呢。二十六年夏秋他徒步奔馳在齊魯的路上南行，還有心緒娓娓的講路上風景給敬子聽，我佩服他毅力與生命力，若我則恐怕坐車坐船也悶煞了，那一天晚上天氣相當熱，我聽見敬子的聲音在叫門，穿了短褲與背心外出一看卻還有車子與母親，老太太今天打扮得像中年人，除去嫩湖色羅衫之外，還梳了整齊的髮髻和一朵淡淡的花，我們又聽見那鈴聲一般的笑了，說著自己的身體瘦了，穿起從先的衣服真不合體，「你們看，這多肥，幸而是老婆子，年青人一定不肯穿」。她立起身來把過肥的衫子扯著給我們看，我們都樂了。恰好家裡有香蕉，於是她吃了四支香蕉，因為已經是晚上，離宜外的家還很遠，敬子就催著作母親的趕快回去。

可是留給我的就是這湖色羅衫的影子，等寒假再回來已竟變作鐵山寺的黑色棺材了。

寒風中我歸來第一件事就是到鐵山寺去參加接三，我們同行四個人從千里外趁夜車在一小旅店凍了半夜已享盡了淒冷，卻不想回到家中有更淒冷的遭逢與心情。一進家門妻便說：「你回來了，T伯伯正盼你盼得不得了，我從那天在醫院中幫著成殮以後還沒有去，楠楠不放假，家中只有我自己。我真替T伯父難受，家裡兩個孩子，衣衾棺槨車人馬夫還得自己去料理，七十歲的人那裡吃得住，成殮那天我們只曉得人在中央醫院病著，卻想不到會突然發生變化。下午一點鐘老爺子親自來了，我很驚訝，進門就說：『你大嬸要壞，栀子你快去替我看看，我一連兩夜沒睡了，要休息休息，現在敬子他們在那兒呢。──給我弄點東西吃，壓壓火氣，就煮點掛麵吧。』我一面張羅煮麵，一面到醫院去，那時已經不會說話了，醫生說再打一針看，若有大便，就有希望，後來大便是有，可是人也更不行了。大約是下午三點多鐘嚥氣的。葉那裡還在瞞著，今晚接三，吃了飯就走好不？」

在擁擠的電車上我心有千萬遍翻轉，五十歲女人的影子和七十歲佝僂的老人交替在眼前映現，若不是好多人在珠市口下車我幾乎坐過

了站。在洋車上遠遠望見有一架簡單的素牌坊和兩面金漆鼓，我的眼淚已汪洋，不知如何進得門我就跪倒一面放大像前痛哭起來，後來大約是T伯伯和源勸止了我，T伯父坐在棺前一張椅上，眼睛紅了，不時咳嗽一兩聲，天氣這樣冷，想真夠他支持。

以幽沉的音調向我述說籌備後事的經過。這許多都不是我們只曉得讀書和教書的人所知道的。譬如在酒席、儀仗、停靈辦事地點等節目上如何取得便利且要經濟，七十老人在傷痛中還要打算這種種，而環境上且不許可他不打算這種種，老人便不能免除咳嗆與喘息了。最後還是談到葉的問題：「我是不打算告訴他的，人反正已經死了，讓在外面的孩子著急幹什麼，又回不來！以後倒是小忠兒要我操心，他媽活著慣壞了，這幾天儘管和他六姐吵。——我一生就是這個命，這講不了。你看看，衣衾棺槨也還對得住她不？我從去年就留下一份心，知道她不好，有一筆本來沒有希望的賬上來了，就存在銀行沒有動，要在早先倒也可以辦得像個樣子，如今席面起碼八塊錢一桌，還見不到肉，只好馬馬虎虎。」我問什麼時候安葬和墓地，才知道就在接三後的第三天，而墓地呢，卻是有詩意名字的夕照寺。

我有一個世交的同鄉，太太害肺病死了，是埋在夕照寺的，聽說近三年來因為沒有來納租，棺木已給拋到荒郊了。都市的死人也要和活人一樣交房租的，而許多寺廟以此為重要收入之一。前年秋我送一位朋友的妻之喪才看見那一排排像學生宿舍的柩房，雖是一個受科學洗禮的人到此也要有些悚然之感的，尤其西風落葉的秋之黃昏。

後來我曉得這次是買了一道永久的墓穴，才放下了許多遐想與疑慮。同時想到我的朋友從萬里歸來哭倒在墓石前的一幕。而此時平日玩皮的忠卻以銅盤捧了一條白布給我，又跪倒行了很虔敬的禮，我見了他不知為何淚又落下來。

賓客雖多而我多非夙識，遂在一暗陬的冷風中靜待送三的典禮完成，一群和尚還有道士敲擊著喪鐘作完了這人生最後一幕序曲。

發引的早晨我們六點鐘動身，到鐵山寺已有很多人。琳姐和敬子正裡外不停的張羅著安葬前女人應有的種種風俗上的手續，這時大家是來不及為惜別而哭的。

　　吃了一點麵食，那個打響尺的頭目就帶進一群人來抬棺，我看大忠手裡的白色魂旛起了說不出的感覺。不久忽然一陣號咷聲衝動凝冷的空氣，棺木已經抬起往外走了；這是我第一次看到忠為傷情而真正下淚，一般小孩子的母親死了在沒有發殯以前常不覺悲哀，因為世俗的熱鬧可以使他心裡高興，賓客與音樂儀仗與紙俑，都是平時所不見的，可是等到棺木一抬出去他才開始覺得自己是失掉母親了，於是元氣淋漓的哭起來，這我覺得頂惹人傷感。忠雖然是十七歲了，可他心裡還像孩子，所以他的哭恰如一個七歲孩子失去母親的哭一般動人。沒有字句，沒有韻調，只是嗚嗚地。同時七十歲老人看了自己孩子如此哀傷也不禁用污黃的手帕揩著已紅的眼了，他幾乎是命令的而又帶著嗚咽的聲音說：「小忠，不要哭了。」可是他自己卻淚珠鼻涕一起滾下。

　　過磁器口漸漸走入荒涼，殯儀行列也鬆懈了，我與幾個打執事的小孩混在一道，有一個小孩子是首領，背著白布包督隊，另一孩子不時離隊去撒溺把旛子叫同列的小孩替拿，背白布包的於是給他個耳刮子，那孩子翻翻眼睛沒辦法，可是向同列走的那孩子要起賬來，彷彿在二個至四個銅子左右，於是大聲唱：

　　「該錢不給，屁眼兒朝北；該錢不還，屁眼兒朝南！」

　　那個孩子立刻從道上掬一把車塵向對方灑去，對方沒加注意迷了眼睛，於是還罵道：

　　「二禿子，學好別學壞，別學偷人拔煙袋！」

　　「小三子，早晚像那回出永定門似的，給你看上瓜放在冰窟窿裡」這是旁邊一個大人說的，那像是杠房的司事。

　　有一列火車從鐵橋上飛駛過去了，殯儀的行列就從涵洞走過去，我幻想車裡面若有葉的話……

由那頹敗的磚塔我們知道了就是夕照寺，心忽然又起了變化，嗩吶奏起刺耳的腔調，紅纓人抬下黑色棺木直向後而去，我也胡亂隨著走過，在後殿之後破土牆裡有一大片荒墳，方向錯亂，整齊一點的有磚在甃著，且有一小塊石碑，其他則只有小小土丘。乾樹葉在腳下窸窣作響，有一個五、六尺長的穴掘在荊榛叢中，就是人生最後的歸宿了。

棺木放正了位置，要掩土了，多緊張的一幕！老人站在墓的北端看了又看，「好，埋吧」。他聲音噎住了，豆大的眼淚從鼻凹裡滴下來，再也顧不得用手帕揩。還有一個長鬚的老人說是老太太的娘家哥哥，卻放聲長號，而敬子與忠則在墓腳下翻來覆去的哭叫。

我淒然向點著的白蠟燭行了三鞠躬便扶著愴然的老人到一間房去休息，好久，大忠才哭著回來，老人一面抹淚一面叫我們勸止他，而自己卻坐在一隅在深沉的歎息。

我不願再看這種不可避免的人世永別慘劇，提前溜了出來坐上一輛車跑回家，時間是下午三點。

我預料得到老人怎麼打發這舊曆年節，無非以病痛與淒涼來送走老邁的光陰與年歲。一到正月初四就打發敬子來叫我，匆匆跑了去，他已含淚坐在堂屋，未曾說話先哭出聲來，這是倔強的老人不常見的事，我錯愕得不知所以。

「我已經七十歲的人，真不成了，去年我還強掙扎，現在你看，家裡兩個孩子，我還要出去奔，錢可是有一點，可是若老這麼下去小忠又老和姐姐吵，我實在支持不下去了，我想叫葉回來，反正早晚他也要知道；你看著怎麼寫信好就想法子替我寫一封吧。不要說得太利害，別讓他再急壞了。只要在今年暑假前回來就好。」──

嗚咽的哭聲，使我黯淡得一句話說不出。只有答應下來，吃了飯趕緊跑回家，那個房裡我簡直坐不下去的。

於是就給葉一封信，只是說老人懷念，可還沒有告訴他母親的事，不過說身體不大好罷了。

但我又跑到六百里以外去了，在車上伸頭憑弔夕照之塚，且又因人事的牽纏往來了四、五次而終竟來到多雨的江南。這兒離夕照有二千里而離朋友也還不只三千；去夏在霏微雨夕我寫一節文章懷念我的朋友，今日江南雨夕卻來寫這麼一節東西紀念友人的母親之死亡！三年的光陰不長也不短，朋友什麼時候到夕照的墓前灑思親之淚，江南人以懷遠之情在夢想種種。

七月二十一日夜雨蕭蕭中

（原載《雨都集》，上海太平書局1944年4月初版）

跋《寄花溪》

　　「沒有痕跡的歲月，無聲的千言萬語。」這是我也有而說不出來的一種感想。在《寄花溪》中溫習著過去的日子，這裡雖然沒有我，可是都是我所熟知的時間，人物，我於是也好像變作這些幽美詞句裡之一字一音。花溪在哪裡呢？離我們多少遠呢？千里，萬里，乃至不可想像，千里萬里也不妨走到，乃不意橫亙著不可逾越的崎嶇。於是只有看著這些詩篇遐想，遐想。這所懷念的朋友，不但是我和南星的朋友，而且應當是所有人的朋友，不過我們有機會接近了他，而別人不見得有罷了。就是這樣一個人，只要和他接近的，一定會和他成為密切的友人，這個人具有一種attraction，使你不由自己的親近他。可是他走了，遠在千萬里外，還讓我們與日俱增的思念著，這簡直是殘酷。去年，我重回到住過十五年的古城裡去，憑弔了舊日的遺痕，特別是自己和友人常常聚首的地方，從各種角度觀察，高牆隔住了溫暖的燈火，如「北辰宮」詩中所云：「一幅污穢窗簾拉起來，不相識的人，不相識的人。」不必北辰宮感覺到，隨處都是可以感覺到的，所以我垂頭喪氣的回來了。

　　我看見這被思念的友人的七十歲老父，他來寓所特別看我，又和從先一樣，──那時是剛剛離別呀。──從厚重的棉衣袋中戰顫著掏出花溪的信，字句雖不多，這應當永遠是孩子的詩人心情老了，在誡斥著自己的弟妹如何立身處世，這很潛伏著不少的悲哀，而且又說自己也作了兩個孩子的父親，幾乎不是我們所能信，因為他對於人生原是看得那麼嚴重而又冷淡的。當我生第二個孩子的時候，他一步跨進那凌亂的家，立刻有不愉快的意思，他說：像這樣的家，我是不想有的，我看了你們的生活真怕。他用理智拒絕了少女溫情，他好像頑皮

而其實是正經。我們也真的在懊悔，為什麼要有這樣一個家，不可以更近乎理想一點嗎？然而他卻也會成了兩個小孩的父親。在花溪的信中必提到我，我的家庭以及小孩，譬如給老人的信就說夢見我有第三個小孩了，而在給南星的寫得更稚氣更熱烈的信中說到的尤其多，雖則我是至少三年未曾寫過一個字。「我的庭院中遺留下了什麼呢？風捲帶了雪呼嘯的奔馳，而我在陰暗的黃昏的窗前，佇立了一點鐘，兩點鐘，三點鐘，覺得五十多年沒有人來過了。」（烏鴉）我深吟著這幾句話，覺得日子過的並不算快，在感情上以為有五十年的而真的卻尚不到十年，正不知將怎樣度這再來的十年之月日。

南星與P.H.和我是中學的同學，但友情乃有超乎同學以上的存在。在古城的時候，南星與P.H.間和我與P.H.間是等邊形，而P.H.是頂點，若是女人，P.H.正該是其中心。我是有了家過著拖冗的日子，而南星與P.H.正是飄飄蕩蕩的神仙。他們是Freshman，有世人不能有的傲視，我是一頭被拖到泥塘的鴨子，混濁，凌雜，想抬起頭來也無從，任羽毛被泥濘塗遍罷，我有什麼膽量去看這些無邪又天真的朋友呢，沉默，掙扎，在電車上過日子，東城又西城，看著P.H.飄然來了又走去，夏天就帶孩子楠楠去買汽水，冬天肩上有冰鞋，進房門在床上一倒，皮鞋的泥水儘管污了床毯，他管也不管，然而我們愛這天鵝，潔白，自由，來去無牽掛。他叫我太太做芝姐，吵著，要她作飯給他吃，而也許又嫌不好吃，可是吃得還是多。南星有一時期住在馬神廟的中老胡同，一個人一個房間，我以為很明朗，他們大約正寫了不少與他們的生活相一致的散文和詩，我幾乎連看都沒有看過，因為沒有閒錢也沒有閒暇。南星住到北辰宮，我也只知道有這麼一回事而已。不曾去晤談，那時真是充滿了憂鬱與陰暗。後來南星移居甘雨胡同一寺院，乃是「心遠地自偏」的境界，離鬧市甚近而頗靜寂，詩人正應有如此的居宅，最近南星有散文曰「故居」，曾加描寫云：

「後來，我忽然變作一個廟宇裡的住客了，那小小的隱祕的庭院有比廟宇應有的更多的安靜，坐在終日關閉著的大殿裡的佛像永遠沒

有聲音，有人從院中走過，腳步也是輕悄可聽的，YC也在那兒（比我更清楚地記得那院子和它的魔力的人恐怕只有他了，而他又早已遷居到難以想像的生疏的遙遠的地方，年年沒有信來，而且似乎沒有再回來的可能。……）我們念書，閒談，想各人的心思，再閒談，我們守著院裡的丁香，看著他們生芽，開花，然後葉子一天比一天豐潤。我們也沒有疏忽了刺柏和棗樹，和我們自己種植的叢花。和他們一起分享清涼的雨和美好的陽光，若夜間有月光，我們就在無數柔和影子中間靜坐，祈禱，作夢，枝葉上的水滴或熟透了的棗有時候從夢中飄落在地上，我們的夢卻做得長，沒有盡頭的長，一直到月亮輕輕隱沒下去的時候，或者說，一直到那一天，許多人都經歷過那一天，有兩輛車停在你的門外，然後你和他們一起走了，對門裡的人說了再見，好像還有回去的日子，……」

我也曾親自到這美麗的一隅去過，的確如文中所說，有意外的安靜。而詩裡所稱讚的海棠，丁香，雨滴，影子，是不是就是這裡呢？YC一定就是P.H.，那是我可以證明的了，那個靠在佛殿西首獨成院落的小房子有多好的陽光，冬天也是可愛，我看牆上的畫像，看那些排列得很整齊的書，聽著P.H.琅琅的笑，南星的尖聲而柔和的話，或者，也許是真的，那時的日子竟是最可懷戀的了。

在這以前，南星還有一時期住在AC學校，一個天真貴族的私立學校，我也在那裡作過三年事。南星的宿舍是比較陰沉的，而外面有一架很好的紫藤，他正適宜與那一群小孩子活在一起，我知道P.H.是時時去，他常替南星改作文，於是南星的學生也變成他的學生一樣，叫出一個名字，他總是很清楚的知道。我的生活輾轉著，我們有距離，我不大到南星房裡去，恰好分在兩個部分，竟是不大碰頭。我忘記了P.H.是否已竟入大學，好像還沒有似的，於是覺得他們的日子比我更無愁。他還幾乎是小孩子，有時吵著我請他看電影等等，沒有這麼遠的別離，這些日子與事情真要忘記了，如今正連帶著助人惆悵。P.H.的大學乃是適合著他的個性的大學，不像我們的學校，老舊，困

窮，連一點絢爛的色彩都沒有。他高興於他的際遇，他幸福著，跑到許多地方去旅行，我到現在還有一幅他的相片，是攝於一塞外古城之車站的，而我正在那古城教書，在一種叫做《綠洲》的小刊物上他發表著旅行中寫給妹妹敬子的信，譬如我還記得在雲崗，說是洞裡太黑，一定要帶電筒，就用電筒來量石佛吧，那只腳一共是二十六電筒呢。他自然寫得比我風趣的多，我從心裡羨慕而欽佩他，因為在這種逸致之外，他未嘗不寫信給我討論著嚴肅的人生問題，討論職業，討論婚姻，也很有見識的批評那時的學生運動，他有夢想，有美麗的誘惑，不像我這未老先衰，拘泥膽小，可是，我想也是這樣一點動力，使得他不能不飄然遠去，任母親為思念他而死，葬在永遠連月光都沒有的荒原；任父親佝僂著奔走衣食，自己認著是命運；任弟弟娶了親，雖然他離家時還是剛進初中的小孩子；任妹妹嫁了，而且漸漸要作孩子的母親。更有，他的夢想也任天外飛來的聲音震毀，他有了不見得十分舒適但一定是滿意的家，更一定有了新的朋友，於是任我們為他臨風惆悵，永久的，永久的，直到他回來那麼永久的。……

> 每一天多少次說著，
> 那個最親切的名字，
> 來了，來了，近在門外的，
> 熟習的聲音像往日一樣。
> 因為在這兒看守著我，
> 過了多年如同一日的，
> 是負載著那個名字的，
> 紙頁，書籍，和不褪色的圖畫。

——失落（寄花溪之一）

相去日以遠，事情已竟夠人流一點眼淚，更不用說讀著這些幽憂的詩篇，而詩篇之中又似處處都為我所瞭解。所以我現在不必說南星

的詩作得如何好，而只是把我讀過以後的感想寫出來已竟夠了。

三十三年春，又是丁香欲放時。

（注）《寄花溪》一冊，不久可以出版，乃北京詩人南星所寫，南星
之詩及散文，在文壇早有定評，不必我來捧場也。

果庵附志

（原載《中國文學》，1944年第四期）

我所知道的陶亢德

　　答應藝潮社寫這篇稿子已很久了，但近來心情實在欠佳，無論為公為私，好像都有一大團說不出的不快，尤其生活的重壓，自己且不必提，北平的親戚朋友，一連來了好多信，據說中秋節一日，十支一包香煙由每包七元漲至十六元（聯幣），其他準此，北京人是比較老實的，除去薪水以外，想不出其他法門可以賺錢，於是只好一路哭。南方雖較好，但看看中央商場的毛線會賣到一萬五千元一磅，似乎票子亦有成為馬克之感，而且俸米也沒有了，米價黑市突升至六千餘元，無怪乎每個人都垂頭喪氣！這幾個月來，接到上海朋友的信特別少，大家平時無所不談，亂離之中，唯此差慰寂寞，現在則各自為衣食奔走，朋友算得了什麼，於是只有忍受著憂鬱與懷念，亢德亦是其中之一，他為了拿點配給物資，不能不每天軋電車去上班，雖然平常極達觀隨遇的他，也難免有些牢騷了。

　　亢德也可以說是老友了，在辦《宇宙風》時開始和我通信，那時我住在一個不可想像的遼遠地帶，人情淳厚樸質，現在想起來還可留戀，何況，又曾在戰亂中喪失了心愛的書籍和朋友？我記得他給我的第一封信非常潦草，下面署名，辨別許久，才認出來，後來似乎就很整齊了，以亢德的為人說，寫了草信是非常，寫得整齊則常見。宇宙風社的地址是愚園愚谷村二十五號，他曾告訴我那是一幢很好是洋房，每月薪金不過八十元，戰事發生後退租，房東還責備他賠了一塊玻璃，事實上此玻璃乃原來就是碎的，現在這樣房子頂費怕就要幾百萬，而亢德卻侷促於愛文義路某處一小樓之閣樓中，一家七八口，擠得不堪，且今夏因某種關係，幾乎被人逼得搬家，當時因期限甚短，又覓房不易，真有要去睡馬路之危險，許多朋友，也十分為之焦灼，

他曾寫過一篇文章（似刊《大眾》）說覓房之被揶揄，因憶昔時，殆如隔世，所幸即此一椽，總算保留下來，他的四個小孩，一位夫人，一位老母，得免去若干苦惱。

實齋先生記亢德，說他無論什麼事都是有計劃的，以此我們見面，總好開他的玩笑，這樣年頭，弄筆桿的人還談得到什麼計畫呢？我們所謂計畫，無非在天下承平的時候，預算自己有幾何收入，有幾何開支，應當留多少儲蓄，多少為子女教育費等等，現在容得了這一套嗎？現在的計畫，是要算算屯什麼貨，走什麼路子，我們這樣只能過安常處順作工吃飯生活的人，算是完全被淘汰了，所以以亢德之能計畫，有見解，也還是要朝朝暮暮去軋電車，領配給。人類的頭腦是有限的，能夠投機居奇，為戰時之「紅人」，自然也不想寫什麼文章，作什麼撈什子作家，而終日絞腦汁作稿子的可憐蟲，又哪有餘裕的精力去想發財呢？所以發財的越加發財，而困窮的越加困窮了，否則以亢德之聰明精力，運用於筆墨文字之外，說不定也早就成為馬路大亨了。

我初次和亢德見面是三十二年春天，他預備到日本去，來京與各方接洽，矮矮身材，目光奕奕，頭部與身體顯有比例不稱之感，蓋在相片上看來，萬想不到其身長如此之短也。他就住在我的學校裡，我陪他到中央大學去參觀，又到傅佐路蔡宅治辦事件，因他係與某友人結伴而來，唯恐半路失散，因之處處有神魂不定的樣子，記得一個下午，完全消耗在打電話上，而問來問去，又總是纏夾不清，耽誤我們談話的機會不少，晚上我們卻談得很久，由這坦白的對話，無形中使我們彼此的友誼加深許多，而且他告訴了我不少可算得「人海滄桑」的故事，尤其是文壇諸友的近狀，著實令人惆悵感喟，倘有一天，容許我們把這些材料公開表暴，卻正可視為現代《世說新語》的好材料呢？

次日早晨我和他一起去雪園吃茶，因為他要領略一下夫子廟風味，雪園是都中最大茶園，早晚吃茶，肩摩轂擊，後至者往往向隅，

我們到時，業已九點，正覓座間，遇中大王雨生先生，招坐一桌，亢德得飽覽南京中下社會之「吃相」與「性格」，似有無窮趣致也者，同座某君，耳陶君大名，且非常表示敬意，弄得後來請客，你爭我奪，亢德曾戲謂爭取最後勝利云云，今日思之，不免猶覺可笑。飯畢我又帶他去看了一池污水的秦淮，與零落不堪的畫舫，意興索然而回，中飯後，因伴侶啟程，催得他也匆匆而去，一似尚有多少未竟的話待說，我心中惆悵得很。後來曾寫一篇〈亢德來京記〉，刊在京報，現在也不易找到了。

由此次會晤，我才知道亢德是個很果決的人，比我的游疑不定強得多。蓋在是年秋季，他已不顧一切的束裝東去，實行他的志願了。去年七月中，我去上海，寓愚園路，他在寓中候著我，那種懇摯快樂的情感，即幾十年的老友，亦無以過，次晚在周黎庵兄家中吃飯，他暢談我應當抱的態度，尤使我感到溫厚的愛護之意。第三天我本想趁車回京，到愛文義路他的寓所吃午飯，他喝了不少老酒，話也說得很多，他太太乃是生在哈爾濱的紹興人，講得一口北方話，那天飯菜都是她自己燒的，非常精美，房子雖少，而孩子又多，但處處有條理，十足表現是位典型的賢妻良母，後來見到蘇青女士，從她的談話中，更證實我的批評不差，原來亢德在外面待人極溫摯，有時回家卻要發脾氣，我們窮酸朋友大約總都明白這種發脾氣的裡面原因，但據說亢德夫人總是極力順從，未嘗因此衝突，在新式太太中，即此一點瞭解的衿懷，便不可多得了。

今年春天亢德與雨生蘇青三君，翩然而至，住在我的學校裡，整整盤桓三天，友朋之樂，頗使亂世的我們枯寂之心，得到不少的溫潤。在三位朋友中，亢德好像時時以老大哥的姿態出現，這一回他本想計畫辦一專門給青年看的刊物，如從前的《生活週刊》那樣形態，惜未得結果，不然，我想亢德一定會繼續從先編《生活》的精神，而為我們這些可憐的青年人製一點有滋養成分的精神食糧了。真的，他對於現代青年，雖其感慨，但乃是積極的，他是具有菩薩飼虎的心腸

的。

在《風雨談》上曾發表的一章亢德自傳，我首先在雞鳴寺豁蒙樓上聽見亢德對我講說，說到他自己在出身謀事以前，去村邊廟宇禱告求籤，不免眉飛色舞，因為那天他們正在寺中各求一籤，（我曾把籤文發表在〈談朋友〉上）亢德似對此相當的信，從此就說到他謀事的種種經過，又說到那位不可多得的表叔，我一想到那打牌時和了牌就蹲在床上胡嚕胡嚕吃水煙的老人，真是近世稀有的好人，亢德的熱誠，真摯，溫厚，是不是受了他的影響呢？

三天匆匆已過，他們又轉回上海去了，雖然大家都在誇說玄武湖如何有趣，南京生活如何簡單容易，可是畢竟被上海的洪流捲了過去，這之後，蘇青女士忙著寫印他的《浣錦集》、《結婚十年》，再加《天地》的編務，已竟忙得無暇計及其他，亢德和雨生則接辦了太平書店，想要作一番獨立的事業，同時兼著他項職務，只有我，可謂「依然故我」！現在寫這樣平淡無奇的文字懷念友好，也就正可證明我的平淡無奇罷？

祝海上友人平安。

十月十五日

（原載《藝潮》，1944年第四期終刊號）

琉璃窯

《天地》第四期有蕪公先生〈沙灘馬神廟〉一文,寄託遙深,《風雨談》第九期柳雨生先生又有〈漢園夢〉一文,尤饒風致。我們都在北京讀過書,而且相當的認識了且熟諳了那種生活和文化,於是就發生了也許在別人看來算是多餘的趣味與惆悵,歲月如斯,所關懷者原亦不止於此,但一經觸發,這卻成了不可遏抑的情緒,我覺得這並不是為一般人所痛罵的閒情逸致,而是惓懷依戀的意思居多,若罵為不能相合時代,容或自承不諱,一定派作玩忽歲月,言不及義,似亦不見得耳。

感謝機會,使我居然回到十年闊別的母校一次,那是獨立在文化之街琉璃廠的,夙以困窮出名的一個有五十年歷史的學校。從這兒不會產生偉大的政治家,思想家,時代的紅人,以及其他因特殊工作而聲名顯豁的人物,——甚至連寫文章的都少,這是學校的先天性格限制了他,看似他的失敗,實在乃是他的成功與特點,因為從這裡卻出來成千成萬不多說話,不多要求,只是埋頭苦幹為國家教育人才的人,他們認定「清苦」乃是宿命,教讀乃是興趣,倘使驕傲一點說,他可以算一切偉大政治家思想家藝術家的母親,乃至於是國家未來運命的孕育者,亦無不可,但是這些只穿藍布長衫在事變前每月吃七元錢伙食的同志,卻向來沒有這樣想過。他們也許要求多教幾點鐘書,為了多賺幾塊錢寄回家去,但這是需要而不是野心,他們也許在那裡激勵著下一代的青年,恨鐵不成鋼,但這是職責而不是煽動。默默地,埋頭的,他們分佈到每個小城市,幹著真正所謂喚起民眾的下層工作,別人是美奐美侖的雕樑畫棟,他們卻只作埋在地平線以下的一塊基石。

　　北大老，師大窮，在舊京是一句流行的Proverb，北大固老，師
大何嘗不老呢？以校址論，乃是前清的優級師範學堂，最早則是北大
一體的京師大學堂師範館，都是在光緒二十四年成立的，若北大略去
譯學館等歷史不計，而以京師大學堂之成立為始起算，在今年（民國
三十三年）兩校正應該同時慶祝他們五十歲的誕辰，所以師大與北大
原是同胞兄弟，可是現在總有人把他們看成很對立的，就是同學，也
好像自己畫了一條界限，這真是怪了。我很清楚的記得民國十八年冬
天，我們慶祝他的三十周年紀念，在簡陋而寒冷的風雨操場裡擠滿了
人，看那演得不大成一回事的咖啡店之一夜，大門口擁擠得許多小孩
子號哭起來，附中、附小、平民學校、幼稚園，都在臺上表演簡單而
高興的節目，東南東北西南西北四樓的中心，原來樹立著一塊日規的
方池子裡，點起一盞水月汽燈，光徹內外，當遊藝會散場時，我看到
那稀有的光芒，心裡不知是怎麼一種幼稚的喜悅，簡直連溫暖的寢室
都不願意回去，而想流連光景下去了。如今這五十周年，假定不是兵
戈滿天下，又將是怎樣一個熱烈的局面呢？成千成百的校友回來了，
住在樸素而舒適的校友樓裡，人人溫習著十年二十年以前藏息休遊乃
至初戀的地方，有自己的學生在學校裡讀書了，很恭敬的執著弟子禮
來迎接老師……呵，這都是夢，連這樣簡單的希望都成了夢。我們卻
天各一方的分散著，本來在北京的現在或許到了蘭州，或是雲南，大
家沒有消息，在北京雖則也有許多同學，好像彼此正陌生著，不可想
像的故事，不可想像的遭遇，不知道什麼時大家再聚到一起，哭了，
笑了，人人都爭先的講他自己的奇遇！

　　現在這地方到底比從前闊氣了，左一幢右一幢的樓房阻塞得連
空氣都不流通似的，四隅的課室樓顯得更其寒儉了，然而他們好像有
不可蔑視的傲骨，門，窗乃至那些壞了彈簧的紫得發暗的課桌椅也
還在那兒默默的待著，他們看的滄桑太多了，也許有點麻木。「樂育
堂」包了一層新的外衣，看不見昔日的黑灰色牆壁和簡陋的傢具，而

變成堂皇的客廳了，有成套的漂亮沙發，有紅木茶几，有花色的瓷磚鋪地，在我看起來，這都好似與學校不調和的奢侈。從前這裡是什麼呢？學生自治會的洋洋佈告，五花八門的攻擊文字，今天有人擁護李石曾，明天有人擁護經亨頤，都是在這裡表白他們的理由或辯白他們被攻擊之點的，在屋子裡也有飛起茶碗墨水瓶互相爭打的局面，他們有背景沒有我不知道，但現在直覺的感到這也是可以追憶的故事罷了。我的宿舍就在樂育堂後面的兩排房中，現在亦已改為什麼文學院大樓，想憑弔舊遊，是不可能了。那是多麼陋略的寢室呀，連桌子都沒有一張，椅子更是妄想，燈也是兩個房間合用一盞，懸在作為界牆的半段木板之上，而且是非到八點半不開的。白天的生活，只好寄託在自習室，但又有什麼好呢？只不過比寢室多一隻凳子，一個四人或六人合用的桌子，一隻有力無氣的火爐而已。然而我則連這樣的地位也無有，因為宿舍和自習室的使用權是世襲一般私相授受的，我只承接了一位同學的寢室而沒有自習室，於是我就變為游離分子，東坐一回，西坐一回的廝混著，後來便到圖書館去消磨光陰，提起圖書館，這真是唯一可以稱得起神氣的所在，有暖氣，有新式的桌椅，樓也比較寬大，尤其是冬天，我和幾位同病相憐的同志除去吃飯睡覺離開以外，差不多日子都在那必須脫下粗布棉袍才能忍受得了的溫暖空氣裡打發過去，我們可以隨意取出四部叢刊來看，取出二十四史和圖書集成來查，有人是在那裡作著考訂的工作，但是我，覺得什麼都不值一顧的我，把看什麼書皆作為消遣，於是看了三頁鹽鐵論，又要換賈誼新書了，念了幾首分門集注本的杜詩，又去看樊山詩集了，亂七八糟，連法苑珠林和雲笈七籤這種書也要搬出來看兩眼，反正沒有手續，沒有限制。看膩了，站在窗邊看著對面小學部的學生打秋千，跳房子，聽聽電車的鐺鐺聲，從西車站有火車開到，那更可以看美麗而濃重的煙，老是那個打旗子的，攔住了過往車輛。再不就看看南面女同學宿舍的大門，以及大門外面女生的網球戰，實在無聊，聽聽男女間喁喁私語，隱几假寐，都是可以消耗時間的。最老資格的建築物是

校長辦公的麗澤樓，幾乎一、二十年以來沒有變什麼樣子，孫詒澤先生題的榜書還是挺拔的懸在簷下，只是校長會客室的黑色硬木桌椅好似沒有了，而那幾個帶足了歷史意味的掛鐘倒是如今還在滴答滴答的走著，這房子前面是註冊課和講義股，我們去領講義總和那位大眼睛粗眉毛的先生搗點亂，註冊課康先生破鑼似的喉嚨是大家熟知的，他在課堂上永遠那麼幽默，那枝黑手杖，黑邊眼鏡，也是十數年如一日的不大更換。在二門外面有范士融君的紀念碑，這可憐的三一八的殉難者，現在則連一座渺小的碑石也無有了，不知給移到什麼地方去，而擺在原地的，則是防空消防用的水車和土袋，二門裡面的藤蘿架也似乎遷地為良了，剩下幾株孤單的梧桐在冬天的寒峭裡挺立著。說起消防隊，這不免有點迷信，此地本是火神廟的，鵲巢鳩佔必有點報應，於是時常起火災，我們寢室後面的自習室燒去一層，這已是很早的事了，我讀書的時候，有一年正在除夕前後燒起來，我在石駙馬大街分校已竟看到那濃濁的煙柱。趕去看時，原來是第一寢室左近音樂室失慎了，後來，更有一次最大的，那就是第三自習室的被焚，許多同學竟弄得片甲不留，也好，燒去了這麼一間先天不足的破房子，終於建起一座金碧輝煌的丁字樓來，給這些窮酸朋友也嚐嚐水汀和抽水馬桶的滋味。因為常有火災，我們的校警便一直叫做消防隊，帶隊的何隊長，頭髮都禿了，事變後我看見他在街頭擺花生攤，看了我連頭都羞得抬不起，其實同是天涯淪落人了，倒也不必如是，這老人現在也不知去向如何，我只看見伺候我們那寢室的工友現在還在，並且升做傳達了，我很想問問這些白頭宮女，有什麼樣的故事可以告訴我，可惜始終沒有找到機會！

被燒的三自習室之南一片寢室也因為興建丁字樓拆除了，在那過道的廁所外面牆上曾鑲著嚴分宜所寫的官琉璃窯廠五個大字，如今則早已移到麗澤樓後的水塔上，當早晨太陽出來的時候，反映著燦爛的光輝，這要算師大唯一的古物。明清之際這裡乃是專門製造琉璃磚瓦的，而三百年後卻仍然是製造國家下層建設的基石之所在。更溯上

去，考古者告訴我們遼金時這裡還是城外，遼墓誌在此地出土的記載著海王村的名稱，所以對面有了什麼海王村公園，其實這裡並無所謂園，而充滿了字畫店裝裱店等等，鑄新照相館那兩張放大的齊白石和王夢白照相，六月披裘，確曾招惹不少的人的注意，可惜現在也沒有了。若是遇見正月廠甸，我們真是近水樓臺，無奈我們是天下聞名的「窮」，所以也沒有人在這裡買到過什麼便宜，掏出什麼寶貝。至於吃的，我是連有名的蘇造肉都不曾吃他一回，艾窩窩，大糖葫蘆更是只有站在「清真回回」的木招牌邊看看熱鬧便走遠去。還是那些經年展覽著新舊書籍的什麼齋什麼堂什麼閣的很為我們所留戀，然而，又是因為我們之窮不能作他們理想主顧。所以我們可以說這文化街與這全國有名的窮學府竟是很少有經濟關係，大不了也不過花個幾塊錢買部木刻的莊子集釋或是石印的說文段注罷了，念英文的也許走到北京圖書公社看看原版，可是在把三塊錢以上的支出就當作大事的學生們身上也還是榨不出那麼些錢來買一部原文的西洋文學史或近代叢書本的Anna Karonena（安娜卡列尼娜）。商務印書館我們總免不了跑跑，又惹不起那些夥計們的嘴臉，「有先秦諸子繫年嗎？」「賣沒了！」分明架子上有好幾冊在那兒擺著。所以我們寧可把這份「閱廠」的便利與特權讓給諸位教授，而我們自己還是跑到東安市場「閱攤」的機會多。錢玄同先生挾著黃色的破皮包，搖擺著手杖，抬著近視眼的頭，東張西望的在來薰閣和邃雅齋之間彳亍著實在是一幅很有意思的風景，比看書店老闆和學徒的冷冰冰氣色有趣得多了。

因之我們還是留心於哪一個小飯館的炒餅燴餅比較賤一分錢或一個大銅板更重要些。在慶華春吃燴火燒大致是四十八枚五個，木樨的或肉絲的，新華樓就不行，那兒是貴族小姐吃飯的地點，頂多要上兩個火腿包已經夠了，像我們這彪形大漢如何能行？慶華春的歪脖山西堂倌乃是我們大家的愛寵，那雄鴨嗓的喉嚨和那扭著頸項的姿態正調和，於是我們戲稱慶華春為歪脖飯店了。如柳雨生先生所說的海泉居那種飯館實在是北平一般學生所需要的熟悉，不過每一區域每一學

校都有他們的Acquaintance罷了。譬如海泉居我記得在投考北大時也吃過一次炸麵醬，只因我沒有入得起素所心儀的北大預科而未能欣賞胡適之先生的聯語，可是我認為雨生沒有到南新華街來吃吃「歪脖飯店」的「過油肉」也是一種損失，而且海泉居或者現在還支持著，但慶華春則遠在事變以前好幾年就關張大吉了，據說是歪脖公有點風流韻事，身體弄得出了毛病，在山西人節儉風氣中這也算是一幕傑作。在慶華春我一直吃了二十幾個月，雖也偶爾因為下雨不便或者為了換換口味什麼的到學校的小廚房去吃一客八分錢一碟的蝦子燒豆腐，二分錢一碗的白飯，但究竟是少數，因為味道終不如刀削麵撥魚，以及燴火燒來得好，何況還可以吃五分錢一小盤的醬肉，四分錢十個的韭黃餃子呢。在學校裡吃飯也好，窮的時候可以欠錢，一兩個月老闆總不好意思追索的，我似乎覺得小廚房的老闆幾乎不大為欠債的事向同學翻臉，不像大廚房那個胖子，十天倒有八天立在二門外面烏眼雞似的專等債務人，無怪乎到後來和同學鬧到對簿公堂也還是要不上來帳。大小廚房之別：大的注意麵食，而小則偏於米飯，無論大小，早晨都是饅頭稀飯，一人一小碟用麻油浸了的煮黃豆，至今我想起那味道來還是垂涎三尺，把掰開的鬆軟的饅頭蘸著澄清的麻油與嬌嫩的豆子同吃，無論如何，你現在也想像不出那是怎麼樣一種鮮美的滋味，妙在當你吃得正高興的時候，饅頭已竟沒有了，而豆子也光光，留著有餘不盡的韻味盡著你咀嚼。在冬天合吃的桌子上又添上一隻紅銅火鍋，熱氣騰騰，用豆餅（北方曰「各折」）作的圓子在白開水放點醬油的湯裡燒得翻滾，僅僅這滿屋溫暖你現在就沒有地方享受，不是說到西來順吃一頓烤肉就得幾百元錢了麼？真的，什麼都像一場夢。

　　說到窮，我們真算名實相符，難得是那麼整齊，——沒有一個公子哥兒。我有一回弄得實在過不去了，就把柳條包裡的衣服找出來檢查，希冀有萬一的巧遇，果然第一次就被我在藏青制服褲的袋裡搜出來兩塊六毛錢，在大喜過望中跑到歪脖那裡吃了一頓豐富的晚餐，又到商務買了一本傅東華先生選注的《李白詩》，到中華書局買了楊

樹達先生的《老子古義考》，結果還剩了一塊多錢，坐在圖書館裡躊躇滿志的高興了一晚上，念著謫仙翁的「天生我才必有用，千金散盡還復來」，真的以為像自己這樣的人，應該受「天才」的寵遇而永無凍餒之患了。為了窮，所以在外面兼課自給自足的現象乃是師大的天經地義，除了真正有錢的人以外，只有低能分子不去兼課，因為他們老也碰不到財神。能夠兼上市立中學的課那是很不錯了，大約是十分困難。私立學校的行市最高的是一塊二毛錢一小時，最低也有給二毛錢的，如鼓樓東大街的求實中學之類，我們是饑不擇食，細大不捐。早晨在課堂上聽先生講的，下午也許就以低廉的價格轉販出去。闊氣點的騎上一部自由車，否則是電車與步行。我在入學一年以後就到孔德學校去兼課，那是有名的貴族學校，學生家長大半都是大學教授。這是孫子書先生（楷第）介紹我去的，他叫我到中海中國大辭典編纂處去商量，黎劭西先生也在座，說是連級任每月四十二元，小學五年級國語每週九節。我怕級任事繁，不常川在校不合適，不敢答應，黎先生說級任也沒什麼事，不過開會時到一到，於是我立刻走馬上任，哪知道一下就直到畢業，我不能不感謝孫先生和孔德的盛意，要不是他們，我也許到現在還是個中途輟學的大學生。後來我居然又兼課到翊教女中等，最高紀錄是每週在外面授課二十六小時，從東城跑到西城，吃罷中飯，又從西城跑到北城。預備功課，看書，困中覺，都在電車上辦理。因為晚上回來還要到學校去作學生，趕那下午四點以後的功課去聽聽。我們的伎倆是先運動點名的人，只要他通得過，便不會有「告假已逾三分之一，應即休學」的危險。我們那位點名的汪君十分厚道，每天我在南池子口下電車到孔德去的路上一準會碰到他騎車去上班，彼此各在車上「挨拶」一番，這便「天下事大定矣」，絕不會再畫上缺席記號。我們有好幾個人時時想請他吃一頓小館，但他卻是廉潔到不肯叨擾的地步，叫我到現在想起來還有幾分抱歉。

雖然是這樣，我卻也沒有感覺到功課怎麼落伍，老實說，教書到底不能馬虎，比在課室表面上聽先生講《比較文法》而暗地裡卻畫

前面女同學的速寫像或更為有益些。所苦痛的是幾位衷心欽佩的教授講書時偏偏時間衝突，那真是無上的損失。我喜歡聽吳檢齋先生叼著煙斗用帶鼻音的官話講《經典釋文敘錄》和《三禮名物》，他用代數計算「車」的輪、牙、輻的正確數值，用通俗而有趣的解釋說明不易明瞭的古典，如我在〈師友憶記〉中舉的例子，「縉紳」即是日記本子，「縉紳先生」，既今之身帶日記本的Gentleman；儀禮即是儀式單子，如今之結婚儀式，紀念周秩序單之類。後來更進一步的講到唯物史觀上去，於是這位華盛頓式的老英雄又成了新戰士。（吳先生貌修偉，捲髮，極像喬治·華盛頓）自從我兼課後，總是在早晨講授的，吳先生便久違起來，領一份「布帛名物」或是「車服名物」的講義來看究竟沒多大意思。錢玄同先生雖在北大也任課，可是一直就當著師大的國文系主任，與黎劭西先生不但在種種刊物封面以及師大的校區上合作著「錢玄同題字黎錦熙注音」的表面文章，就是在課程的主張，文字革命的態度以及其他為學的方向上殆無不一致，所以從沒有聽說這兩位湖南辣子和紹興師爺鬧過什麼意見。而且在師大國文系格外充滿著文法、國音、近代語研究等科的特色。為了教授中學生，這工具倒是挺要緊的。錢先生講書是長江大河，黎先生則是涓涓不「塞」。我們在黎先生課上或許困覺，可是我們必須請他指導課外研究和專題論文。他的頭腦像一面三稜鏡，無論什麼問題，一經通過，便變成條理分明，我以為這種沾溉比在課室的授受更有用處，自然，像錢先生的說文研究那種面命耳提也真是千載難逢。自從錢先生患了腦病以後文字學的功課大半都改歸唐立庵先生，這是一位熱心誘導條貫分明的青年學者，可惜我畢業早，沒有領過教。我們北方的學生特別歡迎高閬仙先生的霸州土腔，肥大的棉袍，厚布棉襪，腰裡還要結上一條綢帶子，加上緞子馬甲，緞子小帽，真是古色古香，而且在道德方面也足稱得起一句「今之古人」。這位先生與黎先生大約可算師大專利，在別的學校是不大肯擔任功課的。高先生是無論風雨寒暑永不告假的，他可以背得出朱駿聲的說文通訓定聲，他注疏了一首兩都

賦整整用了四十頁毛邊紙，《文選李注義疏》的稿本據說有幾大箱，可惜只刊行了十多冊，而先生現在已逝去四年了！錢先生也在二十七年冬天苦悶而終，吳先生則卒於協和醫院，只有黎先生尚在「古路壩」度著流離的生活，發掘他的不盡的寶藏。不知他聽了這些老友的亡逝要流多少眼淚，我寫到這裡，也簡直有寫不下去的樣子了。

我儘管告訴你我們國文系的先生們，不免有點炫其所愛。無奈對於別的系我知道的可是真不多。但像理學院劉泛弛先生那種翩翩風度，體育系袁敦禮先生的八尺身材，教育系邱大年先生的博學深思，滔滔雄辯，李湘宸先生的手杖與雪茄，英文系羅文仲先生那個酒糟鼻子，遲緩的步履與經常不離嘴的煙斗，生物系陳映璜先生的籃球迷，史學系陳援庵先生的議論風生，鄧文如先生的紅頂小帽，還有王嶰山先生的著名節約，（連往訪時的名刺都要交還給你，說是留待下次再用）哪一件事，哪一位師長，不足以繫我們的思念眷顧呢？我們現在只有想、想、想，讓舊日的影子再現，讓回憶的酒來陶醉罷。

我們學校的附屬學校之多，是很有名的。本來只有附中附小各一處，二十年以後，合併了從前的女師大，於是增了一倍，且多一幼稚園。合併女師大這事醞釀得很久，而且也鬧了不少的麻煩，現在不是講歷史，姑且不談。自十九年後，石駙馬大街的女師大就改為師大文學院，後來又把路南甲九十號的民房作為文學院辦公處，因為女師大的校址是很狹隘的。剛一到那兒上課的時候連桌子坐了都不習慣，那麼粗率而細弱。看著傳達室穿馬褂的一個傢伙翻起眼睛向女生宿舍扯著喉嚨喊「×小姐，有客」更不舒服。到畢業時我們因是第一次男女合併，數字龐大到六十八名之多，大家都恐慌著失業，使我們更不滿於合併一事。但是，慢慢的，漸漸的，師大成為整個的師大了，什麼男校女校，不再有人想到這個問題。現在我們看見石駙馬大街校址已被人暫時作了宿舍，這才起了莫名的惆悵，要想進去看看也不可能了，雖然這裡不見得有什麼值得懷念的東西，到底是曾住過兩年的呀。

提起附中，誰個不知，哪個不曉？我們應當洋洋自得。可是附

中的學生是看不起師大的，原因是為了窮。他們也不一定需要「老」
的北大，而是憧憬著漂亮的清華。試統計一下最近幾年清華招生的
比例，附中學生絕對占著很大的數字。他們很少念文科，更很少念教
育，而集中於工程數理電機化學這些方面。我們到附中去實習是懷著
滿腹鬼胎：會不會同我搗亂呢？會不會砸鍋呢？越是平時沒有上過課
堂的人越害怕。這時反而是兼過課的人成了識途老馬。附中的先生都
是十年二十年的老資格，他們對於後進不大看得起。脾氣好的對我們
還打招呼，也沒什麼挑三阻四的文章，遇見壞的，不負責任的話讓你
受不了又不敢生氣。可是這實習的一關終於會順利的通過的，不像公
共必修科的體育學分，如果不及格，一輩子也不給證書，就是你作了
五年教員，想要拿回證書去參加什麼「免試檢定」也還是得到學校的
操場上打幾下籃球，作為補足了不及格的學分才行。這便是師範的特
色，身體和知識看得同等重要。本來像那些跑到綏遠包頭，五原，滿
洲的寧古塔，齊齊哈爾，以及打箭爐、伊犁也會去的文化戰士們，沒
有一條好身子骨兒是真不行。因之又想到軍事訓練，北京大學的軍訓
最早，約在民國十年左右已竟有白雄遠教練的「學生軍」，師大則到
十八年以後才有，但是不像北大那麼隨便，他自始就是普遍的強迫
的，而不是志願的隨意的。早晨起床號就在寢室窗外不停的吹著，使
你不好意思再在被窩裡留戀下去，到先農壇去目測地形，到萬壽山去
野營訓練，人人曬得漆黑，人人像個兵士，那可謂得風氣之先了。穿
著草綠色制服，在昆明湖畔放手榴彈的滋味也大可追想，我雖未曾參
加野營訓練，看著那些雄赳赳氣昂昂的「武裝同志」也很羨慕。從前
師大有五虎上將，可以說是名播全華，可是指的是打籃球，不是說打
仗。打籃球簡直成為我們的「校技」，無論何人，都可以來兩手。魏
樹垣，李洲，金岩，是老英雄，後來又有王玉增，陳勝魁，趙文藻之
流，我們倒真可以說師大體育系那時是包辦著全國的體育。他們東征
西討的使師大兩個字除去文治以外在武功上也給人以相當深的印象，
但是這些人也都老了，英雄遲暮，我為他們憑弔昔日的勳名。還有像

魏樹垣，竟會因肺病而死，更是出人意料之至了。

　　我們該當提一下師大的研究所，這資格可是太淺了，比不上北大研究所那麼歷史悠長。民國十九年秋天忽然學生自治會通告說我們可以接收彰義門大街的訓政學院校址，那地方本是叫做「商品陳列所」的，北伐後改為訓政學院。房子有點俄國式紅色的尖頂子下面連著鐵壺盧，地點偏僻，若是利用的話，也只有師大還夠得上。我們看了通告不由得發動了人類本能之一的佔有慾，一窩蜂跑了過去，每個人都帶了好幾條床單，為的是好占床位，本來在師大因無舍可宿而在外面流浪的人太多了。大門在鎖著，警察不許我們進去，但群眾的力量是不可侮的，不到三分鐘已經破戶而入，從此這幽靜的角隅就成為師大校產之一部，直至以後為東北大學所占為止。起初是零零落落住些學生，沒人過問，沒人管理，連我還在那有紫丁香的小院內睡過幾夜，真是靜得有些讓人害怕，院子那樣曠大，樹木那樣茂密，而人是那樣少。我曾約了兩位朋友在西樓走廊上過中秋節之夜，買了很多酒，看著毗連的廣場上有一二行人踽踽走過，亮晶晶的明月只拖著這一兩個人的影子，似乎更其寂寞，而稍微遠一點的菜市口是昔日刑人的所在，這裡充滿著鬼的傳說，在西北隅又有土地廟長椿寺，荒涼的佛剎裡存寄著成千萬的旅人棺柩，秋夜的蝙蝠從簷隙飛出來，我們心頭橫著一股陰慘，終於醉不成歡的無言下樓了。自後在什麼時候改成研究所，我都弄不清楚，只知研究所有文史和教育兩門。似乎不久這研究所也移到石駙馬大街去了，與文學院辦公處在一起。在研究所文史組裡卻也搜集了很可觀的材料，以近代語的卡片為最多，黎劭西先生的「廣巴」可以作個例子，你無論如何也不會想起一個巴字會有那麼多的詞兒和解說，而且也不會想到將來理想中以注音符號拼音為順序的字典第一個字不是「一」字而是「巴」字，因為「巴」正是聲母的第一個與韻母的開口呼第一字之組合。所以他就首先被「廣」了起來。除此以外，好像還有整理史書作索引卡片的計畫，工作的辦法是採用Piecewage，每索引十條作好，可得大洋一毛，誠物美價廉之產品也。

在商務印書館出版的魏晉學術編年這些書，大約就是他們的成績之一。

　　要想說的事，一時也想不周全，自我來到生疏的江南，很少遇到同學，但現在慢慢也多一點了，老資格的人比我知道更有趣更多的掌故，如范源濂先生怎樣為同學的擁戴，陳寶全先生怎樣結結巴巴的講話等，那全是老一輩同學向我們常常一面鄙視一面稱道的，好像說：你們知道什麼，我們民八畢業的才正是光榮的時代，你們趕上「五四」了麼？你們參加過火燒趙家樓嗎？我們很心折的甘居後進，我們時時在念著前輩的儀型，豈知現在卻是連我們這些「後進」者也零落不堪了，如前所云：天南海北，我們正在經歷著空前的困難。就是在江南遇到的人，不也照舊是藍衫一襲粉筆兩袖嗎？他們沒有富貴之念，更不會苟苟蠅營的技術，天給他們以傲骨，當然不再給他們幸運。他們只是希望著自己的使命作到了，默默的把責任交給第二代，然後像希臘的火炬賽跑者一樣，在黑暗中無言的隱去。

　　吶，他們不但窮，而且「老」了。

　　　　　　　　　　（原載《雜誌》，1944年第十三卷第二期）

葭楚篇

　　秋天原是懷人的季節，再加瀟瀟細雨，擁被午眠，不勝淒清之至，這時所夢到的，無非是故鄉、故都、故人。前幾天晴得很好，天藍得像寶石，好像增了無限的高，本是應該很爽朗，但不禁又想起西山的紅葉，陶然亭的葦塘。北京原是秋天比春天好，春日多風，一暖和就是酷暑，將有溽熱和淫雨，秋日風靜天晶，賣新柿子的，新落花生的，烤白薯的，叫喚著高朗幽揚的韻調，每一個胡同裡好似都充滿閒暇與逸豫，雖然沒有錢去逛西山八大處，就在那寬闊而灑了水的街道上走走，看看路邊分成一堆一堆賣炒花生的小販，都市空氣也如鄉村一般，好像由喧囂而靜寂了，於是花一點錢，把花生買好，放在可以插手的舊夾袍袋裡，一邊走一邊吃，到西四牌樓了，這裡有說善書的，賣破鐵器的，擺飯攤的，站住，看一會，聽一會，沒人管你，儘管是困窮，儘管是憂鬱，這時也可以忘機了罷？

　　然而現在聽說也不大行了，作官的教書的都不如拉洋車及騎三輪車的勞動者，即使舊夾袍，恐怕也已入當鋪，即使飯攤由韭菜餡的包子鍋貼改成窩頭，而長衫階層也吃不起了，作教師的向學生要煤球，當官吏的向百姓剝削，這是丟盡文化城面子的事，可是看著那些營養不足的黃色面孔，穿著郎當的衫履，垂頭喪氣的出入於高大的朱門與洋房之間，豈非可以令我們同情的呢？可惜同情只是不兌現的廉價，沒有絲毫裨益，因為我們亦正是舊藍衫朋友之一呀！不去向學生討窩頭，不去向更懦弱的市民去伸手，有什麼路子呢？只有商人階層是肥胖了，從前北京的生意人，何等客氣，鼎鼎大名的瑞蚨祥，你進去也絕不像海派商店的拒人於千里之外，雖然買幾角錢的粗布，也必定倒茶敬煙，迎入送出，彬彬然使你不好意思在那兒無理取鬧，至於那些

小洋貨店，小飯館，酒缸，書鋪，真是和氣一團，不管如何簡陋與堂皇，都令我們舒服高興，如今呢，囤起東西來不願意賣，看見人腦袋往上仰，我們自己也就好像缺了點什麼似的，竟沒有勇氣和人家發脾氣，只有「磕頭聽賞」，果然，腰包沒有錢，就等於英雄沒有膽，錢雖不成其為錢，但卻無妨於益形其偉大呢！

　　有些投機發財的同學朋友，現在根本睬也不再睬你，吃了，喝了，玩了，樂了，反而撇著清說別人沒有國家觀念，沒有好的前途，這比「天下饑何不食肉糜」更混帳，然而我們到底是駑馬鹽車，遷延隴阪，不動沒有飯吃，動了也還是個吃不飽。這個年頭兒，一似只有壞蛋才有出路，老實人橫豎只有坐以待斃。所以，雖則是多麼可以懷想的古城，多麼可以眷戀的秋色，也似愛人隨人改嫁了一般，徒惹傷心，不堪回首了。

　　春天，米價還沒有像今日這麼瘋狂，我剛從古城回到江南不多日子，就聽說一位作了二十多年的老教授死了，沒有別的原因，窮！他是研究西北地理歷史的專家，著作家弦戶誦，這又管得了什麼？著作自古便不能換飯吃呀。民國二十九年，我介紹他來中央大學授課，匯兌行市一天高似一天，他只有頹然地回去，回憶在龍門居吃小館子，在夫子廟逛舊書攤，彷彿如昨，而去年冬天我回北平時彼此快樂的聚首深談，尤其不能忘記，人老了，頭髮已白，話是牢騷多而高興少，現實生活也令人不得不如此，我匆匆回來，還託人刻了一方圖章相贈，他原是藝術愛好者，當此饔飧不繼，風雅亦復成為芻狗，可是朋友來信說，當這熱情的老人易簀之頃，猶自諄諄以圖章為託，請別的朋友必須轉寄給我，這是多可感動的一幕！今天算起來老人死去已五個月了，若是入葬，正合著墓已宿草一句話，前天他女兒來快信，表面上對我感謝，說是聽說已在為這老學者募捐，實際上正是生活不可支持，催促捐款早寄，我們真慚愧，沒有一位有「義」可仗的朋友，盡其所有，能夠對死者有何幫助？從北京來的同學說，連這位老教授服務學校附近的小飯館，都抽出一天的所得來捐助，

我們下意識感覺到：小生意人或者比大生意人更多有一點「人」的情感。

我現在告訴你這樣的事，也不過萬千人海中之一塵而已，當大學教授原不缺乏一個有光澤的時期，三百元一月的收入可以坐很整齊的包車，可以用合口味的廚子，可以為琉璃廠書店之高等主顧，可以唱票戲，可以章台走馬。那好似滄桑已久的事了，事實也不過六七年前，現在則只恨自己沒有那副手腳，不能去作包車夫與廚子。我再告訴你一位也是大學教授的故事：巴黎大學地理學士，在國立大學任課亦在十五年以上，於前述的老人貧死之後不到一個月，以四十餘歲的壯年，溘然長逝，那更是說著可以泫然出涕的了。這位先生住所離學校很遠，說起來這又是一種壓迫，當承平時，作教師的收入雖不怎麼多，住一所像點樣子的房屋還有資格，讀書人又喜好明窗淨几加上近代的交通便利，故比較位置好一些的胡同，都有幾位教育界的人住著，六、七年來，房租房價，與百物齊漲，我們只好忍氣吞聲的被迫搬家，有的一住十幾年，房東也並無分毫情感，從大街轉入小巷，由小巷轉至僻弄，大抵人人都曾經歷過這一幕慘劇，除非自己是有產階級，這位先生不能免俗，想來必事同一例。話說那正是春寒料峭的雨天，北地的春天，可以說與冬天不相上下的，他撐了一把破雨傘，伶仃地走向十里開外的學校去授課，車子既雇不起，缺課又怕惹當局反感，這樣一個來回，病已八成，不意回到家中，雨越加大了，看看滿院曬著自己搖的煤球，被雨一淋，將有順流而去之厄，煤早已變成烏金墨玉，豈能坐視其損失，咬緊牙關，忍著頭痛，蹲下來拾取，孩子們也出來相助，太太恰去街上買菜未回，一霎時，忽然覺得頭疼得厲害，向他的女兒說：我的病發了，快去喚你母親。等母親回家時，豈知早已入於危篤狀態，雖由朋友趕緊請來醫生打針注射，無奈緩不應急，還是聽他擺脫了現實苦痛，留下一妻四子而去！他太太到如今尚在瘋狂狀態中，近兩個月沒聽見什麼消息，有什麼下回分解，實不敢想像。

　　S先生是我的中學老師，後來轉入各大學設教，自己買了房子，圖書四壁，院宇無塵，從前我們誰不羨慕他的清福。去年我一看到他，不禁哎呀一聲，古人捉襟肘見，納履踵絕，恐都不足以形容，只是我們沒有黔婁子那種斜而有餘不如正而不足的勇氣，不能不叫一聲慚愧。當我問起他的近況時，他好像要哭了，意思無拘什麼事，都願意去幹，只要解決肚子便好。院子裡亂七八糟，孩子們大號小叫，外書房已另租別人，且正在設法出售房產，入中學的大兒子廢了學，改在鐵工場學徒，小點的孩子只好讓他們在家中哭鬧。每天去軋棒子麵，還不知能軋到否，夫人本是閨秀生活慣了，如今也不得不委屈一二。我雖曾竭力想替他作一點事，但未能順利達到目的，春天曾接到兩次來信，滿紙窮態。近則消息俱無，不知這位先生的舊居，依舊無恙否？

　　南星的詩人生活我是已竟說過的了，昨天我居然得到他的來信，現在不妨抄出來大家看看：

> 　　未奉函轉瞬月餘，多日未覆惶愧不安。弟自暑假中陷入涸轍後，日暮途窮，不得已乃送妻孥回田里，適家父大病，未得返京。中心煩亂之至！……近日在×大上課，處處生疏，較之吾兄在此之日，空氣迥然不同，感慨何如！今日風雨，落葉擊窗，不久當又嚴冬，然寒風中我輩且行且談之趣，豈可再得乎？近一月來，賤內及小孩亦皆病，纏綿不已，弟往返城鄉之間，疲倦與愁苦交並，神經痛復發，唯強忍而已。弟體弱，值此過於緊張之歲月，乃不勝衰老之感。「萬種盡閒事，一生能幾時！」之句，嘗吟誦太息。兄在南京，葉宜在花溪，與弟相依者，唯空屋蟋蟀耳。葉宜尊人受寶忠摒棄，宅院又被房東收回，致無棲身地，近暫寓弟處，最近又回故鄉處理家事矣！老人身體日衰，咳嗽不已，人生淒清，固如是也。……弟此後恐難多所寫作，「寂寞誰與同，只應君自知」，請為弟誦之。秋深，至祈珍重。

這就是詩人生活的自陳，而且恐怕是全中國詩人生活的縮影。但使人不能不流淚的，還要算那位七十餘歲失落了兒子和家庭的老人，戰爭給他的犧牲，未免太過分了。

我們所不能忍受的，不是一種逐漸的沒落，而在驟然的變化，打擊，譬如前函所說的老人，平日生活雖非優裕，但總算飽暖無憂。他自己在商務印書館的北京分店作著中文部營業主任，幾四十年，似已成為終身職業，平常也難免有點不平：「你看，我們一起學生意的，人現在作錢號掌櫃了，××，開了書店了，只有我，七十多，還給人家當小夥計，一天到晚站櫃臺，不時的跟他們慪氣」，這樣對我們嘮叨著，但不久又說：「可是也不錯，一天管三頓飯，省著操心，反正他們也不會下了我。」有時把裝在貼身的衣袋裡的花溪兒子來信拿出來，帶起老花眼鏡，津津有味的念給我們聽，便更生氣勃勃，好像前途充滿無限希望了。

老人一共生兩男兩女，長女我們叫她L姐，葉宜第二，敬子第三，寶忠第四。葉宜是每個人對他都會生好感的人，我在許多文章中提到他，自遠去花溪後，友朋中流落天涯的雖多，但最足憶念的無過於他，沒有一年不專寫一篇文章以寄我的懷想，計算起來，二十八年寫〈懷PH〉，刊在《朔風》，二十九年寫〈夕照〉和〈中年一日〉，刊在中國文藝，三十一年寫〈懷舊〉，刊中國學生，今年春天則為南星的〈寄花溪〉作一跋，整個詩集都是為懷遠而作，我的跋語不過是蛇足。有才識，有情感，有見解，在近代大學生中，如他這樣健全的人，誠哉罕有。二十六年秋季於清華研究院畢業後，本可去美國學保險，老人當然欣喜得很，不意一下子就遠走到漢口，繼之更至花溪，花溪風景雖好，他們也在那裡建設不少事業，可是畢竟是個遠得難於想像的地方，作父親的尚能以將來的美夢自慰，作母親的可等不得，二十八年冬天終於在期待兒子翩然歸來不能瞑目的慘況下死了，埋葬在淒涼的沙鍋門內夕照寺，葉宜現在已娶妻生子，而母親卻永遠不會看見，我不難想像天南遊子的泣下汍瀾，但又有什麼用處？七十老翁的生活，完全支撐於書

店每月一、二百元的薪水，門庭淒冷，心境頹唐，大女兒早已出嫁，境
況已不甚好，所說的寶忠，原是聰明孩子，不意學一身壞習氣，中學入
了五六處，到底沒能畢業，把父親氣得顛三倒四，無法可想，去年春天
給他娶妻，以為成家立業，可以有點省悟，反而把太太的東西也搶了去
當賣一光。敬子是哥哥最愛的妹妹，也於去年秋天出嫁了，有了小孩
子，大家庭不能完全自由，向平之願表面是已了，而實際上無一不令老
人牽掛，那料今春霹靂一聲，書店竟將四十年的老夥計解雇，從此老人
更飽嘗失業之苦，由南星的告語，最近連住了二十年的房子都被房東收
回了，寶忠又絲毫不管，於是沒有家庭子女的衰年暮景，與因貧乏而遣
散妻孥的詩人，臨時在熒熒的暗淡燈火下度此孤零的秋宵，我們簡直不
敢斷定遠方的遊子還有無可能再見七十老父的一面！這豈不處處都是突
變？處處都使平靜了的心情不能忍受？……

　　昨天晚上又接到北京親戚的來信，更給我莫大的刺激，弄得徹夜
失眠。這原是一個溫暖團聚的家庭，父親，三個兒子，一個女兒，都在
作事，住自己的房子，收入縱使不多，維持現狀應當可以，冬夜圍爐，
公餘回家，祖父可以含飴弄孫，兒子可以講述一天的所遇，正是典型的
快樂家庭。豈料，——又是豈料，因為祖母亡故，喪葬之費一下就拖了
萬餘元，再加糧食飛漲，配給不足，全家都因營養不良而害病，債臺高
築，愈陷愈深，只好計畫出售自己的住宅，以為飲鴆止渴之計，設想住
宅賣了以後，以目下住所的困難情形，將怎樣覓地棲身？想到那時東分
西散的情形，好像眼前就排好一幕悲劇，我們如何能夠高枕安眠……

　　嚕嚕蘇蘇，寫出這苦海中之一勺，無非既痛逝者，行自念也的意
思，秋天以後，乃是冰天雪地的冬日，詩人說得好，假使冬天來了，
春天還會遠嗎？但冬日的風雪總是不易應付的呀！詩云：「無衣無
褐，何以卒歲！」我的心又戰抖起來了，不禁想起檜風的話：

　　「隰有萇楚，猗儺其華，夭之沃沃，樂子之無家。」

　　　　　　　　　　　　（原載《雜誌》，1944年第十四卷第三期）

清談古今

說設身處地

我很喜歡莊子秋水篇裡的兩句話：「莊子與惠子遊於濠梁之上，莊子曰：鯈魚出游從容，是魚之樂也。惠子曰：子非魚，安知魚之樂？莊子曰：子非我，安知我不知魚之樂？」斷章取義，我覺得莊惠二公的問答大有道理。按儒家的說法，人生往來，全在忠恕二字，忠字是對己的，恕字是對人的，對人就要站在人家的立場，替人家設想，此之謂設身處地。但是「子非魚，安知魚之樂」，我不是你，究竟應當怎麼替你設想，實在是很大的問題。不要說，遠者大者，今天我的內人翻箱倒篋，給我找出乾乾淨淨的襯衫襯褲，說我該當沐浴更衣了，偏我嵇生性懶，以為大可從緩，反而說了一片嘮叨，弄得山荊頗不開胃，然則她豈不是設了身，處了地，為我好嗎？可是結果恰恰相反，你道奇也不奇。

我們翻翻歷史，類乎此的事實也不知有多少，從古忠君之士，其實全是替君設想的恕道專家，遠如龍逢比干，近如楊椒山袁爽秋，哪一個不是因此喪了性命。連區區在下，還有時向山妻發其悖謬脾氣，倘使九五之尊，你偏偏為他利害設想，批其逆鱗，豈不是自討其苦？韓非子對於研究對方心理，可算透闢之至，一篇說難，翻來覆去，把君人分析得無微不至，可惜自己偏偏不會利用，難逃李斯的毒藥一盂，這可見是何等不易的事。我們老實不客氣說，無論何人，沒有不以利己為前提者，在這種社會，這種制度之下，不利己也簡直活不成，不過有的損人利己，有的益人利己而已，此即所謂忠奸賢佞之判，那麼，專門為人設想，亦許是根本不可能的事，假設果然有，也將成為不世的英雄哲人，如革命者之流血犧牲，或即其一，然革命者尚有為己之成分在內，甚至也有冒牌投機之說，似又可以放在一邊。

墨突不得黔，真是中國古代特立獨行的思想家，而莊子天下篇說他使
人憂使人傷其行難為也，也實在是其道大觳，不足為訓的。儒家恕字，
雖有為人之意，究竟不至於斯極，所以孟子要罵他近於禽獸。是則設身
處地推己及人至於極點不免成了一般人頭腦中之神經病者，而終是其道
不行的。儒家所講的中庸之道，起初我很反對，以為這就是模棱兩可的
態度，於事無補的，最近讀莊子養生主，以庖丁故事喻養生，緣督以為
經，不去碰那些枝經肯綮，專講在骨縫游刃有餘，好像這才是真正滑頭
腔，所以若史書中所記耿耿孤忠之士，多半是受了儒墨兩家之影響，若
夫身為五朝元老之馮公，則大得道家祕奧，中國大多人，還是願意瓣香
乎此，不要聽大家嘴裡哇啦哇啦，遂以為如何如何也。

　　在人類等級階級未盡破之前，即使有心為人設想，往往因為有
所蔽宥，亦復成為不可能。晉惠帝令百姓食肉糜的故事，可算是很顯
著的例子了。其實惠帝何嘗愚，乃是他的生活環境使他不得不愚耳。
蓋自古只有帝王最易為人所愚，並且不容他不愚，所以他自己也就變
成愚者。除創業立基之君，起自民間，受過辛苦外，其餘皇帝，生長
安樂，所接觸的都是迎合諂諛的馬屁匠，他又如何替人民設想知道百
姓疾苦呢？察見淵魚者不詳，如果作了皇帝，處處躬親，察察為明，
即像清世宗那樣精明，還是免不了死得毫無分曉，在我看來，有好些
政治上的事，只是上下互相應付哄騙，好比交易而退，各得其所。誰
也不願意拆穿誰的祕密，作皇帝的對於臣是如此，作臣的對於皇帝更
如此。相傳袁項城稱帝時，全國無不反對，而籌安會諸君子卻另外印
行了一種御用的報紙，滿載勸進的電文，把新華皇帝賺得滿心高興，
卻不知正被蒙在鼓裡！這裡的例子，是因袁公失敗，所以能夠曉得他
受騙，若使成功，則假的也會變作真的，不要說袁氏身在此山中，不
識廬山面目，即吾輩後人讀史，又何嘗能知其底蘊！乾隆皇帝數下江
南，督撫地方官不惜傾地方之全力，以博萬乘一歡，而骨子裡不知
蕩盡若干人的產業，害了多少人的性命。譬如郎潛紀聞就有如下的
記載：

無錫顧棟高舉經學入都，蒙召見，面諭云：看汝年衰，是以准令回籍頤養，將來朕巡幸江南，尚可見汝。顧奏云：皇上尚須南巡乎？高宗默然，旋賜國子監司業銜放歸。

　　顧君區區五字，意義之深長，不下一封諫疏。若是無此，高宗也許真以為萬姓臚歡兆民額手呢。可是史書對於高宗無論如何與隋煬帝幸江都是兩樣看法，這又有什麼公道可說。還有像高宗掠取大小和卓木的香妃，為了慰藉她的鄉思，築寶月樓和回回營，這種替人設身處地，更是為了吃豬肉才飼養豬仔的慈悲，倒是不發的好。

　　呂氏春秋去宥篇云：「鄰父有與人鄰者，有枯梧樹，其鄰之父言梧樹之不善也，鄰人遽伐之，鄰父因請以為薪，其人不說曰：鄰者若此其險也，豈可為之鄰者！此有所宥也。夫請以為薪與弗請，此不可以疑枯梧樹之善與不善也。齊人有欲得金者，清旦被衣冠往鬻金者之所，見人操金，攫而奪之，吏搏而束縛之，問曰：人皆在焉，子攫人之金何故？對吏曰：殊不見人，徒見金耳。此真大有所宥也。夫人有所宥者，固以晝為昏，以白為黑，以堯為桀，宥之為敗亦大矣。亡國之主其皆甚有所宥邪？」這所說殊有幽默之感，韓非子說難篇有相似故事：「宋有富人，天雨牆壞，其子曰：不築必將有盜，其鄰人之父亦云，暮而果大亡其財，其家甚智其子而疑鄰人之父。」由此可知像國家昏亂時之忠臣，因為人設想而見戮，即平時過日子，為人設想也會見疑，作人真是不易。楊朱在那兒徹底的主張為我，大約是深有感於此點而云然。世上本來只看見金子不看見人的人多，就使我們自己，也難免於在涅而緇，所以設身處地更加難了。

　　洪承疇和吳三桂，一為貳臣，一為叛逆。蓋在去就之際，未能分曉於君王的心理與要求，可以說是昧於設身處地者，戰國策秦策：

楚人有兩妻者，人誂其長者，詈之，更誂其少者，少者許之，居無幾何，有兩妻者死，客謂誂者曰：汝取長者乎少者乎？取

長者。客曰：長者罵汝，少者和汝，汝何為取長者？曰：居彼
人之所則欲其許我也，今為我妻，則欲其為我罵人也。

這也是很有趣的教訓。殷之忠臣，便是周之頑民，原亦是很容易
明白的事，但洪吳恐還是如見金未見人之例，所以才落得身敗名裂。
唯像袁東莞那麼，仍不免於皇帝之疑忌，利用反間計的人，要可謂將
設身處地的原則玩弄得十足圓熟，苟非智者，蓋極難打破事實的宥
蔽也。

盡忠則殺，不忠亦殺，已竟夠使人左右為難了，而在我的想像
裡，諂佞之人又何嘗不是在處處設身處地的迎合他人心理？趙師罍的
驢鳴狗吠是不必提了，張端義貴耳集云：

交椅即胡床也，向來只有栲栳樣，秦太師偶仰背墮巾，吳淵乃
製荷葉托首以媚之，遂號曰太師樣。

連器具裡都包涵著這樣可恥的故事，實在使我們腐儒想不到。設
想者之無微不至，要可知矣，似官場現形記有送長官姨太太馬桶的故
事，大約也只可信其有了。庚子西狩叢談記張蔭桓獲罪於西后云：

張公得罪之由，曾親為余言之，謂實受李連英所中傷；其自英
使回國時，曾選購寶石兩枚，預備進奉兩宮，一為紅披霞，一
為祖母綠，足充帽准之用，歸國後，乃以紅寶石進之德宗，祖
母綠進之太后，論其價格，綠固遠勝於紅也。但通例京外大員
進奉，必經李手，即貢呈皇上物品，亦須先由李呈明太后過
目，方始進御，因此率另備一份，為李經進之代價，大抵稍遜
於貢品，而相去亦不能過遠。彼時侍郎眷遇方隆，平日高才傲
氣，於李殊不甚注意，本已不免介介，此次又一無餽贈，若有
意為破成例者，故銜怨至深，而侍郎固未之知也。進呈時，太

后方拈視玩弄，意頗歡悦，李特從旁冷語曰：難為他如此分得明白，難道咱們這邊就不配用紅的嗎？蓋通俗嫡庶衣飾，以紅綠為區別，正室可披紅裙，而妾媵只能用綠。太后以出身西宮，視此事極為耿耿，一言刺激，適中所忌，不覺老羞成怒，遂赫然變色，立命將兩份貢物，一律發還。此消息既已傳播，當然必有投井下石之人，未幾即以借款事被參。

小人存心，處處比君子聰明而尖銳。自然會利用代人設想的辦法，體貼入微，使你不由得不信。且有時君子雖然也想到了種種，猶不免於揣摩試探之罪名，這也是很難說的，根本還要看你的立場與因依也。孟子雖然在講「說大人則藐之」，但在對答齊宣王時，卻是盡了迎合的手段，寡人有疾寡人好色，便道昔者太王好色，說好貨便道公劉好貨，這豈非與其平日主張有些矛盾乎？殆孟子看了自己雖迎合了半天還是不行，才發牢騷耳。因此我們感到只有君子最危險，如前所云，忠呢，十九是被殺，不忠或逢迎，更不免乎罪，說去說來，路子是很窄的。所以許多人只好作了不說話不作事的隱士，儒家思想表面上作為中國主幹思想幾千年，而一遇事實，就會想到天地不仁以及大道廢有仁義的話上面去，我之所以說道家思想易於為人瓣香，絕不是矯情的話；但恨以今日之米價，要想採菊東籬也不可能了，寫到這裡不禁黯然。

十二月六日燈下
（原載《古今》半月刊，1944年1月1日第三十八期）

海源閣藏書

　　聊城楊氏海源閣藏書，自民國十八年以來，迭遭匪劫，主人楊敬夫移書津濟，宋元善本，或由劫得者散出，或由主人擇尤出售，雖未效陸氏皕宋樓之捆載而東，其為海內收藏家所歎息，蓋已久矣。近頃乃又有將宋元珍本整批出售之說，細審書目，四經四史具在，值此兵燹，五厄難逃，楊氏子孫護持之心，不可謂不力，若得公家買而弆之，俾免散失，誠士林所企望而文獻之佳猷也。抽書尋繹，取有關楊氏藏書故實者摘抄之，或亦好事者所樂聞爾。葉昌熾《藏書紀事詩》卷六，楊以增條注云：

　　楊紹和楹書偶錄跋：先端勤公（即楊以增字致堂曾為河道總督諡端勤）平生無他嗜，一專於書，所收數十萬卷，庋海源閣藏之，屬伯言梅先生為之記。別闢書室曰宋存，貯天水朝舊籍，而以元本校本抄本附焉。癸亥甲子間，紹和居里，撰海源閣書目成，復取宋元各本，記其行式印章評跋，管窺所及，間附跋語。乙丑入翰林，簪筆鮮暇，此事遂輟。頃檢舊稿之已成者，釐為五卷，名曰楹書偶錄。……又楹書偶錄，宋本毛詩，先公於己酉購之揚州汪容甫先生家，辛酉（咸豐十一年）皖寇（撚匪任柱股）犯肥城西境，據予華跗莊陶南山館者一晝夜，自分珍藏圖籍，必已盡付劫灰，及寇退收拾餘燼，尚十存五六，而宋元舊槧，所焚獨多，此本僅存十八至末三卷，豈真大美忌完，理固然乎？……又云：桐鄉陸敬安冷廬雜識云，聊城楊侍郎得宋板詩經、尚書、春秋、儀記、史記、兩漢書、三國志，顏其室曰四經四史之齋，可為藝林佳話。然

先公所藏四經，乃毛詩三禮，蓋為其皆鄭氏箋注也，尚書春秋，雖有宋槧，固別儲之，先君與陸君平生未識面，當由傳聞偶誤耳。

按：撚亂後周禮已佚，以宋本尚書補入焉。傅沅叔先生〈海源閣藏書紀略〉曰（國聞週報八卷二十一期）：

自聊城楊氏海源閣藏書散出後，凡讀書好古之士，以及當代名公巨卿，咸奔走告語，謀所以保存之策，或搜求於琉璃廠肆，或遠訪於冀魯都會，或諮詢於楊氏後裔。山東教育廳，派專員抵海源閣中，以調查其殘餘，記載消息，騰布於報紙者，日有所聞。……然或語焉未詳，或言之未當，未足以厭海內人士之望。余耽嗜古籍，久成癖痼，耳聞目見深恫於懷，爰多方尋究，輾轉囑託，數月以來，於楊氏現存古籍，粗得觀覽，雖未能盡窺寶藏，而寓目所及固已十得八九，聊志梗概，以資採擇。吾國近百年來，藏書大家，以南瞿北楊並稱雄於海內，以其搜羅閎富，古書授受源流，咸有端緒，若陸氏之皕宋樓，丁氏之八千卷樓，乃新造之邦，殊未足相提而並論也。楊氏收書，始於致堂河督，其子協卿繼之，其孫鳳阿舍人又繼之。致堂於道光季年，在南中所收，多為汪閬源之物，汪氏得之於黃蕘圃，黃氏所得，多為清初毛錢徐季諸家所藏，至協卿鳳阿所收，咸在京師。值咸同間，怡府書散，其時朱子清潘伯寅翁叔平，爭相購置，而協卿則頗得精祕之本，然怡府舊藏，亦自徐季而來，其流傳之緒，大率如此。據楹書偶錄所載，凡宋本八十五，金元本三十九，明本十三，校本百有七，抄本二十四，然協卿晚年所得之書，固未嘗入錄也。協卿欲為三編之纂，迄未有成，故江建霞手抄之目，其書往往出於偶錄之外，即吾輩今日所見，亦有不載於目者，職是故也。楊

氏既以三世藏書嗣其家，舉明季清初諸名家所有古刻名鈔，又益以乾嘉以來，黃顧諸人之精校祕寫，萃於一門，蔚然為北方圖書之府，海內仰之殆如景星慶云。第家在陶南，僻處海東，非千里命駕，殆無由窺見，而楊氏亦深自祕惜，不輕以示人，以余所聞，當時惟柯鳳蓀，以及門之雅，曾登閣一觀，而江建霞隨汪柳門學使，按試所經，亦粗得目涉，記其崖略而去，即今日所傳藥洲精舍寫本是也。第江氏手跋，由羨生妒，識囿方隅，謂昔之連車而北者，安知不捆載而南，主人靚此，不懌於懷，緣是烏閉深嚴，殆同永巷。宣統初元，孫慕韓撫部，復專摺奏請，妥為保守，以防散佚，官吏奉符，驛騷百出，楊氏兩世孤嫠，憤慨殊常，至有閉閣燔爐之說，可知累代寶藏，幾經艱瘁乃得綿延以至於今日也。鼎革以來，中外坊估，絡繹於途，而覬覦終未得逞。第甲寅之冬，余曾於廠肆，得宋蜀刻本孟東野集一冊，菉圃題識，即為閣中之物，可知是時管鑰，固已疏矣。迄丙丁之際，魯府有收歸公有之議，於是楊氏後裔，懼終不吾有，乃檢其精要，星夜輦出，至庚午而匪軍入聊，屯駐閣中，而萬本琳琅，遂隨劍佩弓刀以俱去矣。自閣書散佚之耗出，於是廠估奔走四出，西至保定順德大名，東至德州濟南青島，風起雲湧，竭力窮搜，萃積於平津各肆，而楊氏後裔，以旅居耗產，亦出所藏，以求善價，二、三年來，其散出者，略已少半。余前歲客津門，曾覯宋本子集，凡二十六部，大率先後為有力者分攜以去，余以紬於貲，未得嘗鼎一臠，其抄校祕笈，出現於海王村者，亦經官館私家，購求殆盡，往往一、二抄校小帙，而懸價千金，而宋元古刻更無論矣。說者遂謂宋存室中，精華殆已略盡，然以真賞者衡之，其事固未必盡然也。考楊氏藏書，號稱美富，然其父子特自矜異者，獨為四經四史，故於宋存書室外，別題齋名。梅伯言撰海源閣記，以謂凡書之次六藝，如諸子詩賦

者，皆流也，非其源也，是梅氏亦尊經史而抑子集矣。桐鄉陸敬安冷廬雜識云：聊城楊侍郎，得宋板詩經尚書春秋儀禮史記兩漢書三國志，顏其室曰四經四史之齋，可為藝林佳話。近時董君綬金（即董康，亦字授經），亦云：端勤父子，雅意勤搜，四經四史，卓然為諸藏書家冠冕。綜諸名家論定觀之，是海源閣藏書，為海內之甲觀，而四經四史，又海源閣中之甲觀矣。余三十年來，目想神游，形諸夢寐，至是乃稅駕津沽，雅意訪延，請於主者，始得寓觀，都現存之書，凡宋本三十餘部，元本二十餘部而古鈔祕校不計焉。如入瑯嬛之府，登群玉之山，目不暇給，美不勝收，而尤使人怡神愜意者，則四經四史大都赫然具在，然後歘篋中所儲，固已探驪得珠，其散落四方只一鱗片爪也，烏足同日而語耶？

　　此文敍記，燦若列眉，讀者對海源閣藏書經過，要可明其崖略，唯於匪劫之經過，仍嫌未盡委曲，陳登原《古今典籍聚散考》引申報〈海源閣藏書之損失與善後措置〉一文，對當時被劫情況，至為詳盡，今轉錄於後，諒讀者不嫌其瑣瑣也。

　　　楊氏名以增，諡端勤，官至清兩湖河道總督，以嗜書名於時，與涇縣包世臣結為文字交，聘包為幕府，收書至數十萬卷，字畫法帖古玩亦頗富。皆世臣與以增鑒定，築海源閣十二間，分別收藏，樓上為宋元精本，樓下為充宋充元明板，清初版，殿板手抄本。……帖片、字畫、古玩，另貯於海源閣後院，貯室五間。其子紹和撰有楹書偶錄，並刊有海源閣叢書，江標撰宋元本書目，畢亨撰海源閣文存，洵一時之盛也。傳至其孫保彝，因乏嗣，以楊敬夫為繼。十餘年來，變亂相繼；敬夫移居津門，留庶母二人，料理家務。巨匪王冠軍，第一次陷城，海源閣幸保無恙。第二次千金子率眾佔據楊

宅，樓下之帖片冊頁字畫，損失大半，古硯二百餘方，刻有名
人題字敘述硯之流傳，共可拓片四厚冊，連同所拓之片，一概
遺失，當時千金子正接洽投誠，對楊氏藏書，特別保重，嚴令
匪眾，不得擅入書屋故損失甚微。匪眾去後，縣政府公安局
教育局建設局財政局，會同點驗，列單寄津，通知楊敬夫，
未幾，教育廳長何思源派王獻唐點驗登記，各加封條，擬收
歸政府保管。當時楊敬夫未得教育廳措置之消息，以為匪眾
既去，未加注意，其二庶母與三庶母，得匪訊先逃，服什無
損失，匪去亦由濟返聊。十九年春，匪勢復亟，敬夫庶母，
顧全家產，不肯出走。待匪入城，已張惶失措，竟至空身化
裝，潛逃濟南，海源閣仍為千金子所據。復禁令重頒，不准擅
動藏書；匪多銜恨其御下之嚴，致遭暗殺，匪以千金子重視
廢紙，乃以零亂書籍洩憤。樓下之充宋充元明板，清初版，
殿本手抄本，焚燒撕扯，揩器做枕……無不以書代之。古玩
瓷器，殘剩無幾；裝潢珍貴，玩器之紫檀架玻璃罩，形狀萬
殊，堆集廣庭，不下千餘件，閣後之帖片貯藏室，帖片堆積數
尺，因連雨一月，屋頂沖塌，帖片化成黑泥，無隻字完整。當
時王冠軍之司令部，設縣政府，與縣長王克昌（天津人）協議
劫取宋元精板書籍。由王克昌甄別鑒定，將上精本，裝八大木
箱，抬入縣府。王克昌得珍品若干，餘均為王冠軍所有。嗣王
冠軍掛彩自戕，其書不知流落何人之手！王冠軍死後，薛傳峰
王金發，對其匪股，曾各有一度收撫，或疑為薛王所得。事後
楊敬夫派其管事鄧華亭，點驗收集，計經部損失十之七，史部
損失十之四，子部損失十之四，集部損失十之三，宋元板完全
損失，以孤本高麗板韻學書，最有價值。所剩者為充宋充元明
清板手抄本等，已多數不全。共裝七大車，運赴濟南後院。
損失古墨二十箱，一塊未剩，字帖片四十三箱，除被劫去者
外，餘悉為雨沖毀。康熙乾隆道光三朝瓷器四十箱，完全損

失。康熙道光時製紹興酒二十四罈，俱被匪飲空，罈已改溺器。價值四千餘元之木器傢俱，完全毀壞。各室鋪地長磚方磚，均掀破，掘地一丈餘深。海源閣匾額，末有楊以增題跋數行被匪摘下，尚不知置於何處？

閱此已足使人興無窮感喟，反覺絳雲一炬，較此猶勝焉。而山東圖書館館長王獻唐所記〈海源閣藏書之過去現在〉一文，對十九年匪劫經過言之尤足怵目驚心，其略曰：

十九年中原戰作，附近土匪蜂起，道路阻斷，既而匪徒佔據聊城，即盤踞海源閣內。土匪去後，又有招撫改編之軍隊入城，此去彼來，繼續不斷，亦不能一一詳其姓氏。但知攫書最多者，為王冠軍而已。土匪既佔據聊城，官府對楊氏藏書，一切商洽辦法，即無從進行。旋以各地戰事突起，政局改變，省府移駐青島，日在飄搖徙轉之中，更無暇及此，迨大局底定，省府移濟，該處土匪，亦次第肅清；而海源閣之祕本孤笈，已掃地無餘矣。楊氏善本書籍，最精者早於前歲運存天津。此次損失，均為普通明清版本。聞其損失情形，當土匪佔據聊城時，日常以楊氏書籍出售，購者隨意予價，略不計較。有時割裂包物煮飯，或帶出作枕頭使用，但仍不及百分之一。以楊氏藏書過多故也。及王冠軍以及其新收編軍隊入城，素稔楊氏藏書美富，價值又昂。即從天津請一書籍古玩專家，號稱九爺者來聊，盡檢善本，及一切有價值之書籍、碑帖、字畫囊括而北。同時以窩匪名義，窮搜城內外居民，凡私家書帖古玩，亦為之一網打盡矣。並聞楊氏宋本咸淳臨安志八冊，半篋為土匪帶入民家枕頭；後以王冠軍搜查正嚴，恐遭連累，即將臨安志火焚，並將書篋劈碎煮飯。余前往勘查，僅見臨安志二冊，書篋尚存，此次忽又增出四冊，頗不可解，要之

海源閣藏書，當以此次為過去唯一之浩劫矣。所謂九爺者，居聊城月餘，始終不露姓名，但知為天津籍，身長清癯，唇有黑鬚而已。迨王冠軍軍隊開移河北；其籍為保定，即將所攫物品，悉數運至其家保藏。王氏旋以染病身故，其如夫人，時將存書出售，當地奎文堂書肆，得之最多。聞有蔡中郎集（黃蕘圃顧澗彬校跋見楹書偶錄），元本事文類聚（見江刻海源閣藏書目）二種均已殘損。既而北平書賈，聞訊蜂集保定，又為文友堂購去數種，亦不知何名；但聞劉子新論一冊（舊抄道藏本黃蕘圃據殘宋本校過，見楹書偶錄續編）售於傅沅叔先生得洋一千元而已。海源閣藏書中近年國人多注意其明藍印銅活字本墨子。蓬萊欒調甫先生，研精墨學，萃十餘年心力，為墨子校注；以未見此本，尚不能殺青。又顧惕生先生來函，聞楊氏藏書，盡歸本館，欲由上海來濟，專校是書。更恐海內治墨子學者渴望此本出世者，不止欒顧兩君也。原書在光緒癸未年間，為潘伯寅借校未還，潘氏歿後，遂不可復見（詳楹書偶錄續編楊鳳阿附記）。余前觀書海源閣，亦曾為此窮搜半日。後見偶錄所載，乃知早已不在海源閣矣。此活字本墨子，潘伯寅借去三本，既已佚失，恐全國更無第二本。日本有翻刻本，並有原印本，見經籍訪古志，或可於彼邦求之，除此而外，余所最注意者，為葉林宗抄本經典釋文，全書三十卷十四冊，從文淵閣影抄，前曾在海源閣見之。其書迭經唐宋人之所改竄，已失陸本真面目。今日尚可窺見一二者，只敦煌石室所出之尚書殘卷耳。然陸書雖經改竄，其依文淵閣本影抄之舊改竄本，猶勝於通志堂盧抱經等之新改竄本。故中國現存釋文，全本之最古者，當以海源閣所藏為絕無僅有。──在最近半年中，濟南不時發現海源閣藏書，皆非余勘查時所見者；或在勘查以前散出，抑另有其他原因，均不可知。計先後所見，共得九種，一為黃蕘圃校穆天子傳，及顧千里校說文繫傳，詳余說文繫傳三

家校語抉錄。此書在晉軍佔據濟南時，即已發現。適本館正在交代，外債累累，勢難再為本館增加一層債務，購買此書。但由書友處輾轉借來，錄入校語抉錄中。及余交代完畢，欲離濟地他去，終念此書失之交臂可惜。即告貸親友，從而購之。一為黃蕘圃朱秋崖等合校封氏聞見記，及吳枚庵手抄黃蕘圃手校江淮異人傳，明本武夷新集，明本許白雲集，劉武仲兄弟合作字冊，在余二次接收本館後發現，均為本館先後購藏。又黃蕘圃校林和靖集，紹興十八年同年小錄，呂衡州集，均詳楹書偶錄。議價未成，即為一北平書賈連其數種（聞內有宋槧一種），以重價捷足購去。蓋自楊氏書籍以來，北平書賈，來往濟南聊城間者，幾絡繹於道不絕也。此外尚有字畫多件，並楊氏藏書印記十餘石，所見只此而已。數月以來，即有楊氏在津售書風傳，余固不信，以楊氏富有田產，絕不至以賣書為生計也。既而其傳愈確，並言售書原因，係今海源閣主人在津貿易虧折，逼而至此。余仍不信，最後乃傳書已賣出矣。有宋槧十二種，最初葉譽虎張岱珊梁眾異等三人，合出六萬元，楊不肯出讓。乃以八萬元，間接售於日本，其經手者，為北平琉璃廠之王某。恍惚迷離，將信將疑。最近乃輾轉從北平方面，得其售書總單，為轉錄如下：北宋本王摩詰集六冊，二千元。宋本楚辭十二冊，七千五百元。北宋本荀子十冊，四千二百元。北宋本陶詩二冊，三千五百元。宋本三謝詩一冊，二千元。宋本范文正公文集八冊，二千三百元。宋本柳先生文集二十四冊，一萬元。宋本管子十冊，四千元。宋本韋蘇州集六冊，二千三百元。北宋本新序五冊，六千元。宋本擊壤集六冊，三千元。北宋本說苑十冊，五千五百元。宋本皇杜岑常四家詩集四冊，一千八百元。呂東萊集（原單未定冊數江刻書目二十四冊），二千元。宋本蔡端明集十六冊，六千五百元。宋本山谷刀筆十冊，二千五百元。宋本晉書詳節十冊，

二千元。宋本孫可之集二冊，二千八百元。宋本會稽三賦一冊，一千三百元。宋本雲莊四六餘話二冊，二千元。以上共二十三種合洋八萬五千三百元。與所傳種類不符。內有二十一種，見楹書偶錄；其餘二種，見江建霞刻海源閣書目，原單注為「此均係宋板」。又謂載「楹書偶錄極詳」，然亦有偶錄不載者，而呂東萊集，江刻書目，列入完本，已與單載不合。又宋槧柳河東集，楊氏藏本有二；一為添注重校音辨本，一為百家注本，均為二十四冊。此以一萬元之重價證之，恐是前一本。即南宋精槧，今日與昌黎集合印之最著名者也。其宋本莊子，聞別歸周叔弢君，不在此批之列。究竟以上各項，是否屬實，或傳聞之誤，此刻驟難決定。楊氏既以家藏書籍損失，又恐日後或再有不幸之事，繼續發現，即於本年十二月十四、十五兩日，將劫餘殘損書籍，裝置五十餘箱，以火車運往濟南商埠，自置之宅房中保藏。楊氏在津濟兩處，如有住宅。主人楊敬夫君，向居天津。至濟南則其太夫人住所也。書籍裝運，類由家中雇二經手，倉卒入箱，並未查驗，以致凌亂無次。且皆九爺不屑下顧之普通版本，然現在海源閣內，已無片紙隻字之存留矣。

予閱此文後曾以王氏所開出售書單與《古今》所刊待售比勘，果皆無有，是此諸書，終於流落矣。宋本咸淳《臨安志》殘本，亦歸藏園，《藏園群書題記》云：

庚午之秋，大盜俶擾青齊，竄入聊城縣，盡劫海源閣楊氏藏書以去，於是宋元槧刻舊抄名校之本，錦裹縹函，風飛雨散，流落於歷下膠澳津沽燕市之間，兼以其時，倉皇俵分，摧燒攘奪，往往一書而分割於數人，一函而散裂於各地，或甲擁其上，而乙私其下，或首帙尚存，而卷尾已毀，零亂錯雜，至於

不可究詰，余聞其事，私心摧喪，為之不怡者累日，以講文籍被禍之酷，未有如是之甚者也。歲月既久，廠肆估人，或輾轉捆載而至，余感歎未終，雅不欲觀，蓋亦怵心世變，無意於儲藏矣。至臘月將盡，董估廉之攜咸淳臨安志五冊見示，閱之頗為心動，緣雙鑑樓中地志一門，尚未有宋刊為之領袖，因以重價收之。今歲王君獻唐，自歷下來，言彼中尚有數冊求沽，遂俛以代為諧價，旋斥去它書，勉籌四百金寄之，又二月而書籄郵至，通計前後所收，凡十有一冊，存卷二十、二十一、二十四五、三十三至四十五、七十五至七十九、通得二十二卷，內刻本十一卷，（二十、二十一、二十四、二十五、三十五至三十九、七十五、七十八）餘十一卷，咸以抄寫補入。考此書宋刊本，見於著錄者，共有三部，其一為皕宋樓藏本，賦中所稱臨安百卷，分豆剖瓜，海鹽常熟，薈萃竹垞者也。其二為錢塘丁氏善本書室藏書，為吳氏拜經樓故物，凡抄補七十五卷，今存江南鈔山圖書館。其三即海源閣此帙，為季氏延今書室故物，宋刊存者六十八卷，抄配者二十七卷，煌煌巨帙，海內鼎峙而三，其成之可謂艱矣。顧昔人所為腐心焠掌，苦索冥搜，勤勤補綴，僅而得完者，楊氏保藏三世，歷五六十年，今一旦忽摧毀於兇暴之手，使鈲離斷析，終古無合併之望，斯以深可悼歎也。是書據余所知，其尚可蹤跡者，自余得十一冊外，江君漢珊得九冊，劉君惠之得一冊，文求堂書肆得一冊，廠市尚流傳一冊，視原書十分有五而猶不足焉。

一書之微，其轉徙如此，詎不可喟邪。《劉子新論》藏園題記中遍覓未曾著錄，而《穆天子傳》則山東王獻唐君曾付之影印，黃蕘翁手校，均照原跡原色，朱墨爛然，至可愛玩，余曾得一本，可謂下真跡一等者，其後記云：

十九年夏，聊城楊氏海源閣藏書散出，流落保定天津市肆，濟南敬古齋亦收購多帙。時晉軍入濟，余交卸離館，將束裝旋里，適過敬古齋出示此書及顧千里校說文繫傳，展玩未久，炮聲隱隱動天外，市語倉皇，瞬息萬變，戲謂敬古主人，解職得一月修俸，備作資斧，世變詭脆，深恐書流域外，能傾囊相易乎？主人與余交久，慨然見許，挾書歸寓，篝燈為繫傳校記，宵深人寂，萬念愴動，數十里外，方且肉搏血飛也。未幾晉軍北去，余回館供職，主人續續出其所藏，盡為館中購致之。友人顧惕生先生，專治穆傳，聞余存有此本，擬來濟藉校，感其意誠，移寫一本為贈。自後遠地知交，時求假錄，且慫恿印行，余既不勝其困，又以近人喜習此書，苦乏善本，菉翁先後手勘，益以惠顧兩家舊校，合八本為一，尤利學者，其所據之九行二十二字本，為人間孤帙，亦復備具，書中旁行斜上，朱墨煥爛，余見菉翁勘書，殆以此冊及劉子新論最為縝密矣。館中收集金石，近已拓為海岳樓金石叢編，出書二集，復以餘力編印海岳樓祕笈叢刊，即舉是書為叢刊之一，色墨紙幅，題識印記，悉仍舊貫，既乞惕生先生為跋，復以楹書偶錄諸書，先後著錄抄刻之流別，斠勘之得失，稍肄穆傳者皆有真鑒，不復贅及焉。二十三年元月，琅琊王獻唐記於山東省立圖書館。

《海岳樓金石叢編》曩曾收得臨淄封泥文字，乃拓本非印本，若黃校穆傳，似印本流傳亦非甚多，亦可謂寒齋與海源閣一小因緣也。戰火未息，戴甲滿地，不知故家文獻，散失者幾何？得保存者又幾何？耆鈔既訖，不勝汯然矣。

三月二十二日

（原載《古今》，1944年4月16日第四十五期）

亡國之君

　　正統派的看法，總是將亡國之君大罵一通，半點出息也沒有，幼時作史論亦學此法，蓋以成敗論人，乃最通常的方式，雖有識者，起而糾正，終不易改變心理上的習慣。因之感到蓋棺論定的說法也是極不公平的，以其亦成敗論之一端而已。年歲稍長，讀書較多，對於許多亡國的人，頗有同情之思，近閱嚴幾道文，乃亦有相同處，雖未明言，固可揣知本意也。嚴氏〈致熊純如書〉云：

> 讀遍中西歷史，以謂天下最危險者，無過良善闇懦人，下為一家之長，將不足以庇其家，出為一國之長，必不足以保其國。古之以暴戾豪縱亡國者，桀紂而外，唯楊廣耳。至於其餘，則皆煦煦姝姝，善良謹葸者也。

　　我認為這話說得很實在。桀紂的事，也只是看了孟子之類的書而云云，究竟如何，卻是很難說的。楊廣的事不大清楚，但好像只是喜歡玩女人這一點最為史家強化，殺人如麻若漢高祖朱元璋的殘忍尚無有，然則以此例彼，此為罪戾，而彼為功德，固亦甚不平者。嚴氏〈闢韓〉一文又云（此文闢韓氏〈原道〉）：

> 孟子曰，民為貴，社稷次之，君為輕。此古今之通義也。而韓子不云爾者，知有一人而不知有億兆也。老子言曰，竊鉤者誅，竊國者侯。夫自秦以來，為中國之君者，皆其尤強梗者也，最能欺奪者也，竊嘗聞道之大原出於天矣，今韓子務尊尤強梗最能欺奪之一人，使安坐而出其為所欲為之令，而使天下

無數之民，各出其苦筋力勞神慮者以供其欲，少不如是焉則
誅，天之意固如是乎？

　　數語說得頗大膽，殆有莊子胠篋的意味矣。在君主時代，敢說
這樣的話，也只有明末的黃梨洲和清末的嚴君了。現在我常想寫一篇
文章叫做「流氓與皇帝」，而迄不敢著一字，實因避忌太多，不知怎
麼就會發生麻煩，覺得尚不如南明與光緒之季有此自由與把握。古今
人度量相去，誠不可思議，而亂亡之世，往往比太平世界有言論自由
者，正足見太平天子之霸道與亡國君主之「暗弱」，亂世之民，憧憬
盛世，以為雞犬不驚，夜不閉戶，實則滋味並不太甜，康、雍、乾三
朝的文人遭遇，不妨時加考查也。

　　史籍中紀亡國之慘者，莫過於宋之徽欽，南唐後主，明莊烈帝
等，諸人都是溫文爾雅，絕不會雄心大略陰險狠鷙者，前乎此更有梁
元帝蕭繹，學問文章，一時無兩，偏偏侯景作亂的殘局，被他趕上，
再三推戴始允即位，此君本是書呆子，當兵馬紛紛戎裝不能去身之
時，還收回金陵文德殿焚餘圖籍十萬卷，且大講老子，周師入郢，聚
而焚之，張一卿《續史疑》乃大發議論云：

　　　魏兵破江陵，孝元帝焚圖書十四萬卷，人問故，曰：「讀書萬
　　卷，尚有今日，是以焚之！嗟乎，帝果以讀書亡國耶？愚謂帝
　　之亡國損身，在未嘗讀書也。……魏兵壓境，第戎服開講，馬
　　上賦詩，豈所讀者，盡玄虛聲律之言耶？使所蓄玄虛聲律之
　　書，焚之晚矣。

　　張君恐尚未諦於讀書多了絕不能作皇帝之理，因而怪他所讀的東西
太偏於感情，沒有類似《太公陰符》、《大學》、《中庸》、《周官》、
《新論》一類的「正書」，這意思也就是說，作皇帝的不要感情，只
要權術手段，換言之亦即狠毒存心等是。若然，作皇帝亦太苦矣。周

知堂翁對我云，有人會見溥儁（即大阿哥，曾為候補天子者，近則窮居故都，無以為活云），問他皇太子的味道如何，他說每天早晨三點鐘就要起床，東拜祖，西拜佛，又是師傅的功課等等，行動一點不得自由，實在沒有意味。或歷代君王，已有覺悟，知道皇帝不宜於感情，而遂想出種種方法要使太子一直僵化為偶像與魔王歟。于慎行《讀史漫錄》有同樣議論而更深文周納：

> 考江南好文之主，至梁氏極盛，昭明一代才人，不幸早世，簡文孝元二主，博學工文，才情冠世，然皆不保首領以沒，文之無益於君德如此！簡文為侯景所幽，無復侍中及紙，乃書壁及板障，為詩文數百篇，辭極悽愴，如此而文，不如無文。魏兵南下，元帝與群臣戎服講老子，以至於敗，如此而談，不如無談。

又專論元帝云：

> 魏兵入江陵，梁元帝入東閣竹殿，焚古今圖書十四萬卷，又以寶劍砍柱令斷，歎曰：文武之道，今夜盡矣。嗟夫，以圖史為文，劍戟為武，所謂識其小者也，志量如此，安得不亡？或謂湘東何意焚書？曰讀書萬卷，猶有今日！故焚之。其不達人君之道如此！使與魏氏父橫槊江上，不及遠矣。

被幽囚的王孫，在板壁上作詩自哀，我們理應寄以無上的憐憫，江陵焚書，似亦一極可痛局面，乃以身為帝王，千百年後尚不為史家所諒解，甚而至於說「文」不許與皇帝發生聯繫，或云作史論可使人胡說霸道，此或亦一例乎？又魏祖父子之好文，不知與蕭氏兄弟有何本質的差異，在我想來，只是曹氏不及蕭門宅心仁厚罷了，無論如何，想不出多少「不及」的地方！

清談古今

239

　　對於帝王的玩好詩書藝文以及藝術品，又有玩物喪志的看法，這也可以說是文學無用論的擴大，狹義一點說，即是言志派的東西萬要不得。于君同書又云：

> 書畫花石之玩，自士人好之，不失為雅，然有道之士，亦所不屑，若使人主好之，則與聲色貨財，同為亡國之階，梁元帝，唐後主，宋徽宗是也。使三主上為貴遊，下為韋布，高可稱文雅之士，下不失清勝之玩，而竟以玩物喪志，多欲亡國，可見帝王好尚，與士人不同也。

　　史評家的話往往是一片刀子兩面切，譬如創業君王，如果是好文章藝術的，那就是文治武功並盛，不必定有微辭。唐太宗好書畫，至將《蘭亭序》殉昭陵，也沒聽說什麼人罵他荒唐，就連康王構那麼不爭氣，因為支撐了危局，開創一百多年偏安之業，雖頗喜文辭書畫，照樣沒任何批評。于公《漫錄》卷十五云：

> 宋朝每一帝山陵，即奉所製文集及典籍圖書並置一閣，設待制學士諸官，此法最善，本朝唯太祖宣宗御集，頗傳於世，諸廟文圖書，不知內府所蓄何如，而閣部詞林，無從披睹。……此一大闕典也。愚意列聖御制詩文，御書墨蹟，御刻書籍，御玩圖畫，……皆當裒集尊奉，各置一閣，……使日星之謨，永耀中天，聖子神孫，代有瞻仰。……

　　這裡瞻仰的文章書畫，自然不是徽宗的瘦金書飛白書，後主的浪淘沙破陣子之類，然吾人於故宮看見的皇覺寺僧治書以及市上流行的十全老人詩文集等，實不敢贊一辭；若是瞻仰，寧可還是後者給人一些淒惘的印象較佳，不過這是感情的事了，對於帝王，原是不可以感情立場說，雖然捧場的心理，也未嘗不出於利己欲的衝動。士人可以

有好尚，但已非「有道」，嚴格地說，像王右軍，歐陽詢，褚遂良，吳道子，蘇東坡，倪雲林，李漁，袁中郎，張陶庵這許多人，皆不足語於道，以所尚離道太遠故。但身為文人，遂大可以此表暴於天下而不負責任，則文人也就不必羨慕富貴了。魯昔達君在〈龍堆雜拾〉中，已說到亡國之君的宮人后妃，每為詩人輕薄歌詠的對象，如《十國宮詞》之類，而馮小憐，張麗華遂漸為人鄙視矣。〈龍堆雜拾〉又說李後主小周后事，這是很有名的事，似「太宗強幸小周后圖」也曾有人翻印或再仿繪過，我國人淫虐狂本更屬害，又有歷史的殘酷意味在內，詩家吟味殊為大好題材。吾人於這種地方當另有所悟，李後主入汴所以聽了小周后的詬詈而掩面相避，真乃「闇弱」二字好寫照，以至不能自死而終至服了牽機藥，皆是弱者無論何事不能下得決心，只是一味對付苟安的表現，老實說，無論婦女之仁也好，志士之仁也好，其不是殘暴則一也，然此熙熙姝姝遂為「面黔而肥」的宋太宗所乘了，此公原來對於嫡親哥哥也不客氣的，燭影斧聲，千古之謎，我覺得「賀后罵殿」這齣戲必有百分之若干的真實性，若李違命侯保管幹不出這種事來，想玩女人，也還是「剗襪步香階，嬌波橫欲流」那一套偷情的作風，大有似於《西廂記》之張珙。張珙之流，又怎麼做得皇帝呢？可是大宋子孫，也依樣葫蘆，論者或以為報應，我們為李後主想，不妨這樣說，但若為徽欽本身想，似又有所不忍，《南燼紀聞》云：

> 十七日，粘罕使騎吏持書示二帝曰：元帥令遣汝北赴燕京，是夕，宿野寺中，……十八日早，騎吏促行，……其掌行千戶，自言姓幽西名骨祿都，常以言戲朱后，復又無禮，途次，朱后下畦間便溲，骨祿都從後執其手曰：能從我否？朱后泣下，戰慄不能言。隨亦病作，難以乘騎，骨祿都乃掖后同載馬上而行。至晚，約三十餘里，宿處乃闃寂一室，寒月初上，照見廊廡，骨祿都乃爇火烹食，以啖二帝於他室，二后皆病，不能食。骨祿都乃自熊①羊粥飼之曰，汝二婦休煩惱，我

護你到燕京去。是夕，鄭太后病稍間，而朱后驚悸不已，心腹作痛。骨祿都以手撫其胸，祝曰：病已病已，又曰爾強之，爾強之，其無禮如此。天明言於少帝曰：為我說爾妻，善視我，我當保汝以相報也。

少帝即欽宗，而朱后即其后也。下文又云：

十九日，至東明鎮，骨祿都與帝后同早膳，村落荒蕪，兵燹後百里無人煙，時二后疾少愈，少帝泣下不止，不能食。骨祿都怒曰：汝在汴京，妃嬪三千餘口，皆流徙北去，其中美貌女子，為人取去，亦復不少，何獨惜一朱后，不以結識於我，以作前途之託乎？……

受胡奴之辱，似還不如小周后之遭遇。然並不止此而已，請再看：

二十一日至二十三日，行抵黃河岩，忽見一舟自北而來，上立皂旗，中有紫衣人謂骨祿都曰：北國皇帝傳令，著四月十五日至燕京，今已三月盡，宜速行，毋違限期，骨祿都頻目朱后，且哂之，紫衣人知其情狀，拔劍執而喝之曰，汝本河州一鼠賊，我抬舉用汝至此，安敢與婦人私通，以致緩行程，獲罪不小，遂立斬之投屍於河。顧復問婦人何人，少帝曰此我妻朱氏，骨祿都屢行侵害，哀苦無告，今得將軍誅之，深雪我恥！紫衣人曰：汝識我乎？我乃元帥之弟澤利也。帝感謝而去，后亦拜之。……二十四日入衛城，同坐飲食，澤利已醉，命朱后唱歌勸酒，后辭以不能飲，澤利怒曰：汝四人性命，在我掌握之中，安敢如是不遵！遂執鞭欲擊朱后，旁有某知縣勸止之，澤利又曳后衣與並坐同飲，后怒，欲以手格之，力不能及，反為澤利所擊及面。……朱后是夜被其淫辱難堪，

且泣且厲聲曰:「願速殺我,死而無恨!……是日四人無晚食,澤利使人監視愈緊,執傅愈凶,罵詈百端,凌辱不堪。

《南燼紀聞》雖傅沉叔先生考證絕對靠不住,然其傳說,必有根核,故也不必全不相信。書中類此之事尚多,少帝終不能一死者,無非暗弱耳,惻隱之心太重耳,我因之時時感到聖賢的話也靠不住,如「人皆有不忍人之心」一事即害人不淺,英雄壞於「不忍」二字者甚多,《史記》鴻門之宴記范增說項王云,「君王為人不忍」,范誠深知項王者,所以項王終於在不忍愛姬受辱的慘狀下自刎了。王曇《煙霞萬古集》祭項王廟文有「置淫雉於軍中不御,釋太公於高祖不烹」的話,雖是牢騷,倒很可以寫出項王的不忍,劉海峰文為桐城派,宜不可喜,〈丁公論〉又自幼讀之,昔日提起,便感無謂,然今思之,未嘗不是短小廉悍的好文字,可與荊公〈讀孟嘗君傳〉並傳,蓋刻劃成功的帝王劖刻之心,有少許勝多許之妙。像項王這種叱吒風雲的人,只以不勝兒女之私而丟掉宰割天下的機會,徽欽莊烈,又何足云!莊烈似已預感到亡國之不堪,才手刃愛女,其慘烈倒也可以給忠厚老實的人生色;《甲申傳信錄》云:

上顧事急,將出宮,分遣太子二王出匿。進酒,酌數杯,語周皇后曰:大事去矣,爾宜死!袁妃遽起去,上拔劍追之曰:爾也宜死,刃及肩,未撲,再刃,撲焉,目尚未暝,皇后急返坤寧宮,自縊;時已二鼓,上巡壽寧宮,長公主年甫十五,上目怒之,曰:胡為生我家!欲刃之,手不能舉,良久,忽揮劍斬公主右臂而仆,並刃坤儀公主於昭仁殿,遣宮人諷懿安皇太妃李氏,並宜自縊;上提劍至坤寧宮,見皇后已絕,呼曰:死的好!

《紀載彙編》等書似有同樣紀事,或比這個尤令人悽愴,不在手頭,不能具引,莊烈大約在亡國君主中最委曲的,因為好像一天也沒

有享受過，其能自殺與處理宮眷的辦法，似頗有決斷，惟惜太遲，蓋萬分不得已而一為之，亦怵於前事，不願長期的受罪也，不然對於那些婧嫕無主張的庸懦大臣以及忘恩負義的太監等，早該有所制裁了。同書記居庸關叛降賊兵的監軍太監杜勳入見云：（《明紀》大體相同。）

> 賊遣叛監縋城入講和，盛言李闖人馬強眾，議割西北一帶，分國而王。並犒賞軍銀百萬，退守河南，當局茫然無應。內臣告上，上密見之平臺，輔臣魏藻德在焉，勳具以事白上，且言闖既受封，願為朝庭內遏群寇，……因勸上如請為便。上語藻德曰：此議何如！今事已急，可一言決之。藻德默然不答，鞠躬俯首而已。上憂惑不能坐，於龍椅後靠立，再四詢德定議，藻德終無一辭。上令勳且回話，朕計定，另有旨。復縋勳還營。勳既出，上以藻德不言，且勢困，推龍椅倒地而入。薄暮，太常卿吳麟徵坐西直門，登城望賊，知勢難支，急馳入朝，欲面陳要事，遇藻德於朝門，語之故，藻德云：皇上煩甚，已休息，不必入也，手挽之出。

「今事已急，卿可一言決之」，充分畫出一個沒主張的老實人，難得如魏藻德這種東西，還那麼有暇閒去詢問他，且只以推翻椅為處罪也，（此君後來被李氏自成部下弄死了；但假使生於乾嘉間，或亦一風流儒臣。）所以我說到最後的自殺與掩面殺自己女兒，皆是萬分不得已，若問本性，固是無此忍心的人物，想不會有人反對吧。於此我又想起近代皇帝愛新覺羅載湉，遭遇實與崇禎皇帝差不多，只不直接被害於外人，而受制於母后為不同，至立意要做好皇帝而力有不勝，險詐權謀狠辣不夠，則堪稱二璧，王小航《方家園雜詠記事詩注》頗多佚聞，今不憚抄襲，錄之下面，亦以證明亡國之主多忠厚柔懦焉耳：

回鑾（庚子）月餘，太后即召外優演劇，外城各班名伶皆與焉，故事，太后觀劇，開場之先，必皇帝華袞先入後臺，出自上場門，作優伶式環步一周，以表萊彩娛親之意，其制不知始自何年。至此次入台，上羞之，小語曰：這是何等時光，還唱得什麼戲！小閹怒曰：你說什麼？上急求曰：我胡說，你千萬莫聲張了。……

內務府專司洗衣之馬姓，一日入寢殿，領應洗之件，見御榻前架上掛一極破小褂，不在領洗件內，亦不堪洗，問留此何用？上淒然曰：此乃自陝至京，數月不換小褂，與我患難相依，故留為紀念，不忍棄也。蓋行在各色人等，仰體太皇之意，但包飾外表，借上作傀儡，而切身之端無人顧及，上亦不求人而心蓄之也。

德宗嘗親祀天壇，聞陪祀人言，是日御前大臣前趨甚疾，上謂之曰：爾等著好靴可速行，我著破靴，安能及？此蓋光緒三十三年事也。

　　至載灃為攝政王時，依然對袁氏不忍，而袁氏卻大忍特忍，不但趕走了清廷，且自己作起天王老子來了。我寫此小文動機，蓋即在側重亡國之君並非全是罪大惡極，同時創業之主，也並非全是聖德比天云云，唯對於後者，終不便過分發揮，以免有喧賓奪主之嫌。好好先生，會作文章會作詩，喜好讀書，常和女人調情，這註定了是亡國之君無疑，若我輩者，除以筆桿說空話外，只會看見餓殍或四馬路雌妖拉客而撲簌簌流下不值半文的眼淚者，不作天子便罷；若有機緣，殆即亡國君之一也。

　　此文寫畢，始讀文載道君〈知人論世〉頗多同感。對於「蓋棺論定」之不可靠，文君亦言之，雖說法不同，而結論一致。我自己已罵

古人寫古人寫史論為胡說霸道，生於亂世，總好以史遣愁，則其不免於蹈古人史論覆轍宜矣，此當「文責自負」者也。

（原載《雨都集》，上海太平書局1944年4月初版）

---

① 「熊」字為原刊誤排，但不知應為何字，可能是「烹」字或類似的字。

記吳之榮之類

第一要聲明的，這文章也還是抄書。

乾隆末，因為文字獄告訐之風過甚。御史曹一士上疏云：

> 往者造作語言，顯有悖逆之跡，如罪人戴名世汪景祺等，聖
> 祖世宗因其自蹈大逆而誅之，非得己也。若夫賦詩作文，語
> 涉疑似，如陳鵬年任蘇州知府遊虎丘作詩，有密奏其大逆不
> 道者，聖祖明示九卿，以為古來誣陷善類，大率如此，如神
> 之哲，洞察隱微，可為萬世法則！比年以來，小人不知兩朝
> 所以誅殛大憝之故，往往挾睚眥之怨，借影響之詞，攻訐詩
> 書，指摘字句；有司見事生風，多方窮鞫，或致波累師生株連
> 親故，破家亡命，甚可憫也！臣愚以井田封建，不過迂儒之常
> 談，不可以為生今反古，述懷詠史，不過詞人之習態，不可以
> 為援古刺今。即有題跋偶遺紀年，亦或草茅一時失檢，非必
> 果懷悖逆，敢於明布篇章！使以此類，悉皆比附妖言，罪當
> 不赦，將使天下告訐不休，士子以文為戒，殊非國家義以仁
> 法，仁以包蒙之意。請敕下……凡後有舉首文字者，苟無的確
> 縱跡，以所告本人之罪，依律反坐，以為挾仇誣告者戒。庶文
> 字之累可蠲，告訐之風可息矣。

此所云其實是很不客氣的，如言井田封建，明指呂留良之獄，
述懷詠史，則所涉尤多，徐述夔一柱樓詩，胡中藻堅磨生詩，皆有此
類文字，直揭皇帝之短，照理是該大逆不道，本身先變成文字獄的，
曹氏所以敢於為此，總因當時帝王已略有悔意，且那時官吏還微存呆

氣之故：告訐這事，本是主子監督奴才的妙策，人類去不了損人利己的欲念，則這種事一直是要有的。歷史前例，因告密而成功者甚多，然在被告的一方面，其苦痛又何待陳述。項伯假使不向張良「講交情」，漢王的命運殊未可定。而袁世凱之所以邀懋賞，正以將康梁之事告密的緣故。陳鵬年事，未能查出詩句云何，《清史稿》本傳云：

> （江蘇）巡撫張伯行雅重鵬年，事無巨細，倚以裁決，總督噶禮，與伯行忤，並忌鵬年，……因坐核報不實，吏議奪官遣戍黑龍江，上寬之，命仍來京修書，噶禮複密奏鵬年虎丘詩，以為怨望，欲文致其罪，上不報。俄噶禮與伯行互訐，屢遣大臣按治，議奪伯行職，上以伯行清廉，命九卿改議，並諭曰：噶禮曾奏陳鵬年詩語悖謬，宵人伎倆，大率如此，朕豈受若輩欺邪？因出其詩，俾閣臣共閱。

則陳君被揭參，全由私恨可知。其時去戴氏《南山集》之獄不遠，朝廷羅織正殷。康熙帝曾說過，漢人最重私怨，如不能報復，輒作文力攻其惡，（見《東華錄》）數語頗可玩味。噶禮正利用皇帝此種心理，卻不想吃一鼻子灰，噶禮這人根本康熙不甚信任，再加沒有碰到皇帝的高興，故有此釘子。不然像戴名世方孝標等，亦不見得遂有罪大惡極的存心，何以非凌遲棄市不可乎？

乾隆四十三年贛榆縣民韋昭槖首伊侄韋玉振，為父刊刻行述，內有「於佃戶之貧者，赦不加息並赦屢年積欠」之語，巡撫楊魁奏以「殊屬狂悖」，高宗諭云：

> 韋玉振於伊父行述內，敘其自免佃戶之租，擅用赦字，於理固不宜用，但此外並無悖逆之跡，豈可因一赦字，遂坐以大逆重罪乎？……若如楊魁所辦，則怨家欲圖傾陷者，片紙一投，而被控之身家已破，拖累無辜，成何政體！且告訐之風，伊於胡底乎？

皇帝就是這樣怪物！楊魁為辦徐述夔案，尚曾再三受申飭，對於赦字的不肯放過，乃是「自衛」，而非邀功。且為了稱亡父為「皇考」而獲罪者也有，（〈瀧岡阡表〉害人不淺）則楊魁或有原諒之必要，而高宗之假惺惺，乃更可噁心也。

純粹以挾嫌而告訐的，無過於南潯莊氏《明史》之獄裡的主角吳之榮，近讀說庫本《大獄記》，實在覺得這樣的人討厭。而這不過一例而已，餘子之匪夷所思，何用辭費！今先撮抄關於吳之記載：

全祖望〈江浙兩大獄記〉：

> ……明相國烏程朱文恪公，（按名國楨）嘗著《明史》，舉大經大法者筆之，已刻行於世。未刊者為列朝諸臣傳。國變後，朱氏家中落，以稿本質千金於莊廷鑨，廷鑨家故富，因竄名己作刻之，補崇禎一朝事，中多指斥昭代語，歲癸卯，歸安知縣吳之榮罷官，謀以告訐為功，借此作起復地，白其事於將軍松魁，魁移巡撫朱昌祚，朱牒督學胡尚衡，廷鑨並納重賂以免，乃稍易指斥語，重刊之，之榮計不行，特購得初印本，上之法司，事聞，遣刑部出讞獄，時廷鑨已死，戮其屍，誅弟廷鉞。舊禮部侍郎李令晢曾作序，亦伏法，並及其四子。令晢幼子年十六，法司令其減供一歲，例得免死充軍，對曰，予見父兄死，不忍獨生，卒不易供而死。序中稱『舊史朱氏』者，指文恪也。之榮夙怨南潯富人朱佑明，遂嫁禍且指其姓名以證，並誅其五子。……

翁廣平書〈湖州莊氏史獄〉，記吳之挾嫌原由較詳，略云：

> 有烏程令吳之榮者，年二十餘，以贓繫獄，遇赦得出，嘗有求於朱佑明（按廷鑨岳父，為之出資刻明史者），佑明不即見，屬門客延之，入宿東軒，見廷鑨所著書，多忌諱語，遂

持以要賂，莊氏朱氏以豪富，並善兩浙提督梁飛鳳，以有所
恃，懇梁以兵逐之，之榮始白其事松魁，莊氏納賄得免。

據此則所挾之嫌，不過借貸不遂，而流毒所至，竟至數十百人，
小人用心豈不可怕。關於這一點，顧亭林的記載也差不多，（見書吳
潘二子事，指列名參校此書之吳炎潘檉章也。）而楊鳳苞記莊廷鑨史
案本末及費庵日記刻畫得更詳細，我們於此，尤可多認識一重人格
也。楊文云：

> ……明書輯略，……順治十七年冬刊成，頗行於世，……陸查
> 范三人，（陸圻，查繼佐，范驤三人，有文名，莊氏皆強列參
> 校之中，亦我的朋友×××之意。）未見書，而聞其名在參校
> 中，於是年十二月，各檢呈於學道胡尚衡，胡飭湖州府學教
> 授趙君宋檢舉，君宋買此書磨勘，摘出譭謗語數十百條，申
> 復學道，又列揭於學宮之門，允城（莊父）上下行賄，竄易
> 書中忌諱處，改刊數十頁，仍然印行，又賄巡道張武烈，持
> 君宋私款，君宋不敢校，而難稍已。……未幾，李廷樞吳之
> 榮又發其事，初廷樞任督糧道，之榮任歸安知縣，以對揭贓
> 款，各坐絞罪繫獄，遇赦得出，二人流寓浙中，越二年，聞莊
> 史事，廷樞買得初刻書，會湖州知府陳永命，其分房所取士
> 也，以書授之，謂奇貨可居，永命得賂，並將明書板貯庫，檢
> 原書還李，而李毫無所獲，復以書授之榮，蓋始相惡而繼相
> 好，又結婚姻也……之榮挾以恐嚇莊氏，莊氏恃已呈部院不為
> 理。（莊曾交通通政使王允祚，藉其力將書上三司衙門檢定許
> 可）乃持攝於浙江將軍松魁，將奏其逆書，允城懼，屬府學生
> 徐典居間，饋松江提督梁化鳳千金，梁為致書於魁，而事得
> 解，（此與翁記微異，殆傳聞不同之故）之榮憤，親詣莊氏覘
> 其稍饋以解慚，莊後訟諸巡道，責令歸旂（此公旂人），之榮

益憤，藉口辭行，索賄於董漢荼朱佑明及允城三家，董賄以三千金，莊朱皆不許，之榮又踵莊朱之門，兩家男子走避，令僕婦婢女，群出辱罵之，而巡道遣佐貳官卒役立逐出境。之榮憤甚，誓雪仇恥，入都，簽標詆斥語，而補刻朱史即朱佑明一條，添入書內，奏記於顧命四大臣，上聞，……械允城至都，時康熙元年冬十月也。允城赴部刑訊，不勝毒楚，瘐死於獄，磔其屍。明年正月，再命吳戴二滿侍郎至杭讞其獄，當之榮之首告也，只恨莊朱二人：與余人無仇，又凤與令晢相善，故其書毀去序文，及參閱姓名數頁，迨執諸罪人至會城，鎖禁於滿州軍營，佑與君宋同繫一處，佑明哀之曰：公為首先舉發者，必受重賜，若得救我全家，當以家資之半為報。君宋貪而許之，遂云此書不全，姓名亦不真，我有初刻全本，姓名無一參錯，則以書中無朱史氏即佑明一條故也。自君宋之書出而參閱之十四人，撰序之李令晢，皆凌遲死，而君宋亦坐藏弄①逆書處斬矣。佑明實不與史事，然其家懸清美堂匾，文恪之故物，之榮嫁禍，即以為據，亦凌遲死。

費文記吳陷朱一段云：

隨帶朱佑明出審，朱誤以為關節已到（其子令紹曾託管理南關旂人圖賴，向審官行賄。）因云，此前朝朱相國所作，故稱朱史氏，其子孫窮了，將這稿本賣與莊允城莊廷鑨家，因請了一夥有才學的，共造成了刻的。小的是不識字的，如何曉得造？又問：你既不在這裡面造，如何得知明白？朱佑明云：因同在南潯鎮住，所以曉得。又問：你既知得明白，如何不出首？朱云：不曉裡邊寫的字，所以不首。……因令吳之榮與朱佑明對質，佑明復辨非朱史氏甚力，其『即朱佑明』四字，是吳改刻添上誣陷的。吳之榮云：板上張張有清美堂三字，今朱佑明南

潯屋內，現掛清美堂在上，何得狡辯？因立差驛傳二道，帶領官兵衙役，同到南潯朱佑明家，起匯到杭，遂定獄矣。

許多記載，都說朱係木工出身，家非富有，當明清鼎革之交，囤集各項藥材碗貨桐油染料，獲厚利起家，大修舍宇，因為沒有名人題額，惹人譏笑，一般幫閒清客介紹買得朱國禎家懸清美堂額，董其昌書，朱氏大喜過望，懸之正室，以為榮寵，同時攀親於莊，莊正刻史，原書板心有清美堂字樣，為一律計，續刊亦有之，不意因此而姻家竟滅族。

小人原亦應當應付的，像莊朱兩家，未免太不認識環境了。邇日《秋海棠》小說盛行，余亦買一冊讀之，覺袁家馬弁季兆雄大有吳君意味，而秋老闆不肯再破費一次，遂糟糕矣。況事前已行賄，事情又多少有可議處乎？吳之榮後來畢竟達到目的，被賞給莊朱二家產業之一的，且又賜給什麼「拜他哈哈番」的封號。然中國人對於這樣人大約都有些不平，所以翁廣平的紀事就說：「之榮居京師，生人面瘡，蔓延遍體，醫言割去初發之一，則皆愈矣，乃忍痛割之，而諸瘡咆勃如故，復次第割之，磔肢臠體，楚痛哀號，宛轉累日而後死。」此與世傳胡迪罵閻羅秦相國生疔瘡何異。又有的說朱佑明發財，是曾謀死一個和尚，這和尚臨終曾警告他一定要報仇，吳即僧之轉生云，將無可解說之怨毒，歸之因果，殆亦中國女人孺子所樂聞耳。

潘檉章吳愧庵因列名參校而被殺，以其為有名學者，故哀之者甚眾。余讀吳君臨終〈與美生對酌絕句〉一首，淒然欲涕，錄之以見文人之厄：「平生恨不學屠沽，輸與高陽一酒徒，此日尊前須盡醉，黃泉還有賣漿無！」

（原載《兩都集》，上海太平書局1944年4月初版）

---

① 弆，音舉，意為密藏。

談文字獄

　　從秦始皇那時候起，中國可謂就有大規模的文字獄了。人生識字憂患始，所以文字稱為「慧業」，說是業，總是一番罪惡，雖然皇帝老子不來干涉，閻羅老子也不會放鬆，不是綺語之孽，如易哭庵之流，也是臨死時飽受淹纏之苦嗎？老頡造字而鬼夜哭，舊時以為迷信，今乃知其大有道理。

　　楊惲《報孫會宗書》，因「種一頃豆，落而為箕，人生行樂耳，須富貴何時？」「當盛漢之隆，勉旃，毋多言」數語，孫君告密，楊氏遂腰斬，惲子君惲南田所以姓惲，還是兩千年前避禍的結果。歷史上像這樣的事實，說也說不盡，而愈是開國帝王，為了掩飾他的出身微賤，愈是要立下威嚴，把顏色給那些專喜說風涼話的刻薄文人看看。朱元璋殺人如麻，胡惟庸之獄，死人逾三萬，也算一位殺人不眨眼的魔王。天才詩人高啟，因〈女圖〉一詩「小犬隔花空吠影，夜深宮禁有誰來」之句而招殺身之禍，雖然罪名是代魏觀作上樑文，（魏氏所居，為張士誠故址，故以為有謀叛之嫌。）實際上皇帝所生的氣，固在彼而不在此。這種直接罵皇帝老子是烏龜的話，自然是高氏不善修詞處，一到清初，就更豈有此理，不要說直接或間接的罵是不行，像「維民所止」是削了雍正的頭那種官司，直可令文人不知自己那一句話會使腦袋搬家，我想這時候唯一的辦法就是沉默了，龔定庵云：「避席畏聞文字獄，著書都為稻粱謀」豈非痛哉言之，然亦只道著一半，因即為稻粱而著書，終於免不了大辟也，如王錫侯「字貫」一獄，即其顯例。

　　王錫侯本不第進士，減縮《康熙字典》而作《字貫》，因將皇帝的廟諱直行排下，又有擅改《康熙字典》之嫌，遂弄得家敗人亡，然

王氏的供詞，則老老實實說出自己目的是為謀利，且就其行為家產看來，也絕非謀逆之徒，請先看供詞：

> 問：你身為舉人，該知尊親大義，乃於聖祖仁皇帝欽定《康熙字典》，擅行辨駁，妄作《字貫》一書，甚至敢於凡例內將廟諱御名排寫，這是大逆不道的實跡，究竟你是何主意，據實供來！王錫侯供：我從前因《康熙字典》卷帙浩繁，約為《字貫》，原圖便於後學；這書內將廟諱御名排寫，也是要後學知道避諱，實是草野無知，後來我自知不是，就將書內應行避諱之處改換另刻了，現有改書板可據，求查驗。詰問：你將《字貫》重行改刻，這就是你自知前書內有大逆不道之處，故又希圖掩蓋，愈見你從前原是有心悖逆，更有何辯？又供：我將《字貫》重刻，原是自知前書不好，是以改正，如今王瀧南將我前刻未改之書呈出，我從前不知忌諱，妄編妄寫就是我的狂悖實跡，還有什麼辯處，又問：你於《字貫》凡例內將先師孔子諱先寫於廟諱御名之前，廟諱御名，凡為臣子，何人不知，至孔子名諱，尤屬眾所共曉，何用你於書內開寫，這明是你有心犯諱，故意如此開列，以遮掩你悖逆之跡，還有何說？又供：少年時未知廟諱御名，是後來科舉時才知道的，恐怕少年人不知避忌，故此於書內開寫使人人知曉，至將孔子名諱開列於前，是我從前進場時見場內開出應避諱的規條，是將孔子開列於前，故此我照著寫的，但我將廟諱御名排寫直書，這就是我該死處。詰問：你身列衣冠，著書立說，敢於肆行狂悖，你的各樣書內悖逆之處，不可枚舉，皆出有心，並非草野無知，誤犯忌諱者可比，你可將種種悖逆，都是什麼意思，從實供來。又供：我自己該死，明犯忌諱，已經罪無可逭，至我著書初心，不過指望得名，並圖書籍刻成發賣，亦可覓利；如今想來，以踐土食毛之人，乃將聖祖欽定之書，妄行

更改，希冀沽名漁利，是以天奪其魄，鬼使神差以致自蹈狂逆，這都是我自作之孽，還有什麼說處！（見故宮印《掌故叢編》第二輯）

此供詞可謂極老實，寫廟諱孔諱也是根據了科場規約。作書無非為名利兩字，而召此慘果，只有以自己認命式的「自作孽」一語，以答覆乾隆皇帝的「親訊」了。然則稻粱又豈易謀乎？同書刊所抄沒家產估計單，真是寒酸極了，窮書生挖盡心思賺幾兩銀了大約是情理所許可的吧？那知正成了皇帝立威嚴的靶子，借文字謀生，又豈易言！附清單：

住房十間半連磚瓦基地等項共估值銀三十六兩六錢。門首空地一段估值銀三兩二錢。魚塘一口，估值銀一兩二錢。屋後菜地一塊，估值銀十二兩五錢。竹木床凳盤桶箱櫃錫鐵磁瓦零星物件等項共估值銀六兩九錢六分一厘。穀一三石五斗估值銀七錢。小豬一口，估值銀三錢二分。雞五隻，估值銀一錢五分。

王氏家口計二十一名，均緣坐。試想二十一口之家，產業所值當時不過六十餘兩，焉有什麼大逆不道的可能。王氏江西人，在今日或真的有所主張，在當時則只有效三家村冬烘，作《字貫》謀升斗之資而已。此公又名心特重，因為鄉試時是錢陳群史貽謨的門生，史則貽直之弟，為增加聲價，特請錢陳群給他的《歷史》及《唐人試帖詳解》作序，並請史貽謨轉託史貽直為家譜作序，對於這樣窮學生，史錢自然看不起，所以始終沒有作，不想王君竟自作了兩篇，即標錢史姓名，案發，錢史已死，追問其家，雖王氏自承序乃自作，史錢後裔終不能不對簿公堂，由《經史鏡》、《試帖詩解》等書名，可知亦是帖括咕嗶之書，無非騙騙鄉下學生者。說到這兒，給人作序，誠不能不倍加小心，如莊廷瓏《明史》之獄，戴名世之獄，都是把作序的人

連坐的，今人每喜為人作序，求「我的朋友胡適之」之風尤盛，卻不知其中大有危險也。

《四庫全書》，原為搜盡天下違礙之書而發，有人氣極了說自《四庫全書》輯成而中國文化亡滅，雖覺過激，固不無理由，高宗之陽市惠而陰用強，殊難防備。乾隆一朝，文字獄特多，職此故耳。乾隆三十九年詔在各省設書局專收毀違礙書籍，書局專管毀書，古今中外，可稱創例。然書之違礙與否，若非自己親友相知從中告密，當局究竟不易知曉，且旗人大臣多不識字，總要有報告，才會發生問題，試查各案之起，蓋皆如此。案情一起，督撫司道，首先倒楣，失查事小，隱諱罪大，即江蘇而論，自乾隆三十九年至四十三年，不及五年，收書五萬餘部，在印刷不甚發達之時，已頗可觀，督撫地方官，又豈能為此終日工作，唯偶一失神，則性命交關，則天下縱甚太平，作官的卻無時不在與死神打交道！乾隆四十三年徐述夔《一柱樓詩》及殷寶山《紀夢詞》之獄，株連極多，徐已死，不過開棺戮屍等等，後人及作序刊刻之人，當然不免，而最冤哉枉也的，則是江寧布政使陶易，為此失官抄家棄市，好像此事後來的重心，完全弄到陶的頭上，皇帝不願對死者作文章，專愛對活的尋開心，於此可見，陶為現任官吏，尤可殺一儆百，這種心思，有時現代人還不大行。徐氏也許是有民族思想的人物，但朝廷所指摘的也十分莫須有，如「明朝期振翮，一舉去清都」二語，乾隆帝的意思是「為何不用『明當』而用『明朝』，不用『到清都』而用『去清都』，實係借朝夕之朝作為朝代之朝，意欲興明而去清」云云，這話簡直無從辯爭，然此責任卻加在陶君身上，謂其身為長官，何以見此悖逆之詞而不辦。蓋陶當案發時正忙於祈雨，曾有人將書目繳到藩台，以為沒什麼了不起又沒有標籤何處悖逆，遂發還首縣批飭嚴查再辦，不想這之後就有人到學使劉墉那兒去告密，由皇帝那裡查了下來，於是陶君遂以有意包庇被免官，且枷鎖上路，入京治罪矣。

皇帝本是好惡無常的，愛之則九祖升天，惡之則九族棄市，閱雍正帝硃批年羹堯奏摺，左一個「甚是甚是」，右一個「應當應當」米湯灌到極處，甚至大書：「朕覺爾此奏，比是什麼更喜歡，這才是即此一片真誠，必感上蒼之永佑……」「如此方是為朕永遠料理事之大臣也」。年氏此時，可謂紅到三十三天；及晚年忌猜既起，無論說什麼都碰釘子，雍正三年年氏以日月合璧五星聯珠奏賀，有「夕惕朝乾」字樣，竟大觸帝怒，諭曰：

> 年羹堯所奏本內，字畫潦草，且將朝乾夕惕寫作夕惕朝乾，年羹堯平日非粗心辦事之人，直不欲以朝乾夕惕四字歸之於朕耳。朕自臨御以來，日理萬幾，兢兢業業，雖不敢謂乾惕之心足以仰承天眷，然敬天勤民之心，時切於中，未嘗有一時懈怠，此四海所知者。今年羹堯既不以朝乾夕惕許朕，則年羹堯青海之功，亦在朕許與不許之間而未定也。朕今降旨詰責，年羹堯必推託患病係他人代書，夫臣子事君，必誠必敬，陳奏本章縱係他人代書，豈有不經目之理？則年羹堯自恃己功，顯露不敬之意，其謬誤之處，斷非無心，此本發與年羹堯，令其明白回奏！

這好像小孩子因爭玩具吵架，無理取鬧，莫可言喻。後議政大臣刑部等承旨題奏九十二大罪，請將年立正典刑，此亦為罪狀之一，徐凌霄先生云：

> 夫朝乾夕惕，或作夕惕朝乾，猶之宵衣旰食，或作旰食宵衣，均無不可也。……如雍正帝之說法，夕決不可前於朝，惕決不可前於乾，今觀南海迎薰亭有石刻乾隆十一年八月柏梁體詩，御制詩序有云：三爵無限，尚餘恭儉之儀，一日追歡，敢忘惕乾之警。曰惕乾而不曰乾惕，寧非顯悖其父之旨？且乾即

乾隆之乾，不更應留意乎？……即是一例，益見雍正帝之深文
周納，強為之詞矣。

數語道破皇帝之內心。若以「一把心腸淪濁清」之獄相比，似乎
年將軍更冤枉也。

魯迅翁《且介亭雜文》〈買小學大全記〉記尹嘉銓之獄，並論云：

乾隆時代的一定辦法，是：凡以文字獲罪者，一面拿辦，一面
就查抄；這並非著重他的家產，乃在查看藏書和另外的文字，
如果別有『狂吠』，便可以一併治罪。因為乾隆的意見，是以
為既敢『狂吠』，必不止於一兩聲，非徹底根究不可。

如前所云一柱樓詩獄，作者的《論語摘要》，《蘐堂雜著》，
《想詒隨筆》，《拚茶場志》，《五色石傳奇》等，都在被禁之列，
細算起來，被冤枉了的書真不知有多少！今日閱禁毀違礙書目，殆不
難得其梗概。若尹嘉銓這種人，講理學講得呆了，（曾請令八旗子弟
念朱子小學，奉硃諭，所奏是，欽此。）乘乾隆南巡時，命他兒子代
奏為其父請諡，硃批是；「與諡乃國家定典，豈可妄求，……若再不
安分家居，汝罪不可逭矣。欽此！」先因未預料碰此釘子，故接著又
上一本，請將名臣湯斌范文程等從祀孔廟，而結尾帶上他老子，云：
「至於臣父尹會一，既蒙御制詩章褒嘉稱讚，已在德行之科，自可從
祀，非臣所敢請也。」硃批是：「竟大肆狂吠，不可恕矣。」結果尹
嘉銓落得「著加恩免其凌遲之罪，改為處絞立決」了。智深兄很喜歡
看迅翁此文，尤以所抄尹氏供詞為有趣，今不避文抄公之嫌，再一抄
之，亦人間一種滋味歟？

問：尹嘉銓，你所書〈李孝女暮年不字事〉一篇，說「年逾
五十，依然待字，吾妻李恭人聞而賢之，欲求淑女以相助，仲

女固辭不就」等語，這處女既立志不嫁，已年過五旬，你為何叫你女人遣媒說合要他作妾？供：我說的李孝女年逾五十，依然待字，原因素日間知道雄縣有個姓李的女子，守貞不字，吾女人要聘她為妾，我那時在京候補，並不知道，後來我女人告訴我，才知道的，所以替她作了這篇文字，要表揚她，實在我並沒有見過她的面。但她年過五十，我還將要她作妾的話，做在文字內，這就是我廉恥喪盡，還有何辯！問：你當時在皇上跟前討賞翎子，說是沒有翎子，就見不得你妻小，你這假道學怕老婆，到底皇上沒有給你翎子，你如何回去的呢？供：我當初在家時，曾向我妻子說過，要見皇上討翎子，所以我彼時不辭冒昧，就妄求恩典，原想得了翎子回家，可以誇耀，後來皇上沒有賞我，我回到家裡，實在覺得害羞，難見妻子，這都是我假道學，怕老婆，是實。問：你女人平日妒悍，所以替你娶妾，也要娶這五十歲女人給你，知道這女人斷不肯嫁，她又得了不妒之名，總是你這假道學作慣這欺世盜名之事，你女人也學了你欺世盜名，你難道不知道嗎？供：我女人要替我討妾，這五十歲李氏女子既已立志不嫁，斷不肯做我的妾，我女人是明白的，所以借此要得不妒之名。總是我平日所做的事，俱係欺世盜名，所以我女人也學做此欺世盜名之事，難逃皇帝洞鑒。

怕老婆是犯罪的，倒可促今人注意。至於皇帝慣技是翻手作雲覆手雨，道學先生太老實，把皇帝也看成冬烘，焉有不死之理！迅翁曾極稱讚故宮所輯《清代文字獄檔》，惜手頭無全帙，致雖有野心想作一部《清代文字獄史》，也無從著手，隨感想所及，拉雜書此。

（原載《兩都集》，上海太平書局1944年4月初版）

論「從容就死」

「從容就死難」，歷史對此種人，似比慷慨捐生更加讚頌。總因為死是人最討厭的事情之一。普通，一個人雖知免不了死，卻日日在求不死，必不得已時，也願意知道自己何時死，譬如算命卜卦，就是這一套，然假設真知道自己幾時要死，這種有生之日怎樣過下去，在我想來實在成問題。古所謂待決之囚，殆即如是吧？當自己尚未分曉之時，一旦了結，如陣上失風，被人揮作兩段，「死於非命」，或一枚流彈一塊炸彈碎片，碎腦穿胸，到底不必滿腹狐疑，此其為死，較之造成極惡幻象，戲言身後，都到眼前，實不能相比，昔日刑法中有「斬監候」，就是利用此怕死心理而故意讓你神魂失措，可算殘忍之尤！如果不大清楚，讀讀方望溪的〈獄中雜記〉好了。（方文，我只此篇印象甚深，足徵現身說法在文藝作品中之重要。）

知不免於死而無法挽救，為人生最大悲哀，此即死之所以不能從容也。但這裡卻又有分寸，假使伏闕上疏痛哭流涕，或一擊不中，陷為俘虜，或國破家亡，求生不得，即使未能立時效命，固亦大有可以慷慨者在，有此決心，便有此勇氣，死，不過時間問題，於是其就義亦遂覺得無所謂，楊繼盛臨刑具書妻子，詳論泰山鴻毛之判，稱得起從容。其餘如古今刺客之絕命詞，書不勝書，鑒湖女俠以巾幗之身，尚能寫出其「秋風秋雨愁殺人」之詩篇，然後授首，亦不可多睹人物。若文信國〈柴市〉一歌，〈指南〉兩錄，至今虎虎有生氣，凡此臨難不苟，俱可認為慷慨的從容一類，好像尚非極難。唯有一種人，似並未十分觸時忌，批逆鱗，然其結果則殊慘，這種在自己或他人都出乎意外的遭遇，倒是很不好從容的，心中冤屈，眼中落淚，乃人情之常，若必引吭高歌，亦覺不近情理，以此想到《世說》記「孔融被

收，大兒九歲，二兒八歲，時正為琢釘戲，了無遽容，融謂使者曰：冀罪只於一身，二兒可得全不？兒徐進曰：大人豈見覆巢之下，復有完卵乎？尋亦收至」一段，昔人多以二子為偉大，吾獨覺其太酷，黃口小兒，如不知其父為一去不返則已，既已知之，了無遽容，其將來不為忠臣定是巨憝，周知堂先生曾謂中國人好看出紅差為國民的殘忍性，我則覺得像《世說》一類從容閒雅的書，有此記載，並非讀者之福。又記嵇中散臨刑：「神色不變，索琴彈之，奏廣陵散，曲終曰：袁孝尼嘗請學此散，吾靳固不與，廣陵散於今絕矣。」亦作如是觀。後世金人瑞一流之殺頭至痛，飲酒至快，皆此一脈之傳，蓋以生命視如兒戲者。夫孔嵇之罪，皆止於「議論惑眾，輕時傲世。」（參《世說》各節箋注）頗似近代之所謂思想犯罪，豈能與上疏言事為國捐生同科，然則此種從容，又比較不易，且不必要也。

自殺是最大的勇敢，有人說自殺是怯懦，我總不相信。例如我自己，殺雞宰豬，都不敢看，操刀而割，那更談不到。有次我到北平歷史博物館參觀，看見歷年劊子手所用的「鬼頭刀」，刀柄上的鬼眼睛滾上滾下，已不由打一冷戰，而殺人的刃部大都缺進去一塊，呈微凹形，足以證明他本身的經歷，更令人咋舌，像這樣的人，殺人尚觀之惴慄，殺已當何以堪，故說自殺是懦弱者，亦忍人也。又聞人云，劊子手當執行職務之前，亦須飲大量燒酒，以壯膽量，然則其動手時，毋乃亦利用其瘋狂的心理乎？倒是那些專看出紅差的仁兄們心裡有譜兒，從前我們鄉下殺死土匪，常將血淋淋人頭懸之里門，於是有許多人嚇得不敢經過，古人棄市之意，即此種心理應用。看來愍不畏死，亦談何容易？《嘯亭雜錄》及《春冰室野乘》記成德謀刺嘉慶皇帝被刑時云：

德之處決也，已到市曹，縛諸椿，乃牽其兩子至，一年十六，一年十四，貌皆韶秀，蓋尚在塾中讀書也，至則促令向德叩頭，訖，先就刑，德瞑目不視，已乃割其耳鼻，及乳，

從左臂魚鱗碎割，以至胸背，初尚見血，繼則血盡，只黃水
而已，割上體竣，忽言曰：「快些！」監刑者一人謂之曰：
「上有旨，令爾多受些罪。」遂瞑目不復言。

　以敢於行刺皇帝的人猶不肯正視其子死於刀下，足為了上說之
證。其所謂「快些」，亦即不能充分從容者也。然則現在回過頭來講
自殺，又豈懦夫之所能辦？我於《書舶庸談》中偶讀到董綬經記日本
豐臣秀次自剖切腹事，其為從容，實可駭人聽聞，而日本武士道之勇
敢精神，恐以此為表現得為最充分了。董君也是雜譯各書，以備異聞
者，唯筆墨風度頗可玩味，不妨抄來一讀。（豐臣秀次為豐臣秀吉之
外甥，養為已子，武勇善戰，立功甚多，後以恃寵自驕，多為虐殘，
頗為秀吉所惡，適有人誣以謀叛，遂令自盡，年僅二十八，妻妾三十
餘人，駢戮於市，亦日本一大慘案也。）

　　文祿四年（明萬曆二十三年）七月十五日時，福島大夫池田伊
　　豫衛豐臣秀吉命，令秀次切腹，甫詣高野山，關白（官名）秀
　　次與隆西堂博將棋，篆部淡路白二使蒞臨，秀次詰何事，淡
　　路守達二使意，謂事既如斯，從事緩煩，終多遺憾，請公自
　　裁。維時諦視局中，秀次方勝，隆西堂桂馬奪圍無路，秀次
　　取侯駒入之籃中，取隆西堂侯駒置之蓋上，意不令二駒失散
　　也，收貯訖，謂二使曰，時尚炎蒸，途中勞苦，且至白洲待
　　命，且曰：余欲作書遺家人可乎？二使曰：度日之長，可從容
　　將事，秀次濡筆命紙，一致親父御二樣，一致親母北之方，一
　　致三十四姬人，命富田齋投。

　　僕之司傘者名吉若，備湯請秀次入浴，浴竟衣冠如平時，取鑰
　　從籃出劍，命山田三十郎仍納劍函於籃中，別出則重江，藥淬
　　藤四郎，光國，貞宗，中當，五劍，用紙裹劍刃三寸許，備書

自裁者姓名於其上，於是從者麕集，秀次謂隆西堂曰：汝職非侍從，且屬緇徒，速去速去！隆西堂曰：愚僧前日始至，亦三世緣，此志已決，無多囑！秀次曰：若然，且聽君，從死者題己名於劍之紙上，取几至，承以紙，分列五劍，秀次所用者名獅子正宗，未題己名，橫陳於五劍之腰際。

從死之人既定，乃張最後之宴，肴品淨素……秀次居中，左次隆西堂，次山田，右次篆部淡路，次山本主殿，次不破萬作……秀次舉杯欲酌隆西堂，隆西堂惶悚上陳曰：此杯宜先酌介錯人（凡切腹後須斷其首，承此役者名介錯人）。山田曰：此杯宜傳於我，淡路曰：余當承此役，二人競辯，秀次停杯凝慮，以山田之祖即隸邸籍，依習慣宜屬之，唯座中淡路年最長，遺長而命少者，於理未順，乃勸山田讓於淡路，山田首肯，即謂淡路曰：余等赴三塗之大河，宜互相提攜，以奉主公，如違其訓，即庉前者，余固無芥蒂也，君其速受斯酒。淡路乃與山田握手為禮，接杯飲畢，依次傳於隆西堂，山田，山本，末為萬作，萬作跪而言曰，余素不嗜飲，然值此時，須沃素穎，以志特徵，強飲而盡，傳觴竣事。萬作曰：余取饌奉主公，座中群注視，以為別取饌以進，而事殊不然，第見萬作由几取萬作名之劍，徑赴白洲，秀次揣知其首先自裁，曰：稍待，我當為汝介錯人，諸人離此室赴白洲，隆西堂自廊欲下，秀次命取大夫刀，繼而曰：庶民刀亦可，時萬作已將腹切作十字形（萬作山田皆十八歲），腸出，秀次揮刀刃，刃鈍，二砍方殊其首，乃易大夫刀，意謂此刀不論何物當犀利也，淡路置萬作骸於牆側，山田亦切作十字形，臟腑皆出，秀一砍即殊，親為置骸，主殿亦如上自殺，秀次復為揮刀，三人之骸，俱置一所。

秀次入廊，隆西堂約各度一聲，同時納刀，此據几上，秀次東
向，隆西堂欲易座，秀次曰：十方皆在佛土中，拘執胡為？隆
西堂曰：誠然，所謂無二亦無三也。吉兵衛為隆西堂之介錯
人，甫舉聲各切一橫刀，尚未切直刀，淡路即進刀，首揮中
肩，次復過高，秀次屬以鎮靜，三刀始殊，淡路納其首於新
桶，封題交二使，復納屍體於桶，覆蓋加封焉。

淡路語二使曰：技拙殊惶愧，今介錯者為主公，目眩心悸，狼
狽特甚，二使曰，曩時介錯平民，余等處之泰然，今見關白切
腹，俱俯首淚濡，誠狼狽也。淡路曰：余今奏技，諸公等拭
目，若覆前轍，斯狼狽也。即切腹作十字形，出其臟腑於兩
股，置劍合掌，吉兵衛就而進刃焉，吉兵衛即據其處，呼曰：
誰人介錯我者？謹待命！二使亟止之（一云，即自刎死）。

　　書抄得太多，實在不成話，然非如此，不足彰余自殺為勇敢之
說，亦無以見其文章，這個請讀者原諒。按除隆西堂為秀次夙所豢之
僧侶外，餘皆秀次家臣，張燈排宴，禮讓後先，此自殺一幕，頗極藝
術之能事，一個被斫頭的人，還向人說：「你不要慌，鎮靜點兒，藝
術點兒！」這好像看打籃球的人，在鼓勵選手投籃。然淡路之目眩心
悸，蓋猶不能出乎恆理之外。因而想到史督師臨危時將刀授給義兒，
那個人淚如雨下，到底下不去手，唯此於從容之際，彼於慷慨之時，
則此又難乎彼耳。吾所謂武士道精神，表現得最充分者尤在「余今奏
技，諸公等拭目，若覆前轍，斯狼狽也。即切腹作十字形，出其臟腑
於兩股，置劍合掌」數語，中國只有田光、樊於期、荊軻之流有此，
田橫五百，恐已是最後的光芒了吧！譬如拳匪之亂的罪魁之一、趙舒
翹，也是賜自盡的，當監視官將慈禧的詔旨頒下後，他還問「尚有後
旨乎？」監視官云：「無！」趙則很自信的說：「必有後旨也。」其
時趙夫人謂趙：「我夫婦同死好了，後命恐一定不會有的。」於是給

他吞金，但過了幾點鐘，並無動靜，且精神甚足，與家人大講身後事，又痛哭老母九十餘歲，見此大慘，時趙之寅友親戚往視者頗多，監視官不能阻，趙向親友云：「這是剛子良害我的。」語甚宏亮，監視官見其毫無死意，又命進以鴉片煙，仍不死，進以砒霜，始臥倒呻吟，以手槌胸，大呼難過，時已夜半，距覆命限甚近，左右獻計，以皮紙蘸燒酒，捫其面及七竅，凡五次，始斷氣息（據《梵天廬叢錄》載），則此公精神，與豐臣相去遠矣。妙在其明知必死，而希望後旨，又計畫後事，此即文前所云種種惡劣幻想一時俱來之最具體表現，而人生頂難熬過之一關也。由人情言之，這死法倒真是難於處理的，我們於趙氏亦有若干人道上同情，唯彼為政治上之負責人，似不當等到這一步才「計畫後事」，如果有決心的話，則應早圖有以報國人，想及此點，我們對他的責難超過同情心，不免又生厭薄之感。可是同時與趙氏賜自盡的莊王載勳就很有趣，他見欽差已將匹帛高懸古廟中一間空房內（時彼待罪蒲州），就大聲說：「欽差辦事真周到，真爽快！」懸帛於項，頃刻而死，這個帶有怨望氣氛的幽默，倒完全可以代表一個粗鄙的貴族之高傲，與瑞澂下輪船匿上海頗有天淵之判了。

顏李學派罵宋儒「無事袖手談性命，臨危一死報君王」為「不濟事」，其實即此已大不易。清代外患最多，而殉國者最少，鴉片戰爭以來，不是望風遠揚的伊里布牛鑑這樣，就是求神問卜的葉名琛一流。及至國亡，名義上是大家作遺老，實際上乃是作吳稚暉所說的耗子癆蟲，看在骨董字畫的面上，三呼萬歲。空剩下書呆子王靜安「從巫咸之所居」，易得「忠愨」一謚，為《清史稿‧忠義傳》作殿軍，惹人譏笑。這些人看來看去，與其說是人情之畏死，不如說「私不勝公」，最不足與顧炎武黃宗羲諸先生相見於地下，雖然滿口自稱為「漢學」傳人。在這兒我又想到史書裡面的義烈義民諸傳之無理，封疆大吏可以捲款逃走，而老百姓卻盡著為國捐軀的義務，暑日揮汗讀《宇宙風》馮和儀君〈論道德〉一文，說道德乃是少數人為了自己利益使多數人由之的路，此亦顯例之一，唯少數人並不由之，只是讓多

數人來跳下陷阱以襯托自己的功績耳。一將成功萬骨枯，當兵的固多傻瓜，老百姓中癡人亦不少！近來似乎好一點了，但是大家又跑到囤五洋米麵一途上去，等於驅天下人入餓死地獄，此輩不死，則天下人也許要從容而斃了。

友人來信主張平民大可貪生，官吏不當畏死，即是上述一段意義。明末李自成入都，大吏紛紛獻金求用，而均不免於一死，此最不明於死生之義者，從容慷慨，兩俱無緣。夫國除身退，亦無不可，初不必一定要死，現在卻定要不要臉地求人家可憐，豈有不挨耳光者乎？《甲申傳信錄》記魏藻德之被掠逼云：

> 大學士魏藻德，字師令，順天通州人，庚辰進士，廷試……賜狀元及第，尋以談兵見拔，遂加少詹，兼東閣大學士……自入相，無一建明，而為上所重信，甲申三月三日，加兵部銜，往天津調兵，不果，自成既入，二十日午刻，同陳演留閉劉宗敏家小屋中，藻德自窗隙語人曰：「如欲用我，不拘如何皆可，鎖閉此房，奈何！」二十一日，同邱方二相發營中，羈守之，辱加拷掠，吐金銀以萬計，四月朔，宗敏夾訊藻德曰：若居首輔何以政亂？藻德曰：「本是書生，不諳政事，兼之先帝無道，遂至於此。」宗敏曰：「汝以書生擢狀元，不三年為首輔，崇禎有何負汝，詆為無道！」呼左右掌其嘴數十，仍夾不放，藻德謂用事王旗鼓曰：「願奉將軍為箕箒妾！」王旗鼓鄙而蹴之，唾罵不絕，或言忍污……何至此！然此是王旗鼓面與苕溪沈氏言之，且都人亦實聞之，比言已，益加拷掠，凡六晝夜，夾腦至裂而斃。復逮其子，訊之，對以：「家實無銀，若父在，猶可從門生故舊措置，今父已死，何處可得！」賊揮刀斬之。

如果我是李自成，我也不要這樣的人，蓋愈是強盜出身，愈是重視義氣，劉邦之殺丁公，也是此理。所謂「在我願其賣人，在人願其

從命」，魏藻德這位狀元郎連《國策》都讀不通，更有何說？其所以死得狼狽不堪，毫無「從容」可言，亦大足為殷鑑矣。

拳匪之亂時，有兩個兒子逼老子上吊的，可為此文趣味的結尾，老子不能從容就死，兒子逼他非從容一下不可，於是從容變為不從容，大義滅親者，變為大逆不道，惲毓鼎日記云：

> 黑龍江副都統壽梅峰殉節，朝衣冠坐於棺中，令親兵以洋槍擊之，連中左右肩，不死，其子乃手轟焉，正中其心，即闔棺，有聲如牛，閱兩時始絕，吁！人倫之大變也。徐蔭軒相國之縊，其子承煜亦坐視於側，待其氣絕而後解之，父固當死忠，然以聖賢處此，當自有道，日本人執八國護照，擒尚書啟秀侍郎徐承煜及其弟承熊，送順天府。（庚子十二月初九）

朝衣冠坐棺中，有陶公自營生壙自為祭文風味，不得謂不從容矣，乃必待其子之一槍，糟糕糟糕！若徐相之死，董授經紀云：

> 聯軍大索朝臣之附義和團者，崇綺合門自埋殉節，徐相年老，頗鎮靜，家人照常治餐，僕某於梁間結二環，語承煜曰：「中堂義當死國，即奴才亦當殉主！」意諷承煜同殉，詎承煜扶其父投環，後未即死，乃破衣櫃盛其父屍埋於階下。無何，逮者至，並逮啟秀拘於順天府署中。

小柴梵記云：

> 聯軍入京，徐避匿於馬大人胡同某相國故第，初無殉難意，其子承煜逼之曰：吾父庇佑拳黨，久為各國指目，洋兵必不見容，若被搜捕，闔家皆將不免，若吾父能死，既得美名，又紓各國之恨，家人或可倖免，唯兒輩則仍當隨侍地下耳。徐乃涕泣自縊，屍懸樑間，煜即棄之而遁，後被戮。

惲氏記載態度較右，柴氏則太左矣，董為當時刑部主事，徐啟被誅時為監刑，所記宜確。徐相為理學家，其敢於伸脖子入圈套，還得說有點修齊誠正的工夫在內，如其子被誅時，神氣瞀亂，不知人事，實較其父丟人多了，然於此為達官要人得一教訓，即應死不死，豈只不容於國人，抑且不容於兒子，雖然兒子也不是好東西。

（原載《兩都集》，上海太平書局1944年4月初版）

談紀文達公

　　我每想刻一方圖章，文曰：「愧為河間後裔」；說起來自己祖籍雖是河間獻縣崔莊，但遷徙遠在順康之際，那時文達公尚未出世，而遷徙的原因，總離不了河間府一帶常鬧的旱災之類，作鄭俠之流民，早不通於禰祖，像我們族中那些吃鴉片吸白粉的子弟，又誰配提起原籍呢？潘光旦先生在《清代伶人血族之研究》一書中說，一族子弟既日漸敗落，便當移轉他處，以期與惡劣的環境絕緣，照我們的宗族狀況論，實在需要再來一下移徙，以收「遷地為良」之效了，雖則我的家鄉，一到新年，仍然在大門上粘起「滎陽世澤，河間家聲」「河間詩高唐李杜，滎陽功冠漢蕭曹」，一類自吹自擂聯語。（後者一聯，即在吹擂上，也是不大高明的，因河間之所以為河間，並不在其詩也。）

　　文達公一生精力，當然以耗於《四庫》者為多，世之豔稱其際遇清華，亦均集中於《提要》一事，但《四庫》之編纂，與其說是保存文化，毋寧說是摧殘文化，我以為中國過去君王最能統制文化者，要推乾隆皇帝，思想有嫌疑，就殺，書籍觸忌諱，就毀，就刪，就改。夫殺與毀，本是消極的，且只是現代的，目前的計算；若刪改，便是慢性毒化，使人麻醉而不自知，成效比秦始皇的政策好得多了，且許多文人名士都受了羈勒，不惜從雞蛋裡找骨頭以仰答「高厚鴻慈」，而顯揚聖君「稽古右文」之至意，弘曆誠可謂震爍古今的偉大政治家矣。《四庫》館之開，初是要從《永樂大典》輯佚書，及後遂專作刪改剷毀的總機關，郭伯恭君《四庫全書纂修考》第二章論此事至詳，在《四庫》開館期內，由於館臣及軍機處奏准禁毀之書，計全毀者二千四百五十三種，抽毀者四百零二種，銷毀石刻二十種，至違礙重複書之銷毀，每種數十部或數百部不等，統計起來，當在六、七萬部

之數，加以以後歷年繳進，十萬部之數，諒非誇大（參看陳乃乾先生
《禁書總錄》）。書籍銷毀且不談，對於板片的銷毀尤可驚心，自乾
隆三十九年陳輝祖奏請焚毀板片起，至四十五年，共收應繳板片五萬
二千四百八十塊，這些書版，都以每千斤二兩七錢的代價賣給造辦處
玻璃廠當作柴薪燒了！張菊生先生跋《四部叢刊續編》影舊本晁說之
《嵩山文集》，以《四庫》本對勘，其「負薪對」一篇，刪改至十四
處，其中且有兩大段約百餘字竟全部去掉，此外每篇刪去三、五百
字者，比比皆是。所諱之字，大抵是「賊」、「胡」、「虜」、「犬
羊」、「夷狄」、「女真」等，而改為「敵」、「人」，「北庭」之
類，最怪者，連「中國」兩字，亦在所必改，因為是和夷狄對立之
故，這是關於書的①；若在文字獄一方面，由《四庫》開館起，因各
省進呈之書而加意羅織，計十年之間，不下十件，株連人命，何止數
千萬名，有此數管齊下的辦法，無怪乎十全老人只聽見一片頌聖之聲
了。所以，別人提起文達公主纂四庫是挑大拇指，但我總是搖頭，覺
得這事不說也罷。不過設身處地，假定今日文人處在那樣時代，也很
難逃出樊籠耳。（從容就死，原不易易。）就編著《四庫提要》一事
言，李越縵亦大有微詞，《日記》云：

> 《四庫總目》雖紀文達陸耳山總其成，經部屬之戴東原，史部
> 屬之邵南江，子部屬之周書昌，皆各集所長，書昌於子，蓋
> 極畢生之力，吾鄉章實齋為作傳，言之最悉，故子部綜錄獨
> 富，……耳山後入館而先歿，雖未及見四部之成，而目錄頒行
> 時，已不及待，故今之言修四庫書者，盡歸功文達，然文達名
> 雖博覽，而於經史之學則實疏，集部尤非當家，經史幸得邵戴
> 之功，故經則力尊漢學，識詣既真，別裁自易，史則耳山精於
> 考訂，南江尤為專門，故所失亦鮮，子則文達涉略殆遍，又取
> 資貸園，彌為詳密。唯集頗疏漏乖錯，多滋異議。

此外我記得李氏讀了紀氏改本的《史通削繁》，也曾大大譏評一番，惜一時查不出，不再具引，凡不甚贊同紀氏者，大約都是說他的學問並沒有這樣大，《提要》之成，全賴當時諸漢學名家的協助。然亦有特別代紀氏張目者，以為組織排列，鉤勒部署，全出紀氏一人之手，如阮文達《紀氏文集》序，同書劉權之序，《漢學師承記》，以及近人郭氏《四庫全書纂修考》，《中和》月刊所載仰彌君〈關於紀文達〉等文均是。李君意見有時甚偏，凡非純粹漢學家皆在被罵之列，如標榜辭章考據義理並重的方姚一派亦不免。唯徐桐以曾為李之房師，薦其卷而不售，雖是宋學腐儒，卻很蒙青眼而已。我不願替祖先吹牛，在中國目錄學史上，《四庫提要》當然是集大成的，可惜我沒得閒暇全部翻閱，但記得各書提要似有一固定公式，即先說好處，次說缺點，然後來一句要亦小疵不足掩大醇也一套的話。大有塾師批學生文章口吻。武陵余嘉錫先生，績學篤行，曾為《四庫提要辯證》若干卷，對提要評騭甚精細，昔在《大公報·圖書評論》連續刊行，後印單行本，但未竣事，余先生也算舊日師長之一，像這樣，把得失一一詳論，我認為是最好的批評態度，比籠統的褒貶要好得多了。《四庫提要》問世之後三百年，北平的近代科學圖書館又有編輯《續四庫提要》之舉，此事係由中日合組的東方文化事業委員會主持，聽說已告一段落，希望早日印出，以快眼福。但由此想到自己的文化，要別人去整理，又未免自愧起來了。

　　普通人知道文達公編《四庫全書》；可是很少有人買一部《四庫提要》作消遣，但《閱微草堂筆記》卻與《聊齋志異》為每個人枕畔必備之書，在這一點，我的觀察，以為文達公的偉大並不小於作四庫總纂。前些時，打算買一部盛刻初印的筆記，懸重價亦不可得，至今尚耿耿。《閱微》與《聊齋志異》的異點，即一在傳奇，一在說教。故盛時泰跋《姑妄聽之》轉述公語，對蒲留仙之摹寫狎媟曲折入微頗不謂然，以為：「使出言自，似無此理，使出作者代言，則何從而聞見之？」然此正筆記不能與蒲書並駕處，古人論文原亦不主張非見過

的不能寫，所謂「意司契而為匠」，乃是要在想像上下工夫。如照此論，雖唐人小說也大半要不得，余幼時讀《閱微》不數葉輒棄去，其滋味真是去嬰寧蓮香菱角黃九郎之類遠甚，然父親和祖父則提倡讀《筆記》而反對讀《聊齋》，我現在年紀雖已過三十，可是思想仍不變，是好是壞，自己也不曉得。唯《筆記》在描寫細膩刻畫人情上雖不及《聊齋》，但清淨簡練，不失為紀事之佳範，若去其教訓意味過濃之詞句，拿來教教初中學生，想來比《古文辭類纂》等書一定有效得多。余最愛讀《槐西雜誌》序文，其所寫槐西老屋「距城數十里，自僚屬白事外，賓客殊稀，晝長多暇，晏坐而已」的境界，正是苦於人世塵氛的人所想望的，特我所樂者不在狐鬼，而是掌故佚聞，也許是生於亂世，未嘗享過一天靜福，所以喜歡聽聽古人的事以當大嚼耳。文達雖是常常在《筆記》裡寓言忠孝，或者託於鬼神，但其思想卻亦有不可及處，如《筆記》卷十一一則云：

> 三從兄曉東言，雍正丁未會試歸，見一丐婦，口生於項上，飲啜如常人，其人妖也耶？余曰：此偶感異氣耳，非妖也，駢姆枝指，亦異於眾，可謂妖乎！余所見有豕兩身一首者；有牛背生一足者；又於聞家廟社會見一人右手掌大如箕，指大如椎，而左手則如常，日以右手操筆鸞字畫，使談讖緯者見之，必曰此豕禍，此牛禍，此人疴也，是將兆某患，或曰是為某事之應，此余所見諸異，迄毫無徵驗也。故余於漢儒之學，最不信春秋陰陽洪範五行傳，於宋儒之學，最不信河圖洛書，皇極經世。

我對今文家不敢厚非，只有瑞應感夢那一套可不敢恭維。皮鹿門《經學歷史》算是一部好書，但對讖緯說仍極鼓吹，非常遺憾。如紀氏者，思想總不能不算通達了。《筆記》又有「經香閣」一段，頗可代表紀氏對漢學宋學的批判，像李慈銘一派，只要是宋學便分文不值，文達是不取的。其言甚長，仰彌先生文中已具引，今摘要曰：

宋儒之攻漢儒，非為說經起見也，特求勝於漢而已；後人之攻
宋儒，亦非為說經起見也，特不平宋儒之詆漢儒而已。韋蘇州
詩曰：水性自云靜，石中亦無聲，如何兩相激，雷轉空山鳴，
此之謂也。平心而論……《尚書》、《三禮》、《三傳》、
《毛詩》、《爾雅》諸注疏，皆根據古義，斷非宋儒所能；
《論語》、《孟子》，宋儒集一生精力，字斟句酌，亦斷非漢
儒所及。蓋漢儒重師傳，淵源有自，宋儒尚心悟，研索易深，
漢儒或執舊文，過於信傳，宋儒或憑臆斷，勇於改經，計其得
失，亦復相當。惟漢儒之學，非讀書稽古不能下一語，宋儒之
學，則人人可以空談，其間蘭艾同生，誠有不盡愜人心者。

　　言雖未多，卻是很公道的，說句沉腐的話，也許就是「讀書見
道」的關係，所以才有這樣沒火氣的見解。漢學流行三百年，乾嘉為
其根荄，《四庫》之編纂，又乾嘉漢學之集粹也。近人錢賓四為《近
三百年學術史》，一反梁任公為漢學張目說法，以為人心之頹墜，未
始非漢學講得太利害，宋學盡付高閣之過，這是有所激而云然，在學
術上又是一個看法。

　　爽良《野棠軒摭言》云：「奇人人喜以異事歸之，漢之桓侯，
唐之尉遲，明之常開平皆然，猶之文辭敏捷之事，在宋則蘇，在明則
解縉，本朝則紀文達，藉為談噱，不足信也。」頗是有見解的話，胡
適之所謂箭垛子式，滾雪球式的歷史，不過是這說法的引申。集中於
文達身上的幽默故事，也像徐文長一樣，隨著地方而各異其說。昨天
我的小孩子從學校圖書館居然借到一本《紀曉嵐滑稽故事》，我沒有
功夫細看，大約一定有許多是屬於通常「公式」的。曾文正也是有名
的諧謔人物，但為事功所掩，遂不著，紀氏無事功可言，皇帝所以喜
歡他，正因為這一聰明。如草進《四庫》表文，即非公手筆不辦，而
高宗看了，也會斷定「一定是紀某手筆」，文人遭遇如此，也就算是
不錯了。像「老頭子」「靴筒走水」等故事，都是人人習知的，《郎

潛紀聞》初二筆，英和《恩福堂筆記》，對此類故事搜羅不少，要算
比較可靠的了，自餘紀載，恐均等之「集矢」。《恩福堂筆記》有幾
則，尚可讀，如：「文達公與（劉）文清公談佛法，文達云：我則冥
然罔覺，悍然不顧。文清答云：先生抉釋典要，錄成八字，恐先生手
有芒刺，即知痛耳。兩公相視而笑。」「文達輓朱笥河先生一聯云：
學術各門庭，與子平生無唱和；交情同骨肉，俾余後死獨傷悲。二公
所學具見於此，而語尤真摯，且非文達，亦不敢作此語。」「予昔與
大興朱文正公同值南齋，一日文正曰：北方氣候苦寒，時蔬薦晚，
當此春韶佳麗，南省已挑菜盈衢，家家作春盤之會矣。猶憶家竹君
兄於當年多方購覓，極盡新蔬之品，約士大夫宴集於家，坐上客滿，
或琴或書，或對楸枰，或聯吟，或屬對，勾心鬥角，抽祕騁妍，酒酣
耳熱之時，同人有以太極兩儀生四象命對者，滿座正凝思間，或報紀
曉嵐至，至則狂索飲饌，同人即以前句示之，僉曰：對就始許入座，
否則將下逐客之令，曉嵐應聲曰：春宵一刻值千金，吾饞甚，無暇與
諸君子爭樹文幟也，座客聞之，無不絕倒。文達公無書不讀，過目成
誦，枕經葄史，淹貫百家，即信口詼諧，便成工對，其敏捷尤令人
欽佩。」數則均頗注意於對聯，蓋聯語最易見人才思，非警敏者不
辦。以數目屬對，像「三才天地人」那種才算難對，若太極兩儀云
云，原非甚難者，特以春宵成語屬對，即景生情，天衣無縫，實在
要「天才」。因而聯想到清末劉坤一五次督江，七旬作壽事，有人
贈一聯云：「五督兩江，一籌莫展；七旬八妾，半子俱無！」真是
謔而虐矣。

　　文達公的詼諧，自己也很自負的。如詩集《南行雜詠》「過德州
偶談東方曼倩事」一首所云：「十八年間侍紫宸，金門待詔好容身，
詼諧一笑原無礙，誰遣頻侵郭金人。」殆頗有自己寄託之意。《閩江
行程》與同人倡和詩中更有「臣朔滑稽固天性」之語，尤可證明。
所以雖以不值得的事牽累到遣戍烏魯木齊②，仍然達觀隨遇，不以為
苦，錢大昕跋《烏魯木齊雜詩》云：「讀之聲調流美，出入三唐，而

敘次風土人物歷歷可見，無鬱菑愁苦之音，而有舂容渾脫之趣。」老實說，文達公詩集十數卷，大部分都是應制，館課之類，實無可取，唯《南行雜詠》及《烏魯木齊雜詩》，親身經歷，筆之於篇，殊覺可愛。《烏魯木齊詩》每首均加小注，寫邊陲風物，絕有趣致，比《南行雜詠》更堪吟味。其詠麥一首注云：「天下糧價之賤，無逾烏魯木齊者，每車載市斛二石，每石抵京斛二石五斗，價止一金，而一金又止折製錢七百文，故載麥盈車，不能得錢三貫，其昌吉特納格爾等處，市斛一石，僅索銀七錢，尚往往不售。」云云，余於三十年冬讀此，曾批註云：「今江南江北，米價非百數十元一石不辦，而戰亂方無已時，奈何奈何」！卻想不到一年以後，由百而千，今翻讀舊書，誠不勝今昔之感也。又一則注云：「打麥必倩客作，需客作太多，則麥價至不能償工價，印房蔡掾種麥，估值三十金，客作乃需三十五金，旁皇無策，余曰不如以五金遣之，省此一事，眾為絕倒。」於此等處，大見此老突梯鴟夷，可以使人哭笑不得。最後一首注云：「余從辦事大臣巴公展視軍台，巴公先歸，余留宿，半夜適有急遞，於睡中呼副將梁君起，令其馳送，約遇台兵，則使接遞，梁去十餘里，相遇即還，乃復酣寢，次日告余曰：昨夢公遣齎廷寄，鞭馬狂奔，今髀肉尚作楚，大是奇事，以真為夢，眾皆粲然。」頗可與《陶庵夢憶》自序合看，不謂西陵酒徒之屬，竟真有其人，只怪吾輩見淺耳。

　　《庚辰集》、《我法集》皆先生選錄試帖之作，專為家人考試說法者，最為陋書，但像《我法集》，似為當日社會所需要，故版本甚多。我曾將《我法集》細閱一遍，覺得如此的書，也有他的道理。今日若想作文作詩，是不是須先學一點法度，然後再自己發展，頗有討論必要。《我法集》中許多試帖題目看起來都是空空洞洞，叫我們簡直無從措手的，而皆可以敷衍成五言八韻，且講得頭頭是道，反覆生發，足見變化。周知堂先生曾說八比文是中國文體之極致，在技巧上可說是無以復加的，試帖詩何嘗不可作如是觀，我們不是要作八股文與試帖，但那縝密的方法卻可研究。今日中等以上學生作文程度之

壞，是否由於文章太沒規律可循，大家都在跑野馬，還希望有經驗的先生們體察一下。同時，我願提出《我法集》來寫「文章作法」「作詩法」之類的參考，茲以「賦得野竹上青霄」為例，看看古人的水磨工夫如何！

> 野竹多年長，叢叢上翠屏；本來低地碧，何亦半天青？藉託陂陀勢，延緣迤邐形。漸連斜阪上，直到半峰停，鳳尾高峰見，鶯音下界聽；掃雲牽靉靆，障月隱瓏玲；鳥語藏蒙密，樵蹤人杳冥；誰當凌絕頂，卜築此君亭。

說明：「此工部何氏園林詩，野竹在地，何以能到青霄？再加一『上』字，意似連動之物，益不可解。蓋山麓土阪陂陀，漸疊漸高，竹延緣滋長，趁斜勢竹鞭亦步步漸上，長到高處，故自園邊水際望之，如在天半也。從此著手，上字方不虛沒，否則是賦得山頂竹矣。首二句明點野竹，次二句暗點上青霄，……五句至八句，力寫上字，九句至十二句正寫上青霄，題無深意，故虛寫兩句，借此君亭結之。此種是細雕生活，用不得大刀闊斧，然細雕工夫，不始於細雕，大抵欲學縱橫，先學謹嚴，欲學盧渾，先學切實，欲學刻畫，先學清楚，方有把鼻。……吾五六十年，閱歷之言，汝其識之」。

這樣的詩，我們何嘗要看？但解「上青霄」三字，亦自不惡。今日新詩，不得成功，多半是缺乏此細雕工夫，學生在學校的幾何代數試題，往往非社會所實有，然必須習者，所以養成一種推理的基礎，詩文有同然也。在文法、修詞、詩格、詩律破壞到極點的今日，讀此種文不搖頭者蓋尠，不過拿掉感情，細細思索，或者不以我引用此段為多此一舉，正未可知。

公自謂詩出江西宗派，以蘇黃為法。但我的看法，寧謂近蘇而無其才氣，實非學黃而取其艱澀。晚年詩文不自收拾，故集中不大看見佳什，七十八歲時，作〈鶴街詩稿序〉有云：「余自早歲受書，

即學歌詠，中間奮其意氣，與天下勝流相唱和，頗不欲後人，今年將八十，轉瑟縮不敢著一語，平生吟稿，亦不敢自存，蓋閱歷漸深，檢點得意之作，大抵古人所已道，其馳騁自喜，又往往為古人所撝呵，撚鬚擁被，徒自苦耳。」這話看似客氣，殆近實情。我自己毫無所能，偶然也寫寫文字，但絕不想傳之其人藏之名山一類的話，蓋假使有好文章，即自己不存，也會有人代傳的。我於詩集中，除上述兩種紀事詩之外，只覺得〈壬戌會試閱卷偶作〉幾首最好，像「應知今日持衡手，原是當年下第人。」「顏標錯誤如難免，恕我明春是八旬。」（是年七十九）「眼底幾回分玉石，筆端一例判雲泥，只愁俗耳音難賞，敢諉高才命不齊，我有兒孫書要讀，曾看學使舊留題。」「千古文章雖有價，一時衡鑒豈無差，毫釐得失爭今昔，頃刻悲歡共幾家。」諸句，不但切實懇摯，用心亦極忠厚，實在可以刻畫出一位太平盛世老成碩望的典型。

先生的佚聞多得很，如吸煙，即其最著者。《中和》月刊二卷六期刊陳漢第先生於海王村所得煙斗拓片一枚，據記錄云長市尺二尺五寸，牙首銅鍋，鍋深與內徑，皆達八分，可容煙葉一兩許，真不愧紀大煙袋之名矣。傳說公自城中往海淀僠直，一路二十里，只吸煙一斗。又《庸閒齋筆記》記其賽煙云：「紀文達有戚王某喜吸蘭花煙，蘭花煙者，入珠蘭花於中，吸時甚香，然王之煙斗甚小，一日訪文達，自謂煙量之宏，文達笑而語之曰：吾之斗與君之斗奚若，乃以一小時賽吸，於是文達吸七斗，王亦僅得九斗也。」蘭花煙根本不能與普通煙葉比，在北平只有婦人吸之，宜乎文達之看不起。然文達不能吃酒，《郎潛紀聞》記其房師孫端人譏之，以為學東坡之短，蓋孫頗豪飲，及公會試得士葛正華，量冠一世，公呱以報孫，孫覆札云：「吾再傳而得此君，但終憾君是蜂腰耳。」乾嘉風趣，令人景慕。我別的不能繩祖武，吃酒卻無愧，竟一滴不能下嚥，而煙更不行，亦堪稱不肖二字矣。

故宮所印文達公手書《四庫簡明目錄》及武英殿所存各詩折，

或繕寫極工，然皆捉刀人所為，公實不能書。昭代名人書札墨蹟載公一函謝人贈硯，有但恨一生書似方平，有負此硯之語，就所書觀之，竟不入格。其「書劉墉臨王右軍帖後」亦云：「石庵今年八十四，余今歲亦八十，相交之久，無如我二人者，余不能書，而喜聞石庵論書。」趙懷玉《亦有生齋集》云：「紀尚書拙於書。」可作旁證。可是，先生收硯甚多，每硯必銘，前見《古今》謝君文云，得公硯數方，惜無眼福一觀祖先手澤，也是很惆悵的事。

癸未八日寫畢

（原載《古今》，1943年5月1日第二十二期。並收入《兩都集》）

---

①按乾隆四十二年上諭，有云：「日前披覽《四庫全書》館所進《宗澤集》內，將「夷」字改寫「彝」字，「狄」字改寫「敵」字，昨覽楊繼盛集內，改寫亦然，而此兩集中又有不改者，殊不可解。夷狄二字，屢見於經書，若有心改易，轉為非禮，如論語「夷狄之有君」，更何所用避其諱邪？……所有此二書之分校覆校及總裁官，俱著交部分別議處。」皇帝的面孔是無常的。作了壞人，還得別人替他受過。《四庫》館臣及南書房翰林，由此觀之，大不易為。而《四庫》之刪改，也足可證明都是「奴才」起意者多也。故曰：雞蛋裡找骨頭。

②乾隆三十三年，公親家盧見曾以兩淮運使舞弊案，有旨籍家，公洩信於盧子蔭恩，因此遣戍。以今日眼光看來，實在很冤枉的。

白門買書記

　　益都李南澗江陰繆荃孫前後作〈琉璃廠書肆記〉，今日讀之，猶不勝低徊嚮往，然人事無常，繆氏為後記時，李氏所舉數十家，固久已不存，辛亥後，繆氏自滬再抵舊京，則前所自紀，亦復寥若晨星，三十年來，烽燧疊起，豈唯乾嘉之風流，邈若山河，即同光之小康，亦等之夢幻！繆氏所記諸肆，唯來薰閣松筠閣等巍然尚存，直隸書局翰文齋則苟延殘喘，後之視今，猶今之視昔，詎不重可念耶！

　　金陵非文物之區，自經喪亂，更精華消盡；徒見詩人詠諷六朝，倦懷風雅，實則秦淮污濁，清涼廢墟，莫愁寥落，玄武凋零！售書之肆，唯以舊貨居奇，市儈結習，與五洋米麵之肆將毋同，若南澗所亟亟稱道之五柳老陶，延慶老韋，文粹老謝，徒供人憧憬耳。① 書肆舊多在狀元境，《白下瑣言》云：書坊皆在狀元境，比屋而居，有二十餘家，大半皆江右人，雖通行坊本，然琳琅滿架，亦殊可觀，廿餘年來，為浙人開設綢莊，書坊悉變市肆，不過一、二存者，可見世之逐末者多矣！蓋深致慨歎，顧甘君之書距今又五十年，狀元之境，乃自綢莊淪為三、四等旅舍，夜燈初明，鳩槃荼滿街羅列，大有海上四馬路之觀，典籍每與脂粉並陳，豈名士果多風流乎！不過目下較具規模之坊肆，仍以發祥該「境」為夥，如朱雀路之保文，太平路之萃文，其佼佼者也。

　　余在秣陵買書，始於寄寓中山北路某公寓時，冷寂無事，以閱舊貨攤為事，殘缺不全之《雍熙樂府》，任氏《散曲叢刊》，皆以一元大武得之，雨窗攲枕，大足排遣鄉愁，及後友人告以書肆多在夫子廟貢院街，始知有問經堂諸肆，憶其時以七元買《漁洋精華錄箋注》，二元買《甌北詩話》，雖板非精好，而裝訂雅潔，頗不可厭，今日已

非數十番金不能辦，二、三年間，物價鵲兔，一何可驚；厥後濫竽庠
序，乃更得日與卷帙為伍。時余奉令代圖書館搜羅典籍，蓋劫後各校
書無一存者，書肆中人云，丁丑戊寅之際，書皆以擔計，熱水灶以之
為薪，凡三閱月，祖龍一炬，殆不逾此，所幸近代印刷，一書化身億
萬，此雖不存，彼尚有餘，不致如漢初傳經諸老之拮据，茲為大幸。
余閱肆自朱雀路始，其地有橋有水，復有巷名烏衣，讀劉禹錫詩，真
若身入王謝堂前矣。路之北，東向，曰翰文齋，其榜書胡小石教授所
為也，肆主揚州產，錢姓，昆季四人，以售書駸駸致富，然市儈氣殊
濃，每有善本，祕不示人，實則今之所謂善本，即向之通行本而已，
覆印既難，遂以腐臭為神奇。余曾以三十金買初板《愙齋集古錄》，
友人皆曰甚廉，邇年坊市，皆以金石為最可寶，次則掌故方志，次
則影印碑帖畫冊，若集部諸刊，冷僻者多，不易銷售，然近頃欲覓
一《藝風堂文集》，亦戛戛其難，昨見某友於市上大覓《牧齋有學
集》，竟至不能得，就余所知，此書在舊京，固觸目而是，今如此；
恐滬上以書為貨，壟而有之之風已衍蔓至此，不覺扼腕三歎。翰文寄
售影印初月樓汲古閣各叢書，初價並不昂，如津逮，借月山房諸刊，
才六、七十，比已昂至四、五百元一帙，可駭也。京中有「黑市」，
丑寅間列貨，莫愁路一帶，百物騈陳，質明而散，相傳明祖既貴，舊
部濠泗強梁，既不能沐猴而冠，乃闢為此市，俾妙手空空，亦各得其
所，姑妄聽之。然變後斯市，固大有是風，書肆中人，往往懷金而
往，爭欲於此得奇珍，翰文亦其一。余於其店買《甲寅週刊》合訂本
兩冊，共三十期，較論移時，終預十五金始可，實則在黑市不過五
元，然一念老虎部長之鋒芒，覺亦尚值得，歸而與《魯迅全集》合參
之，竟不覺如置身民國十五、六年間思想界活躍非常之時期焉。

　　翰文稍南曰保文，初在狀元境，二十五年後始移此。主人張姓，
冀之衡水人。衡水荒僻小縣，而多以書籍筆墨為業，今舊京琉璃廠諸
肆，強半衡水也，故老云，廠肆在同光前，以豫賈西商為主，庚子後
衡水漸多，松筠閣劉姓，始列肆於廠，今則自為門面，綿亙十數楹，

巍峙於南新華街，三十年來，在書業中屈一指矣。保文總店設歇浦三馬路，名忠厚書莊，主人某，曾受業於舊京翰文之韓心源，韓則寶文齋徐蒼崖②之徒，頗為繆荃孫稱道者，故某氏版本之學，獨步一時，又與劉翰怡劉晦之董綬經諸公接，所見愈廣，滬之市書者，每倩其鑒定。綬經翁家刻及景印諸精本，坊間已不易睹者，求之該肆，往往而有；老而無子，南京分肆則付諸其戚經營，即張姓也。其人尚精幹，唯有芙蓉癖，遂鮮振作，一徒彭姓者，忠戇人也，吾頗喜與之談，道掌故娓娓如數家常，亦四十許矣。二十九年秋，出嘉靖《唐詩紀事》，行款疏落，字作松雪體，紙白如雪，索二百四十金，余以價昂卻之，後聞歸陳人鶴先生，陳氏在南京收書，不惜高值，故所藏獨多。自三十年春，北賈麕集白城，均以氏為對象，彼輩利用匯水南北不同，不惜重貲於蘇杭寧紹各處搜括劫後餘灰，北來之書，又非以聯券折合不可，其值遂甚昂云。保文售余之巨帙，有《通志堂經解》（廣東刊）、《知不足齋叢書》（最足本）、《適園叢書》、《清儒學案》（天津徐氏刊）、《四部備要》、《四部叢刊》初二、三編，《百衲本廿四史》、《碑傳集》及續補，《湖海詩傳》、《湖海文傳》等，皆學人之糧糧，典籍之管鍵，總計全價猶不及五千元，以云今日殆十之與一，唯去春曾購定中華書局本《圖書集成》一部，價九百元，後不知何故，竟毀成約，於是翰文乘之，以集成局本原價八百元之全書，勒索至九百餘元，不得已買之，當時殊引為憾，及今思之，只覺其太廉耳。今暑氣候炎熇，為數十年所僅見，每於夕陽既下，徜佯朱雀道上，以散鬱陶，則苦茶一甌，與肆中人上下今古，亦得消閒之趣。一日，忽見上虞羅氏書甚夥，詢之則自大連寄至者，若《殷虛書契前後編》，《三代吉金文存》、《楚雨樓叢書》等，皆學人視為珍奇，不易弋獲者，而其價動逾千百，亦非寒士所能問津，余於甲骨無趣味，而頗喜金石，到京以來，收得不多，唯有某君出售《周金文存全書》，索價每冊只二元，詫為奇賤，亟以二十四番金市之，實來京一快事。《三代吉金》，印刷精美，斷制謹嚴，較之劉氏

小校經閣《金石文字》、《善齋吉金錄》等有上下本之別，容希白氏《商周彝器通考》言之詳矣。去歲尾余代某校託松筠閣自平寄一部，二十冊，價八百金，北流陳柱尊先生見而欲得，又嫌其值之昂，今保文之書竟高至千二百金，予友余君，亦有金石癖，既以重值買其《殷虛書契》以去，又取此書，玩賞數日而歸之，蓋囊中羞澀，力有不勝，余擬以分期繳款方式收買，甫生此議，已被某中丞捆載而去，悔無及矣。小品書籍之略可言者，徐鈆《本事詩》，初印本也，有葉德輝收藏章，余以二十元得之，《天咫偶聞》，知堂老人所最喜也，以四金得之，董刻《梅村家藏稿》，二十八金，影印《西廂記》，二十金，羅氏影印《草窗詩集》十金，皆非甚昂，記以備忘。嘉業堂藏本及印行各書，余代某校收買者，則有小校經閣《金石文字》、《善齋吉金錄》、《宋會要》（嘉業本，北平圖書館印）、《雪橋詩話》等。

保文南有國粹書局，亂前頗有藏書，毀於兵燹，今雖復興，而書價奇昂，余喜搜羅地方掌故之書，如《天咫偶聞》、《郎潛紀聞》、《日下舊聞》、《嘯亭雜錄》、《簷曝雜記》、《春冰室野乘》……諸書，皆日常用以遣睡者，舉目河山，不勝今昔，三千里外，尤繞夢魂，某晚於此店邂逅《舊都文物略》一帙，乃秦德純長北平市時所輯，雖搜訪未備，而印刷殊精，在今日已難能，不意索價至八十金，以愛不能釋，終破慳囊畀以七十五金，自是不甚過其肆。聞友人云，該肆總店在申，居積殊贏，京肆生涯初不措意，則無怪其拒人於國門之外也。與保文相對者，有藝文，亂後始設，凌雜不堪，主人以販書南昌為事，初尚有盈，今則數月無耗，其肆無佳品，唯曾售余中華本《飲冰室全集》一部，乃任公集之最全本，按其價四十元八折，今商務中華之書，靡不增至十倍，此可謂奇遇。藝文之鄰，有南京書館，專售商務出版品，其主人前商務寧局夥友也，戰後商務新刊，不易抵京，賴此店及中央書報發行所為之支撐，余所購者，如《綴遺齋彝器考釋》，原價三十五元，後改為七十，市售則加三倍，購時真有切齒腐心之思，然甫三月，余已有倍屣之利可圖，今日之事，又豈人意所

能逆料哉！他若《越縵堂日記續編》、《意齋集古錄》連贖稿，影印《營造法式》、大典本《水經注》及各種法帖畫冊墨蹟，罔不以加三加四之值購得，而與綴遺之事如出一轍云。

　　自朱雀路過白下路而北，舊名花牌樓，（明藍國公府大門，建築富麗，後雖以罪毀，仍存是名。）今日太平路，乃戰前新書業薈聚之區，中華商務之赭垣黔壁，觸目生愁；自物資困窘，紙貴如金，營出版業者，誰復肯收買稿件，刊行新籍，且撰著者風流雲散，即欲從事鉛槧，亦有大雅不作之歎，職是之故，新刊圖籍，價目日新月異，點者咸剗去書籍版權頁之價目，而隨意易以欲得之數，使購者參酌無從，啼笑皆非。太平路最南路東曰萃文，肇興於狀元境，亦老肆也，藏書頗有佳本，惜不甚示人；其陳於門面櫥窗者，舉為下乘，余買書於此店甚多，都不復記憶。去冬歲暮，天末遊子，方有蓴鱸之思，忽其主事者袁某入，曰有袁氏仿裴刻《文選》一部，精好如新，適余於數日前在莫愁路冷攤得同書首二卷殘本兩冊，一存目錄及李善表，一存卷一班賦，而書頂有廣運之寶，方山（薛應旂），董其昌，王世貞，文徵仲諸印，既以常識審之，證為贗鼎，又以其不全也，置之塵封中而已，今聞有全書，不禁怦然心動，乃索至八百元，猶假歲尾需款為詞，介之某校，出至六百，袁堅持非七百不可，北中某估，與余稔，曰，可市之，不吃虧也，余摒擋米鹽度歲之資而強留之，始知為張氏愛日吟廬故物，凡三十一冊，每冊二卷，目錄一卷，雖經裝裱，紙墨尚新，因念明刊佳槧，近亦不可多得，如此書戰前不過二百元，絕非可寶，今則託為罕遘，後此書終以原價為平估竄去，至今惜之。他若明刻《文章正宗》之類，平平無奇，而索值極高，殊可恚恨。余曾入其內室，則見明覆宋小字本《御覽》，商務初印《古逸》及《續古逸叢書》，皆精佳，唯一時無出手之意，遂不能與之談。尤可笑者，某日天雪，以清末劣刊《金瓶梅》來，索至二百金，余督察其離奇古怪之圖畫，訛奪百出之字體，咄而返之，昨讀周越然先生在《中華日報》所記買此書之故實，不覺亦啞然有同感也。萃文之北曰

慶福，肆尤古，主人深居不肯出，雖知藏書不少，而未能問津，今秋某教授全部藏書出售，此肆獨獲其精者，祕不告人，留待善價。慶福對面曰文庫，林姓，揚州產，亂後營此小肆，以出租小說糊口，亦稍稍買舊刊及西書，曾以三十元買《熱河志》而以五百金貨之，堪稱能手。余見其肆多有國立北平圖書館西文藏書，殆變中南徙流落於此者，滋可歎息！

狀元境僅存之書坊，自東而西，曰幼海，曰文海，皆揚州籍，幼海索價，胡天胡帝，莫測指歸，又恆開恆閉，在存亡之間；文海地勢較衝要，客歲余買其龍蟠里圖書館藏本不少，龍蟠里者，陶文毅公辦惜陰書院之地，前臨烏龍潭，右倚清涼山，管異之所記缽山，即此，故又稱缽山精舍，端午橋在兩江任時，買丁氏八千卷樓舊藏，遂擴為江南圖書館，藏書為東南冠，商務印《四部叢刊》，佳本多取諸此，既成而隱其圖記藏者，至今館人詬焉。戰前由柳詒徵翁主持，編刊目錄，影印孤本，盛極一時，自經喪亂，悉付劫灰，尚不如中央研究院諸書，得假他人之手，略存屍骸，其善本或散入坊肆，余前曾得有伊墨卿《留春草堂詩鈔》，小字明覆宋本《玉台新詠》，皆嘉惠堂故物，文海所售者，如明本《警語類抄》，字體精美，足資賞玩，《弇山堂別集》，有丁松親筆校記，朱黑爛然，至足寶貴，皆慫恿某校存之，蓋公家藏弄，終較閟之私人邸宅為佳也。此店又多太平史料之書，抄本更夥，唯影印忠王供辭，余託其尋索，迄未報命。善文書店，在中間路南，主人殷姓，保文堂舊徒，亂後自營門市，余於二十八年秋，以三元賤值買廣東刊巾箱本《七修類稿》於此，後更買其《清史稿》，當時為所紿，價百五十金，其後始知市值不過百二十，然今則非五百不可，向恨矇瞳，今詫勝緣焉。又從其買英文書若干冊，舊師郭彬龢所藏，估故不識，每冊索一元，皆專研希羅古文學者，此等事蓋可遇而不可求，非可以常理論者。善文西曰會文，韓姓，亦新設，其人謹愿，書價和平，余每月必買少許，而不甚易得之書，往往彼能求獲，如《日下舊聞考》，為研舊京掌故必備之籍，

燕估猶多難色，去冬韓由揚州買來，價不過二百八十金，為某校所買。清末名臣奏議，及方志諸書，出於此者甚不少，余所得書之更可念者，如《越縵堂詩集》，陶澍宣舊藏也，《十駕齋養新錄》，薛時雨故物也，書固不精，前賢手澤可貴耳。《越風》，《榆林一葉》兩書，在故都價甚大，而此肆則不甚矜惜，得以微值收之。韓為人市儈氣較小，亦使人樂就之一因。狀元境舊肆，如天祿山房，聚文書店，今皆不存，唯集古一肆，伶俜路北，塵封暗壁，長日無人，徒增觀感。萃古山房，原亦在此，且書板甚多，事變前龍蟠里所得段氏《說文》手稿信札等，皆此肆所售，亂後生活無著，書板多充薪炭，或以微值鬻人，今其老店主每談及此，輒欷歔不止，頃另設門市於貢院西街，門可羅雀，聞已應陳人鶴先生之召，為釘書工。余最喜聽其談南京書林故事，有開元宮女之思焉。貢院西街在夫子廟，書坊歷歷，唯問經堂最大，主人揚州陸姓，幹練有為，販書南北，結納朱門，以亂前萃文書店之夥友，一變而為南京書業之巨擘。其人不計小利，而每於大處落墨，又中西新舊雜蓄，故門市最熱鬧，余買書甚多，不能詳記，春間彼自江北返，得《越縵堂日記》全帙，向余索新幣三百金，舊幣四百五十金，余適有某刊稿費未用，力疾買之，而俄頃新舊之比已二與一，余則用新幣也，雖然，不稍悔，蓋余最喜閱讀日記筆記，平日搜羅，不遺余力，《翁文恭日記》，曾有海上某友人轉讓，索百八十金，以其昂漫應之，而不日售出，遂悔不能及，今遇此好書，豈可失之交臂耶！周越然先生云：一遇好書，即時買下，萬勿猶疑，否則反惹售者故增其值，即上當亦不失為經驗，余頗心折此言，且早已實行者。昨余又過其肆，則陸某向余大辯其書價錢之廉，並願以新幣四百五十金挖去，余笑而置之，然此事不成，則又以《三古圖》一部盡余，上有偽造文選樓及瑯嬛仙館珍藏圖章，望而知為贋鼎，索三百金，清印明刻本，市上恒見物也，余亦一笑置之。

買書不能專走坊肆，街頭冷攤，巷曲小店，私人之落魄者，傭保寒賤之以竊掠待價而沽者，皆不可放過。莫愁路之黑市，前既言之

矣，二、三年前，猶可得佳品，近日則絕無。路側，有曰志源書店者，魯人陳某所設，其人初不知書，以收破碎零物為業（京語曰「挑高籮」，以其擔籮沿街喚買，如北京所云之「打小鼓的」然），略識之無，同販中之得書者，輒就請益，見書既多，遂專以收書為事，由擔而肆，羅列滿架，凡小販之有書者，咸售於此，故往往有佳著精槧。余所得有最初印本《攈古錄金文》，裁釘印刷，皆上上，而價只五十金，劉氏《奇觚室吉金文述》，雖翻印數次，而坊間仍無書，亦於是買得，方氏《通雅》，雖不精，只十元；鮑氏觀古閣藏《龍門造像拓本》數冊，陳伯萍藏漢魏碑帖多種，咸自此散出。最近陳氏家人更以所弆扇面百餘件充售，余過而觀，有包世臣，李文田，王先謙，王蓮生諸名家手跡，彌可寶貴，索五百金，余方議價間，已為識者竄去，頗自悔恨。唯收得舊拓片數十紙，每紙不逾數角，內有匋齋寶鐵齋舊物二，尚足自慰。又見其亂書中有戴傳賢書扇，並張道藩君所藏 Kampf 素描集等，昔為滄海，今日桑田，大有《金石錄後序》之悲矣。

　　豆菜橋邊一肆，亦以收舊物而設門市者，其人張姓，嗜飲，性畸，逢其醉，無論何物，皆以「不賣」忤人，否則隨意付錢，可得雋品，所收書畫良多，珂羅板碑帖尤夥，以不善經營，數在其肆外告白：「本店無意繼續，願頂者可來接洽。」於是由書肆變而為售酒之店，昨過其地，則酒店又閉，想甕中所儲，不足厭劉伶之欲，此公亦荷鍤行矣乎？

　　凡余所記，拉雜之至，又無名本祕笈，唯是世變所屆，存此未嘗不可備異時談資，諒大雅或不以瑣猥見訾歟？

壬午重九於金陵冶山下

（原載《兩都集》，上海太平書局1944年4月初版）

①李南澗〈琉璃廠書肆記〉：「……書肆中之曉事者，唯五柳之陶，文粹之謝及韋也。韋湖州人，陶謝皆蘇州人。……吾友周書昌，嘗見吳才老韻補，為他人買去，怏怏不快，老韋云，召子湘韻略已盡采之，書昌取視之，果然。老韋又嘗勸書昌讀魏鶴山《古今考》，以為宋人深於經學，無過鶴山，惜其罕行於世，世多不知採用，書昌亦心折其言。韋年七十餘矣，面瘦如柴，竟日奔走朝紳之門，朝紳好書者，韋一見諗其好何等書，或經濟或詞章或掌故，能多投其所好，得重值，而少減輒不肯售，人亦多恨之。……」

②又繆氏後記李雨亭徐蒼崖，亦斐娓有致：「李雨亭與徐蒼崖，在廠肆為前輩，所謂宋槧元槧，見而即識，蜀板閩板，到眼不欺，是陶五柳錢聽默一流，嘗一日手《國策》與余閱曰：此宋板否？余愛其古雅而微嫌紙不舊，渠笑曰：此所謂捺印士禮居本也，黃刻每葉有刊工名字，捺去之未印入，以惑人，《通志堂》，《經典釋文》，《三禮圖》亦有如此者，裝璜索善價，以備配禮送大老，慎弗為所惑也。」

梅樓漫語

　　以我這樣脾氣的人談《金瓶梅》、《紅樓夢》，是講不出什麼出奇制勝的道理的，平時常自恨想像力缺乏，組織力不夠，所以雖知道不少故事，看過不少波瀾，終於不能作小說。作文章總是發發感慨或者抄抄舊書，說來說去都是平凡之至。對於新舊小說，雖也喜歡讀，可是究竟不能如他人之津津不倦。有許多人看《紅樓夢》都是再三再四的閱覽，每次可以有不同的感觸與發現，真似掘不盡的寶藏，然我則還是在初中時完完全全看過一遍，大學畢業後有一時期想重溫一次，也唯讀了幾本便中止了，到現在我的藏書中竟無此家弦戶誦的好書，中學時所買的一部亞東標點本又早就丟失了。《金瓶梅》呢，若說沒看過或不感趣味一定是說假話，但我確是直到上海雜誌公司翻印了蘭陵笑笑生的《金瓶梅詞話》才通讀一過，以前在孔德圖書館曾看過崇禎刊本的一鱗片爪，因為那是善本，馬隅卿先生作孔德的總務長時收的，不輕易出借。北大似有與此相同的一本，聽說圖書館方面很感供不應求。這本子頂可寶貴就是有插圖，而插圖中最可寶貴者又是那些翻印本不敢公開印出來，以及曹涵美先生不肯公開展覽的圖。後來北平圖書館翻印詞話本，卻將崇禎本的圖也附了進去，於是便成功了「完璧」。當初北平圖書館從廠甸收買此書原本，好像是花了一千三百元，時人頗詫為巨值，在今日看來，固甚可笑，然若以物價指數核算，則其數將及今日之三十萬元，也算相當可觀了。馬隅卿先生曾將大鬧葡萄架諸回之插圖，製成信箋，分貽友好，採其藏書室名為「不登大雅文庫」之意，曰「不登大雅信箋」，大約得之者倒真是些「雅人」，而且只有收藏，絕不肯拿來使用的。上海雜誌公司的翻印本，前面則附有故宮所藏的粉本圖，但只製了四十幅版，都是「登

大雅」的，有的書店曾全部製了版，名曰「莔美圖」，前年某書賈堅欲以六十元代價賣給我一部，實在只有一百六十圖，那四十幅自然是不便公開的，聽說起初是全有的，後來因被干涉才除去，我是老老實實嫌他無用，未買，六開或是四開大本，白連史紙，現在賣舊紙也值得多了。那時據云全的黑市賣到二、三百元，如今則不全的標價已一兩千，全的自更稀少。因之想起，我對瓶緣，可謂極慳，這大本的圖沒有買且不提，二十六年暑假北平炮火聲中，我到琉璃廠佩文齋閒坐，正有北平圖書館影印本一部待售，索價只二十元，我知道此本當初出版時，定價是五十元的，兵戈塞野，誰有心思幹此不急之務，留下二十元，還可以買六、七包麵粉，自然是恝然置之，那夥計屢次勸我收下，說暫時不給錢記帳也可以，我無論如何執拗著不買，不久，佩文齋因局面改變，老闆家裡被洗劫而將琉璃廠的分店關張了，我若真的欠了債，也就等於揩油了。這是最早的一次失去機會，前年冬天繼「莔美圖」之後又有一書店要賣給我一部康熙刻本的，約十六冊，二百元，我曾在〈白門買書記〉上記過這件事，以為書店太敲我的竹槓，其實現在想來，豈不也是白白放走了便宜。這是第二次。還有第三次，則是書店又拿來一種上海中央書店再翻北平館本，據云在今日也算難得的，價五百元，那時此價約當兩石白米，於是我一點也沒有猶豫就一笑置之了，而此書終於被一投機商人絲毫未打折扣的買了去，對於他，此書之意義無疑是比對於我大得多了。

在萬曆、崇禎間，可以刻了這樣的書和這樣的圖，甚至當重熙累洽稽古右文的康熙間也未嘗不可容此種書的版子一翻再翻，並沒有玩什麼「刪去××字」，別印「刪文備查」小冊子的令人嘔吐現象，我們實不敢信今人之思想比古人開明或進步了多少。長沙葉氏影印的《雙梅影閣叢書》，其中材料多係唐以來的著述，其中如白行簡的《陰陽大樂賦》，乃是敦煌石室遺物，描寫之淋漓盡致，初亦不下於《金瓶梅》，但在那時似乎也並非懸為屬禁的。作Lady Chatterley's Lover 的D. H. Lawrence 曾罵英國紳士都是不懂男女關係的僵屍，夜禮服下生殖器

都是乾癟的，所以把嘉泰來夫人和守園林的麥洛士的野合寫得那樣有聲有色，真比大鬧×××差不了許多，可是在英國這書是不許發行的，有些印本亦是經過刪削，他如文藝復興初期的《十日談》，我們看到的開明書店全譯本其底本也還是經過剪裁，至於Joycee的《優萊塞斯》，根本還沒有譯本，據說內容也是很「褻」的，而《雜誌》第一期所刊的F. Harris《我的性愛生活》也只有半途夭折。這許多對比都顯示著近代人的狹隘與曖昧，沒有所謂淫書淫畫公開發行卻有華燈初上的賣淫者在馬路上拉人，卻有大人先生買了女孩子在家裡纏起腳來欣賞的Sadism患者，同時更有什麼把「人犬相交」、「春意圖」為號召的祕密營業，名為嚮導、按摩、歌女的變相而且加厲的賣淫者，徒然禁絕了這些書有什麼用呢？而且因為禁止，才更令青年人以及雄心未泯的老年人嚮往了。據俞正燮《癸巳存稿》，清代曾於順治九年、康熙四十八年、五十三年、乾隆元年、嘉慶七年、十五年、十八年等再三嚴禁淫詞小說，但乾隆元年的上諭分明說：「淫詞穢說，疊架盈箱，列肆租賃」，可說以順、康連朝之禁，究無效。而同治七年，江蘇巡撫丁日昌的羅列淫書目錄，通飭嚴禁，尤其是大舉剷除，其所列書目，達一百五十種之多，儘是關於梅、樓兩書者，計有：

　　《隔簾花影》、《金瓶梅》、《續金瓶梅》、《唱金瓶梅》、《紅樓夢》、《紅樓重夢》、《續紅樓夢》、《紅樓圓夢》、《後紅樓夢》、《紅樓後夢》、《紅樓補夢》、《增補紅樓》計十二種之多，其他如《西廂記》、《子不語》、《龍圖公案》、《笑林廣記》、《禪真佚史》、《拍案驚奇》等，均列入淫書之內，可謂洋洋大觀。可是離那時不久的《談瀛室筆記》就已經評論說：

　　　　按以上各書，羅列不可謂不廣，然其中頗有並非淫穢者；且少
　　　　年子弟，雖嗜閱淫豔小說，奈未知其名，亦無從遍覓，今列舉
　　　　如此詳備，盡可按圖而索，是不啻示讀淫書者以提要焉，夫亦
　　　　未免多此一舉矣。

一切文藝的產生，離不了時代背景，有了這個原則，我們對於禁止淫書之不必要，亦可以不再多囉囌了。

　　我讀小說，素不喜什麼索引之類，自然，如清末流行的譴責小說，那簡直是直指其名其事，不妨考查一番，所以也曾作過〈孽海花人物譚〉這樣的文字，近日好像談的人更多了，老輩，如同光人物碩果的冒鶴亭丈均來參加，其一言一字，皆足資掌故，倒是我們有歷史趣味的人的好運氣。（可是近來也被人罵得可以，好像中國之未能復興，其責任全在這些專談《孽海花》的人身上，真乃罪莫大焉。所以我在這裡也提醒《天地》編者一番，這種文字和特輯，還是少出為是。）而《紅樓》《金瓶》兩書，作索隱的最多，有的是附會萬狀，有的也頗言之成理。近日略為翻翻關於《紅樓》的索隱，已竟不下十幾種說法，其最為人所熟知者，如：（一）指順治出家及董小宛事；（二）指明珠家事；（三）指漢人復明思想及清初諸名士事（蔡元培先生說，《郎潛紀聞》引徐柳泉語，即蔡說所本）；（四）指和珅及其寵姬說（見《談瀛室筆記》）；（五）指正心誠意事（蔡書引，如以吃飯為誠意，蓋最冬烘之說法也）；（六）丹藥說（黃秋岳筆記引）；（七）曹雪芹家事說（胡適之先生說）；（八）江寧張侯說（黃氏筆記引乾隆間周松靄筆記說）；（九）指清初多鐸等攻下江南廣置佳麗事（見徐珂《清稗類鈔》）。最奇的還有說《金瓶梅》與《紅樓夢》是一書，其中人名事情，皆暗為影射，如闞鐸之《紅樓夢抉微》，姚靈犀之《金紅脞語》均是，這真是匪夷所思的講法，什麼李瓶兒即薛寶釵，寶玉是孝哥化身，薛蟠是武大，林黛玉是潘金蓮，《水滸》、《金瓶梅》、《紅樓夢》便是警幻仙的正冊副冊又副冊等，簡直莫名其妙。蔡元培先生因《紅樓》本事問題，與胡適之大打筆墨官司，並且舉了中外名著多種皆有影射為證，如楚詞之美人香草，莎士比亞之戲曲，哥德之《浮士德》，均有所指云云，其實在舊文學中，本事隱約，外表支離者，何只楚詞一種，如義山之〈錦瑟無端〉者正不知凡幾。中國文學作品之特色是象徵Symbolism與含蓄，

不似西洋之側重寫實,這恐怕也是東方道德道學氣太重之故,於是多情善感的詩人,只好左一篇〈詠懷〉,右一篇〈無題〉,說些猶疑兩可的話,叫人捉摸不定。從前讀馮正中的《陽春集》,據說其中都是思君念國,我委實看不出來,只有聽著這些高論發呆。連戀愛事情最多的歐陽修老先生的「庭院深深深幾許」,據說也是憂讒畏譏的,到了後來,那些略有國家意識的文人,只好作些秋詞,宮詞,來抒忠擯憤了。文廷式、朱彊村、況夔笙、王鵬運諸老的詞,到如今不易明白,殆亦職此之由。文學作品的一般風尚如此,對於小說,殊亦不能例外,大家閒著沒事幹,你猜一猜,我猜一猜,於是弄出這麼多麻煩。本來天下同一Type的人生個性是多的,文藝者常常歸納綜合,取一個類型代表,不免令懷了鬼胎的人,都可以怵目驚心,從前魯迅先生發表《阿Q正傳》時,每個讀報的人都疑心在罵自己,甚至有人寫信給迅翁責讓為什麼罵到老朋友身上,這人真是傻瓜,就算真的罵到自己頭上,也不可玩這種「此處無銀五十兩」的蠢把戲呀!明清之際,大節所關,像妙玉、寶釵一型的人本是多的,如高江村,殆即不減於今日之以特殊的資格作特殊生意的闊人。其不免於為士類所鄙棄,原是夙命的了。如左都御史郭琇劾高疏云:

> 高士奇出身微賤,其始也徒步來京,覓館為生,皇上因其字學頗工,不拘資格,擢補翰林,令入南書房供奉。士奇日思結納,諂附大臣,攬事招權,以圖分肥。久之羽翼既多,遂自立門戶,結王鴻緒為死黨,科臣何楷為義兄弟,翰林陳元龍為叔侄,鴻緒胞兄王頊齡為子女姻親,俱寄以腹心,在外招攬。凡督撫藩臬道府廳縣,以及在內之大小卿員,饋至成千累萬,即不屬黨護者,亦有常例,名曰平安錢。光棍俞子易,在京師肆橫有年,唯恐事發,潛遁直隸、天津、山東、洛口地方,有虎坊橋瓦屋六十餘間價值八千金,饋送士奇,求託照拂。此外順成門斜街並各處房屋,總令心腹出名置買,何楷代為收租,打

磨場士奇之親家，陳元龍夥計陳季芳，開張緞號，寄頓賄銀資本約至四十餘萬，又於本鄉平湖縣置田千頃，王鴻緒與之合夥生理，又不下百餘萬。……

　　一個窮酸的自掮行李入都作「某相司閽館師」的落魄文人，能夠弄到這個樣子，也算有點本事，所以雖然明知將《紅樓》中的寶釵來比他，是有點附會（見蔡先生《石頭記索隱》），但知道這樣的故事，總是有趣的。妙玉參禪走火，「斯人也而有斯疾也」，我卻是直覺的以為一定有所指，不然何必在千紅萬紫的大觀園中闌入這麼一位檻外人呢。有的說是姜西溟，有人說是洪承疇，反正這角色也不大高明。

　　關於《金瓶梅》的傳說沒有《紅樓夢》那樣紛複，最流行的一說即王鳳洲為報父仇而作，吳晗先生在〈《金瓶梅》的著者時代及社會背景〉一文中已證明此說之不確，則西門不必是東樓，蔡京亦不必是嚴分宜矣。至於唐荊川湯裱褙《清明上河圖》種種說法，都不必去管他，恐怕都是出之附會，蓋即以其書完全用魯東土語一點，亦可決其必非鳳洲手筆。明季像西門大官人那般的人物原是指不勝屈，蓋亦一時風氣使然。傳世號稱「猥褻」的書，十之八、九出於此際，即短篇小說如所謂「三言」、「二拍」《西湖二集》等，也是不免乎此。有了嘉靖、正德、萬曆那班皇帝，草上之風必偃，不一定僅僅嚴氏父子是奸人，恐怕不這樣的官吏也真不多。我們看《天水冰山錄》所記，嚴氏贓私之巨，殊可驚駭，比較先後籍沒的張居正、劉瑾諸人，均大過數倍，其結怨於民眾，令人欲得而甘心焉，夫何容疑，後人之硬派西門家事即東樓家事，不免出於報復心理。而且寫了小說或戲曲罵人，那時也頗為流行，龔芝麓便曾被人罵得狗血噴頭，說他避追兵至秦檜夫人鐵像胯下，夫人來了月事，頭為之污，弄得芝老大哭流涕，後來花錢買人刺死作劇人才消此恨。董其昌魚肉鄉里，被人作了《黑白傳》痛罵，他把作者打死惹起民眾暴動，毀滅了他的第宅。直至清代，這種諷刺之風，仍然不息，人類總是要發洩自己的牢騷，不能洩

之於此，必洩之於彼，以專制帝王之威，還是不能杜塞悠悠之口，故
主張箝制主義者，實在大可有鑒於此。鄭振鐸先生談《金瓶梅詞話》
有云：

> 表現真的中國社會的形形色色者，捨《金瓶梅》恐怕找不到
> 更重要的一部小說了。不要怕他是一部穢書，《金瓶梅》的
> 重要，並不建在那些穢褻的描寫上。他是一部偉大的寫實小
> 說，赤裸裸的毫無忌憚的表現著中國社會的病態，表現著
> 「世紀末」的最荒唐的一個墮落的社會景象。而這個充滿了罪
> 惡的畸形社會，雖經過了好幾次的血潮的洗蕩，至今還是像陳
> 年的肺病患者似的，在憮憮一息的掙扎著生存在那裡呢！於
> 不斷記載著拐騙姦淫的日報上的社會新聞裡，誰能不嗅出些
> 《金瓶梅》的氣息來？……

鄭先生寫此文距今已十數年，請再看看今日之荒淫與無恥，投機
與包庇，較之三百年前的「言不及義」的士子與官僚，豪紳與地痞又
有何感？

看《紅樓夢》者，男便自以為寶玉，女則自以為黛玉，誰也不必
諱言。陳其元《庸閒齋筆記》云：

> 余弱冠時，讀書杭州，聞有某賈人女，明艷工詩，以酷嗜
> 《紅樓夢》，致成瘵疾。當綿惙時，父母以是書貽禍，取投諸
> 火，女在床，乃大哭曰：「奈何殺我寶玉！」遂死，杭州人傳
> 以為笑。

《牡丹亭》有三婦合評故事，以《紅樓》之偉大，宜有此點綴。
《三借廬筆談》有一則更奇：

《石頭記》筆墨深微，初讀忽之，而多閱一回，便多一種情味，迫目想神遊，遂覺甘為情死矣。……蘇州金姓，吾友紀友梅之戚也，喜讀此記，設林黛玉木主，日夕祭之，讀至絕粒焚稿數回，則嗚咽失聲，中夜常為隱泣，遂得痼疾。一日，炷香長跽，良久，拔爐中香出門，家人問何之，曰：「往警幻天見瀟湘妃子耳。」家人雖禁之，而或迷或悟，哭笑無常，卒於夜深逸去，尋數月始獲云。

我們現在常常反對青年人讀劍俠神怪等低級小說，有人讀得入迷，竟去峨嵋訪道。然高級的，有味的作品何嘗不可使人入迷？我看現在的女同學們，雖然在吵著參政革命什麼的，可是當讀到焚稿斷癡情時也不免心灰意懶。而讀到良宵解語諸回目，亦必臉上發燒心頭亂跳也。古今感情只是一理，會作文章的，捉住這點奧妙，我們便難乎跳出掌心。有多少作品禁不起時代的淘汰而消滅了，《紅樓》《金瓶》等書，經過了封建社會、資本主義社會、乃至社會主義社會各段，其為人人所歡迎還是照舊，自「五四」以來的新作品，能夠禁得起三十年來的風風雨雨而不稍變聲價地位的有幾種呢？我們不能不對古人抱愧。

《三借廬筆談》又一則云：

許伯謙茂才紹源，論《紅樓夢》，尊薛而抑林，謂黛玉尖酸，寶釵端重，直被作者瞞過。夫黛玉尖酸，固也，而天真爛縵，相見以天，寶玉豈有第二人知己哉！況黛玉以寶釵之奸，鬱未得志，口頭吐露，事或有之，蓋人當歷境未亨，往往形之歌詠，詩三百篇，大抵聖賢發憤之所為作也。聖賢且如此，何有於兒女？寶釵以爭一寶玉，致矯揉其性，林以剛，我以柔，林以顯，我以暗，所謂大奸不奸，大盜不盜也。書中譏寶釵處，如丸曰冷香，言非熱心人也，水亭撲蝶，欲下之結怨

於林也；借衣金釧，欲上之疑忌於林也，此皆其大作用處，楊
國忠三字，明明從己口中說出，作者故弄狡獪，不可為其所
欺。況寶釵在人前，必故意裝喬，若幽寂無人，如觀金鎖一
段，則真情畢露矣。己卯春，余與伯謙論此書，一言不合，遂
相齟齬，幾揮老拳，而毓仙排解之，於是兩人誓不共談《紅
樓》。秋試同舟，伯謙謂余曰：「君何為泯而不化邪？」余
曰：「子亦何為窒而不通邪？」一笑而罷。

　　吾鄉有因為爭論《三國演義》赤壁鏖兵究竟是八十幾萬人馬而
終身不說話的笑談，此亦可謂無獨有偶了。但寶釵型的人物確是不大
可愛，同樣襲人亦遂可厭。然而世事欲想成功，捨寶釵之路線還是無
由，故我想三十歲以後的人們是應當崇拜寶釵的，而實齋先生固早已
目曾文正公為寶釵型者也。

　　《紅樓夢》中人物有可愛可厭兩種，而《金瓶梅》中則只有
可厭與可憐之兩種，若覓可愛之人物，竟一時想他不起。不知別人
如何，在我是感到如此。《紅樓》之目的，是作自傳，不是諷刺譴
責，故為主觀的，而《金瓶》之目的，則在罵盡世人，說是諷刺固
可，說是憤慨也無不可，但硬說是教訓，則未必然，故是客觀的。
主觀的還可以描出幾個理想的對象，客觀的則只有毫不留情的揭
露。《紅樓夢》所表現的社會，雖亦多方，但究竟沒有《金瓶梅》
之繁複，可是《紅樓》善於用細針密縷，所以雖只是一個家族的
事，而令人感到非常多樣，西洋小說中很喜歡把一個家族的事作題
材，有名的《羅貢‧麥加爾叢書》固不必提，即如舉世風行的Gone
with the Wind也是這個筆調。高爾斯華綏的Forste Saga亦是此路徑，
唯中外家族組織不同，遂異趣耳。在描寫的技巧方法，《紅樓》的
確比《金瓶梅》高明，最關緊要的全書組織，《金瓶梅》便顯得頭
重腳輕，西門慶未死以前，是那樣鋪張的寫法，西門慶死後，是那
樣草草的匆劇的變化著，不免使讀者感到不調和，甚至不能應付其

突變的局面。《紅樓》後四十回，雖出高氏手筆（據胡適先考證，後四十回曹氏亦已有稿本，惜失傳。），而天衣無縫，其故事之進展，成為一極自然的步驟，好像寶玉到了此時，除去出家以外，別無路走，王靜安先生說得好：

> 吾國之文學中，其具厭世解脫之精神者，僅有《桃花扇》與《紅樓》耳，而《桃花扇》之解脫，非真解脫也，滄桑之變，目擊之而身歷之，不能自悟，而悟於張道士之一言，且以歷數千里，冒不測之險，投縲絏之中所索之女子，才得一面，而以道士之言，一朝而捨之，自非三尺童子，其誰信之哉，故《桃花扇》之解脫，他律的也，而《紅樓夢》之解脫，自律的也。且《桃花扇》之作者，但借侯、李之事，以寫故國之戚，而非以描寫人生為事，故《桃花扇》政治的也，國民的也，歷史的也；《紅樓夢》哲學的也，宇宙的也，文學的也。……（《紅樓夢評論》第三章）

　　戚刊本《紅樓夢》（有正書局印）二十一回有評云：「寶玉之情，古今無人可比，固矣。然寶玉有情極之毒，亦後世人莫忍為者。……若他人得寶釵之妻，麝月之婢，又豈能棄而為僧哉！」這話說得未免淺薄。寶玉之妻與婢，自然不錯，但若先失了黛玉與晴雯，則心理又大不同。唐人詩所謂「曾經滄海難為水」是也。雖中人之資，亦必有無常之戚。況且家道盛衰繁歇，尤足以使人俯仰興嗟，胡適之先生記所藏脂硯齋本《紅樓夢》第十三回，於「三春去後諸芳盡，各自須尋各自門」後有評云：「不必看完，見此二句，便欲墮淚，梅溪。」此梅溪已考定是雪芹之弟。我們想想這種景象，實在是難堪之至。在今日如此感想不無被人罵為小資產階級的傷感主義之危險，然而這種感情，正是產生高華作品的最大原動力，亦即勘破人生關頭之棒喝也。若是不去出家，也許要玩革命。

　　但同樣的盛衰興亡，在《金瓶梅》則又不然，徒令人生應當如此的果報之念，而缺乏惆悵的自覺，如前所云，主觀的與客觀的作用，原是不同的，中國的文字本是含蓄的好，已竟說過，如客觀，不能不暴露，既暴露，便無餘味，此亦是《紅》、《金》兩書的差異。我們寧取《紅樓》之蘊藉而不敢取《金瓶》之表襮。然而，很不幸的是，今日社會，乃是無處不極端暴露的，而今日資本主義勢力之彌漫，使得一切精神活動，無不變作物質的附庸，愛情一定要金錢去買，高貴的女子，無非是可以高價出售其愛情，至於像讀書讀呆了的人們所想像的佳人才子，那是不會有的了，所以《金瓶梅》的哲學是比較有用的，西門大官人除去潘驢小閒以外，鄧之為用更大。可是話又說回來，連充滿幽美情趣與高尚愛情意味的《紅樓夢》，不也是家中廣有金銀的寶姐姐占了上風嗎？嗚乎，錢，豈可不弄哉！

　　　　　　　　　　（原載上海《天地》，1944年6月第九期）

設身處地

說開會

假使可能的話，我願此生再也不出席什麼會。

會之種類多矣，但無論何種，均須有儀式，有規程。先說儀式，開會，全體肅立，這個沒問題，大家屁股總不會這麼懶；唱個歌，這個就麻煩了，若小學生，巴不得唱唱，響徹樑塵，大有可聽，中學生便是歷亂不齊，必須司儀人唱一、二、三，起初聲音很小，大約到「以進大同」的「大」字，才可聽出來；大學生與一般公務員，那真要命，彷彿誰唱了歌誰就幼稚，任憑你一、二、三，聲音還是寂寂，雖則在靜默三分鐘的辰光大家不願靜默，這時卻真靜而且默，到後來，司儀無法，只可老了面皮，自家先來一句「三民主義」，才慢慢聽到一陣破鑼似的回聲，這一關好容易過了，主席恭讀遺囑，遇到有經驗的人，清清楚楚，一字一板，不慌不忙讀下來，假使碰到我這樣冒失鬼，不曉得要錯成什麼東西！記得在大學時，我們的新任校長就職，當讀遺囑時，竟將「聯合世界上以平等待我之民族，」念成「聯合世界上以不平等待我之民族」，不知為何，把不平等條約的不字，擅移至此，那時還有全體循聲朗讀的辦法，我們簡直朗讀不下去，只好大家哄堂，我想那次庶務老林一定大吃其釘子，為什麼不弄一張放大的遺囑懸在面前，因為到下次再開會時，分明校長站立的面前黑板上有了一大張白紙寫的遺囑了。念遺囑是練習鎮靜的最好教材，最易鬧笑話的地方，除上述一句外，如建國方略建國大綱以下幾部書名的次序，常常不易記清，而「余所著」三字，是否一頓抑或連下去讀，也言人人殊，派別歧異。又如「深知欲達到此目的」一語，略懂時務的老學究，常會念成目的地，因為這三個字連用得太熟了。全體鞠躬這一項平穩渡過，靜默三分，實在連半分也沒有，而北伐初期之各種

集會中，對靜默一項之寫法念法也有多種，如「靜默三分鐘」、「默念三分鐘」、「靜默三分」等，花樣甚多，幾經改進，才凝練成靜默二字，靜默後，必說著「默止」，此亦稱為「靜默畢」，要無關宏旨，自開會至此，儀式告一段落矣。

下面的戲碼是報告和討論，報告是令人睏覺的催眠歌，討論是八仙過海，各顯看家本領的機會，其實呢，發表意見或成見的，只是少數，此外不是隨聲附和就是默不一語，我有一個同鄉，民國十八年為故本省黨部代表，當出席代表大會時，無論有何討論案件，他都按照民權初步，首先舉手呼主席，然後說「本席二零八號，既不贊成，又不反對，毫無意見之可言！」大家無不發笑，主席亦啼笑皆非，然此君固大得此中三昧者，試想，若贊成或反對，豈不有偏袒一方的嫌疑？在平時我們看不出一個人怎樣自私，可是開會如一面鏡子，什麼原形都可照得出的，立法院討論女子繼承權時，王孝英一定替女同胞講話，固不必提，即要人們挖了腰包所豢養的那些群眾，也無非為在這種時候發揮他們的潛勢。你不要被表面上堂哉皇之的理由嚇住，須知這都是預備好的煙幕彈。妙在我們中國有的是詞令，而新式邏輯更供給人好多詭辯的方法。譬如說：有人在全國教育行政會議裡提議「請開辦師範大學以養成全國師資案」，其理由何等正大，然卻並不談及現在師資之過剩與因待遇菲薄而影響到好師資缺乏的情況，只是張大其詞的說如何如何需要師資，實則骨子裡呢，有一群人想擁護某人上臺當校長，而某人也正想上臺藉此名利雙收而已，反對者看明此點，於是猛力攻擊了，何以會看明此點呢，因為平素就枘鑿不入，大家彼此刺探得很明白，假使不為反對某人，也許這一天的會他就告假都說不定，推而言之，凡一切設施，大抵均作如此觀，並不是為了社會需要，歸根結蒂，還是為個人及其一派一黨之需要也。我在大學時，同學因為校長的人選問題分為兩派，互不相下，今天甲派貼一公告罵乙派，明天乙派必以更鮮明的紙張更惡毒的詞句反擊，此是通電時期，及雙方均主張召集大會解決，已到武力時期，不意以區

區之義，甲派也拉幫忙，乙派也拉投票，「事兩君者不容」，我只好一言不發，大作其壁上觀。而此種會之不會有結果，已大率可知。由此則知凡開會而有議決案者，皆事先不議而早決之案也。我是××部長，我開辦××附屬機關，請求臨時費××萬元，假使沒有在事前通融好，將人的路線打通，一直等開會去決定，其有結果者鮮矣。所以會只是形式，而非實質。現在左傾分子在會場中如果有勝利可能，則維持會場程序之進行，否則，旁生枝節，可以使你一萬年也不能討論到本題，仍以前說之師範大學一案為例吧：若愛搗亂，大可提出，「請提案人解釋師範大學之特質為何？」經解答後，還可以提出：「本席認為解釋不充分，提案人說師資缺乏，有無正確統計？」如是云云，一呼百應，更有人紛紛高呼，「付表決」、「打消」「我動議散會」，照民權初步，變更日程，先討論散會，此時群眾若已厭煩空氣之囂雜，則散會一議，將立時通過，而所討論之案，豈非熱鬧一場乎？有時當討論熱烈時，忽從一隅，驟起「打」聲，瞬息而電燈滅，嘶聲起，（口哨子也）通，通，通，以不了了之，也是不佞曾親歷而屢見者。聞民國初年眾議院議員，常常為自己的主子不同而動武，武器則為案頭墨盒，飛墨盒已成為每次必具之日程，後來沒有辦法，只好用釘釘在桌上，想八百羅漢，必有因墨盒翻不起而急得冒火之怪現象也。

　　以上是從縱的方面說，現在再從橫的方面觀察：會的種類真是舉不勝舉，什麼工會，商會，協會，研究會，學會，同鄉會，同學會，校友會……高自大學教授，低至糞夫倒老爺，（此世俗說法，實在大學教授比倒老爺在收入一方面固不高也）莫不有會，即莫不有首領，有主席，有理事，有董事，有監事，有委員，有幹事，有常務理事，常務幹事，因而須徵會費，須募捐，須覓會址，須買傢俱，須請書記，買油印機。消費重重，似乎一定可以會出一點什麼了，然而不然，自有「會」以來，我只見發宣言，選理事，掛牌頭而已，卻並沒有聽見甚麼了不起的作為和成績。假使向骨子裡面搜討，則知諸所謂

會者，不過是野心家的爪牙，也可以說是政治家踏上舞臺以前的軍事佈置，自古至今，沙場上固然一將成名萬骨枯，即政局裡也出不了這個圈套。今日之理事，異日之××長也，今日之幹事，將來之××主任也，推而言之，論秤分金銀，換套穿衣服，原是大家有分的，無奈小嘍羅總是得不償失罷了。猶憶民國二十三、四①年我在北平讀書時，校中因國共兩黨之鬥爭，有種種週邊組織，此一研究會，彼一讀書會，此一座談會，彼一討論會，及後更有一個名叫「××大學真正讀書會」者出，擁有體育系彪形大漢多名，舌劍唇槍之不足，更繼之以石子木棒，局外人見此五花八門的傳單，不覺目迷五色，恍如看見王麻子與老王麻子稻香村與稻香春的仿單一樣，蓋皆自稱真傳，而罵對方為男盜女娼也。但是結果呢，等我輩畢業後，就發現昔之讀書會中嶄露頭角人物，全都當了學校的科長課長之類，月拿乾薪數百元，我是書呆子，只能引學校為證，不過想來社會一般情狀，也差不多罷。目下形勢又漸不同了，當理事長或委員長等等的，多半即是臺上人物，這樣，「會」就好像錦上添花，使聞人要人的名片上多加幾行履歷。我自作事以來也被迫而加入許多的會，彷彿都是在成立大會以前，連連召集幾次籌備會議，運氣好的話，或許還可以叨光吃一頓兩頓館子，至開成立大會時，真乃盛況空前，各機關代表，痛快淋漓的演說，大放厥詞的主張與計畫，艱難締造的籌備經過，全可使一個生疏的人嚇一跳，更有濟濟一堂的會員來賓，好不熱鬧人也，於是如法炮製，討論提案，選舉職員，當討論時，少不得一種輕微挑剔的行家，如「本會宗旨為溝通文化」不如「本會以溝通文化為宗旨」呀，本會會員得繳納建設基金費之「得」字不如蓋改為「須」呀，不痛不癢，亦莊亦諧，會場空氣有此調劑，才可見出非完全一手包辦，及至選舉，則絕對不會逃出預定名單，籌備主任多半就是理事長。到了最後，臨時動議，向最高領袖致敬，全體一致起立通過，禮成攝影，於是大功告成，而翌日報紙上「××會成立盛況」及致敬電文以頭號字刊出矣。照道理講，這以後就要作些事情了，可是我們是作到此處為

止，會既成立，斯為達到最後目的，以後的事，再說再說；唯像這樣的會，永遠沒聽說經濟發生問題，倒是奇跡，而到周年紀念時，照例開年會，謁陵墓，具報告，宴會員，若力量更大的，在外省立分會，此時也紛紛不遠千里而來，平康留飲，排日聽歌，又是一場花團錦簇，現在酒店平平常常非五百元不辦，那麼請你算算看，以會員一百人計，不亦大有可觀了乎嗎？

偉大的會，堂皇的會，作為時代點綴的會，我向你頌贊了。

可是，我卻不想參加任何會。

（原載《中華週報》，1942年12月12日第二十四期）

---

①作者在北京讀書應在民國十九至二十二年。此處可能為作者誤記。

談吃飯

「世事無如吃飯難」自古已然，於今為甚。

然我所要談的，還不是現在每月包飯要二百元從前只須七元半即可一類的事，這種事談也沒用，因大家都已竟在吃著二百元一月的夾有砂石稗殼的飯了，只要十五歲以上的人，都也有七元半吃飯的記憶，又何用談？吃飯的意義，果然只在餵飽了肚子或是計算怎麼樣可以省錢等等，那乃是落於小乘，淺陋得很，蓋此事殊簡單，即起碼的「自了漢」亦可了之，實在無辦法，作乞兒也還有人施捨也。譬如你穿衣服，小學教科書上一定教你是蔽體的禦寒的，而實際這都是騙人的話，假定只蔽體或禦寒，那就只要獸皮樹葉好了，嫘祖未免多事，黃帝庸人自擾。穿狐皮袍子或者大禮服，禦寒蔽體作用居其次，體面，觀瞻是第一，像某種化妝品廣告所云，撲在你的面上，香在別人心裡，殆為人多而為己少，所以大禮服的硬領子，女人的高跟鞋，長襪管，以及廣東富人在熱得可以出汗的冬天也必穿狐皮袍等事，雖都是很不舒服的事，可是我們仍舊要穿，這大約也是人類某種本能作用（不必說得那麼好聽：什麼審美觀念之類）的另一表現，而如西人豔稱之Christian General馮煥章之流的短打渡江，每引起一些人的詫異以為不近人情，豈非「良有以也」乎？日常生活中此種現象殊多，世俗說「穿威風，吃受用」，已說明穿是為人，吃是為我，不過我的鄙見，即使是吃，仍以為人的成分居多而已。

走在街上，商店中要以食品肆及以菜館為絕對多數，一似吃的問題，頗為重要，然在這些店裡花錢的人，真是為果腹的卻很少。買了水果子的人不是需要以之助助消化，而在「御吃茶」、「森永の果子」裡，看蛺蝶服女侍捧了紅茶點心來來往往的又豈是真的肚子餓得

不可開交呢？現在到處實施統制與節約，其實為解決口腹之慾，用配給的辦法無論如何是夠了，但無奈若御吃茶以及吃吃花雕竹葉青之屬，也還有著不可不有的意義，所以在統制聲中，人類便感受絕大苦悶了。蔡元培先生曾在〈文明與奢侈〉一文中說奢侈之重要，因為他可以促進文明，所以奢侈也算不得罪惡，人類之所以有藝術，完全是由於超過應用以上的奢侈，否則我們只好過著茅茨不剪，菜羹不調的生涯，人類與其他生物，遂不復有何差異。蔡先生並且主張將美育代替宗教，換言之，也就是讓我們相信穿大禮服比短打好，吃西餐比吃窩頭好，自然站在今日所處的環境下，我們只好捏了鼻子說窩頭好，但此是另一意義，倘以常態論，則窩頭固可不必「旦旦伐之」也。

古人說「折衝樽俎」、「杯酒言歡」，這充分表現出吃飯在本職以外的功效。故前云以吃飯為可以療饑者，乃是小乘看法。一杯香檳酒可以使前線幾千萬人的性命不再犧牲，可以使大炮飛機停止怒吼。一瓶紹興，一桌翅子席可以使十年誤會的朋友渙然冰釋，可以使不合作的人跟我們合作，可以使輸了的訴訟轉敗為勝，可以在棉紗股票交易上賺得若干贏利，也可以使平常不大相熟的人相熟，由吃飯而打牌，由打牌而看戲，而託他找事，或者我給他找事。我有一個朋友，頗有酒量，在宴會上很能出風頭，他因此就比我朋友多，門路廣。有一回一位老同學來了，託謀職業；我束手無策，而他因為與某局長是吃酒朋友，遂獲教書之缺，我因而覺得我對於吃飯的技能太不及格。照中國規矩，吃飯之「吃」與「飯」該當是吃飯過程中最不被重視者，反而是在吃以前的喝與談很要緊，余對於喝，客氣一些說，是謙讓未遑，不客氣說，竟是駑駘下駟。我們鄉下有一種風氣，凡是兩個人口角爭持，或至起訴告官，若有人調處，只要自認理屈一造，承認「請客」，便一切可了，而到南京上海，白相人也有吃講茶之說，於此似乎吃飯又代替了法律。古人以烹調重器之鼎，代表國家命運威權，真是妙不可言，楚國去問鼎，碰了一鼻子灰。而秦王遷鼎，且有躍入雒水的神話，「鼎食」一事，又豈可忽視？用吃飯方式，把戰

設身處地

307

爭改為和平，名曰「折衝樽俎」固是無可非議，但戰爭停止以後，往往稱為化干戈為玉帛，這就說得不好，玉帛雖是彼此行成之禮品，其實溯本求源，還是一飯之功，而戰爭既停，也無非大家都有飯吃，所以我說不如改為化干戈為鼎鼐，或酒食。像「匕鬯無驚」這句話就比較有味些，爽直些，意思好像說，你們打你們的，我們的盤碗動也沒動，到時照常吃飯。你想，這樣豈不比「秋毫無犯」「紀律嚴明」一類的說法更具體更乾脆嗎？

一飯懷恩，千金報德，英雄行徑，是把困難時的一飯很重視的，但有許多英雄亦即喪命於一飯之間，專諸刺王僚，便是顯例，這種「擲杯為號」「看眼色行事」的飯，真不要吃。鴻門一宴，若使項王聽從亞父的話，「那時的歷史又是一個寫法了」。然項王正因此而一敗塗地。張學良殺死楊宇霆，似也採用請客吃飯的方式，蓋請吃飯總是表示客氣，不好意思不去，而我國英雄是專門主張在你對他客氣的時候就下毒手的，此即所謂口蜜腹劍之又一方式。趙匡胤杯酒釋兵權，那更是奇妙莫測的手段，假定在清末或民初，那些南洋北洋的軍閥，誰也不肯這樣馴順。這究竟要說古人比今人忠厚。范雎受須賈之陷，後來也不過款以芻豆，挾棒而食，在今日則「性命休矣」！歷史上有發掘不盡的故事，可以證明吃飯的更偉大意義，而「吃飽肚子」不與焉。

但我對吃飯卻又有懷鄉之感。飯是日常生活最要緊節目之一，身在他鄉，已有離情別緒，到吃飯時想吃自己愛吃的一味菜而不可得，又無親切的鄉音伴在一旁，入耳都是難懂或不懂的話，實在難乎吃得下。自己到江南三載，對於本地人端了一碗飯觸著鼻尖滿街亂跑的吃法，到底不能習慣，即包飯作吃客飯也覺得不便，在北京大抵是我很熟的地方吃烙餅加「木樨」或在山西館吃過油肉刀削麵之類，堂倌親切而和藹，有時開小玩笑。到這裡第一次聽說吃餃子的地方名「老鄉親」，覺得很有好感，同友人去吃，乃一絕狹隘粗陋之食肆，但聽聽山東口音也就近了二千里，不免大有「熱絡」之意，他懂得把名字叫

做「鄉親」，想必也粗淺的曉得吃飯與鄉土的關係。於此當下一轉語，拉黃包車的對於鄉土飯之要求或比大學教授更需要，山東大漢老是吃大餅可證，大學教授等已是東西南北之人，原不必非吃某一地方的飯不可。如我之所以十分執著，或是對於應付環境太差之故吧？張季鷹見秋風起思蓴菜鱸魚，後八王亂起，時人以為見機，如是，則將季鷹的單純鄉思輕輕帶過，成為政治上的狡猾警覺人物，雖是美談，究竟不見得出於張君本心，若然，張君就去淵明的「久在樊籠裡，復得返自然」遠甚了。因為鄉土與食品有關，遂很願意看看風土吃食等記載的書，像東京夢華錄那麼，把故國風土敘述一番，頗比唱高調激勵別人愛國有意思，可惜這種書太少。至於紀錄食品制法的，像隨園食單，只為廚司務作指南，也很枯燥，且那種奢侈的吃法也無所用之，我喜歡的還是像齊民要術講「餅法」那種說說日常物事的書。如知道寒具是油炸燴，水引餅即是湯麵之類皆很好玩。《清嘉錄》所講都是吳越的事，看了不大親切，猶之看隨園食單稱醬油為秋油，稱香油為麻油皆覺隔一層。北京很講究吃，然記風物之書，說及食品製作的故事者不多見，大率都是講某處酒樓曾有某名流在此盤桓那些事，十分遺憾。李家瑞君所輯《北京風俗類徵》可稱完備，雖屑瑣，我卻時時翻閱。在飲食一篇很少好文章，倒是職業門的北平俗曲「廚子歎」很有意思，蓋李君輯此書，也是因為發現了百本子弟書而引起動機者。今此書亦不好買了，索興抄一段下來，也可以使北京旅居在外的朋友歡喜一下也。

（上略）正用的東西豬羊菜蔬，配搭的樣數魚蟹雞鴨。……手藝刀勺分南北，生涯晝夜任勞乏。開單子一兩就夠了必開二兩，約夥伴兩個人的活計要約薩（三也）。懂局兒的（內行）人家廚師傅替省，四桌可以把六桌拉。……生氣時不拘好歹都折雜燴，（餘肴混合一起之稱）只因為東人急慢他混充達，檳榔煙酒本家兒的外敬，零星的肉塊暗地裡偷拿。大

腸頭掖在腰間送妻兒他就酒，小肚兒帶回家去請孩子的媽媽。……不少的吃喝要酒醉飯飽，大百的青錢往腰櫃裡砸。老年時米麥豐收歌大有，地皮鬆動世界繁華。整擔的雞鴨挨挨擠擠，滿車的水菜壓壓叉叉，……羊肉準斤六十六個，肥豬一口二兩七、八，大碗冰盤乾裝高擺，（言皆是肉，無夾帶）肘子稀爛整雞整鴨，羅碟五寸三層兩落，活魚肥厚鮮蟹鮮蝦，買的也得買作的也得作，親朋也歡喜臉面也光華。這如今年年旱潦飛蝗起，物價說來把人笑殺，斗粟千錢斤麵半百，羊長行市豬價緊啦，（驚人也）一個大錢買乾蔥一段秦椒一個，八、九十文買生薑一兩韭菜一掐。……嫁娶的筵席都是湯水菜，家家錢緊不敢多花，紅湯兒是東蘑白湯兒是片筍，肉名兒的丸子團粉末的疙瘩，擋口的葷腥是燉吊子，（豬肝腸）油炸的焦脆的粉格渣。（即南方之綠豆餅一類）……近前來生意蕭條豈但廚子，那一行興騰熱鬧會把錢抓？

不是北平的朋友看了也許索然，是北平的朋友，看看那時所謂旱潦年頭與今日相比，一定會有會心的微笑。而掖大腸頭，偷小肚，團粉疙瘩，燉吊子等物事，真是風趣得讓人要笑出來也。

二月二十四日

（原載《新東方》雜誌，1943年第七卷第三期）

說過年

　　過年的意義何在？除去紀日月歲時之外，最要緊還是給人生劃一個段落，好像豐子愷先生說過，創劃時間制度的人，真是絕頂聰明，一晝夜要分成十二時辰，又斷成了分、秒，積晝夜而成歲月，積歲月而成歷史。假使沒有這許多切斷分劃的方法，人人心裡永遠懷著個「長夜漫漫何時旦」，那是如何的苦痛！現在，如此一來，第一對於得意的人，先告訴他「興盡悲來，識盈虛之有數」；快樂的時光，努力的過下去，「今朝有酒今朝醉，明日愁來明日愁」，全在今朝與明日兩字上著眼。第二對於失意的人，效用就更大了，時間分割的越瑣細，我們的希望越容易支持，尤其「最後五分鐘」的用場，委實有「意想不到之效力」。譬如說戰爭已過六年，有人說，這要變成長期戰了，你準備受罪吧，管保有豬油年糕在眼前也吃不下去，這個「來日方長」，十分討厭。但如果說，「吶，再有一年也就結束了」，你覺得「一年」不算什麼，馬馬虎虎可以過去了，也許可以格外多吃兩塊，因為把「長期」縮得只剩了一年。你絕不想去年一年中大米由二百而五百，由五百而一千，軋油軋麵軋鹹菜，大家焦頭爛額，說不定照此比例，今年一年中，米價會貴至五千，而連老虎灶打開水也要排隊去軋，你明白嗎？這就是時間的妙用啊，他們不說三百六十五日又二十三小時四分之一秒，或者八千七百八十三又四分之三小時，而偏說「一年」，你就感覺容易，輕鬆，好像苦盡甘來，即在面前，到一年既過，又焦頭爛額了，他們還會告訴你再有「一年」，如是一年一年的續下去，把三六五日聚為一年，把十年卻又分割為十個一年，便叫你白了頭髮仍舊活下去，滿肚子苦辣酸鹹，依舊活下去。妻兒老小，餓得面有菜色，依舊活下去，受盡人世骯髒氣，累斷幾根受罪

筋，依舊有滋有味的活下去，為什麼，為了只有一年，而一年過後，更有快樂的一年。

真是，人類說是至靈，其實是這樣至愚的，自騙自的混下去。所以看流年的數術家才有飯吃，才會雲遊天下，交盡世人。你今年流年不利，交節換運，趨吉避凶，總歸有個時間會好。假定果然來個山中無曆日，寒盡不知年，李淳風必致束手，劉伯溫也要搖頭。太陽天天從東出來，向西沒下，可是就有黃道吉日，就有四絕四離，諸事不宜，凡事不吉，屙屎撒尿都得找喜神方位，試想若不是有個年月日時的數位作為標準，那豈不成了大海孤舟，茫茫無主？八字生得好的人，最要感謝大撓作甲子，羲和定曆法，不然你的「貴造」也許成了「賤命」，中國的定命論，是無間古今的遵行書，唯有不安於命的可以作皇帝，如劉邦朱元璋都是，可是一成了功，那就是八字好，生日好，斬伐之功，縱橫之力，還是大不過「流年」，而那些聽命俯首的人們，就獻上聖德神功頌了。項羽洪秀全也不異乎此，失敗了一定是沒有那個命；不知天命，而胡作非為，豈有此理。把英雄事業的成就，安放在某年某月某日的干支字上，假定過年一事，由國府通令取消，這一點神祕的東方文化就根本不能存在了。

外國過一個年，中國過兩個年，可稱雙料。陽曆年是陽奉陰違，陰曆年是陰奉陽違，有人寫對子，一聯云，「陰陽合曆，你過你的年，我過我的年」，其實亦不然，所謂你過你的，我過我的者，頗有斬釘截鐵不能合作之態，然中國官吏，固未嘗不過陰曆年，而專將陽曆年屬之已有也。自民國成立迄今，三十年中，年年推行國曆，而越來越糟，到近來大小日曆，無不附有「農曆」，此已十分證明「你」、「我」不分，大家一致，所謂團結，或在茲乎？不過我向來有個開倒車的成見，就是過年根本不必天下相同。節令歲時，都有歷史的因子在內，「約定俗成謂之宜」，既不必強別人以從我，尤不必強己以從人。所謂「西元」者，是給外交官，歷史學者，報紙雜誌，政令公報預備的，對於讀書人，不教給他，也自然會曉得會應用；對

於不讀書的人，強迫也枉然，猶之乎每日三餐，各有定時，必要將時間提早或後退若干時，總是個不方便。現在將農曆二字代替陰曆，真有見解，因為陰曆實在是便於農的，每年四季每季三月，自一至十二，排得很容易記，不像陽曆的春天自三月的第幾星期起，冬季至二月的第某星期止，使人心亂。若說大小月建不齊，則鄉下人只要抬頭望月之圓否，已可判定十五初一，並不須每天注視月份牌也。猶憶民十七北伐後，嚴厲執行國曆，曆本取消陰曆，農民大怨，有投機分子，將曆頭加以改制，獲利頗豐。時我正在大學受業，奉令舊年不放假，但講室冷冷清清，一位教授也沒有，我還在某中學擔任功課，大年初一去上課，電車汽車都停駛，家家關門閉戶，黃包車索價奇昂，張口就是「大年下的，你發財的老爺多花幾個不算什麼」，街上只有成群結隊的學徒在賀年，自己心情真不好，就是上課，學生零零落落，也是打不起精神，可見知識份子，也不願取消舊年。夫過年必有過年的氛圍，有過年的預感，所謂年味兒也，此味兒者，不是閉門造車可以自己造出來的，必須是人人如此，家家如此，才有意義，這大約即是所謂風俗了罷？外國人過年從耶誕節起，就十足有年味兒了，我們則從祭灶起，賣飴糖的，賣紙花的，賣蜜供的，賣鞭炮的，賣點心的，打扮得一條街花花綠綠，而一些窮酸，更擺起「借紙學書」「結翰墨緣」的春聯攤子，到處都是畫棚，不讓法國沙龍之熱鬧，看了這些，心裡先有一番高興，舊年之所以像那麼一回事，賴有此，新年之不能像那麼一回事，即緣於無此。楊惲報孫會宗書所云，歲時伏臘，斗酒自勞，酒酣耳熱，仰天撫缶，而呼嗚嗚，把中國人過年過節的心情形容得極透徹有味，中國人三大節日，端午，中秋，新年，不管有什麼歷史的故事可以附麗，但其本質，實皆起於農事上之斗酒自勞，端午是小麥的收穫期，中秋是秋禾和稻的收穫期，新年則秋收冬藏，百事皆理，抑且春天已踵冬天而到，當然應該大樂一氣，然則我們為什麼不在「不費之惠」的原則下給農民一些安慰呢？所以我不反對陽曆年，同時尤其擁護舊曆年。

鄉下人一年到頭是粗礪之食，藜藿之羹，只有到年到節才開大五葷，但都市裡不辨菽麥的有閒階級，也如法炮製，於是中國的節日即變成饕餮實踐周，我是北京人，現在把北京過年的吃寫下來看看。

天咫偶聞：「都門風土，例於臘八日，人家雜諸豆米煮粥，其果實如榛栗菱芡之類，矜奇鬥勝，有多至數十種，皆漬染朱碧色，糖霜亦如之，餖飣盤內，閨中人或以棗泥堆作壽八仙之類，交相饋遺」。

帝京景物略：「二十四日，以糖劑，餅，黍，糕，棗，胡桃，炒豆祀灶君，……祀餘糖果，禁幼女不得令啖，曰啖則食肥膩時口圈黑也」。按今舊京祭灶實在二十三日夕。

燕京歲時記：「打春即立春，……是日，富家多食春餅，婦女多買蘿蔔而食之曰『咬春』，謂可以卻春困也」。

天咫偶聞：「正月元日至五日，俗名『破五』，舊例食水餃子五日，北方名『煮餑餑』，今則食三日，或間日一食，然無不食者。自巨室至閭閻皆遍，待客亦如之，十五日食湯糰，俗名元宵，則有食與否。又有蜜供，則專以祀神，以油麵作莢，砌作浮圖式，中空玲瓏，高二、三尺，五具為一堂，元日神前必用之。果實蔬菜等，亦疊作浮圖式，以五為列，此人家所同也」。

北京歲華記：「二十五日，人家市牛羊豕肉，恣餐竟日，客至，苦留，必盡飽而去，名曰『填倉』」。

酌中志，帝京景物略，與此略同。

實際上北京人過年所吃的東西比這還要多，我們不過略舉一二罷了。吃固然好，可是也有一樁不好的，便是討債，愈到歲暮，逼拶愈緊，蓋一到元旦，無論如何，不好上門討帳也。討債的最終限度是除夕接神以前，接神在北方以夜半為主，這時放鞭炮，闔家團聚吃煮

餕餕，狡點者就提前接神，約在九十點鐘已竟放炮了，我鄉俗諺云，「送信臘八粥，要命糖瓜，（祭灶日前後最緊張）救命的煮餕餕」，可謂謔甚，都門雜詠（清代之北平指南）搪帳云：「神紙黃錢鳳尾鞭，買來魚肉共乾鮮，夜深不管渾閒事，檢點衣裳且過年。」詩甚卑陋，但所記是實情，且可知其無賴景象。因此又想到另一種風俗，就是每當年荒世亂，或大疫天災，有許多人常提早過年，意思是說，此年已過，到明年便算轉運了，越縵堂日記，記光緒九年癸未，京城大水，兼之疫癘流行，死人甚多，都人遂於七八月間度歲以禳之，原文抄下：

> 比日京師坊市相率祀神過年，延僧禮懺，驅鬼送瘟，燈燭爆仗，晝夜不絕，多以紙為人，具鏡鼓楮錢，送之城外曠野，此漢制逐疫傳火投洛水之意也，聞一月來都城內外死者已萬餘人，……人心惴惴，亦可危矣。

現在像那樣的瘟疫或者不易有，可是死人的道理卻太多，假定過了年就可以禳禱的話，我們一年連過陰陽二曆，那麼至少也該比別的國可以早享太平之福了吧？

鑼鼓聲中南京紅紙廊

（原載《中華週報》，1943年第三十一期）

說派頭

　　今天我看見一位學生從學校的大門走出，口裡銜著香煙，身上西裝畢挺，真算是神氣活現，比起我這忝為教授而一身五色斑斕（因為褪色，所以如此）的藍布衫來，大有天淵之別，若不是我也在學校有過幾年的歷史，好歹算得老牌，也許校警就根本不讓我進這座堂皇的大門呢。

　　於是感覺到「派頭」的需要。

　　派頭就是身份的代表，而束裝衣著又是派頭的代表。夠派頭，比有學識有能力還有用，不信，穿藍長衫的與穿西裝的一起上火車，長衫客就要被檢查，西裝客便許行其所無事。所以無論幹什麼，都得以適當的物質條件，擺出自己的派頭，軍人的所謂七皮四金──皮鞋、皮綁腿、皮帶、皮帽、皮包、皮手套、皮……金牙，金絲眼鏡、金戒指、金手錶……官僚的長袍馬褂、雪茄煙、鴉片煙、汽車、保鏢等等，戲子的不四不六西裝，奇裝異服的怪相，穿長袍則瘦得裹在身上，遇見熟人，不是三爺就是四爺，惡少的多鈕的短衣，歪戴的帽子，商人的便便大腹，男學生之革履西服，女學生之燙髮高跟，說也說不盡，反正一種人必須有一種派頭，否則是不足以見重於時流的。

　　為環境所薰陶，為學養所濡染，誠於中形於外，自然而然會表現出一個人精神上的傾向來，這就是所謂「風格」，但是這個，絕不是藝術家必須留長頭髮，繫大領花之謂，也不是作大學教授必須在課堂吃板煙斗拿大皮包的意思，而是說氣度儀容，足以代表一個人的教養學問，浮躁輕狂的人，一定是專注意不必要的形式，而在處處都顯示出風頭，愛說話，盲動，附和的傾向，同時，衣著裝飾，也必弄一套惹人注目可以增加其氣勢的東西，相反，老成穩健的人，絕不肯胡來

亂來，處處表現自尊的，持重的傾向，即衣飾亦必素淨質樸，即使如何富足，也不肯學天才戲曲家王爾德那樣，專門穿了紅背心趾高氣揚的滿處跑。個人如此，團體也如此，甚至於一個城市，一個地區無不如此，上海十里洋場住久了自會囂張浮躁，派頭也就跟著浮奢起來，今天流行這樣的頭髮，明天流行那樣顏色的衣料，一人興風作浪，大眾推波助瀾，布匹店和裁縫店，利用了這種心理，天天在掉花頭賺銅鈿，女人整個成了成衣匠的傀儡，化妝品店的義務廣告員，可是這是派頭，現在大家都在穿短袖管了，偏你還穿長袖管，唉，你真是鄉下人，壽頭壽腦，一些派頭也不夠！……上海這樣，別的城市呢，把上海作了榜樣，仿效之速，傳播之遠，竟「有意想不到之效力，」就連北平，雖然是個古老的城市，人民生活，一向穩健儉樸，可是如今也沾染上這種厭故喜新的風氣了。

我聽說英國牛津大學的學生是一定要吃板煙的，不會，就不夠派頭，而美國呢，哼著電影歌，拿著網球拍，渾身上下，洋場惡少神氣。但是，牛津出了不少的思想家、科學家，水牛・約翰的板煙斗是幫助他思想的呀，是幫助他研究的呀。同樣，美國雖然是後進，但科學之進展，反而超過英人之上了，原來湯姆叔也不盡是擺闊少架子呀，可是一輪到我們中國，就只剩下畢挺的西裝和銜了香煙出入於大學之門了，科學呢？思想呢？他們的科學只是分辨 Chesterfield 與 Camel 哪種牌子味道好些，什麼樣式的西裝時髦些，以及哪一位明星風騷潑辣，哪一位明星私生活如何如何而已。他們的思想嗎，不說也罷，說了氣死人，——實在即說黑漆一團，沒有什麼思想，亦無不可。大抵我國國民是專會幹這種買櫝還珠的勾當的，百餘年來，試想從國家的政治上起，至私人的生活止，哪一樣不是取了人家的糟粕而遺下其精華呢？我們的共和政體只成為軍閥割據，我們的選舉成為賄選，我們的議員成了豬仔，我們的大學生成了家庭財產唯一消耗者，成了為戀愛離婚諸問題而罵自己爹娘不是東西的革命家！為了如此，社會才愈加不穩定，帝國主義者才愈易使我國同胞變作他們的走狗，

譬如作了買辦，作了銀行大班，甚至作了外國人的西崽，那份神氣，都是可以拒人於千里之外的，讓我們想起顏氏家訓所說學了琵琶與鮮卑語以服事公卿的教訓，豈我們中華民族就永遠是這樣不爭氣，這樣專會擺架子嚇人而毫無實際的劣種嗎？真有點令人不解了。

吸收外來文化是要有所抉擇的，在思想學術上如此，在形式上更如此。不是穿了西服就證明你有科學頭腦，我曾看見不少專講扶乩拜佛念咒的人，也穿西裝，南京雞鳴寺，北京彰儀門外財神廟，上海城隍廟靜安寺，都不時有穿了西服的香客出入著，注意他們並非研究佛理而是純粹要以祈禱的形式以達到自私自利的人。我在大學讀書時，講心理學的劉廷芳博士，學問非常為學生所佩服，但他說在美國哥倫比亞留學時卻始終不肯穿西裝，我在這裡，決非固執於穿了西裝就是喪失中國文化的觀點，不過把他作為一例，來說明中國同胞是怎樣專門注意於模仿不必要的形式而忘記比形式更要緊的精神罷了。把派頭代表身份，本是官場裡最流行的風氣，因為中國的官吏最要緊便是擺出威儀，使百姓不敢干瀆，然後他們才可以為所欲為的作威作福。官場現形記抑是二十年目睹之怪現狀裡，好像記過一個候補官，因為總不得補缺，可是官癮又極大，於是每天令家人站班、通稟、遞手版、喝道、端茶送客，好似大嚼屠門聊且快意，請想這種官如果補了實缺，是不是有為人民謀福利的思想？民國初年北京政府的海軍總長薩鎮冰，是位最質樸的官吏，常常坐了破包車或馬車到部辦公，據說起初便曾被門房留難過，而財政總長張弧，也有同樣笑話，這都證明一般人心目中所謂官，應該是個什麼樣的東西，固不止作官的自己在那裡作種種迷夢也。可是今日有知識的人，誰不知道腐敗的官僚是應當打倒的，官僚的架子是應該取消的，為什麼一到自己身上，又馬上把官僚那一套惡習借屍還魂起來，將有用的金錢與光陰，置之無謂呢？

曾文正公身當亂世，屢次提倡以一、二有心人之倡導，以造成善良的風氣。今日在中等以上學校讀書的人，誰也不願否認自己是有心者罷？然則，人人都可以說負有轉移風氣的責任了，──我們自不

便妄自菲薄的把責任推到特殊的一、二個人身上去。既如此，我們便不能不睜開眼來看看中國的現實，是一個應當個人享受的時代，還是應當大家犧牲的局面。我們有那麼多的閒錢來陪襯自己的派頭嗎？即使有錢，我們有那種閒情逸致嗎？舞場，賭窟，煙館，曾使許多青年們憤怒了，可是將跳舞當作大學生第一課的人恐正多著。同樣，銜著香煙去打鴉片煙館，也不過五十步與百步之比而已。這是一個需要每人都起來自肅的時代，管理自己與管理別人一般重要。在瘡痍滿眼的祖國社會裡，我們不能再做傳染病的微菌，而要作對症下藥的醫生才對。我記得梁任公先生在敬業與樂業一文中說過，朝鮮人只知提籠架鳥，於是朝鮮不能立足了，實則中國人又有幾個不是提籠架鳥之徒？滿洲旗人自清末以來，大約只知吃喝玩樂，擺公子哥兒派頭，豈止於提籠架鳥，上戲園去捧戲子，入票房作票友，跑馬，拴車，逛窯子，鬥蟋蟀，……凡是荒唐事，無所不有，凡是正經事，半點不通，後來漢人也一樣學會了這些毛病，彷彿不如此便不夠「派頭」，為一般人看不起，胡思敬國聞備乘服妖一條云：

風俗敝，人心變易無常，巧猾嗜利之徒，其始出於官商，其後執藝者竊其餘智，詐取人財，孟子所謂「朝不信道，工不信度」，蓋不獨侈靡為可憂也。婦人最好妝飾，其服色簪珥無一年不變，舊者輒廢棄不用，糜費不知凡幾。戊戌以前，男子禮服冠簷高而仰，各行省效之，尊為京式，後漸俯又斜而外向，今前寬而後窄，如一小艇矣。高靴愈變愈低，補褂漸縮漸小，袍褂緊小，結束如武裝，稍一欠伸輒破裂。予蓄一貂鼠冬帽，以其尚完好也，不忍棄，每戴以入署，同僚輒嘩笑曰：「鹿中堂來矣。」鹿中堂者，吏部尚書鹿傳霖也。合署四百餘員，唯傳霖及余尚戴高仰舊冠，故同僚謔之如此。一物之成，靭者至十餘年不敝，未敝而先棄之，以徇工商牟利之詭計，殆班書《五行志》所謂服妖者歟。

這位老先生可謂少見多怪之至！比起現在，這又算得了什麼呢？那時同僚，對於這樣「頑固」的人，不過嘲謔，而今則這種人根本不會作官了，作官的正是要對上對下都能擺出派頭，充分迎合時宜的才行呀。

魏晉六朝的習尚是清談，是放蕩不羈，日知錄上已竟罵得很厲害，但我覺得那還有點風雅的意思，還不失書生本色，而且也還著實不少特立獨行之士，可以供我們仿效，宋朝人好發空論，於是金人說，恐議論未定而兵已渡河，至理學空疏，已達極點，有人譏諷讀書人本領，只是「無事袖手談性命，臨危一死答君王」，好像過分小乘，不足語於治天下國家，然即此臨危一死，猶須多少識力決心，要不是能夠讀書養氣，也許連文天祥那樣壓軸的人物都不會有，擬於今人，不學無術，只知以吃香煙穿西服為大學生之標記者，我看尚有上下床之別呢。

青年們，我們要實事求是的造成風氣，以善易惡；勿專講門面的只顧派頭，反而喪盡了我們民族固有的淳樸之風！

（原載《求是》，月刊1944年4月15日第一卷第二號）

論不近人情

幼時讀蘇老泉〈辨奸論〉，說面垢不洗衣不浣為不近人情，不近人情，鮮不為大奸慝，只是念下去而已，對於奸慝，既沒有認識與接觸，自己的衣服與頭髮，有父母料理，大約不到奸慝的程度，已是洗了，澣了，甚至剃了，所以毫無感想。年齒既長，就學遠方，始知洗衣服原也不是易易，而洗面之外，理髮也很以為嚕蘇的。通常我都不大敢去較為體面的「美髮廳」之類，藍長衫在梳著西裝頭的理髮師的眼光裡本不大看得起，而況我也不需要那套手藝，總還是讓他伺候小姐公子以及女藝員之屬去吧。他們最肯臧否人物，而且應了無語的要求，更會毛手毛腳起來，好像我在北京時就有某理髮店犯了「風化罪」了。馬克吐溫君也是怕理髮者的同道，曾有一文寫理髮匠在刷完肥皂沫之後（注意這是一頓不管頭臉的蠻刷），就抱了手臂同夥伴談起撲克經來，任憑肥皂把眼辣得淌淚亦不管。在下蓋頗有同感，然在我國，則多半講麻雀論與某家姨太太的祕史為異耳。刷胰皂無論中外總非舒適之類，而用手指頭在刷了胰皂的上唇抹來抹去，尤為難忍，我往往因此不讓刮臉，唯錢則照給。聞張文襄在兩湖，不好梳剃，頭髮太長，幕友招待詔候其晝寢時潛薙之，如果不醒，則罷了；如果半途醒了，薙頭司務起碼打一百屁股，其一半便不再薙。張君豈亦馬克吐溫之徒乎？不然，即也不近人情者。嵇康〈與山巨源絕交書〉：

> 性復疏懶，筋駑肉緩，頭面常一月十五日不洗，不大悶癢不能沐也，每常小便而忍不起，令胞中略轉乃起耳。

嵇君在今日不免也被罵為「神經病」者，其原因正在此；然余雖不配算是有神經病，對於如嵇君所說，尚甚能奉行，頭髮不要說，連小便亦常遭「緩辦」的處理也。

於是感到所謂人情者作何解釋？而不近了是否就真的大奸而慝？作〈辨奸論〉的人果為偽托否且不提，但其意固是由衣服面孔而推及存心，大致總該不差。若然，我想是很危險的，以貌取人，孔子也曾說是失敗，原情略跡，世俗本亦有此講法。不過人情終於還是人情，假定不太注意，到底是不能原諒者居多。那麼所說人情，實即不甚合乎感情的一種禮法矣，我鄉俗諺，「人情大過王法」，有似英吉利之不成文法，其重要可知。譬如過年一定要叩賀，我從小就怕到人家磕頭，族大人多，和父親年歲相仿的人是伯父抑是叔父，即此便是小孩最難解決的問題，何況平時不見面，連識也不識，或竟是平時所最厭惡的一個對象！民國十九年我在家鄉度歲，那時多少革了一點命，又兼重傷風，下決心不去賀年，大年初二，父親惡狠狠教訓一頓，認為愈大愈沒出息，自己很氣憤，雖咳嗽得厲害，一切不顧的跑到北平去上學，沒錢吃藥，一徑病下去，這可算是不近人情的懲罰。賀喜還說是比較簡單，最感侷蹐是弔喪，我鄉並不是到喪家大吃一頓即作罷論，多半要加上一場乾號，又不是有什麼關係，眼淚從何而來，講笑話有女弔客手帕撒胡椒粉的說法，殆女客尤必以哭為敲門磚，不得不預為之備也。此之所謂人情，實在即是欺騙，似不近也不妨。那知世俗卻頗以不通慶弔為罪大惡極，阮步兵見嫂嫂之喪而大哭又不妙，因為眼淚灑得沒分寸，看《曲禮》真使人為難，「三曲而哀」呀，「往而不返」呀，這種哭號的技術，很希望有衛道之士，來一次聖聖傳心的啟迪。

不幸是聖人正因此而被人不滿，篤實的燕冀學者王若虛在《滹南遺老集》裡說了好些話，正以此種人情為不近人情，如云：

> 〈鄉黨〉一篇皆聖人起居飲食之常，而弟子私記之，雖有左右周旋，莫不中禮節，然亦有本無意義者，而學者求之太過。如

車中不內顧，不疾言，不親指，食不語，寢不言之類，此只是端莊厚重耳。不撤薑食，不得其醬不食，止是性之所嗜耳。至於食不厭精，膾不厭細，食噎而餲，魚餒肉敗，色惡臭惡者不食，凡人皆然，何必孔子？東坡以為雜記曲禮，非獨孔子之事，皆置不說，此固太甚；然如張九齡輩妄為誇誕，務以張大聖人而不知其非實，至謂與《春秋》相表裡，其不近人情，亦豈足盡信乎？

　　話講得委實沒什麼了不得，只是實事求是說去便是。張氏《橫浦文集》卷五〈鄉黨統論〉云：「孔子之心，盡發於鄉黨，孔子之用，盡著於《春秋》，不學〈鄉黨〉，無以知《春秋》之用，不學《春秋》，無以知〈鄉黨〉之神。」吃飯睡覺之關係如此，是真宋人代聖人立言之大觀矣。幼年作文，先生老訓示「大處落墨」，故開端必有「人生兩大之間」，收尾照例，「由是觀之，旅行之益，豈不大哉」等等，老實說，這倒是宋儒心法了。所以人情云云，有好些是將古籍某一點放大，強調，取著威嚇的體勢，以使人奉行無違的。假定有特立獨行之士，出而駁議，如袁中郎金聖歎之流，不是非聖無法，就是弄到「殺頭至痛也」的慘果。後世有殺人的禮教之說法，何嘗是禮教殺人，孔子為「聖之時」，總不見得那麼混纏，閻王威嚴，向來不如小鬼，故還是後來那些自命為兩廡人物的歪說，罪戾不可逭耳。

　　上述乃是指人情之不情者言，亦即說人情有時成了束縛，在受者與投者兩方皆無任何便利與意義，理應廢止；或說，「不近」一點，也算不得什麼稀奇。假使不是如此，而儘量為迎合設想，終其目的，也還是為了自己的利益，那種人情，更其無謂。趙師罵為韓侂胄肖狗吠是很著名的例子了，實則趙君也太露形跡，馬屁豈可拍得太肉麻？還是不即不離好一點。頃讀胡思敬君《國聞備乘》，記晚清事多有致，胡君雖是以遺民自居，文章卻大可一看。其卷一記貢獻云：

拳匪之變，車駕幸西安，各省遣使致水土物，慰問起居，辛丑
還京，遂沿為貢獻不改，太后一日謂樞臣曰：曩予母子，播越
在外，各省疆臣，冒險阻將幣來問，愍其勞不忍拒絕，今幸
還守社稷，時事日艱，豈可違祖宗舊制？致開進奉之門，意
欲悉罷之，何如？榮慶叩頭稱善，瞿鴻禨曰：物各獻其土之
所產，所費幾何？而慈懷軫念若是！古者三年一朝，間年一
聘，必執幣以為禮，請仍舊賞收，以廣尊親之義，且毋虛遠人
嚮往之忱！太后默然不言，榮慶退而尤鴻禨曰：頃太后所言，
意甚美，不極力贊成，反過之何也？鴻禨笑曰：公初領樞務，
未知宮廷內情，向聊覘吾曹向背，措辭一失當，則譴怒至矣。

世對瞿氏與袁世凱的政治鬥爭，多不直袁氏，瞿似頗有賢直之
名，觀此，則誠得作官三昧者，而對婦人皇帝心理的解剖，確乎其曲
盡人情，較之李鴻章奕譞移海軍款以築頤和園更為巧妙，西太后對瞿
公之寵信，豈偶然耶？我很瞭解自己所以不能作政治工作的原因，所
說政治雖表面上說是眾人之事，到底還得先做好私人之事才弄得通，
像普通的文人一樣，只知道有自己，不知道注意別人之流如下走者，
並非甘自菲薄；實是記不住要人以及他的太太小姐們的生辰時日，因
是不得不退卻，且自甘心於不近人情了。

知堂翁曾有一文刊於《朔風》，題目為談吃酒還是談猜拳已不
記得，大體是講作為中國交際要件的猜拳這一事不合情理。第一，普
通輸贏，必是勝者取負者與，唯猜拳反是，輸者偏得去取。於此可疑
者是酒莫非不算好東西，如算好便不當叫負者吃。第二，猜拳時多不
顧第三者之安全，如我坐在二猜拳者之間，則鼻端常有巨掌飛騰，殊
屬不易忍受，恰如鄭居兩大，難於說話一般。我不會吃酒，尤不善豁
拳，知翁此文，同感甚深，故能親切的記得。請人吃酒與被請吃酒也
要算做兩不上算的人情之一，作主人的周旋與作客人的揮謙都難於忍
受，像我這種不會煙酒的低能兒尤窘於應付，在作主人時加倍僵

很埋怨自己的身體虛有其表，吃了兩小杯竹葉青就天旋地轉，我國習慣，主人不吃，客人也不便多吃，那麼為了個人影響大家的興致又烏乎可，我之不敢請客，除沒鈔票，此亦不失為一大原因也。某當局對我說，一天常有六、七飯局，都要到一到，簡直拿自己的肚子當垃圾庫，隨便把酒和肉倒下去，讓它們在裡面製造瓦斯，假定是我，其不拉肚子者，殆必無之事也。但人家請酒是人情，你如不去，你是太不懂人情，我既無某當局之量，所以怕之甚，雖然事實上絕不會有飯局。我每思此事唯外交官宜擅長，否則尊俎之間不克折衝，舉起香檳而不能乾杯，是如何殺風景的勾當，如我輩吃酒即要臉紅之輩，原是對此種人情不近為宜。

罵人太「世故」大抵均不喜聽，殊不知近了人情即是世故。如吃飯說話薙頭修面蓋均是。我還是覺得嵇生之言有趣，再抄其絕交書以作結，即作為我對所謂人情的聲明也未為不可。

> 人倫有禮，朝廷有法，自惟至熟，有必不堪者七，甚不可者二，臥喜晚起，而當關呼之不置，一不堪也；抱琴行吟，弋釣草野，而吏卒守之，不得妄動，二不堪也；危坐一時，痺不得搖，性復多蝨，把搔無已，而當裹以章服，揖拜上官，三不堪也；素不便書，又不喜作書，而人間多事，堆案盈几，不相酬答，則犯教傷義，欲自勉強則不能久，四不堪也；不喜弔喪，而人道以此為重，……五不堪也；不喜俗人，而當與之共事……六不堪也；心不耐煩，而官事鞅掌……七不堪也。又每非湯武而薄周孔，在人間不止此事，會為世教所不容，此甚不可一也，剛腸疾惡，輕肆直言，遇事便發，此甚不可二也。

此雖消極，實為積極。嵇君終因如是之不近人情而遭殺身之禍了，吾人又豈忍以清談二字罪之哉。

以上都完全是偏見，附此聲明。

（原載《雨都集》，上海太平書局1944年4月初版）

談清談

幼時，家中客廳懸一聯云：

「清談侶晉人足矣，濁酒以漢書下之。」

當時只是把字句記得很熟，並不知其中道理。入了高級小學，講到五胡亂華，先生免不了大罵晉代清談一通，才曉得清談亦不甚可靠，然而為什麼偏要「侶」呢？我記得老師講過王戎賣李鑽核的故事，覺得像這樣的人，真是侶他作什麼！於是不免對於此言發生反感。及後讀史，又知蘇子美《漢書》佐酒故事，殊厭此人多事而有神經病，更不願效法，況且，以如此事實，而與揮塵娓娓之流為對，尤為不侔，故即以對聯言之，亦可謂不甚愜意矣。夫歷史的事，豈有定論？諸侯之門，而仁義存焉，無怪智者多目史論為胡說。不識廬山真面目，只緣身在此山中，活在某一個時代，就得講某一時代的話，人嘴的自由，固亦頗為有限。陳壽作《三國志》，不能不以魏為正統，否則司馬氏便是篡逆；涑水《通鑑》因之，否則趙宋為攘竊：然而一到朱子，便大作其翻案文章者，不承認西蜀，就等於不承認南宋也。司馬光的人格然則便不逮徽公，抑還是陳壽為士林所不齒？都不是的！若是究其底蘊，還是時代環境使然耳。反對清談最甚者，無過於顧氏《日知錄》，其第十三卷皆皇皇教訓，而罵清談者幾乎居其四分之一。正始條云：

> 有亡國，有亡天下，亡國與亡天下奚辨？曰：易姓改號，謂之亡國，仁義充塞而至於率獸食人，人將相食，謂之亡天下。魏晉人清談，何以亡天下？是孟子所謂楊墨之言，至於使天下無父無君，至入於禽獸者也。

又云：

> 魏明帝殂，少帝即位，改元正始，……三國鼎立，至此垂三十
> 年，一時名士風流，盛於雒下，乃其棄經典而尚老莊，蔑禮法
> 而崇曠達，視其主之顛危，若路人然，即此諸賢為之倡也。自
> 此以後，競相祖述，……以致國亡於上，教淪於下，羌戎互
> 僭，君臣屢易，非林下諸賢之咎，而誰咎哉！

　　是清談豈只為晉室之罪人，又為天下萬世所不赦。顧氏為什麼
說得這樣厲害呢，還不是因為晚明心學空疏之弊，坐禪頓悟，與晉代
風習有相似者，而國亡以後，想來想去，幾名文化人，也免不了要負
點責任。顧氏生平反對三王：王夷甫之清談，王荊公之變法，王陽明
之心學，曾再三痛詈。實則王陽明初非空疏之人，只要看他蕩平宸
濠，指揮若定，又豈後來專騖虛名之輩所能辦？《日知錄》批評北方
的學人是「飽食終日，無所用心」，南方學人是「群居終日，言不及
義」，但是我感覺到文人畢竟是文人，能不作莽大夫大劇秦美新，已
算骨子硬，有正氣，倘如把天下安危，固定在幾隻筆桿上面，雖然筆
可與毛瑟槍對舉，終是不該那麼妄想。《困學紀聞》云：

> 焚石勒之幣，江左君臣之志壯矣；
> 僭號之國十六，而晉敗其一，滅其三，不可以清談議晉。

　　王應麟乃南宋末年人，當然擁護東晉。然其「天下危，留意將，
天下安，留意相。」的看法，到底尚有人情。我不諱言，讀書不多，
而自己頗願與於文人之列，天下興亡，匹夫有責，但若只責文人負匹
夫之任，則又大不甘心。興亡之事，那有那麼簡單的？倘非因緣泊
湊，一個民族，一個國家，絕非咄嗟可亡的，亦猶之國家之興，萬萬
非一、二人之力量可得而奏功也。何況即是清談誤國者流，尚未見得

便貪污冒濫，廉恥喪絕。在《日知錄》前條下面，就有楊編修繩武大段文章，盛讚六朝風氣之美，其大旨云：

> 當時士大夫雖祖尚玄緲，師心放達，而以名節相高，風義自矢者，咸得徑行其志，至於冗末之品，凡瑣之材，雖有陶猗之貲，不敢妄參乎時彥，雖有董鄧之寵，不敢肆志於清流，而朝議之所不及，鄉評巷禮，猶足倚為輕重，故雖居偏安之區，當陸沉之後，而人心國勢猶有與立，未必非此數者補救之功，維持之效也。

於此數語中，我們最同情者，乃是猗頓之貲等數句，試看今日之寰中，竟是何人所掌握，蓋不能不謳歌商人力量之偉大耳。假若清談也包括汝南月旦一類的話，則方提介之不遑，何有於反對。顧氏雖反對清談，而同卷「清議」、「名教」兩條，仍推許魏晉風俗之古厚，清議與清談，方式的目的或有不同，要其出自「清流」，當無二議。現在所聽到的，除去囤貨投機，即是走私舞弊，大家縱有竊竊私語，也是出於羨慕與妒嫉，故在此時，欲求真正清流的清談清議，正如南渡之人所慨歎，求正始遺風，渺不可得，斯則在舉世反對清談空氣中，尤不免引為遺憾者矣。

清談者病在任誕，任誕二字，可由兩方面解釋，由傳統方面看，自然是非聖無法，若自革命方面看，又未嘗不是勇猛精進。唯我的意思，一切總是應當從人情方面斷定。王夷甫口不言錢，大可不必，陶母割髮款客，亦覺太過。讀《世說》所喜歡的，像南阮曬褌，季鷹思蓴，子猷訪戴，步兵白眼等故事，不但言志派的人愛好，載道者也常據為典實，何以故？其中有個性，有人情，便有真摯，有力量，否則依然是假，要不得的。（如俞理初《癸巳存稿》曠達莠書條所舉芝蘭玉樹生於庭除等數事，雖意有可採，實亦不免於吹毛，俞君思想本可崇拜，於此仍是正統觀念為崇耳）。吾每以為晚明小品與晉

宋清談有相似處，蓋其打破束縛，不拘格套，以性靈人情為本位，頗有一致者。但袁中郎等豈不曾遭人非議乎？其著作豈不曾被禁絕乎？唯千古只要有人，就要有人性，人情又是東海西海，往古來今，如出一揆的，那麼便不能廢去說真話的人物與肯說真話的文章，此八股之所以不能取小品而代之，講演不能取清談而一之之理也。自來說清談之起者，都歸罪於曹氏獎進曠達跅弛之士，唯曹氏目的，在於綜核名實，以求濟畏之才，並不是專門提倡打破廉恥毀方敗俗。在亂世吸收人才，此亦應有之法，曹氏肯於明白說出，後世只是玩弄手段與施用金錢攻勢，於是曹氏獨被千載罵名，而後人轉生取巧之法矣。曹操有許多作品都是很拿出梟雄的本來面目的，如〈自明本志令〉，〈短歌行〉，所以千古稱誦者，實因其說話真實不裝模樣作樣而已。然則魏武本身，固已可與於清談一流，即假定當時風習早已如此，亦無不可。亂世之人，逃於名理，以避現實苦悶，不意便為治道罪人，或者清談諸公，始料不及於此乎？

魯迅翁〈魏晉風度及文章與藥及酒之關係〉一文，對魏晉通脫之風，清談之習，頗為首肯，此在一般人心目，或者覺得很矛盾，然正足以表示清談並非完全消極而另有其意思在焉。即如曹氏倡通脫曠達，迅翁云：

董卓之後，曹操專權，在他的統制之下，第一個特色便是尚刑名；他的立法是很嚴的，因為當大亂之後，大家都想作皇帝，大家都想叛亂，故曹操不能不如此。……此外還有一個特點，就是尚通脫，他為什麼要通脫呢？自然也與當時的風氣有莫大的關係，因為在黨錮之禍以前，凡黨中人都自命清流，不過講清講得太過，便成固執，所以在漢末，清流的舉動有時非常可笑了；比方有一個有名的人，普通的人去拜訪他：先要說幾句話，倘這句話說得不對，往往會遭倨傲的待遇，叫他坐到屋外去，甚而至拒絕不見。又如有一個人，他和他的姐夫是不

對的，有一回他到姐姐那裡吃飯之後，便要將飯錢算回給姐姐，她不肯要，他就於出門之後，把那些錢扔到街上，算是付過了。個人這樣鬧鬧脾氣還不要緊，若治國平天下也這樣鬧起執拗脾氣來，那還成什麼話？所以深知此弊的曹操，要起來反對這種脾氣，力倡通脫，通脫即隨便之意，此種提倡，影響到文壇，便產生多量想說什麼便說什麼的文章。更因思想通脫之後，廢除固執，遂能充分容納異端和外來的思想，故孔教以外的思想，源源引入。

這一段話，頗可與微論相發明，兩漢經師，死守家法，光武中興，提倡節操，好處是很多，可是末流竟走入不近人情的地步，以致矯枉者必過其正，而清談斯昌，清談派最反對的就是禮教，禮教乃是漢以來儒家寢饋於斯的，積之既久，不意成為性靈桎梏，清談所反對，非禮教之本身，乃是其弊病，也就是斤斤要求切近人情之意云爾，迅翁又云：

後人將嵇康阮籍罵起來，人云亦云，一直到現在。季札說：中國之君子，明於禮義，而陋於知人心，這是確的，大凡明於禮義，就一定要陋於知人心的，所以古代有許多人受了很大的冤枉。例如嵇阮的罪名，一向說他們毀壞禮教，但據我個人的意見，這判斷是錯的。魏晉時代，崇奉禮教的看來似乎很不錯，而實在是毀壞禮教不信禮教的。表面上毀壞禮教者，實則倒是承認禮教，太相信禮教。因為魏晉所謂崇奉禮教，是用以自利，那崇奉也不過偶然崇奉，如曹操殺孔融，司馬懿殺嵇康，都是因為他們和不孝有關，但實在曹操司馬懿何嘗是著名的孝子，不過將這個名義，加罪於反對自己的人罷了。於是老實人以為如此利用，瀆褻了禮教，不平之極，無計可施，激而變成不談禮教，不信禮教，甚至於反對禮教，──但其實不過是態

度，至於他們的本心，恐怕倒是相信禮教，當作寶貝，比曹操司馬懿們要固執得多。現在說一個容易明白的比喻吧：譬如有一個軍閥，在北方，那軍閥從前是壓迫民黨的，後來北伐軍勢力一大，他便掛起了青天白日旗，說自己已經信仰三民主義了，是總理的信徒。這樣還不夠，他還要做總理的紀念周；這時候，真的三民主義信徒，去呢，不去呢？不去，他那裡就可以說你反對三民主義，定罪，殺人！但既然在他的勢力之下，沒有別法，真的總理的信徒，倒會不談三民主義，或者聽人假惺惺的談起來就皺眉，好像反對三民主義模樣。所以我想魏晉時所謂反對禮教的人有許多大約也如此。他們倒是迂夫子，將禮教當作寶貝看待的。

　　這意見是很可寶貴的，自莊子已有大盜竊仁義之歎，我們有時不能為禮教袒護者以此。阮籍拒婚於司馬氏，嵇康為言論招忌而見殺，可知清談者流，不是全無義理，相反，倒是敢說話，敢表現真精神的。袁中郎罵學古文者順口接屁，世界上放屁的人很多，接屁的人更多，轟然雷鳴，不知其為香臭，或者雖是明知其臭仍要接之，乃可駭歎。吾人所以尊重清談，有時也是他們的高曠風格，給人以極大感召，絕不專贊其言談玄遠，空虛清淨也。進一步說，我們今日所要的清談，乃是說幾句老實話卻不是玄旨妙義之謂，如有說此，雖是不便干涉反對，但其道理，固不逮講老實話遠甚。我去年曾作一小文，曰不近人情論，大旨在說人情之不近情者，有時竟成束縛，在受者與投者兩方皆無任何便利與意義，不如乾脆廢止為佳，即是受了嵇君與山巨源絕交書之影響，而嵇君卻以是惹殺身大禍，說實話，詎不難哉！若東晉以後，也許因為軍閥太多罷，漸漸化於阮公的口不臧否，以清談論，已為二流，這是不能不加分別的。

　　王夫之說話很道學，《讀通鑑論》中於清談雖也派了不是，而偏從人情著眼，可稱與眾不同，惜其文章不流暢，余故不喜，大意在說

人民習尚，應當文質相宣，不可偏廢。曹操尚質而不顧名，以矯正東漢季世黨錮之習，不意死後，崇質者更大鶩虛名，乃釀成末流之害。這所說是否有理，原諒我不甚明白，但文中有數語卻真是說得不錯：

> 故因名以勸實，因文以全質，而天下歡欣鼓舞於敦實崇質之中，以不蕩其心。此而可杜塞之，以域民於矩矱也，則古先聖人，何弗圉天下之躍冶飛揚於鉗網之中也？以為拂民之情，而固不可也。情者性之依也，拂其情，拂其性矣！性者，天之安也，拂其性，拂其天矣。

我們不妨斷章取義，姑以此作為「擁護清談」的宣言如何？

然我之要談清談，卻另有一種感觸，蓋一個人而沒有幾個朋友可以談談，沒有一個地方可以談談，沒有一個時間可以談談，我認為是生味喪盡的事，雖在那裡衣食行動，也不過一架機器一般。回到家中，老婆孩子，愁眉苦臉，除大米若干元一石之外就是阿寶的襪子破了，阿珍的袍子沒錢買之類，任憑我們怎樣對家庭負有無限責任，也不免久則生厭。好容易離開牢獄也似的家，又到了衙門，這兒上有長官，下有屬吏，不折不扣的為五斗米而大折其腰，吃了公事的釘子還得賠笑臉聽諷刺，好些，也不過接受些肉麻的馬屁，說不願說之話，見不願見之客，講不得不講之演，作不敢不作之文；今天如此，明天仍如此，今年如此，明年又如此，請問什麼人不膩煩，什麼人不想換換口味，新文學者美其名曰情緒之散步，其實也就是古人之「清談」。假若是此刻清談，彼刻亦清談，有談皆清，無日不談，則清談也成了八股，成了公事，還有什麼可以珍奇，有什麼可以嚮往！並且，真的也許會亡國了，所以在這裡要聲明的：我們之清談，乃是如上文所云，不要假裝正經的老老實實說幾句心裡邊的話也，月旦人物固可，評書題畫談鬼說狐有何不可？別人的老婆固是對象，自家老婆又何嘗不可給人家談談？總而言之，不要作違心之論斯可矣。

卻又有進者，我們是文人，也是窮鬼。雖然天天在那兒豔羨栗里詩人，久在樊籠裡，復得返自然，但此公到底有田園可歸，有三徑可蕪。五十畝種秫，五十畝種黍，酒熟蟹肥，大可隱矣。其奈吾人既手無斧柯，又家無恆產，孩子老婆，隨身法寶，到處為家，失業即困。所以我們不能玩公子哥兒脾氣，不能大耍茅包。袁中郎在蘇州為知縣，一天到晚罵上司，罵過客，罵錢穀（注），同時也羨慕陶公，後來終於徜徉湖上者，以其究有投靠，究有酒食也。近代行為派心理學家，由實驗證明一切生物之活動動機皆是為了吃飯，吾人之為吃飯而鞠躬盡瘁，固亦無疚於祖先神明，但既難遂池魚林鳥之願，則隨便叫喚幾聲，以鳴其心曲，殊亦不能責為罪大惡極。有人常罵中國人利己心重，然澹泊名利之事，尚覺東方比西方為多，外國人是滿腦袋功利主義的，如吃了姐姐的飯定要會鈔之舉，在西洋也許認為稀鬆平常，而在我國，則以為不近人情之至，所惜者，我國人公私未能畫界，聖經賢傳裡總是私事也得變成公事，殺身成仁，捨生取義，口邊叫著山響，到頭來色屬而內荏，個個鄉愿風度，反而惹人罵我們自利自私。西洋人是私不及公，公不及私，Business is business，在公事房擺面孔，在酒吧間談愛人，了不相涉。不必在大街上相遇科員也得過去給科長提皮包，向科長太太脅肩諂笑，我所要求之清談，無非拂去塵鞅，找三五素心朋友，在家中喝老酒也好，到咖啡座吃點小點心也好，甚至到夫子廟人語如潮的「雪園」吃兩籠包子也不失其為有趣味，歸根一句話，換換環境，呼吸幾分鐘清鮮一點的空氣，如此而已。

　　我生平最怕開會，前曾於〈說開會〉一文詳言之（見《中華週報》），蓋其空氣之拘迫，形式之呆板，處處可使人忍無可忍，每於聆演說之頃，不覺生大叫而起之念，虧得讀書養氣，尚有工夫，不至玩出孟賁之勇。我想天下大事沒有能在會場中解決的，謝安石東山絲竹，賭墅圍棋，而打倒苻堅八十萬人馬，羊叔子輕裘緩帶，下東吳數千里險固山河，古今中外，辦事是辦事，叫囂是叫囂，形式是形式，

豈能遂以清談為誤盡國家大事？普通叫國際交涉為折衝尊俎，取尊俎之義而申之，殆知國與國之間的和平與戰爭，與一席清談不無關係。宰割世界者與打倒宰割世界者，其初或只是一、二人之抵掌造膝祕密會談，亦未可知，此雖不得謂之清談，但其不見得取公開的開會式，則可確知。這是關涉於國家大事者，吾輩書生本來不懂，無須辭費，但在牛津與劍橋所實施的Tutor制，分明是一個教授買幾種點心招待幾名學生娓娓而談的辦法，據說其效力遠在講堂的Lecture之上，而中土已有倡導仿行者矣。易卜生云，多數的意見永遠是錯的，少數的意見永遠是對的，雖是偏見，吾頗韙之，清談云云，亦即可以發揮偏見，以究明不為多數人瞭解之真理之謂也。民國十九年頃，林語堂錢玄同黎劭西諸公為統一國語問題，曾組織數人會，大家聚在某一人家裡，清茶一杯隨便談談，雖海闊天空乎？而問題由是解決矣，後來國語運動的許多事實，均由此發軔，轉忽之間，是諸公者，已有昔賢之感，念及老輩流風餘韻，何我們之必須裝假正經擺臭面孔耶！嘗見有怒容滿面，若不可侮，偶有一人，過而狎之，三數語間，破怒為笑，其所謂問題者不覺遂化為狗屁，打破沉悶，化重為輕，有開會之效，而無其勞，斯又清談所以不可廢者矣。因說偈云：

> 香煙龍井，實為佳侶，可以深思，可得佳趣。
> 目送手揮，山河泡影，欲辯已忘，斯為雋永。

雙十節後二日於瓶中桂花之下

（注）見於袁氏尺牘者最多

（原載《兩都集》，上海太平書局1944年4月初版）

說開卷有益

澠水燕談錄：宋太宗詔撰太平御覽等書，日覽二卷，因事有闕，則暇日追補，嘗曰：開卷有益，朕不以為勞也。宋太宗詔撰的書很不少，太平御覽外，好像還有太平廣記，都是卷帙浩繁，且有裨學術的，作人君的能夠每天把這種書讀兩卷，真算很不容易，因為連我們這樣並不至於日理萬機的人，也不見得每天一定可以看一點書，至於像御覽那樣的好書，更不用提，大約可以斷定十個有九個是不看的了。所以後世人很喜歡把太宗此語，勸勉後進，其意義原亦不錯。

但是我近來頗有所感，因為遇到不少事實，不免與古訓有點衝突。現在先看：

第一件事實是許多中學生都在那裡背誦滕王閣序，春夜宴桃李園序，送董邵南遊河北序，……一類的文章，念得鏗鏘有韻，像煞有介事。

第二件事實是男孩子一到沒人看見的時候，就從褲袋掏出雍正劍俠圖，飛仙奇俠傳，江湖異人傳，等等貨色，眉飛色舞的揣摩著，嗟異者。我曾訓斥過好幾個學生，並沒收過許多這種書籍，但是無效。

第三件事實是女孩子在數學堂或英文堂也偷偷的讀著什麼啼笑姻緣，春江遺恨，胭脂淚等下等言情說部，有時弄得如醉如癡，至於正式功課不及格，卻滿不在乎。

第四件事實是更小的小孩子除去到街頭租閱連環圖畫以外，簡直無書可讀。

由以上的事實，我們知道今日青年人在課內課外都讀了些什麼東西！這些東西給了他們什麼收穫，開了這些卷，到底有益無益。

　　第一種現象我覺得最危險。因為這表示所讀的和所用的隔離得太遠，把寫作與欣賞分為兩段。請想想，有幾個人現在還能效王子安作賦呢，不要說青年，就是反對作語體文的先生們，恐怕也來不得了。然則念了這些東西對青年人究竟有何好處。我們假定說文學作品不一定要以致用為前提，有一大部分是專為訴之於感情的欣賞的，但是這欣賞亦必先之以瞭解，只能欣賞劍俠傳或××姻緣之類的學生能夠玩味初唐四傑的駢體嗎？他們實在是一面為了先生的逼迫，一面為好奇心而讀著，我們覺得今日學生真可憐，不客氣地說，很少有能夠痛痛快快的寫出一封明白信，至於其他應用文件，更不必提。寫起散文來，總是充滿了別離的惆悵呀，雲呀，鳥呀，花呀，月呀，再不就是，萬惡的社會呀，黑暗的環境呀等等，無謂的愁悶之外，無非莫名其妙的憤恨，這好像也成了公式，在默默的傳授著，雷同著。若是作小說呢，大約也離不了這些事實。而且在作文簿上所見的題目，老是寒假隨感，冬日，暮春，光明的追求，掙扎，這一套，似乎作老師的給學生所開拓的領域只有這麼一點，再多一些便不行。天天，處處，毫無二致。練習的時候是這個，閱讀的時候是那個，我實在想不出欣賞如何給與寫作以影響。一個人是不是天天寫些無聊的愁煩與忌恨就可以過一生呢？立身處世在社會上是不是只會這一套就夠了呢？沒人理會，可是大家都在罵，青年一代不如一代了，程度越加不行了，我想這還是應當老一輩的人去負責的。譬如我們總是要青年人讀古文觀止，讀充滿了肉麻描寫的小說，我想青年人的文學技術以及品格修養也將總是不行。我們必須給下一代以合理一點的養料，他們才能健康的成長。

　　不負責任的謾罵最足僨事，實在不如積極的多學一點方法，不知什麼時候我們的青年就學會了這種本事，上天下地的無所不罵，也就是沒有一件事對他們的眼，至於他們需要的究竟是什麼，怎麼樣可以取得或實現，也還是茫然。也許這就是表示思想向上，否則是落伍了。事實上他們天天在叫喊著打倒帝國主義而決不想研究一番科學，

使中國的金錢少向外洋流出一二。反之，物理或化學不愛聽，也聽不懂，就許藉著打倒帝國主義的力量先打倒老師。我以為青年人一天不閉住口，一天不少講些只求痛快無補實際的話，中國是很難得救的。這已經不是說話的時代，「Knowlede is Power」在如今更有意義。巴斯芯憤恨德國欺侮法國，卻拼命發明他的防疫法，細菌學，和改良啤酒。所以不但這種空洞的文章不必多作，即這種空洞無物的書籍也不必多看。至於所謂「新文藝腔」，文壇上早就有人提出異議。這也是一種八股，無以名之，名之曰無病呻吟八股。好像除去「革命青年」以外，殘餘的便是這些呻吟者，人人是賈寶玉林黛玉，所差的只是不戴束髮紫金冠而梳雪亮的博士頭，不去葬花而去逛公園開跳舞會。初期新文藝作品實在有不少這種有毒成分，但是很早就被清算了，有不少的文學者正在悔其少作。為什麼我們還在欣賞著「苔莉」型的無聊小說？作於己於人兩無裨益的肉麻文字？這是很不健康的表徵。我們若是感覺現實社會不滿意，應當身入民間，體會出真正的民生痛苦，然後擇取有效的辦法謀改進。例如巴斯芯發明了醫治雞虎列拉的方法，減少牛羊傳染病的方法是。我們若是對於本身的問題感覺不滿，如求學、戀愛、婚姻等等，也應當先將自己充實了，有了獨立圖存的能力然後謀根本解決。一把鼻涕一把眼淚到處求人憐憫那算什麼呢？實乃可羞可愧的勾當。因為讀著不良影響的讀物，而引起身心兩方之不健全，甚且陷於更深的苦惱與墮落，這是「開卷有益」四個字的大諷刺。

我們鄉下有一塾師，教讀多年，而實不通達。有一回，館東託他寫封信去通知一位欠債的親戚，假使款子不便，一時可以不必償還，請不要焦慮，本是一番體恤他人的好意，這親戚又離得相當遠，不意書信去後，隔了兩三天，那親戚竟來了，館東說，我已經寫信要你不必還債了，為什麼很遠的跑了來？親戚說：正因為我看了尊處的信，弄得莫名所以，因而跑來問個究竟呀。主人真是哭笑不得；到年終把這塾師辭退了，免得再生囉嘅。我講這笑話的用意，是說鄉下秀才只

會作土八股，全然不懂什麼叫文從字順。但是現在的學生們如果有機會給人家寫封信，會不會也弄成上述的結果呢？這個卻很難說。按照學生諸君天天所作的新文藝八股或是憤世八股看起來，對於應用文字的寫作能力，恐怕比鄉下秀才也差不了許多。我曾看見一位大學程度的同學因為罵人被罰，寫一悔過書，有句云：「學生×××，惡詞成性……」，乍看殊為不解，經過解釋，才恍然大悟。其實這不過千萬中之一例，而這個同學並不見得對於巴金的《家》或《愛情三部曲》沒有研究，甚至於〈滕王閣序〉也可以背得爛熟，但是對於他究有何用呢？我不明白。

說了半天，話未免過於消極。到底青年人該看些什麼，才會有點好處？我想看幾種切實而穩健，有點中心思想的書，總是好的。要想把文言文弄得通順，看看新民叢報時代的梁任公文字一定比陸宣公奏議韓退之原道有益處得多，因為這些文章距離現代的生活多少近些。我常常奇怪著中國所謂古文，越古越好，起八代之衰的韓愈還不行，必須兩漢魏晉，更進而周秦諸子，不知周秦諸子那時，又去摹仿什麼人！假令摹仿成功，也不過假骨董，何況現代學生，根本連瞭解都談不到！其次，要想語體文寫得朗暢，第一先求說話說得明白；語體本是應當言文一致的，但如今日新文藝腔的八股，距離口語，也是很遠，無論何人，說話時定不肯那樣累贅繞彎子，前些時會見錢稻孫先生，曾慨歎中國人不大會講中國話，那還是指著不識字的人說的，實際上識字的人，未必講話便很明瞭，這由作文寫信即可得一極大證明。若是讀書，目錄開不勝開，總之，濫調的小說散文，徒染惡習，少看為佳。散文尤其要緊，譬如朱自清朱孟實之清麗，豐子愷之暢達有味，周知堂先生之清淡醇然，魯迅之鋒利深刻，都還可以學習，像何其芳畫夢錄那樣的東西，雖說是「純散文的風格」，在下也還是不能瞭解的。

中國缺少合理的傳奇故事，與偉人的傳記，遊記。像大仲馬的俠隱記，佛蘭克林自傳，林肯傳，巴斯忒傳，盧特維喜的俾斯麥傳，

斯文哈丁的亞洲腹地旅行記等書，在中國是找不到的，即使有，也是封神演義一類故事，或是包含著哲理像寓言一般的西遊記等，不能給年青的朋友以若何好處與啟示，而且舊的既少，新的又不來，於是迎合好奇心的劍俠小說因而大量產生，反正青年人是「不揣其本不齊其末唯怪之欲聞」的，那種一道白光取人首級於千里之外的胡說八道，就成了初中小學同學的寤寐不忘對象，甚至於有偷偷離開家庭到峨眉山去訪仙學道的奇聞。俠隱記雖然情節很熱鬧，但是絕無出乎情理之外的離奇，這就非常可愛。就是彭公案施公案一類作品，也還不如此荒唐，近代人創作本領的減退著實可驚！為什麼不能給兒童和青年編製一點讀物呢？我們所看到的教科書又是那樣貧乏！而且一課國語，一課忽然唐宋八家，簡直在程度上不知怎樣銜接，青年人如何得到一貫的學習興趣，誠不能無有疑問。在種種的道路都不通的時節，看劍俠傳是當然不可避免的宿命了。十幾年前，還有一部分學者肯著眼於兒童文學，翻譯著安徒生格林的童話，以及蘇俄近代的童話。像兩條腿、紡輪故事、空大鼓、小約翰、表、紅蘿蔔鬚、湯姆沙耶、寶島、愛的教育、木偶奇遇記等書，一本一本的繼續出版著，多少對於下一代的國民是有相當的好處。自從事變以來，沒有聽說一種這樣的東西付印。好像叫叫口號寫寫八股等就可以當作萬應靈丹，小孩子的精神食糧是無關宏旨的，但是我們要問，在街頭上花幾毛錢租看連環畫的不就是我們天天在期待著的未來主人嗎？他們遭遇的時代真是不幸，學校是零落不堪，教師連飯都吃不飽，當然談不到為教育熱心服務。圖書呢，除去幾本殘缺不全的教科書，竟是空空如也，而填滿這個空隙的，也只好讓連環畫來候補了。

　　我們古代是喜歡把小孩子當作大人看待的，處處要他們受教訓，這方法對於兒童心理是違反的，但是我覺得那態度卻不差，至少是把少年和兒童看得很重要，至於方法，那是另一問題。現在則是對於此事一味冷淡，聽憑青年人苦悶亦無人指示一條路徑，看著他們走錯了路也隨他去走。小孩子呢，更好像是多餘的零碎，大人高興了，帶他

一道去看男女摟抱接吻或調情的電影，不高興了放在一旁不理他，也許為出氣起見在他們身上發作一番。如果肯安安靜靜去看連環畫不叫大人淘神，那是再好沒有了，文化工作中根本沒有把青年少年打算進去，所以前面所說的三種現象只有讓他繼續存在，而永遠沒人理會。

四月二十五日

（原載《求是》，1944年5月15日第一卷第三期）

說飲食男女

　　早晨起來就聽見外面鑼鼓亂敲，又有笙笛和軍樂的聲音，嘈雜不堪，這是使人很難分清婚儀或喪儀的一種行列，在中國凡是有錢的人大約都是喜歡擺出這種「局面」的。例如在北京喪儀中有和尚、道士、喇嘛、清音（即普通中國樂器）、軍樂等各式各樣的樂隊的吹奏，在前面引路的則是號角，碩大無朋，無疑地是從蒙古或回部傳入的。婚儀中雖然免去僧道等，軍樂和清音還是有的，從遠處聽起來只有雜亂，所以我說很難分清其為哀、為樂。這種不愉快的混亂，似乎屬於無意義之浪費。但轉而一想到作為這種生活及婚儀本質的中國思想及文化，便又不免別有領悟了。

　　如周知堂先生在〈中國的思想問題〉一文中所云：中國人的思想只是平實。他們的最高亦即最小限度的要求便是飲食男女，能夠解決了這些問題，政治便有軌道，可以作到「無為而治」的地步。所以我們所看到的喪儀，也是死人作為活人一般的待遇著，給他祭奠，便是活人的飲食；焚燒冥鏹，預計在靈魂的世界也是金錢萬能的，並且在地獄裡也充滿吃不飽的餓鬼，這是最可怕。各式音樂，表示不分畛域只要給死者或活人安慰便佳。中國人不甚耽於冥想，像佛經和基督教的樂國天堂那麼燦爛光華，卻非需要，只要妥妥當當的渡過陰陽關頭，重新再托生於理想家庭之內，這便很滿足了，這種對於生之執著，在其他民族真是少有；佛教是講解脫，基督教要升天國，大抵都是把現實的人間視為淵藪，唯有中國人不然，人死之後對於後嗣問題看得十分重要，死去的人不能「血食」，那是對於死者最大是缺憾，這乃是飲食男女欲望之無限的延長，這要求看似過於原始，其實卻是非常切實而基本的，沒有這要求，則別的理想都是落空了。

　　因之，古代的王道也只是孟子所云：五畝之宅樹之以桑，食肉衣帛的那麼簡單的事。可是雖然簡單，在古今中外歷史上能夠活得這樣安適的時代與國家也就不多。儒家思想所以能夠在中國發生很長時期的作用，至今仍舊不衰者，無非因為其指示的標的頗與國民的動機與需要相切合之故。我們看看在黃河流域一帶土著人民的簡單生活，就該明白絕對不需要天國呀，極樂世界呀，一類可望而不可即的境界。古人所傳說的康衢擊壤之歌，正是非常真切的民眾的表情，原來中國人民對於帝王的改變的確無所關心，還是對於能維持他們簡樸的生活與否特別注意，倘使新興的統治者不能注意到其基本要求，亦即飲食男女諸事的時候，無疑的是不能維持長久的，對於生活執著的人，不能用宗教的預言去騙欺他，故假借宗教的誘惑力量以期達到政治目的的人，總歸要失敗。黃巾、白蓮教、以至太平天國的假冒天主教都是好例子，蓋中國人絕無興起十字軍向異教徒攻伐的熱忱，亦無為求法而跋涉山川之需要，玄奘和法顯雖是僅有的人物，大致也是為了學問之興趣的罷？

　　因為沒有宗教的需要，故孔子在中國只是先知先覺的聖賢，而不是說得神異百出的教主，有的人頗以中國無宗教為缺憾，我則以為這正是一種值得誇耀的民族進步，當五胡十六國時期因為沒有文化的外族侵入中土，附帶來了佛教之昌盛，但不久傳入江南遂成為純粹的哲學，而且漸漸變為純中國哲學了。宋人把佛教的法則取了去，裝在孟子和大學中庸的幾句話上，於是利用佛學的工具來打倒佛教了。道教算是中國人自己創的教了，其道理有的是出於傳統，那實在還是「雞犬之聲相聞，老死不相往來」的主張者老子的緒餘，老子只是看了戰爭可怕，也可以直接威脅了人民飲食男女的生之要求，所以才出來講了這樣的話，而道教者之起來，則也是利用了亂世人心之不安，如張魯之徒是也。然他們之能夠存在了這樣多的年代，主要還要十分投合著人民的想望與要求。雖則一面模擬著佛經的三藏，也匯成道藏，而在代替著佛祖諸天的玉帝等神那一面，則儼然組成與人間世的朝廷一

般，行使著與帝王相似的權利。他們可以煉丹煉汞，無非為了變出更多的飲食男女，財富與壽命的增加。墮落誠然墮落，但其本於求生之意志，則乃絕頂聰明。又如福祿壽三星的崇拜，世俗而平易，不是像菩薩戒的聲聞辟支果那麼奧遠艱難，就是專在男女的一方面，也有專為求嗣續而祈禱的神，叫做「子孫娘娘」的存在，而且連佛寺也通融著開此一席，為善男信女多一祈福之區，即是和尚可以多增一番收入也。焦理堂易餘籥錄卷十八云：

> 俗云：人求福於佛於神，故畏之，而不畏孔子，以孔聖人不管人間求福事也。按封氏聞見記云「流俗婦人多於孔廟祈子，殊為褻慢，有露形登夫子之榻者，後魏孝文治子廟不聽婦人合雜，祈非望之福，然則流俗所為，有自來矣」。是則雖經孝文治後，至唐時仍有祈子求福者，則當時世俗之求福於孔聖人，何嘗不若求佛求神也？

這雖然是笑話，其實正可以代表所謂「流俗」亦即民眾的要求，不能不說是很健康而淳樸的。本來孔子也並不是反對生之意志的，例如禮運篇「飲食男女人之大欲存焉」的話也是孔子的話。而其理想的政治、便是「足食」、「足兵」，足食不必說了，足兵也只是所以保護生活的安全耳，維持最低的生存條件耳，絕對不含侵略的因數在內的；論語云：

> 飯蔬食，飲水，曲肱而枕之，樂亦在其中矣。

然則夫子之棲棲皇皇流浪到許多國家去，可以斷定不是要求什麼富貴的；其理想的生涯，亦不過如此而已。此即是中國讀書人所常常欣慕的騷士生活，淵明先生所云：

方宅十餘畝，草屋八九間，榆柳蔭後簷，桃李羅堂前，曖曖遠人村，依依墟里煙，狗吠深巷中，雞鳴桑樹巔，戶庭無塵雜，虛室有餘閒，久在樊籠裡，復得返自然。

即是上述境界的擴大，中國儒家之所謂返自然，出樊籠，並非真有什麼海闊天空的世界，值得羨慕，如古代希臘神話中所描寫的神之世界，或佛教樂土等云云，本本分分不受擾亂的過著農民的太平日子，好像就很快樂了，但孔子乃是大乘的，入世的，推己及人的，所以不怕碰了釘子，到各國去推行自己之理想，儒家所提倡的恕道，旨在於此，如果沒有恕，仁字也就不能實現了，淵明先生，好像是道家的，事實上卻是受了政治上的刺激，覺得自己的力量不能兼善天下，於是只好不為五斗米折腰的去過個人隱逸生活，我們應當認為這是儒家的悲劇，不可認為其得意與高尚。不信，請看下面的詩：

人生歸有道，衣食固其端；孰是都不營，而以求自安？開春理常業，歲功聊可觀；晨出肆微勤，日入負耒還。山中饒霜露，風氣亦先寒，田家豈不苦？弗獲辭此難。四體誠乃疲，庶無異患干。盥濯息簷下，斗酒散襟顏，遙遙沮溺心，千載乃相關，但願長如此，躬耕非所歎。

因為儒者乃至一切中國人之本分，正如孟子所云：「禹思天下有溺者，由己溺之也；稷思天下有饑者，由己饑之也。」而不是願自己升入天國，看著多數愚人受裁判的。所以像陶公這樣，冒霜露而躬耕，卻正表示如長沮桀溺所慨歎的天下無道耳。

因此孟子才說禹稷顏回易地則皆然，顏回簞食瓢飲雖是自得其樂，但其用心乃是與拯溺救饑之禹稷相同，沒有機會或是時代不允許就成隱士了。世俗多以為隱士是出世的，而不知正是入世的，入世不得，乃不得不回到家中看看行雲流水耳，中國的詩歌，圖畫，文章，

處處表現恬淡生活的境界，自耕自織的十足原始生活的快樂，須知這便是四萬萬人一致的要求與好尚，無論什麼樣的力量與宣傳都不能改變的，假使人類連這樣一點簡單的要求都不允可，那就成了暴虐與無理。假使超過這種思想而另外有過於物質的希冀，也是「不奪不厭」的召亂之原，有許多人在說東方文明是精神的，在我看來，這精神文明卻是建設在平實合理的物質基礎上，因為物質要求不是奢侈與跋扈，所以才成了特別有慈和與大乘光芒的精神文明。

可惜這個意思在中國也被許多學究式的學者弄錯了，由於簡單的飲食男女之欲求而變成禁欲的清教徒式生活，其反動乃變本加厲的成為奢侈與無人性，易餘籥錄云：

> 飲食男女，人之大欲存焉，死亡貧苦，人之大惡存焉。學究矯情，實違其本心。於是耳食者以為聖賢，遂居之不疑，忍其欲，制其情，氣血日戾，疾湧胸塞以死，不異置農夫於柔毛綈幕，粱肉蘭橘也。

明清以後類此的議論很多，勉強制欲之害不止於如置農夫於粱肉蘭橘，倒像把飛在空中的鳥閉在籠中，不但不合理，而且也不道德。細細想來，這種不健康的說法與辦法，好像從宋朝以後才大大流行，在東漢時曾有過一個時期盛行著矯情的風氣的，到六朝就得到解放，竹林七賢都是禮教的反對者，放誕的實行家，物極必反，宋朝人遂利用了佛教的哲學與規律來束縛儒家的「適欲」思想了。但與提倡婦人守節之說同時，即在士大夫中特別流行著狎妓與納妾之事，禁欲云云，完全成為虛偽的矯情，何怪後世不少人要對之加以嘲諷與駁論呢？不過這還是消極的一面，若是像知堂先生所說：

> 中國人民生活的要求是很簡單的，但也就很迫切，他希求生存，他的生存道德不願損人利己，卻也不能如聖人的損己以利

人，別的宗教的國民，會得夢想天國近了為求生而蹈湯火，中國人沒有這樣的信心，他不肯為神為道犧牲，但他有時也會蹈湯火而不辭，假如他感到生存無望的時候：所謂鋌而走險，急將安擇也。孟子說：仁政以黎民不饑不寒為主，反面便是仰不足以事父母，俯不足以畜妻子，則是喪亂之兆，此事極簡單，故孔子之言曰：道二，仁與不仁而已矣。仁的現象就是安居樂業，結果是太平，不仁的現象是民不聊生，結果是亂。這裡我們所憂慮的事，所說的危險，已竟說明了，就是亂。……而這亂都是人民求生意志的反動，並不由於什麼主義或理論之所導引，乃是人民欲望之被阻礙，或不能滿足而然。

此實不刊之論，太平與動亂，其分界原極簡單而微細，古諺云：星星之火可以燎原，對於一個人之受饑受寒不得其所原亦不可忽視也。此乃飲食男女關係之積極的一面，雖是與書呆子如我輩者似乎不相干，而實是關係甚大的社會問題矣。

三十三年八月十三日

（原載《求是》，1944年11月15日第一卷第七號）

說懺悔

　　報載某犯罪高級官吏在獄以讀佛經為日課，表示懺悔之意，因之對於懺悔起了種種感想。翻譯名義集眾善行法篇第八云：

> 懺摩，此翻悔過義。淨師云：懺摩，西音忍義。西國人誤觸身云懺摩，意是請忍，願勿嗔責。此方誤傳久矣，難可改張。應法師云：懺訛略也，書無懺字，正言叉摩，此云忍，言容恕我罪也。天臺光明釋懺悔品，不辨華梵，但直釋云，懺者首也，悔者伏也。如世人得罪於王，伏款順從，不敢違逆。不逆為伏，順從為首。行人亦爾，伏三寶足下，正順道理，不敢作非，故名懺悔。又，懺名白法，悔名黑法，黑法須悔而勿作，白法須企而上之，取捨合論，故名懺悔。又，懺名修來，悔名改往，往日所作不善法，鄙而惡之，故名為悔。往日所棄一切善法，今日已去，誓願勤修，故名為懺。棄往求來，故名懺悔。又懺名披陳眾失，發露過咎，不敢隱諱。悔名斷相續心，厭悔捨離，能作所作合棄，故名懺悔。又懺者名慚，悔者名愧，慚者慚天，愧者愧人。人見其顯，天見其冥，冥細顯粗，粗細皆惡，故言懺悔。……

　　雖是鈍根不知佛法如我輩，看了這詳細的講說，大致也可以知道所謂懺悔的意義是如何了。若照梵語講，也不過北京話「勞駕」的意思，因為在北京這話正用作Parden解，且亦常常在碰了人或是兩車相撞時說的。細想犯了大罪，害人利己，只是像碰人一下子似的，請恕便算拉倒，世界上似不該有這樣便宜事。我們先須分析犯罪者的動

機，實在並非出於無心，凡干犯刑典，總是明知故犯。若然則尚何悔之可言，所以前面講的「悔者伏也，知世人得罪於王，伏款順從，不可違逆，」倒還有點實情。叱咤風雲的英雄，月黑殺人的好漢，若非被另外一種力量所屈服，一生也不會後悔的。因為他們的志願乃是使別人伏在自己的足下，而根本不以此為罪業的。假定他們永遠得志下去，只有別人在他的腳下叩頭，且將被頌揚得天花亂墜，那麼所謂罪業云云，還是以成敗為標準，十分不可靠的。

在屈服中表示後悔，那不是良心的發現，而成為英雄策略之一。諸葛亮對於蠻酋孟獲就是利用了這種慣例的策略而實施更高級的策略的。於是有時也露出馬腳，那大抵是比較真實而不善於行「悔」的人，譬如李後主，雖然也上表求降，雖然把小周后也掩著面孔呈上去，雖然無處不低首下心，可是到底還做了「故國不堪回首月明中」的詞，於是在屈辱之餘，還是牽機而死。這就不如他的大同鄉勾踐，會把夫差瞞得鐵桶一般，報了仇且不算，贏得萬世芳名。至少是連錢鏐都不如，裝佯到最後一秒鐘，給人順眼的印象。所以即使是屈服，也還要弄得得體。

現在想想身入囹圄的人們，當他翻閱佛經時究竟是什麼心情。對於「白法」「黑法」兩樁，是否有徹底奉行的意思。佛法誓度眾生，儒家許人改過，不能不說出這樣的道理，讓有罪的人寬心。實則射虎斬蛟，千古也只得周處一人，我在北京時，有劇盜名曰燕子李三，據說有騰踔之術，而最後一次入獄乃是平生第三次或五次。這種人什麼法也不信，信的只是自己。在監獄中通常有各種宗教的傳道者向囚徒說法，似李君亦曾身沐法雨，何以屠刀總放不下，頗令人不解。因之懷疑到那些真的閉目讀大悲咒或心經的人們，是否在玩一種花樣，殊不敢說。至少，在一般人心中是會減少仇恨的態度，「這人念佛了，修好了，不必再苛責他。」屠刀之放與不放且不管，免掉他人之屠刀，此則不失為一條妙計。故與前面所云失時帝王降服於人乃是同理，狡詐則有之，悔改則尚有待。況且，這樣自私自利，似乎又不甚

合於邏輯。若是罪而可贖，我願在學佛以前，先發上成千百萬的財，然後懺一下，悔一下，於左擁右抱持籌握算之餘，在鴉片煙燈旁邊讀讀佛經，也不失為有趣的消遣。佛如果是合理的哲學，是不應該允許人這樣假藉的。

　　將功折罪，也是懺悔的具體辦法之一。袁了凡功過格是最科學的計算法式，例如：

> 能為地方興利除害，使百姓永受實惠，算千功。……
> 能禁戢勢官豪奴，不使播惡，算百功。……
> 用物照價平買不倚官勢虧民，一日算一功。……
> 聽信左右，指撥害人，逢迎勢要，冤抑平民，受人囑託，枉害善良，使百姓含怨，算百過。……
> 盜有或初誤犯，或迫饑寒，不原情警俗，使人無自新之路者，算十過。……

　　把功和過，掂斤播兩的計算起來，也真有意思。比如今天給要人拍了馬屁，明天只要找個滋事的家人打一頓屁股，好像帳就還清了。無怪許多遺老，隱宦，到了晚年都喜歡辦辦慈善事業。我想如此一來，倒是獎勵人作惡的力量大，好比開了單子不許子弟看淫書一樣，效果是相反的。而且，人類很容易忘記自己的本職，有時正式目標只是煙幕，所以反要加以懲罰或獎勵。作清廉的官是應該受獎的，似乎貪污乃是原則，清廉卻成為例外。現在放棄簡任一級職務而去弄縣長區長的人很多，當然不是為廉潔去的，由歷史之啟示，古代原來亦復如此，功過格一類的書，被收入五種遺規，而由有志乎世道人心的人大量印行，蓋為此歟？細細一想，這才知道是多餘的恥辱。有六零六[①]不能證明人類文化是進步，同樣，有了貪廉的獎懲也使人懷疑道德的修養。推論下去，對於政治是管理眾人的事一語，將怎樣予以確認，好像應當另說。

於此，更大的教訓就是有所恃而無恐的心理。諺云，「豁出一身剮，皇帝拖下馬。」定了罰金或美其名曰寓禁於征的特稅之類的辦法，吃鴉片的人可以公開的噴雲吐霧了。從前在北平私立學校教書，告假一小時，扣薪，放假，也扣薪。這法子不能使缺課減少而反加多，其理由即在「隨你扣去好了，反正我缺了課不是白缺」。把罪惡也像權利義務這樣劃分開來，是很危險的，許多罪惡之存在，是整個人類的羞辱，應當像割瘡一般割了去的。容許懺悔贖罪就等於教唆一般人不必真的改過自新。從古，金作贖刑一定是起於國用匱乏，外患憑凌，上軌道的國家應當避免這種有錢萬惡可作的壞制度。用刮地皮的錢起塔建寺刻經齋僧，做大檀越，發大願心，沒有人肯立一塊石碑，寫上自己的懺悔錄，反而是那些世俗的和尚，前後左右，馬屁拍個不了。作罪的人，在黎民方面是權威者，統治者，到了贖罪時還是八面威風，這是什麼功德，叫人弄不明白。

翻譯名義集記作懺滅罪之法云：

> 今明滅罪有三：一，作法懺，二，觀相懺，三，觀無生懺。作法懺滅違無作罪，依毗尼（律也）門。觀相懺滅性罪，此依定門。觀無生懺，滅妄想罪，此依慧門。復次，違無作罪障戒，性罪障定，妄想罪障慧。作法懺者。如律所明，作法成就，能滅違無作罪，而性罪不滅。大論云，如比丘斬草害令，二罪同篇，作法懺二，無作滅，害令不滅。雖違無作滅，性罪未滅。觀相懺者，如諸方等經所明，行法見罪滅相。菩薩戒云：若見光華種種好相，罪便得滅，若不見相，雖懺無益。若見好相，無作及性，二罪俱滅。觀無生懺者，此觀成時，能除根本妄惑之罪，如拔樹根，枝葉自滅。普賢觀云：一切業障海，皆從妄想生，若欲懺悔者，端坐念實相，眾罪如霜露，慧日能消除。

這裡所說似將罪業從精神上分為重大與輕微二者，普通法懺之

儀軌也只能消除像刈草之類的罪罷了。查閱藏知津方等部密咒一類，及雜藏部分的懺儀，經文很多，外行亦弄不清，但念佛行懺是很世俗的事，小孩把放焰口當作歌謠學來唱的，西廂與水滸等，對這種法事皆大不敬。其不能消罪，只是給有錢的婦女覓一消遣或擺勢派殆已毫不容疑。即所謂觀相懺，好像也不免附會罷？「觀佛三昧海經」觀相品第三將眾生所見佛相分為二十八等，其第十六云，悉見其具足身相，大眾所見，各各不同，其見如炭如墨等者，由昔惡業，各各殷重懺悔，乃見好相。此與安徒生童話國王新衣無若何差異，乃是對於比較原始的人說的。聰明的犯罪者則無所見亦有所見，他人究無如何耳。以此為緣，而滅性罪，未免小乘之至！沒有辦法，還是來了「觀無生」的「智慧」，把罪業之咎，付之妄想。這誠是大乘，所以佛法冤親等視。但這好似成為預防則佳，作為事後贖愆，誠亦無補於實際也。外道亂說，不知遭人呵責否？

　　偶翻梁任公所作佛陀時代及原始佛教教理一文云：

　　　　佛說我們的生命，全由自己過去的業力創造出來，也不是無因而生，也不是由天所命。在這生命存在的幾十年間，又不歇的被這業力所引，順應著環境，去增長舊業，加添新業。一切業都能支配未來的生命，近之則一秒一分鐘，一日後一年後幾十年後的未來，遠之則他生永劫的未來，循自業自得的公例，絲毫不能假借。尤有當注意者兩點：（一）佛說的業果報應是不能抵消的，並非如袁了凡功過格所說作了一百件過再作一百件功便可以沖抵。例如今日作了殺人的惡業，將來一定受償命的惡報，沒有法子能躲免。明天重新作一件救人的善業，等前頭的惡報受完了，善報自然會輪到頭。譬如打電報，北京局裡打出一個A字，上海局裡立刻現出一個A字，再打B字，那邊自然又現出B字。卻不能說後來有個B便把從前的A取消。又如電影片，照過一個醜女，到映時醜女定要現出來，並不因為後來再照一個美人，便能把醜形蓋過。（二）佛說的業果報應不是

算總帳的，並非如基督教所說到世界末日耶穌復生時所有死去的人都從墳墓裡爬出來受審判，或登天堂，或下地獄。因為佛的生命觀是流動的，不是固定的，所以除把賬簿一筆勾銷時，時時刻刻都是結的流水帳。因能生果，果後生因，橫看則因果重重，豎看則因果相續。絕不會有停頓著等結總帳的時候。」果如所云，佛也不是悖乎邏輯立論的。然則後來所傳，雖大乘法亦不免於從形式上使罪人獲贖云云，豈亦有宣傳意味在其中邪？我很想信一種宗教以求精神上的寄託，但看來看去總不行，從心裡不能虔信。基督教固不必提，佛書也只是講哲理的有意思，講到給有錢的人作法事以消災祈福。便不覺嘔逆了。當然，我是淺嘗輒止的看法，才有這樣淺薄無聊的說法。

然而，並不是沒有事實為證的。五省聯軍的孫馨帥就落得血濺佛堂的結果，在佛家或可稱為得大自在，解一切苦了，世俗的看法卻不大如此，孫公本意想更不如此。所以以後到居士林說法聽經的諸大善士，汽車外面還是要站著威風凜凜的保鏢人，這大約與穆罕默德一手可蘭經一手寶劍相去不遠了。類乎此的例子想尚不少；寡聞如我，不能遍舉為歉。不過世俗僧道仍有修來世的預約券，可以讓這些老官的白花花銀子終於送向我佛座前，而平民照舊吃××元一石之米，或者，做大檀越的錢，不無從米粟中轉來，亦未可知。在法律上二罪同科則輕者消滅，譬判死刑又判徒刑十年當然只有死刑了，佛之報應觀，若如原始說亦如是，先有罪而遭報則後之功將歸徒然。唯若反過來，功大於罪呢？佛為慈悲起見，終將採用近世之說法，泯其前嫌而嘉近善罷？反正我只是引申一點點感想而胡說，究竟該怎樣，恕不負責。

三十三年六月十九日

（原載《雜誌》，1944年第十三卷第四期）

---

① 六零六（606）是當時流行的一種醫治性病的藥，據說經六百零六次實驗才制成。

附錄

知堂弟子紀果庵

黃惲

　　1965年1月8日中午，作家、教授紀庸（1909-1965）在蘇州上方山果園農場的簡陋宿舍裡平靜地整理完個人的物品，坐下用圓珠筆給在蘇州城裡的妻、女寫下了一紙絕命書，寫完正好是一時正。下午兩點，有人在上方山腳下的石湖中發現一具屍體，下午三點，屍體被撈上岸來，人們從口袋裡找到一些果園農場的飯菜票，證實是農場的人出事了，隨後，被確定出事者是農場職工紀庸。幾天後，農場方面下了結論：畏罪自殺。

　　紀庸在1942年曾寫過一篇文章，題目是〈論從容就死〉，文中談了很多對自殺的看法，這本是「昔日戲言身後事」式的文史性隨筆，哪想到二十多年後，一一都到眼前。他來到農場附近的石湖，石湖是個風景秀麗的地方，湖邊有石湖書院和宋代詩人范成大的祠堂，他選擇了屈原式的投湖，從容地赴死去了。絕命書寫得平靜從容，筆跡一如往昔的工整。書中他說：活過了五十歲，也可以說是長壽了，近十幾年來動輒得咎，言則觸忤，已了無生趣可言，他細細叮囑自己的妻子，在得知他的死訊後，儘快離開蘇州這個傷心之地，到北方依靠兒子。

青年時代

　　有關紀庸的生平，主要來自於他自己當年所填的各種表格和自傳，這些表格與自傳如今已成為檔案的組成部分，乏人問津。每份材料在內容上各有側重。在五十年代初，這些材料主要反映的是他在

1948年以後的人生歷程，到了五七年反右，材料中開始出現他在1940至1946年之間的經歷，看得出，這段歷史是他想忘記，或者說他不想過多公開的，如今卻不得不公開出來了。而自傳則對自己思想作了的全面檢討，充滿了真誠的思考和痛苦的深挖，同時不斷掀開自己「從逆」的歷史，帶著痛苦和無奈。隨著時間的推移，檔案中的他越來越坦白、也越來越痛苦，他已經差不多無遮無掩地暴露在紙上了。我們能感覺到：無形的繩索正在收緊，他一次次回憶那不堪回憶的過去，一次次地暴露那早已赤裸裸的心靈。

紀庸，原名國宣，字伯庸，筆名果庵，祖籍河間獻縣崔莊，1909年出生於河北薊縣的一個破落地主家庭。紀家在當地是個大族，與清初大學問家紀曉嵐是同族。他在〈談紀文達公〉一文中說自己一直想刻一個圖章「愧為河間後人」，河間即指紀曉嵐。在當年，他確實感到了自己的羞愧，他的雄心與願望是像祖先紀曉嵐那樣成為一個大學者，能作成一項像《四庫全書》一樣的大事業，然而時勢不同了，羞愧就一直撕咬他的心。

在他少年時，家道已經中落，祖父是個秀才，父親是當地的一名小學教師。1919年爆發五四運動的年份，他邁進了當地高級小學的大門，1923年入通縣師範學校（相當於現在的中學），六年中，他說自己「用心讀國文、英文，對數理不感興趣」。1929年考入北平（北京）師範大學，成為知堂的弟子，寫作與文藝觀念深受周作人影響，他曾說「後來我寫文完全摹仿他的風格」，是上世紀四十年代知堂散文的代表人物。1933年北師大畢業後，他到宣化省立師範任教，先後任國文教員，教務主任等職。

結識顧頡剛、樊仲雲

在宣化這個邊陲小城，紀庸先後參加顧頡剛倡導的民眾教育工作，為通俗讀物編刊社寫作了一些通俗的愛國題材的人物傳記。此時

的宣化，已經處在日寇的控制之下，目睹祖國山河被侵略者蹂躪，僅是一介教師的紀庸先生感到異常苦悶，正在這時，上海出版的《文化建設》月刊為他打開了一個發表創作的視窗。

《文化建設》月刊是1934年10月創刊於上海的一種文化時政綜合刊物。這本雜誌有著「兩陳」CC派的背景，由「中國文化建設協會」主辦。在創刊號中，陳立夫在首要篇幅刊出〈中國文化建設論〉，隨後便是吳鐵城、吳醒亞撰文大談中國文化，已經昭示了它的後臺是誰，並且其根基是如何堅實。《文化建設》月刊到1937年7月因抗戰而停刊，前後存在三年不到的時間，共出版三十四期。

1935年秋，紀庸看見上海出版的《文化建設》月刊有徵文啟事，要求寫些學校教師的生活雜感。於是，紀庸就寫了一篇〈教學生活漫談〉，不久在《文化建設》1935年10月第二卷第一期刊出，這篇文章可以看作紀庸的處女作，意義重大，不是說此前紀庸就沒有刊出過文章，因為他是一向喜歡「弄弄筆墨」的，卻一直「苦於文章沒有出路」。這次成功，使他的寫作注入了激情，隨即，紀庸又按照《文化建設》的「小學教員的希望」徵文要求，寫了〈希望呢？奢望呢？〉一文，刊於同年《文化建設》12月出版的第二卷第三期上。經常寫稿的人都知道，投稿有兩個階段，第一個階段是天女散花，廣種薄收；第二個階段則是有的放矢，按需分發。紀庸去應徵文，還不過處在第一個階段的初始。隨後，紀庸就收到主編樊仲雲的親筆信，對這位年僅二十六歲的師範教師的文章獎勉有加，並直接提出要請他做《文化建設》的特約通訊員。紀庸遇到樊仲雲究竟是他的幸運還是不幸，這且不說，至少紀庸從此登上了文壇，而樊仲雲在某種意義上也確實是紀庸的「伯樂」。從此，紀庸連續給該刊撰稿，而樊仲雲對紀庸的賞識有增無減，甚至還推薦他寫了一本三萬多字的《察哈爾與綏遠》，這是紀庸寫作出版的第一本著作。這些文章，從內容看，有談教育的，有關於時局的通訊，有談地方風土的，有談辦刊物的，有文史掌故，還有純粹的紀實散文，涉及的範圍相當寬廣，可以看出紀庸筆觸

的廣度與深度，這是一個剛登上文壇的年輕人的首次亮相，已經是那麼的搖曳多姿了。這些文章，一改《文化建設》高頭講章式的論文面目，大大增加了可讀性，使刊物煥發了別樣的異彩。

紀庸先生這一時期的文章，全面而詳盡地報導了綏東與察哈爾地區的社會現狀、經濟情況和風土民情，特別是當時該地區正處在偽殷汝耕政權的管轄下，並且面臨日方、蒙方、中方和傀儡方的相互折衝的臨界點，戰事一觸即發，可以說連空氣中也充滿了火藥味，他的及時報導，產生了較大的影響，從中也可窺見紀庸先生強烈的反日愛國情懷。這個時期，也是紀庸先生登上文壇啼聲初試，他為文四面出擊：教育、民俗、社會和經濟，樣樣都寫，有著勃發的精力，噴湧的才情，不竭的題材。

紀庸在作於1958年的自傳中說，《文化建設》中的文章他是不看的，這句話大可回味。首先，這是他試圖與《文化建設》中其他的作者作區隔，畢竟裡面滿眼都是國民黨官僚與學者；其次，又表現出他的自信，以他的眼光，那些空談文章是他不屑一顧的。然而《文化建設》和主編樊仲雲對於紀庸的寫作生活卻起著不可替代的作用，這一點也是毋庸置疑的。

滯留南京

1937年7月，盧溝橋事變發生，此時的紀庸已經離開了宣化省立師範，賦閒半年後，戰爭已經全面爆發，他彷徨歧途，思索徘徊，在家賦閒了半年，一俟局勢稍形平靖，他來到河北灤縣省立師範任教，在那裡兩年左右。1940年，樊仲雲倒向汪偽，出任汪記南京國民政府教育部政務次長、中央大學校長，這時的他，又想起了紀庸，請紀庸擔任教育部祕書，專門負責處理樊仲雲的日常文牘。於是，紀庸得以舉家遷移到南京，進而進入南京的中央大學，成為大學教授。

二十多年後，紀庸在他的自傳中說：「以後樊逆做了漢奸，我

也依附於他，其因緣種於此時。」這是那個時代的表達，如果放到現在，我想，紀庸對樊仲雲還是有感激之情的，識英雄於風塵之中，是不容易的，邊塞小城的一介教員，慢慢成長為散文家、史學家、教授，如果沒有樊仲雲這一番援之以手，恐怕會有更多周折吧。

紀庸在抗戰初期南下止於南京，值得引起研究紀庸者的重視。他的哲嗣紀英楠先生回憶道：「1929年，父親違背了家中的意願到北京讀大學，家中就斷絕了對他的資助，他不得不放棄已考取的北大而讀北師大，同時在孔德小學兼課。母親則在牛街小學教書。在她懷孕時，因跑著去阻止學生打架，絆在門檻上摔倒，造成流產和大出血。嬰兒死亡，母親身體也受影響並導致了以後的習慣性早產。我和妹妹都是七個多月出生的。1937年3月我妹妹出生時，因是雙胞胎，又因胎位不正而難產（當時沒有剖腹產的辦法），母親幾乎喪生，產後長期臥床不起，一個妹妹也不久夭折，父親在宣化工作，是外祖父來看護母親和照管我們兄妹。她自以為將不起，掙扎著為我和妹妹做了好幾件衣服。後來雖漸好轉，但仍很弱。母親覺得若不是她的身體和家室之累，父親一定會和他的好友（〈懷舊〉中的H，即唐寶鑫）一同去後方的，為此她終身感到內疚，常常和我說起。」

基於對家庭經濟情況和妻子的身體的憂慮，紀庸不得不選擇了南京，並止於南京，沒有再往南走。

寫出來的輝煌

紀庸一生的「輝煌」是在日本佔領後的汪偽時期到來的。

紀庸的南下，把自己和全家交給了一個完全不同於北方母系環境的陌生地方。不過在當時，由於生活的相對安定，他還與龍沐勳合作辦了《求是》月刊與《真知學報》月刊，迎來了創作的高峰，在當時代表性的雜誌如《古今》、《雜誌》、《天地》、《風雨談》上發表了大量的散文佳作，出版了散文集《兩都集》（1944年太平書局出

版）奠定了他作為新文學史上散文家的地位。這一切在我們的新文學史上雖然沒有反映，卻在日本人的「現代中國文學論」中有著記載，由華師大吳俊教授編譯的《東洋文論》中收有一篇〈蘇青導論〉（櫻庭弓子著），其中說道：「在1944年新年號上，蘇青與知堂（周作人）、陶晶孫、紀果庵等當時的大作家比肩而坐，足見其地位的上升。」可見在日本，紀果庵是被視為當時的大作家的，另外，《風雨談》雜誌也刊出過對紀果庵的長篇專論〈紀果庵論〉，說明紀氏在當時文壇的影響。紀果庵文章的內容多為文史性的散文隨筆，如身邊隨感、花鳥魚蟲、掌故瑣談等，感情沉鬱蘊藉，富有詩情畫意。雖然說作為一個中國人，他沒有守住自己的底線，但作為一個讀書人，他的民族良心還在，所寫的文章中沒有一篇是歌頌大東亞和美化日本侵略的。

　　1943-44年，知堂兩次南下，紀庸都在南京隨侍左右。說起來，紀庸不過是知堂在北師大兼課時的無數門生之一，但可以說倒是在文章中繼承知堂散文最有成就的門生。紀庸在孔德學校任教，卻成了知堂子女的教師。知堂在南京懷古訪舊，更多想到的是三十多年前他在江南水師學堂的經歷，他向紀庸提出要重新嘗嘗過去常吃的侉餅和蘿蔔乾。紀庸在〈知堂老人南游紀事詩〉一文中回憶說：「先生云，記得儀鳳門一進來就是很大的坡度，疾馳而下，直抵水師學堂門前。在學堂日，早點必市『侉餅』，蘸辣椒油佐蘿蔔乾食之，其味至佳，所費不過銅圓三文。因詢余侉餅尚有否，余只知有大餅，不知何為侉餅？詳問其狀，云長形，為山東侉子所製，故名，外有脂麻，焦脆呈黃色，然今大餅皆圓形，又用酵粉，軟而不焦，故不能應。蘿蔔乾而確知仍存，先生頗盼再嘗此味，並告以有兩種，一長形一圓形，圓者尤佳，以用鹽漬，不用醬也。土名「蘿蔔香」，若買「乾」，則必不得。余歸後即市少許，於晚間宴會時帶呈，想今日食之，未必如三十年前之津津耳。余問土人以侉餅，據云，尚有賣者，唯不多見。後竟未尋獲，先生想欿然不滿也。」

自1940年7月，到抗戰勝利，他一直在南京的中央大學度過的。先後任教授、師專科主任、總務主任，附屬實驗中學主任，教育部祕書，立法委員，由王敏中（時王敏中任教育部次長，部長為趙正平）介紹任國史編纂委員會編纂，由地政局長張仿良介紹任中央黨部民訓處處長。由於王敏中、張仿良等與紀庸同是北師大同學，官帽一頂頂飛來，一介讀書人紀庸便有些受寵若驚，不過有些職務只是「一無事事只吃乾薪的機關，向來沒開過會」。1943年11月，紀庸還出席了一次第三屆大東亞文學會議，因此在勝利後（1945年11月），他僅是以「文化漢奸」的罪名被逮捕起訴，這是符合實際情況的，半年後（1946年5月），他就被取保釋放了。

從他今後的人生里程來看，南下是一大冒險，成為他人生的分水嶺。此後的日子，一切厄運都將伴隨著這段日子的短暫「輝煌」而起伏沉浮，加倍地在精神上、肉體上加重他的負擔，並且，他將為這段生活付出極其高昂的代價，並由此一蹶不振，直至生命的終點。

蘇州的歲月

從獄中出來後，經朋友介紹，紀庸受聘為文通書局和大中國書局編輯，後又被聘為開明書店特約編輯，這與顧頡剛在主持文通書局（華問渠投資）和大中國書局有關。在這期間，紀庸為大中國書局編寫了一套十八種的《中國歷史故事小叢書》，在開明書局出版了《蘇聯的民族之話》一書。顧頡剛是個急難中能伸出援手的人，在紀庸面臨失業的當口，不但聘請他入書局當編輯，還與古楳教授（社會教育學院教授）一起把他介紹到了在蘇州的國立社會教育學院，有一陣，紀庸就住在蘇州顧家花園顧頡剛老宅的客廳裡，為書局編輯出版書籍。1948年4月，紀庸接替離職的顧頡剛，成為國立社會教育學院國文系教授。

　　紀庸把家安在蘇州十全街六十四號，幾年後又把家遷到十梓街葉家弄五號。他有一子一女，妻子王潤芝是個知識婦女，師範學校畢業，結婚後就成了全職太太。

　　解放前後的日子相對平靜，紀庸有極好的口才，知識又十分淵博，在學校裡深受學生的歡迎。他教中國歷史和國文，又精通英文和日文。當1950年1月，社會教育學院改名為蘇南文化教育學院，紀庸重新受到重視，任教授兼教育研究班主任。在開會時，他積極發言；在勞動時，他努力流汗；空閒的時候，他走在蘇州的大街小巷，成為各家舊書店的常客。蘇州古舊書店的老職員至今仍記得高高大大的紀庸笑容可掬地進到店堂裡翻看舊書的情景。一位姓張的書店老職工回憶說：「紀庸死後，他的藏書都是我經手的，我家裡還藏著不少有紀庸名章的線裝書，有的還有他的手跡呢。」

　　紀庸有著北方大漢的直爽與幽默，這樣的性格贏得了同事的尊敬，卻也惹來了不少的麻煩。特別是偶爾流露出的、難以掩飾的學識鋒芒總使某些人感到芒刺在背般的不適。

　　蘇南文化教育學院又改名為江蘇師範學院（即今蘇州大學）。轉眼五七年到了，引蛇出洞的策略使得這年上半年的空氣顯得特別晴朗清和，牢牢禁錮著的思想的枷鎖似乎在無形中消隱了，一直正確英明的黨號召忠心耿耿的子民向她袒露心聲，知識份子長久以來憋在心裡的話可以放心大膽地吐出來。紀庸動心了，在5月底到6月初，他接連寫了三篇文章：〈廣毒草〉（《文匯報》1957年5月29日刊）、〈學術空氣還不夠濃厚〉（《新蘇州報》1957年6月1日刊），還有一篇則更加要命——〈人人害怕的記帳〉，刊在校刊上。

　　紀庸太想一吐為快，寫完三篇文章，他大大鬆了一口氣，以至沒有覺察到時局風雲突變，烏雲與雷電正在悄悄逼近，人人害怕的記帳並沒有因為他的「揭露」就因此停止筆頭。其實又豈止是記帳？秋後算帳的日子也馬上就要到來。他陷入了一個兇猛的漩渦，他被徹底打暈了。紀庸是熟知歷史的，應該清楚人亡政息這句話（不可能說變就

變的），應該知道口蜜腹劍這個成語，應該明白引蛇出洞是一條高明的計謀，然而全不。壓抑得太久了，人們就容易放鬆警惕。

像川劇變臉一般，手一抬，臉就變。隨後的半年是檢查、批判，再檢查，再批判的輪迴反覆。1957年12月25日，文化教育部同意劃紀庸為「一般右派」的批文也下達了（作者按：紀庸的右派問題在1979年2月27日得到改正，距他離開人世已經是十四年之後了）。

不久他又被打成蔡竣年、黃乃松、紀庸反革命集團，直至蘇州公安局下達了管制二年的判決。這已經不是一般的「人民內部矛盾」，而逐漸上升為刑事案件了。以前人們印象中的「紀大胖子」如今變得高高瘦瘦的。有一位在上個世紀六十年代熟悉他的老人，當我說他是個胖子的時候，堅決地說：「他高大是高大，但一點不胖。」是的，1946年後，他就沒有胖過，但在此之前，他在迎接知堂南下和他回北京的文章中，就說自己是一個大胖子呢！

管制到1962年才完全解除，同時也摘除了反革命的帽子。在如今尚存的解除管制的文件上，提到紀庸在這幾年中的良好表現：不怕髒、不怕累、帶病（痔瘡）堅持工作，這些都屬於勞動改造方面；在職務方面，他一星期上十二課時以上，一個人擔任六門功課；同時還要每個月向當地派出所彙報思想，顯示出他渴求改造，渴求重新做人的努力。在這份檔案上對紀庸的表現表示出適度的滿意。在這「滿意」的後面，掩藏了不少無言的辛酸啊！

解除管制，並不等於從此回到了人民中間，卻迎來了永遠打入另冊處分：下放上方山果園農場勞動。

這個時代，中年人的苦難是肉體與心靈雙重的，加上紀庸又有著「從逆」的沉重的「原罪」，在他的心裡就從沒有釋下重負的時候。心靈在希望的幻滅中掙扎，思想面臨著永遠無法結束的改造，因此需要一遍又一遍在檢查交代中懺悔，接受靈魂的拷問。在公眾場合，他已經失去了可以宣洩的地方。

說個笑話

讓我們跳過幾年，進入1965年的第一天——元旦。

晚上，農場為了慶祝新的一年的到來，在場部舉行了元旦晚會。雖然白天高強度的勞動使紀庸感到疲勞，而且場部規定每個人都得參加。得服從組織安排，紀庸想：新一年的到來總預示著某種希望。

幾個節目以後，大家歡迎紀庸來一個。他略作遲疑，站起來說個笑話，一個「和尚與公差」的笑話。紀庸是會說的人，不假思索就說了個笑話。就是這個笑話，為紀庸苦難的一生劃上了句號。這聽起來簡直像一個黑色幽默，然而現實卻正是荒誕的幽默。

關於「和尚與公差」的笑話有很多版本，最早的出處是明代劉元卿撰的《應諧錄》，又見《雪濤諧史》：

> 僧在
> 一里尹管解罪僧赴戍。僧故點，中道，夜酒里尹，致沉醉鼾睡。己取刀髡其首，改綯己索，反綯尹項而逸。凌晨，里尹寤，求僧不得，自摩其首髡，又索在項，則大詫驚曰：「僧故在是，我今何在耶？」夫人具形宇內，罔罔然不識真我者，豈獨里尹乎！

當年紀庸在元旦晚會上說的就是這個笑話的「白話版」：一僧一枷一公差，大家聽後哈哈大笑。笑過之後，一些對階級鬥爭有著敏感神經的人卻辨出了另一種味道：這不是在「污蔑執法人員糊塗、無能嗎？」這不是階級鬥爭的新動向嗎？原來反革命分子就隱藏在我們的身邊。雖然已被打倒在地，卻仍然會抓住機會「反噬」！他即刻受到了圍攻。現在已無法起紀庸於地下，讓他談談為什麼忽然想到這個笑話，從他隨後寫出的兩份檢查來看，他分明意識到自己才從一個故意設置的圈套裡（反右）掙扎出來，卻又誤撞進了另一個無意設置的

圈套。他又恨、又悔、又悲、又怨、又氣，心中彷彿打翻了五味瓶一般，不是個滋味。如果說以前的各種懲罰他都能感到是自己的錯，而覺得應該忍受的話，應該接受改造的話，那麼這一次的「罪行」卻彷彿上帝在試探約伯一般，顯得無緣無故又不可理喻。

晚會一變而成了紀庸的批鬥會。批鬥會上，有些人把興奮寫在臉上，把殺氣攥在手裡，真是與人鬥，才其樂無窮啊！

接下來的一個星期是在責令檢討中度過的，一起勞動的同難者也耐不住寂寞開始揭發了，說他對自己或別人在勞動中腰、腿、手受傷，戲稱是「鐵腰、鐵腿、鐵手」。這本是在近乎虐待的勞動中的一個小小的玩笑，如今也被賦予了不懷好意的內容：對無產階級專政鐵拳的嘲弄，而成為他由來已久的對改造發洩不滿的強有力證據。紀庸到了百喙難辯的境地。

在他留下的最後兩份檢討中，也是他人生中的最後兩份檢討，紀庸茫然、無奈，為自己的動機作辯解已經毫無意義了，欲加之罪，何患無詞？當自己處於一個被專政的境地的時候，當自己落在一群「非我族類」的人中間時，必然是人為刀俎，我為魚肉。紀庸的字跡也一反往常的潦草起來，詞不達意，言不由衷。兩份檢討各寫了五百字左右，他開始不那麼認真對待了，他勇敢了起來。

從容就死

1965年1月8日，批鬥已經繼續了一個星期，而在紀庸，可以永遠地結束了，因為這是人生的最後一天。

他會想起寫於1942年的一篇長文——〈論從容就死〉。文章收入他唯一的散文集《兩都集》。在這篇文章中，他寫道：

「『從容就死難』，歷史對此種人，似比慷慨捐生更加讚頌。」

「自殺是最大的勇敢，有人說自殺是怯懦，我總不相信。」

他又說：「有次，我到北平歷史博物館參觀，看見歷年劊子手所用的『鬼頭刀』，刀柄上的鬼眼睛滾上滾下，已不由打一冷戰，……像這樣的人（指自己），殺人尚觀之惴慄，殺己當何以堪，故說自殺是懦怯者，亦忍人也。」

「然則現在回過頭來講自殺，又豈懦夫之所能辦？」

「唯有一種人，似並未十分觸時忌，批逆鱗，然其結果則殊慘。這種在自己或他人都出乎意料的遭遇，倒是很不好從容的，心中冤屈，眼中落淚，乃人情之常，若必引吭高歌，亦覺不近情理。」

他在文中又說：「書抄得太多，實在不成話，然非如此，不足彰余自殺為勇敢之說。」

這些話，在如今看起來好象是對自己說的。他一意要證明自殺者的勇敢，是為了將來自己能勇敢地自殺？人說，聰明者往往會在無意識中預告了自己的將來，事後對照，會不由得悚然一驚：怎麼說得這麼准？莫非這就是人們所謂一語成讖？

就有了開頭這一幕：在一月寒風凜冽的碧水清波中，紀庸果決地驗證了「自殺為勇敢之說」。

當紀庸下定決心作出這個「最大的勇敢」時，他已經把任人播弄的命運收回到自己的掌中了。然而，從容就死之後，農場給出的結論卻是——畏罪自殺。這肯定不是紀庸希望看到的，畏罪不就是怯懦麼？這對於一個已經慷慨赴死的人，原是無關的了，他在〈談紀文達公〉一文中也說「從容就死，原不易易」，他在他的勇敢裡安息。

（原載《傳記文學》，二〇〇八年十二月號）

紀庸與〈叫歇碑〉

黃惲

　　蘇州的文廟，同時又是碑刻博物館。這裡日常靜悄悄的，少有人跡。不僅因為儒學衰歇，就連清代興盛一時的金石之學，也式微久矣。碑刻起源於古代人民紀事傳世的願望，以刻石而垂永久。後世金石之學，始分兩途，或以碑證史，以裨書面記載的不足；或以碑為師，學習前人的書法藝術。到了現代，由於社會科學研究的拓展與深入，行業幫會的碑刻，也開始進入人們的視線。不過，隨著和諧社會的到來，階級鬥爭此調也久已不彈了，行業幫會碑刻中記載的「資本主義萌芽」——蘇州工商經濟的歷史，就少有人關注了。

　　在大成殿前的西廊陳列著二百餘塊〈蘇州工商經濟碑刻〉，是蘇州工商經濟史的一個重要組成部分。這裡的每一塊碑刻都附著一個或多個故事，一個是關於碑的本身，另外就是與碑有關的人事。漫步其間，身邊閃過的是黑的石，白的字，碑刻無言，而走過的人，卻由於身份閱歷感知的不同，或視若無睹，或每每生出無限的感慨，惹動心頭陣陣波瀾。

　　碑廊中有一塊〈永禁機匠叫歇碑〉，周圍已經用玻璃保護了起來，看得出是碑林中的「白眉」。碑的上方有一塊介紹此碑的銅牌，雖已經銹蝕，仔細辨認，還能看出上面這樣寫道：

　　〈永禁機匠叫歇碑〉原立蘇州玄妙觀機房殿，其歷史價值最初為前江蘇師範學院柴德賡教授所發現。碑文主要反映了絲織業的資本主義雇傭關係，「機戶（作坊主）出資經營，機匠（工人）計工受值」，以及絲織業工人為改善經濟待遇，要求增加工資而進行罷工鬥爭的史實。

「叫歇」是個很特別的稱呼，它太吳語化了，別處的人們看來，會感覺不知所云。所謂「叫歇」，就是高喊停工的意思，當「罷工」這個詞還沒有出現的時候，在蘇州絲織業行會的機房裡，已經有機匠因為不滿機戶的剝削，要求提高工資改善待遇，而拍案高喊：歇工！歇工！於是，叫歇就成了蘇州特有的在絲織業行會中「罷工」的代名詞。當「叫歇」聲此起彼伏響成一片的時候，作為資方的機戶與地方官吏的利益無疑受到了很大的損害，他們的措施就是呈請官吏行文「永禁」，在永禁的同時也對機工的利益作了適當的讓步。因此這塊碑反映了在資本主義萌芽時期，勞資雙方的矛盾、妥協和鬥爭。

這個說明把意思表達得很清楚，然而卻模糊了「碑」後的真相。

手頭有一份江蘇師範學院（今蘇州大學）教授紀庸先生的悼詞，提到了他與〈叫歇碑〉的關係，文中這樣寫道：「蘇州市玄妙觀〈叫歇碑〉的發現，就是紀庸同志在〈吳門表隱〉一書中發現的線索。」如果把兩說調和起來，就是說：紀庸先生在〈吳門表隱〉中發現了線索，並把碑找到了，而柴德賡先生重估了〈叫歇碑〉的歷史價值。

這樣的說法是否更接近事實真相呢？碑是原先就在的，也並非完全不為人所知（譬如當時玄妙觀的道士就知道有這塊碑的存在），所以，後人的發現，應該不是碑的本身，而是碑的價值，彷彿把一顆珍珠從淤泥中找了出來，並讓它重新璀璨，這是一個價值重估的過程。這就存在一個疑問，紀庸先生發現了碑，是否對這塊碑的價值缺乏客觀的估價呢？情況顯然不是這樣，作為歷史系教授的紀庸，他學術的專攻正是明清時期蘇南地區的資本主義萌芽（這是當時的表述方式，如今的說法是蘇南地區的工商經濟史），所以，碑的發現者與重估者都是紀庸。

然而，為什麼世傳都是柴德賡先生發現了〈叫歇碑〉，紀庸先

生之功從此湮沒無聞呢？

　　紀庸，又名紀國宣，筆名紀果庵，河北蓟縣人，1956年，紀庸先生因為被打成歷史反革命（已平反）而成了學院的圖書資料員，而此前卻是學院的歷史系教授和古代史教研室主任。這樣的怪事情只有那個時代才會出現，相信不說原因，大家也可以心照。且說投閒置散的紀庸先生在工作與勞動之餘，還一心關注蘇州的歷史。1956年一個星期天下午，他在家裡翻閱〈吳門表隱〉，發現第十一卷有這麼一條：「永禁紗緞機匠叫歇幫行碑，在圓妙觀機房殿內。雍正十一年，長洲縣沈光曾奉巡撫高其倬、布政白鐘山、知府姚孔鈵憲行勒石。」這記載引起了他極大的興趣，即刻到玄妙觀去查找，在道士的指引下，果然在觀中一間偏殿（機房殿）的牆中見到了這塊貌不驚人的〈叫歇碑〉。

　　這是一個令人興奮的下午，永遠成為紀庸先生記憶中亮點的下午，他把因打入另冊、身份貶抑而帶來的身心疲憊丟到了一邊，全身心享受到了發現的愉悅。他用手抹去了碑上塵封的積垢，仔細分辨著碑上歷經二百多年歲月滄桑的字跡。

　　這正是工商經濟史中不可或缺的好材料。他把碑看了又看，可是室內光線暗淡，要詳細瞭解，必須把碑取出才行。回到學院後，他去找才到蘇州不過幾個月的歷史系主任柴德賡先生，柴聽了很感興趣，一起辦好相關手續，到有關部門幾經交涉，終於獲准取出了〈叫歇碑〉。以紀庸先生當時的身份，沒有柴德賡先生的積極襄助，這是不可能辦到的。

　　當時，紀庸先生以戴「罪」之身，深慮自己的文章會影響了叫歇碑發現的重大意義，於是，他就竭力慫恿由柴德賡先生來寫一篇文章拿到影響大的雜誌上去發表。1956年〈文物參考資料〉（第七期）上刊出了柴德賡〈記「永禁機匠叫歇碑」發現經過〉一文。紀庸先生不善處世，他在〈知己篇〉中說：「我願處『常』，極怕應『變』，我可以處一輩子『常』，按部就班，假使無外力，絕

不會生『變』，可是不能應付一朝之『變』，化有為無，化大為小。這正是應當活在天下承平，民不知兵的年月，又偏偏弄得生不逢辰，老實講，對於『適者生存』一句話，是個很大的矛盾。我是應當被淘汰的。」這是他在1944年說的，然而真到了「天下承平，民不知兵」的年月，他仍然還是動輒得咎，言則觸忤，為了讓學界早日瞭解〈叫歇碑〉，他主動要求柴德賡先生在文章中少提甚至不提自己所起的作用，而世人對此碑發現的真相也就因此被掩蔽了。不過，紀庸先生也沒有閒著，1957年3月25日，他在〈新蘇州報〉發表了〈新發現的清初蘇州手工業工人罷工史料〉，仍然只是著重介紹碑的價值，而不提自己的發現之功。

　　關於〈叫歇碑〉，紀庸先生的哲嗣紀英楠先生在給筆者的一封信中這樣說：「1979年，我父親的問題平反和改正時，歷史系一位教授柳樹人先生（朝鮮族，為人很正直，已作古）曾找到我，說此碑是我父親發現的，要我澄清此事，並說他瞭解全過程，可以為我作證。我和母親商量，覺得柴先生也於文革中不幸死亡（他心臟不好，被強制勞動，在拉板車上橋時死亡），他們生前關係也不錯，我們對此事不願（也覺得沒有必要）爭了。」其實，不僅是這位已故的柳樹人教授，與紀庸同時期的江蘇師院師生員工都清楚這件事，不然，也不會在1979年寫入紀庸先生的悼詞了。對於紀庸先生的家屬而言，人都去了，這類事不爭是達觀而明智的，不過，我想，要還原歷史的話，這篇文章也還是值得一寫。

（原載《蘇州雜誌》，2007年第三期）

國家圖書館出版品預行編目

篁軒雜記：紀果庵散文選 / 紀果庵著. --
一版. -- 臺北市：秀威資訊科技, 2009.03
面；　　公分. --(語言文學類；PG0226)
BOD版
ISBN 978-986-211-175-5 (平裝)

855　　　　　　　　　　　　　98002187

 語言文學類　PG0226

篁軒雜記
——紀果庵散文選

作　　　者 / 紀果庵
主　　　編 / 蔡登山
發　行　人 / 宋政坤
執 行 編 輯 / 藍志成
圖 文 排 版 / 黃莉珊
封 面 設 計 / 蕭玉蘋
數 位 轉 譯 / 徐真玉　沈裕閔
圖 書 銷 售 / 林怡君
法 律 顧 問 / 毛國樑　律師
出 版 印 製 / 秀威資訊科技股份有限公司
　　　　　　 台北市內湖區瑞光路583巷25號1樓
　　　　　　 電話：02-2657-9211　傳真：02-2657-9106
　　　　　　 E-mail：service@showwe.com.tw
經　銷　商 / 紅螞蟻圖書有限公司
　　　　　　 台北市內湖區舊宗路二段121巷28、32號4樓
　　　　　　 電話：02-2795-3656　傳真：02-2795-4100
　　　　　　 http://www.e-redant.com

2009 年 3 月　BOD 一版　2009 年 4 月　BOD 二版
定價：460元

讀 者 回 函 卡

感謝您購買本書,為提升服務品質,煩請填寫以下問卷,收到您的寶貴意見後,我們會仔細收藏記錄並回贈紀念品,謝謝!

1. 您購買的書名:＿＿＿＿＿＿＿＿＿＿＿＿＿＿＿＿＿＿＿

2. 您從何得知本書的消息?

　　□網路書店　□部落格　□資料庫搜尋　□書訊　□電子報　□書店

　　□平面媒體　□ 朋友推薦　□網站推薦　□其他＿＿＿＿＿

3. 您對本書的評價:(請填代號　1.非常滿意 2.滿意 3.尚可 4.再改進)

　　封面設計＿＿　版面編排＿＿　內容＿＿　文/譯筆＿＿　價格＿＿

4. 讀完書後您覺得:

　　□很有收獲　□有收獲　□收獲不多　□沒收獲

5. 您會推薦本書給朋友嗎?

　　□會　□不會,為什麼?＿＿＿＿＿＿＿＿＿＿＿＿＿＿＿

6. 其他寶貴的意見:＿＿＿＿＿＿＿＿＿＿＿＿＿＿＿＿＿＿

＿＿＿＿＿＿＿＿＿＿＿＿＿＿＿＿＿＿＿＿＿＿＿＿＿＿＿＿＿

＿＿＿＿＿＿＿＿＿＿＿＿＿＿＿＿＿＿＿＿＿＿＿＿＿＿＿＿＿

＿＿＿＿＿＿＿＿＿＿＿＿＿＿＿＿＿＿＿＿＿＿＿＿＿＿＿＿＿

讀者基本資料

姓名:＿＿＿＿＿＿＿＿＿　年齡:＿＿＿　性別:□女 □男

聯絡電話:＿＿＿＿＿＿＿　E-mail:＿＿＿＿＿＿＿＿＿

地址:＿＿＿＿＿＿＿＿＿＿＿＿＿＿＿＿＿＿＿＿＿＿＿

學歷:□高中(含)以下　　□高中　□專科學校　□大學

　　　□研究所(含)以上 □其他＿＿＿＿＿＿

職業:□製造業 □金融業 □資訊業 □軍警 □傳播業 □自由業

　　　□服務業 □公務員 □教職　□學生 □其他＿＿＿＿＿

秀威與 BOD

BOD（Books On Demand）是數位出版的大趨勢，秀威資訊率先運用 POD 數位印刷設備來生產書籍，並提供作者全程數位出版服務，致使書籍產銷零庫存，知識傳承不絕版，目前已開闢以下書系：

一、BOD 學術著作—專業論述的閱讀延伸
二、BOD 個人著作—分享生命的心路歷程
三、BOD 旅遊著作—個人深度旅遊文學創作
四、BOD 大陸學者—大陸專業學者學術出版
五、POD 獨家經銷—數位產製的代發行書籍

BOD 秀威網路書店：www.showwe.com.tw
政府出版品網路書店：www.govbooks.com.tw

　　永不絕版的故事・自己寫・永不休止的音符・自己唱